DONGSUH MYSTERY BOOKS 85

陰獸

음울한 짐승
에도가와 란포/김문운 옮김

동서문화사

옮긴이 김문운(金文橒)
일본대학교 문과 졸업. 연합신문 편집국장 역임. 지은책 《조국의 날개》 옮긴책 세이시 《혼징살인사건》 하이스미스 《태양은 가득히》 등이 있다

DONGSUH MYSTERY BOOKS 85
음울한 짐승
에도가와 란포 지음/김문운 옮김
1판 1쇄 발행/1977년 12월 1일
2판 1쇄 발행/2003년 6월 1일
2판 8쇄 발행/2009년 9월 1일
발행인 고정일/발행처 동서문화사
창업 1956. 12. 12. 등록 16-345(윤)
서울강남구신사동540-22 ☎546-0331∼6 (FAX) 545-0331
www.epascal.co.kr

＊

이 책의 출판권은 동서문화사가 소유합니다.
의장권 제호권 편집권은 저작권 법에 의해 보호를 받는 출판물이므로
무단전재와 무단복제를 금합니다.
사업자등록번호 211-87-75330
ISBN 978-89-497-0170-7 04830
ISBN 978-89-497-0081-6 (세트)

음울한 짐승
차례

음울한 짐승······ 11
2전 동화······ 115
심리시험······ 142
D언덕의 살인······ 175
천장 위의 산책자······ 202
두 폐인······ 238
인간의자······ 254
빨강 방······ 273
거울지옥······ 297
배추벌레······ 317

에도가와 란포의 순정적 마력······ 338

등장인물

사무가와 (나) 미스터리 소설가
오야마다 무쓰로 로꾸로꾸 회사 중역
오야마다 시즈꼬 무쓰로의 아내
히라다 이찌로 시즈꼬의 옛 애인
오에 슌데이 미스터리 소설가, 이찌로의 가명
혼다 잡지사 기자
이또사끼 검사

삽화 다케나카 에이타로

음울한 짐승

1

나는 때때로 생각하는 일이 있다.

미스터리 소설가는 두 종류로 나눌 수 있다. 하나는 범죄형이다. 즉 범죄 자체에만 흥미를 가지고, 추리적인 미스터리 소설을 쓸 때도 범인의 잔학한 심리를 추구해서 쓰지 않으면 만족할 수 없는 작가이다. 또 하나는 탐정형이다. 극히 건전하고 이지적인 탐정의 추리에 대해 흥미를 가질 뿐 범죄자의 심리에 대해서는 일체 표현하지 않는 작가이다.

이제부터 내가 쓰려고 하는 미스터리 작가 오에 슌데이(大江春澤)는 전자에 속하고, 나는 후자에 속한다.

따라서 나는 범죄를 취급하는 장사이지만, 단지 탐정의 과학적 추리에 흥미를 가지고 있을 뿐이다. 그래서 악인은 아니다. 아니 나만큼 도덕적으로 민감한 인간도 드물 것이다.

그처럼 사람 좋고 착한 내가 이 사건에 손을 댄 것이 애초부터 잘못이었다. 혹 내가 도덕적으로 좀더 둔감하다든가 좀더 악인적인 소질이 있었다면, 이렇게까지 후회하지 않아도 될 것이고 이렇게 무서운 의혹의 심연에 깊이 빠지지도 않았을 것이다. 아니 그뿐만 아니라 나는 잘했으면 지금쯤 아름다운 아내와 막대한 재산을 즐기며 유유히 살고 있을지도 모른다.

사건이 일어난 뒤 상당한 시일이 지났지만 지금도 무서운 의혹은 풀리지 않았다. 그러나 나는 그때의 생생한 현실에서 멀리 떠나 어느 정도 회고적(回顧的)으로 되었다. 그래서 이런 기록을 써볼 마음이 생겼다. 그러나 끝까지 다 썼다 해도 이내 발표할 용기는 없다. 왜냐하면 이 기록의 중요한 부분을 이루고 있는 오야마다(小山田) 씨 변사 사건은, 아직도 세상 사람의 기억에 뚜렷이 남아 있기 때문에 아무리 가명을 쓰고 각색한다 해도 순수한 픽션으로 받아들이진 않을 것이다.

또한 넓은 세상에는, 이 소설로 인하여 곤혹을 받는 사람도 있을 것이고 또 나 자신이 그것을 안 이상 부끄럽기도 하고 불쾌하기도 하다. 그러나 사실은 그런 것보다 두렵기 때문이다. 사건 그 자체가 한낮의 꿈과 같이 정체를 알 수 없을 뿐 아니라, 거기에 대해서 나 자신이 묘사한 망상은 스스로 불쾌감을 느끼는 무서운 것이기 때문이다.

나는 지금도 그것을 생각하면, 푸른 하늘의 저녁 놀과 같이 가슴은 물들고 귓속에선 쿵 쿵 북소리 같은 소리가 들려온다. 그리고 금새 눈앞이 캄캄해지며 이 세상이 낯설어진다.

이런 뜻에서 나는 이 기록을 당장 발표할 마음은 없으나, 언젠가는 한 번 이것을 소재로 하여 내 전문인 미스터리 소설을 써 보려고 생각하고 있다. 이것은 이른바 그 노트에 지나지 않는다. 다시 말해서 구체적인 비망록에 지나지 않는다. 때문에 나는 1월 달만 쓰고 놔둔 낡은 일기장의 여백에다 긴 일기를 쓰는 마음으로 기록했다.

나는 사건을 써 나가기에 앞서, 이 사건의 주인공인 미스터리 작가 오에 슌데이의 사람 됨됨이와 작풍에 대한 것, 그리고 그의 일종의 변태적인 생활에 대해서 자세히 설명하여 두는 것이 낫겠지만 나는 실제로 이 사건이 일어날 때까지는 작품과 잡지사에서의 대담을 통해 알았을 뿐, 개인적인 교제는 없었다. 그래서 그의 생활은 잘 알 수 없었다.

그의 생활은 사건이 일어난 뒤, 내 친구인 혼다(本田)를 통해서 자세히 알게 되었다. 그래서 슌데이에 대한 것은 내가 혼다로부터 듣고 조사한 것을 쓸 때에 알리기로 하고, 사건의 순서에 따라 내가 이 사건에 휘말리게 된 최초의 실마리부터 기술하는 것이 자연스러울 것 같다.

지난 해 10월 중순이었다.

나는 오래된 불상이 보고 싶어 우에노(上野)의 제실 박물관(帝室博物館)에 갔다. 어둠침침하고 텅 빈 실내를, 발소리를 죽이며 거닐었다. 넓고 사람 그림자가 없었기 때문에 작은 소리도 큰 반향을 일으켰다. 발소리뿐만 아니라 기침소리도 음침한 기분을 자아 냈다.

박물관 안은 인기를 잃은 스타처럼 퇴물스러운 정적만이 가득했다. 진열대의 대형 유리가 싸늘하게 빛나고 리놀륨에는 먼지 하나 없었다.

나는 한 방의 진열장 앞에 서서 고색 창연한 목각 보살상을 에로틱한 마음으로 보고 있었다. 그때, 등 뒤에서 조용한 발소리와 비단 옷자락이 스치는 소리가 들려왔다. 누군가 내가 있는 곳으로 가까이 오는 것을 느꼈다.

나는 어쩐지 몸이 오싹해져서 정면의 유리창에 비친 사람의 모습을 보았다. 유리창에는 보살상과 겹쳐서 조화를 이룬, 오동통한 얼굴의 예쁜 여인이 서 있었다. 여자는 내 옆으로 다가와 어깨를 나란히 하고서, 내가 보고 있는 불상을 뚫어지게 보았다.
　나는 신사답지 못한 일이지만 불상을 보는 척하며 여인을 힐끗힐끗 보았다. 이 세상에 인어(人魚)라는 것이 있다면 아마 그 여인의 요염한 피부와 같을 것이다. 그녀는 옛날풍의 희고 갸름한 얼굴이었는데 눈, 코, 입, 목덜미, 어깨 등 모든 선이 우아했다. 소설가들이 자주 표현하는 '만지면 터질 것 같은' 몸매였다. 나는 지금도 그때 그녀의 긴 속눈썹과 맑고 빛나는 눈동자를 잊을 수 없다.
　누가 먼저 입을 열었는지 생각나지는 않지만, 아마 내가 먼저 어떤 구실을 붙여 말을 걸었던 것으로 기억된다. 그녀와 나는 그곳에 진열된 진열품에 대해서 두서너 마디 말한 것이 인연이 되어, 박물관을 한 바퀴 돌고 그곳을 나와 우에노의 숲속 오솔길을 빠져나올 때까지 오랜 시간 길동무가 되어 이것저것 여러 가지 이야기를 했다.
　그렇게 이야기를 하다 보니 그녀의 아름다움은 한층 돋보였다. 더욱이 그녀가 웃을 때 부끄러워하는 모습은 마치 모나리자의 신비한 미소를 생각나게 했다. 그녀의 송곳니는 매우 희고 조금 큰 편이었다. 웃을 때는 입술 끝이 송곳니에 걸려서 수수께끼 같은 곡선을 이루었는데 오른편 볼 위의 보조개가 그 곡선과 어울려서 더할 수 없이 정다운 표정이 되었다.
　그러나 내가 그녀의 목덜미에 있는 이상한 것을 발견하지 못했다면 그녀는 단지 고상하고, 우아하고, 나긋나긋하고, 만지면 터질 것 같은 아름다운 여인이라는 인상 외에 나의 마음을 강하게 끌지는 못했을 것이다.
　그녀는 교묘하게 옷깃을 올리고 조금도 부자연스럽지 않게 그것을 숨기고 있었으나, 우에노의 숲속을 거닐 때 나는 그것을 보았다.
　그녀의 목덜미에는, 아마 등 속 깊은 곳까지 검붉은 멍이 들어 있었다. 그것은 날 때부터 생긴 멍처럼 보이기도 했고 최근에 생긴 상처의 흉터같이 보이기도 했다. 매끄럽고 부드럽고 맵시 있는 목덜미 위에 검붉은 털실이 늘어진 것같이 보이는 멍의 줄기는 잔혹함과 에로틱한 느낌을 주었다. 그것을 본 뒤, 꿈같이 생각되었던 그녀의 아름다움은 갑자기 생생한 현실로 나에게 밀려왔다.

이야기하는 사이에, 그녀는 합자회사 로꾸로꾸 회사의 중역인 실업가 오야마다 무쓰로(小山田六郞) 씨의 부인, 오야마다 시즈꼬(靜子)라는 것을 알 수 있었다. 다행스럽게도 그녀는 미스터리 소설의 애독자인데 지금까지 내 작품이 좋아 애독했다고 한다. 이 말을 들었을 때 나는 무척 기뻤다. 결국 작가와 애독자의 관계로서 조금도 부자연스럽지 않게 친근감을 느낄 수 있었다. 나는 아름다운 이 여인과 헤어질 때 섭섭함을 느꼈다. 우리는 그것을 인연으로 자주 편지를 주고받는 사이가 되었다.

나는 젊은 여자인데도, 사람없는 박물관을 찾는 시즈꼬의 고상한 취미가 좋았다. 그리고 미스터리 소설 중에서 가장 이지적이라는 내 작품을 애독한다는 그녀의 호기심도 좋았다. 나는 참으로 그녀에게 반한 듯 자주 뜻없는 편지를 띄웠다. 그녀는 그때마다 여자다운 회답을 꼬박꼬박 보내왔다. 독신이고 쓸쓸한 나는, 이와 같이 마음씨 고운 여자 친구를 얻게 된 것이 얼마나 다행스러웠는지 모른다.

2

오야마다 시즈꼬와 나와의 편지 교제는 이렇게 해서 몇 달 간 계속되었다.

편지 횟수가 잦아짐에 따라 나는 약간 이상한 것을 느꼈다. 나는 별뜻없이 편지를 보냈는데, 기분 탓인지 시즈꼬의 답장 속엔 평범한 교제 이상의 따뜻한 마음이 담겨 있는 것 같았다.

털어놓고 말한다면 부끄러운 일이지만, 나는 시즈꼬의 남편인 오야

16 음울한 짐승

마다 무쓰로가 시즈꼬보다 훨씬 나이가 많고 머리는 대머리이고 개성 없는 사람이라는 것을 고심 끝에 알아냈다.

그러던 중 금년 2월이 되어 시즈꼬의 편지에 묘한 점이 나타나기 시작했다. 그녀는 무엇인지 몹시 두려워하고 있었다.

"요즈음 매우 근심스러운 일이 생겨 밤에 잠을 잘 수가 없습니다."

그녀의 어떤 편지엔 이런 글이 씌어 있었다. 글은 간단했으나 그 뒤엔 공포로 떨고 있는 그녀의 모습이 뚜렷이 보이는 것 같았다.

"선생님, 같은 미스터리 작가인 오에 슌데이라는 분과 친구 사이가 아닌지요. 그분의 주소를 아신다면 가르쳐 주시기 바랍니다."

또 어떤 편지엔 이런 말이 씌어 있었다.

물론 나는 오에 슌데이의 작품은 잘 알고 있다. 그러나 슌데이라는 사나이는 몹시 사람을 싫어해서, 작가들의 회합에도 얼굴을 한 번도 나타내지 않았기 때문에 개인적인 접촉은 없었다. 더욱이 그는 지난해 중반부터 붓을 놓은 채 어디에 숨었는지 주소조차 모른다는 소문을 들었다.

나는 시즈꼬에게 그대로 회답했다. 그런데 그녀의 요즈음 공포가 혹시 그 오에 슌데이로 인한 것이 아닌가 하고 생각하니, 뭔가 표현할 수 없는 언짢은 기분이 되었다.

얼마 후 마침내 시즈꼬로부터 "의논할 것이 있는데 찾아 뵈어도 방해되지 않을까요?"라는 뜻의 엽서가 왔다.

나는 그 '의논'에 대한 것을 어렴풋이 짐작할 수 있었으나, 설마 그와 같이 무서운 사건이리라고는 생각지 않았다. 그래서 바보스럽게 마음이 들떠서 기쁨을 감추지 못하고, 두 번째 대면의 즐거움을 여러 가지로 상상했다.

"기다리고 있겠습니다."

나의 답장을 받은 시즈꼬는 그날 즉시 찾아왔다. 내가 하숙집 현관으로 마중나갔을 때, 그녀는 나를 실망시킬 정도로 풀이 죽어 있었다. 그녀가 나와 '의논'하겠다는 일의 내용은 지금까지 나의 기쁨에 찬 상상을 멀리 쫓아 버릴 만큼 이상한 사건이었다.
 "나는 생각 끝에 큰 마음먹고 찾아왔습니다. 선생님이라면 들어 주실 것으로 믿기 때문입니다. 그렇지만 알게 된 지 얼마 안되는 선생님께 이렇게 털어놓고 의논해도 실례가 되지 않을지 모르겠습니다."
 이렇게 말하는 시즈꼬는 예의 송곳니와 보조개가 어울리는 가냘픈 웃음을 흘리면서 나를 살며시 올려다보았다.
 추운 때여서 나는 사무용 책상 옆에 자단(紫檀)으로 만든 긴 화로를 놓았는데, 그녀는 화로의 맞은편에 예의 바르게 앉아 두 손으로 화로 가장자리를 잡고 있었다.
 그녀의 손은 전신을 상징하듯이 가늘고, 나긋나긋하고, 우아하며, 약간 살이 올라 도톰했다. 피부색이 약간 푸르스름했으나 결코 건강에 이상이 있어 보이는 것은 아니었다. 꼭 쥐면 터질 것같이 미묘한 탄력이 있었다. 손뿐 아니라 그녀의 몸 전체가 그와 같은 느낌이 들었다.
 그녀가 수심에 잠긴 듯하여 나도 진지하게 말했다.
 "내가 할 수 있는 일이라면······."
 "참으로 기분 나쁜 일입니다."
 그녀는 이렇게 서두를 꺼내더니 어린 시절부터 있었던 자신에 관한 이야기를 모두 얘기했다. 그리고 다음과 같은 이상한 사실을 나에게 고백했다.
 그때 시즈꼬가 말한 신상 이야기를 간단하게 추리면, 그녀의 고향은 시즈오까(靜岡)인데 그곳에서 여학교를 졸업할 때까지 지극히 행복하게 자랐다.

단 한 가지 불행하다면 그녀가 여학교 4학년 때, 히라다 이찌로(平田一郞)라는 청년의 꾐에 빠져서, 얼마 동안 그의 사랑의 포로가 된 일이다.

왜 그것이 불행이냐 하면, 그녀는 18세 처녀의 마음으로 사랑의 흉내를 내 보았을 뿐 진심으로 히라다를 좋아하지 않았기 때문이다. 그녀는 장난삼아 한 일이었으나 상대는 진지하게 대했다.

그녀는 귀찮게 따라붙는 히라다 이찌로를 피하려고 노력했다. 그러나 멀리하려고 하면 할수록 청년의 집착은 깊어졌다. 때로는 깊은 밤에 그녀의 집 담 밖에서 서성거리는가 하면, 불쾌하기 그지없는 협박장을 보내 오기도 했다. 18세의 처녀는 그의 무서운 보복에 떨었다. 그녀의 양친도 그와 같은 딸의 모습을 보고 가슴 아파했다.

마침 그때 시즈꼬로서는 다행한 일이었으나 그녀의 집안에 큰 불행이 닥쳐왔다. 당시 경제계의 큰 변동으로 인하여 그녀의 부친은 큰 부채를 남긴 채 파산하고, 밤중에 남몰래 도망쳐 히꼬네(彦根)에 있는 친지 집에 몸을 숨기지 않으면 안 되었다.

이와 같은 예기치 않은 변동 때문에 시즈꼬는 여학교를 중도에서 그만두지 않을 수 없었다. 그러나 무서운 히라다 이찌로의 집착으로부터 헤어날 수 있어서 그녀에겐 다행한 일이기도 했다.

그녀의 부친은 그것이 화근이 되어 병석에 눕게 되었다. 그리고 마침내 죽었다. 단 두 사람만 남은 시즈꼬 모녀는 참담한 생활을 얼마 동안 계속했다. 그러나 그 불행은 결코 오래 가지 않았다. 뜻밖에도 그들 모녀 앞에, 같은 고향 출신인 실업가 오야마다 씨가 나타났다. 그것은 바로 구원의 손길이었다.

오야마다 씨는 그 모녀를 극진히 보살폈고 마침내 시즈꼬에게 청혼을 했다. 시즈꼬도 오야마다 씨가 싫지 않았다. 나이는 오야마다 씨가 열 살 위여서 차이가 있었으나, 그의 세련된 신사다움에 어떤 매력을 느낄 수 있었다. 혼담은 부드럽게 진행되었다. 오야마다 씨는 시즈꼬의 모친과 함께 시즈꼬를 데리고 도꾜의 집으로 돌아왔다.

그로부터 7년의 세월이 흘렀다. 그와 결혼한 지 3년째 되는 해에 그녀의 모친은 병으로 죽었다. 그 후 오야마다 씨가 회사 일로 2년 동안 해외로 나갔다. (귀국한 것은 재작년 말인데 그 2년 동안 시즈꼬는 매일 자동차 운전, 꽃꽂이 등을 배우러 다니면서 고독을 달랬다고 했다) 이러한 일을 제외하면 그들의 가정에는 이렇다 할 일이 없었다. 부부 사이도 지극히 원만하고 행복한 나날이 계속되었다.

남편인 오야마다 씨는 대단한 노력가로 그 7년 동안에 많은 재산을 늘렸다. 그래서 지금은 동업자 사이에서도 절대 밀리지 않는 지위를 굳혔다.

"참으로 부끄러운 일이지만 나는 결혼할 때 오야마다 씨에게 거짓말을 했습니다. 그 히라다 이찌로의 이름을 어디선가 듣고 어느 정도 의심했던 것 같았지만, 나는 끝까지 히라다와의 관계를 비밀로 숨겼습니다. 그 비밀은 지금도 계속 지키고 있습니다. 오야마다 씨가 의심하면 할수록 그것을 더욱 숨겨야 했습니다. 사람의 불행은 어떤 곳에 숨어 있는지 모르기 때문에 더욱 무서운 것인가 봅니다. 7년 전의 거짓말이, 그것도 악의가 아니었는데 이토록 무서운 위력으로 나를 괴롭히는 씨앗이 될 줄이야…… 나는 히라다와의 불장난을 까맣게 잊어버렸습니다. 사실 갑자기 히라다로부터 그와 같은 편지가 왔을 때도 히라다 이찌로라는 발신인의 이름을 얼마 동안 누구인지 생각하지 못할 만큼 나의 기억에선 깡그리 사라졌었습니다."

시즈꼬는 그와 같이 말한 다음, 히라다로부터 왔다는 편지를 여러 통 내놓았다. 나는 그 편지의 보관을 부탁받고 지금도 그것을 가지고 있는데, 그 중에서 처음에 온 것은 이야기 줄거리를 이어 가는데 도움이 될 것 같아 여기에 소개하겠다.

시즈꼬 양.
나는 계속 당신을 찾았습니다.
당신은 눈치채지 못했겠지만, 나는 당신을 만난 장소에서부터 당신을 미행하여 당신의 집을 알았습니다. 오야마다라는 지금의 성(姓)도 알았습니다. 당신은 설마 히라다 이찌로를 잊지는 않았겠지요. 얼마나 고집이 센 사람이라는 것도 기억하겠지요.
나는 당신으로부터 버림받고 얼마나 비통했는지 냉정한 당신은 모를 것입니다. 참다못해서 당신의 집 담 밖에서 서성거린 것이 몇 번이었는지 모릅니다. 그러나 당신은 나의 정열이 타오르면 타오르는 만큼 점점 싸늘해졌습니다. 나를 피하고, 나를 두려워하고, 끝내는 나를 미워했습니다.
당신은 사랑하는 사람으로부터 미움받는 사나이의 마음을 알 수 있습니까. 내 마음속의 소망은 한탄이 되고, 한탄은 원한이 되었습니다. 그 원한이 뭉쳐서 복수의 일념이 되었다면 그것은 모순일까요.
당신이 가정 사정을 빙자해서 한 마디 말도 없이 도망치듯 내 앞에서 사라졌을 때, 나는 식음을 전폐하고 서재에 틀어박혀 있었습니다. 그때 나는 복수할 것을 결심했습니다.
나는 당신이 갈 만한 곳을 샅샅이 찾았습니다. 그러나 많은 채권자로부터 쫓기는 당신의 부친이 행방을 감춤과 동시에 당신의 모습도 사라져 버렸습니다. 당신을 만나고 싶어하는 애타는 나의 마음은 스스로가 생각해도 가련했습니다. 그러나 나는 긴 일생을 두고 생각하기로 했습니다. 일생 동안 당신을 만나지 못한다고 생각되진 않았습니다.

나는 가난했습니다. 먹기 위해서 일하지 않으면 안되는 처지였습니다. 그것은 끝까지 당신이 있는 곳을 찾아다니려는 나를 방해했습니다. 1년, 2년, 세월은 흐르는 냇물같이 흘러갔습니다. 그러나 나는 언제까지나 가난과 싸우지 않으면 안되었습니다. 그래서 그 피로가 겹쳐 당신에 대한 생각을 잊어버리게 되었습니다. 오로지 나는 먹을 것을 위해서 열중했습니다.

그러나 3년 전, 나에게 예기치 않은 행운이 찾아 왔습니다. 나는 여러 가지 직업을 전전했고, 그때마다 실패의 구렁텅이에 빠져 허우적거렸습니다. 그럴 때 심심풀이로 한 편의 소설을 썼습니다. 그것이 인연이 되어 나는 소설로 밥을 먹게 되었습니다.

당신은 지금도 소설을 읽고 있으니까 아마 오에 슌데이라는 미스터리 소설가를 알고 있을 것입니다. 그는 1년 가까이 아무것도 쓰지 못했지만, 세상 사람들은 아직 그의 이름을 잊지 않고 있습니다. 그 오에 슌데이야말로 지난날의 나입니다.

당신은 내가 소설가로서의 집필 생활에 열중해서 당신에 대한 복수를 잊어버렸다고 생각할는지 모르지만 그것은 절대로 잘못된 생각입니다. 그 피투성이의 소설은 내 마음속에 깊은 원한을 가졌기 때문에 쓸 수가 있었습니다. 그 시의(猜疑), 그 집념, 그 잔학, 그 모든 것이 집요한 복수심에서 생겨났다는 것을 안다면 나의 독자들은 아마 몸을 떨 것입니다.

시즈꼬 양. 생활에 안정을 얻은 나는 돈과 시간이 허락하는 한 당신을 찾아내기 위해서 노력했습니다. 물론 당신의 사랑을 되찾으려는 어리석은 희망을 가졌다는 것은 아닙니다. 나에게도 이미 아내가 있습니다. 생활의 불편을 덜기 위해서 얻은 형식적인 아내가 있습니다. 그러나 나에게 있어, 처와 사랑하는 사람은 전혀 별개의 것입니다. 그러니까 처가 있다고 해서 사랑하는 사람에 대한 원한을 잊어버릴 내가 아닙니다.
 시즈꼬 양, 비로소 나는 당신을 찾아냈습니다.
 나는 기쁨에 들떠 있습니다. 나는 오랜 숙원을 이룰 때가 되었습니다. 나는 오랫동안 소설의 줄거리를 구성할 때와 같은 기쁨으로 당신에 대한 복수 계획을 세웠습니다. 당신을 괴롭히고, 당신을 두렵게 할 방법을 깊이 생각해 왔습니다. 마침내 그것을 실행할 때가 온 것입니다. 나의 환희를 알아주기 바랍니다. 당신은 경찰이나 기타의 곳에 보호를 청하여 나를 막을 수는 없습니다. 나에게는 모든 준비가 되어 있습니다.
 지난 1년 동안 신문 기자, 잡지 기자 사이에선, 내가 행방 불명이 된 것으로 알려져 있습니다. 이것은 당신에게 복수하기 위해서 한 일은 아니고, 나의 사람 기피증과 비밀을 좋아하는 데서 나온 도회(韜晦)인데, 그것은 내게 많은 도움이 되었습니다. 나는 더욱 더 철저하게 세상에서 내 모습을 숨길 것입니다. 그리고 착착 당신에 대한 복수 계획을 실천하여 갈 것입니다.
 당신은 내 계획을 알고 싶을 것입니다. 그러나 지금 그 전부를 알릴 수는 없습니다. 공포는 서서히 다가오는 것이 더욱 효과적이기 때문입니다.
 그러나 당신이 꼭 듣고 싶다면, 나는 나의 복수 계획의 일부를 알려 주는 것에 인색치 않겠습니다. 예를 든다면, 나는 지금부터 3일 전, 즉 1월 31일 밤 당신 집 안에서, 당신의 신변에 일어난 일을 조금도 틀리지 않게 말할 수 있습니다.
 오후 7시부터 7시 반까지 당신은 침실과 붙은 방의 책상에서 책을 읽었습니다. 소설이었는데, 히로쓰 류로(廣津柳浪)의 단편집 《변목전(變目傳)》을 읽었습니다.
 7시부터 7시 40분까지 식모에게 차를 끓이게 하여 찹쌀떡을 두

개, 차를 석 잔 마셨습니다.
 7시 40분에 화장실에 갔고, 약 5분 지난 다음 방으로 돌아왔습니다. 그때부터 9시 10분까지 뜨개질을 하면서 생각에 잠겨 있었습니다.
 9시 10분에 남편이 돌아왔고, 9시 20분부터 10시 조금 지날 때까지 남편의 저녁 식사를 거들면서 잡담했습니다. 그때 당신은 남편의 권유로 포도주를 반잔쯤 마셨습니다. 그 포도주엔 병마개를 급히 따느라고 코르크 부스러기가 잔 속에 들어갔습니다. 당신은 그것을 손가락으로 건져냈습니다. 식사가 끝나자 가정부에게 자리를 깔도록 하고, 두 사람은 각각 화장실에 갔다 와서 잠자리에 들었습니다.
 그때부터 11시까지 두 사람은 자지 않았습니다. 모로 돌아눕자, 벽시계가 땡 땡 11시를 쳤습니다.
 당신은 기차 시간표와 같이 내용이 충실한 이 기록을 읽고 두려워하지 않을 수 없을 것입니다.

2월 3일 깊은 밤
내 생애에서 사랑을 빼앗아 간 여자에게
복수자로부터

 "나는 오에 슌데이라는 이름을 꽤 오래 전부터 알고 있기는 하지만, 그것이 히라다 이찌로의 필명인 것은 전혀 몰랐습니다."
 시즈꼬는 기분 나쁜 듯이 설명했다.
 사실 오에 슌데이의 본명을 아는 사람은 우리 작가들 사이에서 몇 사람 없었다. 나도 그의 저서 내용을 보고 나에게 자주 오는 혼다가 그의 본명을 이야기하지 않았다면 언제까지나 히라다라는 이름은 몰랐을 것이다. 그만큼 그는 사람을 싫어했고 세상에 얼굴을 내놓지 않

았다.
 히라다의 협박 편지는 그 외에도 세 통 더 있었으나 어느 것이나 대동소이했다. (소인은 어느 것이나 다른 국이었다) 어느 편지나 복수에 대한 말과 시즈꼬의 행동을 세밀하게, 시간까지 지적하면서 씌어 있었다. 더욱이 그녀의 침실에 대한 비밀은 아주 은밀한 부분까지도, 하나 빠짐없이 기록되어 있었다. 얼굴을 붉어지게 하는 성(性)의 장난, 그에 따르는 신음 소리까지 냉혹하게 묘사되어 있었다.
 시즈꼬는 그와 같은 편지를 타인에게 보이는 것이 무척 부끄럽고 고통스러웠을 것이다. 그러나 그것을 참고 나를 의논 상대로 선택한 것은 잘한 일이라고 생각되었다. 한편 그것은 그녀가 과거의 비밀, 즉 결혼 전에 처녀성을 잃었다는 사실을 남편 무쓰로 씨에게 알리는 것을 매우 두려워한다는 것을 보여주는 일이다. 동시에 그녀의 나에 대한 믿음이 매우 두텁다는 것을 입증하는 것이다.
 "나는 남편의 친척 외에 가까운 사람 하나 없고 친구들 중에도 이런 일을 의논할 만큼 친밀한 사람이 없어, 참으로 부끄러운 일이라고 생각하면서도 선생님에게 부탁하는 것입니다. 선생님은 내가 어떻게 하면 좋다는 것을 알려 줄 것으로 믿습니다."
 이러한 그녀의 말을 들으면서, 이처럼 아름다운 여자가 나를 의지하고 있다고 생각하니 가슴이 두근두근 뛰고 기뻤다. 내가 오에 슌데이와 같은 미스터리 작가라는 점과 솜씨 있는 작가라는 점이 그녀가 나를 의논 상대로 선택하게 했을 것이다. 그렇다 해도 그녀가 나에 대해서 상당한 신뢰와 호의를 갖지 않는 한 이런 상담을 해 올 리 없다.
 이리하여 나는 시즈꼬의 말을 듣고 할 수 있는 데까지 협력을 해 주기로 승낙했다.
 오에 슌데이가 시즈꼬의 행동을 이 정도로 알기 위해선 오야마다 집의 식모를 매수하든가 그 자신이 직접 그 집에 숨어 들어가서 시즈꼬의 신변을 엿보든가 또는 그와 비슷한 어떤 기술을 사용했을 것이라고 생각되었다. 그의 작풍으로 보아도 그는 그와 같은 흉내밖에 낼 수 없는 사나이다.

나는 그 점에 대해서 시즈꼬의 심증이 가는 곳을 물어 보았으나 이상하게도 그와 같은 흔적은 조금도 없다는 것이다. 가정부와 하녀는 오랫동안 일해 와서 믿을 수 있는 사람들이고, 집의 문과 담은 남편이 몹시 신경질적인 사람이라 상당히 엄중히 단속하고 있고, 설사 집에 숨어 들어온다 해도 식모에게 들키지 않고 그녀의 방에까지 접근할 수는 없다는 것이다.

그런데 나는 실제로 오에 슌데이의 실행력을 경멸하고 있었다. 미스터리 소설가인 그가 어느 정도의 일을 할 수 있을 것인가. 겨우 손으로 할 수 있는 편지 정도로 시즈꼬를 위협할 뿐, 그 이상의 나쁜 일은 실행할 수 없을 것으로 판단했다.

그가 시즈꼬의 사생활에 대해 세밀하게 캐낼 수 있다는 것은 여하튼 이상한 일이었으나 이것 역시 그의 손안에 들어 있는 장난감을 만지는 정도의 대단치 않은 수단이거나 아니면 누구에게서 들었을 것으로 생각했다. 나는 이와 같은 생각을 시즈꼬에게 말하며 위로했다. 그리고 나는 오에 슌데이가 있는 곳을 알아내어 그를 만나, 이런 바보스런 장난을 중지하라고 권유하겠다고 말했다.

나는 오에 슌데이의 협박 편지에 대해서 이것저것 들추지 않았다. 되도록 정다운 말로 시즈꼬를 위로하는 데에 힘을 쏟았다. 물론 나로서는 그 편이 마음 편했기 때문이다. 그리고 헤어질 때 그녀에게 말했다.

"이 일은 남편에겐 일체 말하지 않는 것이 좋을 것입니다. 당신의 비밀을 희생시킬 만큼 대단한 사건은 아니니까요."

어리석은 나는 그녀의 남편조차 모르는 비밀에 대해서 그녀와 단둘이 이야기하는 즐거움을 오래 지속하고 싶었다.

나는 오에 슌데이가 있는 곳을 찾아내는 일만은 실천하기로 결심했다. 나는 전부터 나와 정반대의 견해를 가진 슌데이를 몹시 싫어했다. 변태적인 독자들에게 이러쿵저러쿵 말하는 그를 아주 못마땅하게 여기고 있었다. 그 때문에 가능한 한 그의 이러한 부정 행위를 폭로해서 호통을 쳐주고 싶은 생각이었다. 그러나 오에 슌데이의 행방을 찾는 것이 그처럼 어려운 일인 줄은 미처 생각 못했다.

3

오에 슌데이는 편지에서 밝힌 대로, 지금부터 4년 전에 다른 직업을 갖고 있다 갑자기 나타난 미스터리 소설가였다.

그가 처녀작을 발표하자, 당시 일본인이 쓴 미스터리 소설이 거의 없었던 독서계는 신기하게 생각하며 갈채를 보냈다. 거창하게 이야기한다면 그는 독서계의 총아가 되었던 것이다.

그는 작품 발표 횟수가 매우 적었다. 그러나 그의 작품은 신문이나 잡지에 발표될 때마다 큰 화제를 불러모았다. 그 작품들은 하나같이 피투성이고, 음침하고 잔혹하여 읽는 사람으로 하여금 몸서리치게 했다. 그러나 그것이 오히려 독자를 끄는 매력이 되어, 그의 인기는 좀처럼 쇠퇴하지 않았다.

나도 종전의 아동 소설에서 미스터리 소설로 붓을 돌린 뒤, 작가가 적은 미스터리 소설계에서 그런대로 이름을 떨치고 있었는데, 나와 오에 슌데이의 작풍은 정반대였다.

그의 작품은 어둡고 병적이고 구질구질한데 비하여 내 작품은 밝고 상식적이었다. 당연한 일이지만, 우리들은 묘하게 작품을 통하여 경쟁하게 되었다. 그래서 때로는 상대의 작품을 비방하기까지 했다. 그런데 마음에 걸리는 것은, 대개의 경우 비방하는 편은 나였다. 그는 때로 약간의 반박을 했으나 거의 초연한 체 침묵을 지키고 있었다. 그리고 더욱 무서운 작품만을 발표했다.

나는 비난하면서도 그의 작품에 스며 있는 일종의 요기에 머리를 숙이지 않을 수 없었다. 그는 활활 타는 도깨비불 같은 정열을 갖고 있었다. 정체 모를 매력이 독자를 끌고 있었다. 그것은 그의 편지에 담긴 대로 시즈꼬에 대한 깊은 원한에서 기인된 것임을 알 수 있었다.

사실 나는 그의 작품이 갈채를 받을 때마다 말할 수 없는 침통한 감정 때문에 어찌할 바를 몰랐다. 나는 어린애처럼 그에 대해 적의까지 품었다. 어떻게 하든지 한 번 이겨 보고 싶다는 염원이 끊임없이 마음 한 구석에서 일었다.

그러던 그가 1년 전부터 어쩐 일인지 작품을 전혀 쓰지 않고, 있는 곳까지 숨기고 있다. 인기가 쇠퇴한 것이 아니었기 때문에 잡지사 기자들도 그의 행방을 찾았으나 좀처럼 그의 행방은 알 길이 없었다. 나는 좋아하지 않는 그였지만 정작 없고 보니 약간 쓸쓸해졌다. 바꾸어 말하면 좋은 적수를 잃은 것이다.

그러한 오에 슌데이였는데 오야마다 시즈꼬에 의해서 이상과 같은 소식이 밝혀진 것이다. 좀 떳떳지 못한 일이지만, 그처럼 기묘한 사정으로 옛날의 라이벌과 재회한다는 것을 마음 속으로 기뻐하지 않을 수 없었다.

그러나 오에 슌데이는 미스터리 소설의 구성에 쏟던 공상을 한 바퀴 굴려서 그것을 실행할는지도 모른다는 생각이 불현듯 들었다. 어떤 평자(評者)가 말했듯이, 그는 하나의 '공상적 범죄 생활자'인지도 모른다. 그는 마치 살인귀가 사람을 죽이는 것과 같은 흥미를 가지고 원고지 칸을 피투성이 내용으로 메꾸었는지도 모른다.

그의 독자라면 그의 소설에 넘쳐흐르는 일종의 이상 심리를 기억할 것이다. 그의 작품이 보통을 넘는 시의, 비밀, 잔학으로 충만된 것을 기억할 것이다. 그의 어떤 소설 속엔 다음과 같은 잔학한 말이 있다.
"끝내 그는 단순한 소설만으로 만족할 수 없게 되었습니다. 그는 이 세상의 싱겁고 평범함에 지쳐서, 그의 이상한 공상을 일부러 종이 위에 쓰기를 즐겨했습니다. 이것이 그가 소설을 쓰기 시작한 동기였습니다. 그러나 그는 지금, 그 소설에도 지쳐 버렸습니다. 이제 그는 어디서 자극을 구하면 좋겠습니까. 범죄, 그렇습니다. 범죄만이 남아 있습니다. 모든 일을 해 온 그의 앞엔 이젠 감미로운 범죄의 전율만이 남아 있습니다."
그는 일상 생활에 있어서 극히 특이한 존재였다. 그의 사람 기피증과 비밀벽은, 작가와 잡지 기자들 사이에도 널리 알려져 있었다. 방문자가 그의 서재를 본다는 것은 극히 드문 일이었다. 그는 어떠한 사람이라도 태연하게 문전에서 거절하기가 일쑤였다. 그리고 그는 자주 집을 옮겼다. 아프다는 핑계로 한 번도 작가 회의에 얼굴을 보이지 않았다.
소문에 의하면 그는 자리에 누워서 식사도 하고 집필도 한다는 것이다. 거기다 낮에도 창문을 닫고 5촉광 전등을 켜 놓은 어둠침침한 방 안에서 그의 특유한 망상을 즐긴다는 것이다.
나는 그가 소설을 쓰지 않고 행방 불명이 되었을 때 그가 소설 속에서 말한 것처럼 아사꾸사(淺草) 근처의 퀴퀴한 뒷골목의 어느 둥지에 틀어박혀 망상을 실행하고 있는 것이 아닌가 하고 생각했다. 그런데 아니나다를까, 그로부터 반년도 지나기 전에 그는 하나의 망상 실현자로서 내 앞에 나타난 셈이다.
나는 슌데이의 행방을 찾는 길은 신문사의 문예부 기자나 잡지사의 외근 기자에게 묻는 것이 가장 빠를 것이라고 생각했다. 그렇다 하더라도 슌데이의 일상 생활이 몹시 괴팍하여 아무 방문자나 선뜻 만나지 않기 때문에 잡지사 기자 중에서도 그와 가까운 사람을 붙들지 않으면 안되었다. 그런데 다행히도 적당한 인물이, 내가 잘 아는 잡지사의 기자 중에 한 사람 있었다.

그는 그 방면에서 민완이라고 평판이 나 있는 박문관의 혼다라는 외근 기자였다. 그는 거의 슌데이 전속 기자처럼 슌데이와 가깝게 지냈을 뿐 아니라 외근 기자 생활만 했기 때문에 탐정적인 기질과 수완도 있었다.

그래서 나는 전화를 걸어 혼다와 만났다. 먼저 내가 모르는 슌데이의 생활에 대해서 물어 보았다. 그랬더니 혼다는 마치 소꿉친구 같은 호칭으로 그의 이름을 부르고 부처 같은 얼굴을 해죽거리며 나의 질문에 쾌활하게 대답했다.

"슌데이 말입니까, 그 새끼 형편없는 놈입니다."

혼다의 말에 의하면 슌데이는 소설을 쓰기 시작할 무렵에 교외인 이께부꾸로(池袋)에서 조그마한 셋집을 얻어 살고 있었단다. 그때부터 이름이 알려지고 수입이 늘어나자 조금 넓은 집으로(대개 셋집이었다) 옮겨 다녔단다. 우시고메(牛込), 네기시(根岸), 닛뽀리가나스끼(日暮里金杉) 등 슌데이가 2년 동안에 이사 다닌 곳은 일곱 군데라고 했다.

네기시로 이사한 뒤부터 슌데이는 인기 있는 작가가 되어 잡지 기자들이 상당히 몰려들었단다. 그런데 그의 사람 기피증은 그때부터 시작되어 언제나 바깥문을 잠그고 부인은 뒷문으로 드나들었다고 했다.

일부러 찾아가도 만나 주지 않고 뒤에 '나는 사람을 싫어하니까 용건은 편지로 해 주십시오'라고 사과 편지를 하기 때문에 대개의 기자들은 슌데이를 직접 만나지 못했단다. 만나서 이야기한 사람은 몇 사람 정도라고 한다. 소설가의 이상한 버릇에 대해서 잘 훈련된 잡지 기자도 슌데이의 사람 기피증에는 두 손을 들고 말았단다.
 그런데 슌데이의 아내가 여간 현명하지 않아 혼다는 원고 청탁이나 독촉을 그 부인을 통해서 할 때가 많았다고 한다.
 그러나 그 부인도 만나기가 여간 어렵지 않았다. 바깥문이 닫혀 있을 뿐 아니라 '와병중 면회 사절'이라든가 '여행중' 또는 '잡지 기자 여러분, 원고 의뢰는 모두 편지로 하여 주십시오. 면회는 사절합니다'라는 표찰이 걸려 있어 솜씨 좋은 혼다도 빈손으로 돌아올 때가 여러 차례 있었단다.
 그리고 이사를 해도 일일이 안내장을 발송하지 않기 때문에 기자들은 우편물 전달에도 여간 고심하지 않았다고 한다.
 "슌데이와 이야기를 했든가 부인과 농담을 한 사람은 잡지 기자 중에 많다고 해도 실제로는 아마 나뿐일 것입니다."
 혼다는 이렇게 말하며 자만스런 표정을 지었다.
 "슌데이는 사진을 보면 상당한 멋쟁이인데 실물도 그런가요?"
 나는 점점 호기심이 생겨 이렇게 물어 보았다.
 "아니, 그 사진은 엉터리 같습니다. 본인은 젊은 날의 사진이라고 하지만 어쩐지 이상합니다. 슌데이는 그러한 멋쟁이가 아닙니다. 몹시 뚱뚱하고 살이 쪘습니다. 운동을 하지 않은 탓일 것입니다. 언제나 자고 있으니까요. 얼굴은 더욱 살쪘는데 아래로 축 처져 마치 중국인같이 무표정하고 눈은 술에 취한 듯 몽롱하며 자세히 보면 익사자의 얼굴과 같은 느낌이 듭니다. 그리고 몹시 말이 서툴러서 거의 말을 하지 않습니다. 그런 사나이가 어떻게 훌륭한 소설을 쓸 수 있을까 하고 의심할 정도입니다.
 우노고지(宇野浩二)의 소설에 '사람의 간질병'이라는 것이 있습니다. 슌데이는 꼭 그런 사람 같습니다. 잠에 걸신이 들린 것처럼 잠만 자기 때문입니다. 나는 두서너 차례 만났는데 언제나 그는 누워서 말을 합니다. 누워서 식사를 하는 것도 그런 상태라면 가능할 것입니다. 그런데 이상한 것은 그처럼 사람을 싫어하고 시종 잠만 자는 사나이가 때때로 변장하고 아사꾸사 근처를 돌아다닌다는 소문입니다. 더욱 그 시간은 한결같이 밤중이랍니다. 어쩌면 도둑 같기도 하고……. 아무튼 박쥐 같은 사나이입니다. 내가 생각하기로는 그는 극단적으로 내성적인 자가 아닐까요. 이름이 유명해지면 유명해질수록 보기 흉한 육체가 부끄러워진 것은 아닐까요. 그래서 친구도 사귀지 않고 방문자도 만나지 않다가 밤이면 슬며시 잡다한 거리로 나와 방황하는 것이 아닐까요. 슌데이의 기질이나 부인의 말로 미루어 보아 어쩐지 그렇게 생각됩니다."

혼다는 열을 올려 가며 웅변조로 슌데이의 생활을 폭로했다. 그리고 끝으로 기묘한 사실을 알려 주었다.

"그런데요, 사무가와(寒川)씨. 얼마전의 일인데요. 나는 행방불명된 오에 슌데이를 만났습니다. 너무도 모습이 변해 있어서 인사도 하지 않았으나 틀림없는 슌데이였습니다."

"어디서요?"

나는 다급하게 물었다.

"아사꾸사 공원입니다. 아침이었는데 집으로 돌아가던 길이었어요. 전날에 마신 술이 깨지 않았는지 모릅니다만……."

혼다는 히죽거리면서 머리를 긁었다.

"라이라이겐(來來軒)이라는 중국 요릿집이 있지요. 그곳 길모퉁이에서 아직 사람들의 왕래가 뜸한 이른 아침인데, 빨간색의 고깔모자를 쓰고 울긋불긋한 광대 옷을 입은 살찐 사람이 광고지를 나누어주고 있었습니다. 그는 틀림없이 오에 슌데이였습니다. 깜짝 놀라 멈춰 서서 소리를 칠까 말까 망설이는데, 상대는 눈치를 챘는지

무표정한 얼굴로 휙 돌아서서 그대로 재빨리 건너편 길로 걸어갔습니다. 나는 쫓아갈까 생각했지만 그런 꼴을 하고 있는 그와 인사한다는 것도 오히려 이상하다는 생각이 들어 그대로 돌아섰습니다."

오에 슌데이의 이상한 모습에 대한 이야기를 듣는 사이에 나는 악몽이라도 꾼 듯 기분이 몹시 나빠졌다. 그리고 그가 아사꾸사 공원에서 고깔모자에 광대 옷을 입고 있었다는 말을 들었을 때는 왜 그런지 섬뜩하게 머리털이 곤두서는 것을 느꼈다.

그의 광대 옷과 시즈꼬에 대한 협박장 사이에 어떤 관계가 있을 것 같았다(혼다가 아사꾸사에서 슌데이를 만난 것은 아마 첫 번째 협박장이 도착할 무렵인 것 같았다). 여하튼 그대로 둘 수 없다는 느낌이 들었다.

나는 그때 즉석에서 시즈꼬로부터 보관을 의뢰받은 협박장 중에서 의미를 알 수 없는 것을 한 장 골라 그것을 혼다에게 보이고 그것이 슌데이의 필적인지를 물어 보았다.

그러자 그는 슌데이의 필적이 틀림없다고 단언했다. 그 이유는 형용사나 글씨체가 슌데이 것임에 틀림없다는 것이다. 그는 언젠가 슌데이의 필적을 모방해서 소설을 쓴 적이 있기 때문에 그것을 잘 알고 있었다.

"그 구지구질한 문장은 좀처럼 흉내낼 수 없었습니다."

나도 그의 의견에 찬성이었다. 여러 통의 편지를 전부 읽은 나는 혼다 이상으로 거기에 밴 슌데이의 냄새를 느낄 수 있었다.

여기서 나는, 그럴싸한 이유를 붙여 어떻게 하든 슌데이가 있는 곳을 찾아 줄 수 없겠느냐고 부탁했다. 혼다는 쉽게 떠맡아 주었다.

"좋습니다. 나에게 맡겨 주십시오."

그러나 나는 그것만으로 안심되지 않아 직접 슌데이가 전에 살았다는 우에노 사꾸라기쬬 32번지에 가서 살펴보기로 했다.

음울한 짐승 35

4

다음 날 나는 쓰던 원고를 그대로 두고 사꾸라기쬬에 가서 근처의 구멍가게 주인을 붙들고 여러 가지로 슌데이 집안에 관해 물어 보았는데, 혼다가 말한 것이 거짓이 아니라는 것이 확인되었을 뿐 그 외의 슌데이에 대한 소식은 아무것도 알 수 없었다.
 그 근처는 조그마한 대문이 달린 중류 주택이 많아서 이웃끼리도 서로 말할 기회가 없는 곳이었다. 행선지를 밝히지 않고 떠났기 때문에 아는 사람이 없었다. 물론 오에 슌데이라는 문패를 붙이지 않았기 때문에 그가 유명한 소설가라는 것을 아는 사람은 없었다. 트럭을 몰고 이삿짐을 실러 왔던 이삿짐 센터의 사나이 역시 어느 센터에서 온 사람들인지 알 수 없었기 때문에 나는 빈 손으로 돌아와야 했다.
 달리 방법이 없기 때문에 나는 시간에 쫓기는 바쁜 원고를 쓰는 틈틈이 매일같이 혼다에게 전화를 걸어 수사의 진척 상황을 물었다. 이렇다 할 진척이 없는 가운데 5, 6일이 지나갔다. 그런데 우리들이 이런 일을 하는 사이에 슌데이 쪽에서는 그의 한 많은 복수를 착착 진행하고 있었다.
 어느 날 오야마다 시즈꼬로부터 전화가 걸려 왔다. 몹시 걱정되는 일이 생겼으니 우선 와 달라는 부탁이었다. 주인도 멀리 출장갔고 하녀도 마음에 걸려 먼 곳에 심부름을 보냈으니까 마음놓고 오라는 것이었다. 그녀는 자기집 전화를 사용하지 않고 일부러 공중전화를 사용하고 있었다. 그녀가 이렇게 말하면서 몹시 주저했기 때문에 말하는 도중에 3분이 다 되어 한 차례 전화가 끊어졌다.
 주인이 집을 비운 틈을 타서 하녀를 심부름 보내고 살짝 나를 불러내는 요염한 형식이 나의 마음을 약간 묘하게 움직였다. 물론 그래서가 아니라 나는 즉시 승낙하고 아사꾸사에 있는 그녀의 집을 찾아갔다.

오야마다의 집은 상가와 상가 사이로 난 길을 깊이 들어가면 그곳에 있었다. 약간 고풍스러운 느낌이 드는 건물이었다. 정면에서 보아서는 알 수가 없었는데 그 집의 뒤쪽엔 큰 강이 흐르는 것이 보였다. 그러나 집의 정면엔 어울리지 않게 매우 촌스러운 콘크리트 담(담 위에는 도둑을 방지하기 위한 유리까지 꽂아 놓았다)이 있었다. 안채는 이층으로 된 양옥이었다. 그러한 것들은 바깥채의 일본식 고유 주택과 조화를 이루지 못하고 있었다. 황금 만능의 시궁창 냄새가 나는 것 같았다.

문을 들어서자, 시골티가 흐르는 소녀의 마중을 받고 응접실로 안내되었다. 그곳에서 시즈꼬는 침통한 얼굴로 기다리고 있었다.

그녀는 몇 번이나 나를 오라고 한 것에 대하여 사과한 다음, 낮은 목소리로 말하며 한 통의 편지를 내놓았다.

"먼저 이것을 보아 주세요."

그리고 무엇을 무서워하듯 뒤를 돌아본 뒤 내 옆으로 다가왔다. 그것은 역시 오에 슌데이의 편지였는데 내용이 지금까지 왔던 것보다 약간 달랐다. 그 내용을 다음에 소개하겠다.

　시즈꼬.
당신이 괴로워하는 것이 눈에 보이는 듯합니다.

당신의 남편에게는 비밀로 해 두고 내가 있는 곳을 찾아 내려고 하는 것을 나는 정확히 알고 있습니다. 그러나 쓸데없는 일이니까 중지하는 것이 좋을 것입니다. 가령 당신이 나의 협박장을 남편에게 털어 놓을 용기가 있고 그 결과 경찰의 손을 빌린다고 해도 내가 있는 곳을 찾아 낼 수는 없습니다. 내가 얼마나 용의주도한 사나이인가는 내가 썼던 작품들을 보면 알 것입니다.

자, 나를 찾겠다는 조사는 이쯤에서 손을 뗄 때가 된 것 같습니다. 나의 복수 사업은 제2단계로 옮겨 갈 시기가 된 것 같습니다.

그것에 대해서 나는 약간의 예비 지식을 당신에게 알려 주려고 합니다. 내가 어떻게 해서 밤마다 당신의 행위를 알게 되었는지 지금쯤은 당신도 어렴풋이 상상할 것입니다. 즉 나는 당신을 발견한 이래 그림자 같이 당신 주위를 붙어다니고 있습니다. 당신은 어떻게 해도 볼 수 없지만 나는 당신이 집에 있든가 외출하든가 끊임없이 당신의 모습을 주시하고 있습니다. 나는 당신의 그림자가 되어 버린 것입니다. 지금도 당신이 이 편지를 읽고 떠는 모습을 당신의 그림자인 나는 어느 구석에서 눈을 가늘게 뜨고 바라보고 있을지도 모릅니다.

당신도 알다시피 나는 밤마다 당신의 행위를 바라보고 있는 사이에 당연히 당신들 부부 사이의 정다운 행위도 보았습니다. 나는 물론 격렬한 질투를 느끼지 않을 수 없었습니다.

이것은 처음의 복수 계획엔 포함시키지 않았습니다. 그러나 그런 일이 이렇게도 나의 계획을 방해할 뿐 아니라 오히려 그 질투심은 나의 복수심에 불을 지른 기름이 되었습니다. 그래서 나는 계획된 것을 어느 정도 변경하는 것이 한층 내 목적을 이루는 데 뜻이 있다는 것을 깨달았습니다.

처음 예정은 당신을 괴롭히고 또 괴롭혀서 두려움과 공포 속에 떨게 하여 자연스럽게 당신의 목숨을 뺏으려고 했습니다. 그러나 얼마 전부터 당신들 부부의 사이를 알고 난 뒤, 당신을 죽이기에 앞서 당신을 사랑하는 당신 남편의 목숨을 당신의 눈앞에서 빼앗아 그 슬픔을 충분히 맛보게 한 뒤에 당신 차례로 옮기는 것이 더욱 효과적이라고 생각했습니다. 그래서 나는 그와 같이 하기로 결정한 것입니다.

그러나 당황할 것은 없습니다. 나는 언제나 서둘지 않습니다. 그

것은 이 편지를 읽은 당신이 충분히 고민하기 전에 다음 행동을 취하는 것은 너무 필요 이상의 친절일 것 같아서입니다.

3월 16일 깊은 밤
복수의 귀신으로부터
시즈꼬 앞

이와 같이 잔혹하기 이를 데 없는 글을 읽고 나 역시 몸이 오싹하지 않을 수 없었다. 그리고 사람답지 못한 오에 슈데이를 증오하는 마음이 몇 배나 더해졌다.

그러나 내가 두려워서 꽁무니를 뺀다면 저렇게 풀이 죽어 있는 시즈꼬를 누가 위로하여 주겠는가. 나는 힘주어 태연한 체하면서, 이 협박장이 소설가의 공상에 지나지 않는다는 것을 반복하여 설명할 수밖에 도리가 없었다.

"아무튼 선생님, 좀더 조용히 말씀하여 주세요."

내가 열심히 떠드는 것을 들으려고 하지 않고 시즈꼬는 무엇인가 다른 곳에 정신을 쏟는 듯 때때로 딴 곳을 응시하며 귀를 기울였다. 그리고 누군가가 엿듣기라도 하는 것같이 목소리를 죽이는 것이었다. 그녀의 입술은 푸르스름한 얼굴과 구분할 수 없을 만큼 변해 있었다.

"선생님, 나는 머리가 어떻게 된 것이 아닌가 생각됩니다."

시즈꼬는 정신이 돈 것처럼 낮은 목소리로 뜻모를 말을 소곤거렸다.

"무슨 일이 있었습니까?"

나도 유혹되어 이내 약한 소리로 속삭였다.

"이 집 안에 히라다가 있습니다."

"어디입니까?"

나는 그녀의 말뜻을 이해할 수 없었기 때문에 멍청하게 서 있었다.

그때 시즈꼬는 단호하게 결심한 듯 일어나서 새파랗게 질린 얼굴로 나를 따라오라고 손짓했다. 나는 조심스럽게 그녀의 뒤를 따랐다. 도중에 그녀는 내 손목 시계를 보고 그것을 풀게 한 다음 시계를 테이블 위에 놓았다. 그런 다음 우리들은 발소리를 죽이며 짧은 복도를 통해서 시즈꼬의 거실로 들어갔다. 그곳의 벽장을 열 때 시즈꼬는 바로 그 속에 수상한 자가 숨어 있기라도 한 듯이 공포에 질린 얼굴을 했다.

"이상하군요. 한낮에 그 사나이가 집 안에 스며들다니…… 잘못 생각한 것이 아닌가요?"

내가 이렇게 말하자 그녀는 깜짝 놀란 듯이 내 말을 손짓으로 가로막고 내 손을 잡으며 방 한구석으로 데리고 가더니 눈을 그 위의 천장을 향하고는 '가만히 들어 보세요'라고 말하듯 손짓으로 시늉을 했다.

우리들은 그곳에서 꼼짝 않고 10분 정도 눈을 마주보고 귀를 기울이고 서 있었다. 한낮이었으나 넓은 집안의 깊숙한 방이었기 때문에 적막하기 이를 데 없었다. 작은 상처에서 피가 흐르는 소리까지 들릴 만큼 조용했다.

"시계의 똑딱거리는 소리가 들리지 않나요?"

시간이 상당히 흐른 다음 시즈꼬는 들릴까 말까한 소리로 나에게 물었다.

"아니오, 시계가 어디 있습니까?"

그러자 시즈꼬는 다시 조용하게 귀를 기울이더니 겨우 안심한 듯 말했다.

"이제 들리지 않네요."

그녀는 숨을 헐떡이며 다음과 같이 이상한 이야기를 했다.

그녀가 거실에서 뜨개질을 하고 있었는데 그때 하녀가 편지를 갖고 들어왔다. 이제는 겉봉투만 보아도 슈데이 편지라는 것을 한눈에 알 수 있었다. 그것을 받아들였을 때 그녀는 뭐라고 표현할 수 없이 두려운 기분이었지만, 뜯어보지 않으면 더욱 불안했기 때문에 어쩔 수 없이 봉투를 뜯고 읽어 보았다.

복수의 화살이 남편에게 미친다는 것을 알고 이젠 가만히 있을 수 없었단다. 그녀는 벌떡 일어나 옷장 앞으로 걸어갔단다. 그리고 그곳에 멈춰 서서 천장에서 들리는 소리를 잡으려고 귀를 쫑긋 거렸단다.

"나는 귀가 울려서 그런가 하고 생각했으나 귀울림과는 다른 째깍째깍하는 쇠붙이 소리가 확실하게 들렸어요."

그것은 그 방의 천장 위에 사람이 숨어 있고 그 사람의 회중시계가 초를 재면서 가고 있는 소리라고 생각했단다.

방안이 몹시 조용했기 때문에 자꾸 그녀의 귀가 천장으로 향했고 신경이 예민해진 그녀는 천장 위에서 희미하게 속삭이는 금속 소리를 들었을지도 모른다. 혹시 다른 방향에 있는 시계가 광선의 반사 작용에 의하여 천장 위에서 들리는 것 같이 되지 않았나 싶어 그 근처를 샅샅이 조사하여 보았으나 근처엔 시계가 없었다.

그녀는 언뜻 '지금 당신이 이 편지를 읽고 떠는 모습을 당신의 그림자인 나는 어딘가의 구석에서 눈을 가늘게 뜨고 주시하고 있을지도 모른다'라는 편지의 구절을 생각해 냈단다. 그때 마침 천장의 판자 한 장이 약간 떨어져 틈이 생겨 있는 게 그녀의 눈에 띄었단다. 그 틈 사이에서 슌데이의 눈이 가늘게 반짝거리는 것같이 생각되었다고 한다. '저기에 히라다가 있는 게 아닐까?' 하고 생각하니 시즈꼬는 자못 야릇한 흥분을 느꼈단다. 그녀는 적 앞에 몸을 내던지는 기분으로 눈물을 뚝뚝 흘리면서 천장 위에 있다고 생각하는 인물에게 말을 걸었다.

"나는 어떻게 되어도 괜찮아요. 당신의 마음이 풀린다면 어떤 일이라도 하겠습니다. 설사 당신이 죽인다 해도 원망하지 않겠습니다.

그러니 남편만은 살려 주십시오. 나는 그분에게 거짓말을 했습니다. 그뿐 아니라 나 때문에 그분이 죽게 된다면 나는 너무도 두렵습니다. 도와 주세요."
그녀는 낮은 목소리였으나 마음을 다하여 간청했단다.
그러나 천장에선 아무 대답이 없었단다. 그녀는 처음의 흥분에서 깨어나 얼빠진 사람같이 오랫동안 그곳에 서 있었단다. 그러나 천장 위에서는 여전히 희미한 시계 소리가 들려올 뿐 죽은 듯한 정적이 방 안에 깔려 있었단다. 음울한 짐승은 어둠 속에서 숨을 죽이고 벙어리처럼 잠자코 있었단다.
너무도 조용함에 그녀는 갑자기 공포를 느껴 자기도 모르게 허겁지겁 거실을 빠져나와 집밖으로 뛰어나왔다는 것이다. 그리고 나를 생각하고 앞뒤 돌아보지도 않고 그곳에 있는 공중전화로 나를 불렀다는 것이다.
나는 시즈꼬의 이야기를 듣고 있으면서 오에 슌데이의 불쾌한 소설 《지붕 속의 장난》을 생각해 냈다. 만일 시즈꼬가 들었다는 시계 소리가 착각이 아니고 그곳에 정말 슌데이가 숨어 있었다면 그는 그 소설의 내용을 그대로 실행에 옮긴, 참으로 슌데이다운 방법이라고 수긍할 수 밖에 없었다.
나는 《지붕 속의 장난》을 읽었을 뿐 아니라 시즈꼬의 일견 엉뚱한 이야기를 일소에 붙일 수도 없었고 나 자신도 몸이 오싹해지는 공포를 느끼지 않을 수 없었다. 나는 지붕 속의 캄캄한 어둠 속에서 빨간 고깔모자와 광대 옷을 입은 뚱뚱한 오에 슌데이가 해죽해죽 웃는 모습을 생각하니 더욱 오금이 떨렸다.

5

우리들은 여러 가지로 의논한 끝에 결국 내가 《지붕 속의 장난》에 나오는 아마츄어 탐정같이 시즈꼬의 거실 천장 위로 올라가서 그곳에 사람이 있던 흔적이 있는가 없는가, 만일 있었다면 어느 곳으로 출입했는지 확인하여 보기로 했다.

시즈꼬는 '그런 기분 나쁜 일을……' 하고 한사코 말렸으나 나는 그것을 뿌리치고 슈데이의 소설 내용과 같이 천장 판자를 떼어내고 전기 기사와 같이 그 구멍으로 올라갔다. 마침 집에는 아까 나를 맞기 위해서 현관까지 나왔던 소녀 외엔 아무도 없었다. 그 소녀는 자기 일을 하고 있었기 때문에 나는 누구에게도 들키지 않았다.

지붕 속은 결코 슈데이의 소설과 같이 아름다운 것은 아니었다.

낡은 집이었으나 지난 연말 대청소 때 집수리 하는 사람을 불러다가 천장 속을 깨끗이 씻어 내렸기 때문에 그다지 더럽지는 않았다. 그러나 대청소한 지 3개월이 지난 뒤라 먼지가 조금 쌓였고 거미줄도 군데군데 쳐져 있었다. 칠흑같이 어두워서 어떻게 할 수가 없었다. 나는 시즈꼬의 집에 있는 회중전등을 들고, 조심스럽게 대들보를 타고 문제의 장소까지 가까이 갔다. 그곳의 천장 판자는 사이가 약간 벌어져 있었다. 그것은 대청소할 때 판자를 떼었다가 다시 맞출 때 생긴 틈 같았다. 밑에서 희미한 빛이 새어 나왔는데 그것이 목표가 되었다. 그러나 나는 반 칸도 가기 전에 깜짝 놀랄 만한 것을 발견했다.

나는 지붕 속으로 기어들어가면서 설마설마했으나 시즈꼬의 상상은 결코 어긋나지 않았다. 그곳 대들보 위와 판자 위에는 최근에 사람이 지나간 흔적이 있었다.

나는 흠칫 등골이 오싹해짐을 느꼈다. 독거미 같은 오에 슈데이가 나와 같은 모습으로 천장을 기어다녔을 것을 생각하니 일종의 전율마저 느꼈다. 나는 바짝 언 채 대들보에 쌓인 먼지 위에 찍힌 손과 발의 흔적을 쫓았다. 시계 소리가 났다는 장소는 다른 곳보다 먼지가 몹시 흐트러져 있어 그곳에 오랫동안 사람이 있었다는 것을 쉽게 알 수 있었다.

나는 더욱 열내어 그 흔적을 쫓았다. 그는 온 집안의 지붕 속을 기어다닌 듯 어느 대들보 위에나 먼지가 흐트러져 있었다. 그리고 시즈꼬의 거실과 침실 위라고 짐작되는 곳은 한층 더 먼지가 흐트러져 있었다.

나는 지붕 속의 장난꾼을 그려보면서 그곳에서 침실을 들여다보았다. 슈데이가 그것에 도취된 것도 무리는 아니었다. 천장 판자의 틈새로 뵈는 침실 정경은 참으로 상상 이상의 흥미로움을 주었다. 더욱이 머리를 숙인 시즈꼬의 모습은 전혀 다른 사람 같았다. 인간이 보는 각도에 따라 이렇게 다른가 싶어 놀랄 정도였다.

우리들은 항상 옆에서만 보기 때문에 아무리 자기 모습에 대하여 의식하는 사람도 머리 위에서 보는 모습은 생각하지 않는다. 아무튼 옆에서 보던 것과는 대단한 차이가 있었다. 정말 꾸밈없는 인간의 적나라한 모습이 그곳에 있었다. 윤기 있는 머리카락을 (바로 위에서 본 머리 모양은 참으로 달랐다) 말아 올린 그 밑에는 때가 끼어, 다른 깨끗한 부분과 비교할 수 없을 만큼 더러웠다. 목덜미의 밑으로 이어지는 등골짜기까지 보였다. 그런데 푸르스름한 살갗 위에는 예의 지렁이 같은 흉터가 등 가운데 볼품 사납게 그려져 있었다. 위에서 본 시즈꼬의 모습엔 고상한 미가 없었다. 그러나 그녀가 지닌 일종의 이상스럽고 관능적인 매력이 한층 짙게 다가오는 것을 느꼈다.

아무튼 나는, 뭐든지 오에 슈데이라는 증거가 될 만한 것을 발견하려고 회중전등을 켜 들고 대들보와 천장 판자 위를 샅샅이 조사했다. 그러나 지문과 같이 증거가 될 만한 것은 발견할 수 없었다. 슈데이는 분명히 《지붕 속의 장난》을 실행하는데 있어 장갑과 양말을 잊지 않았을 것이다.

그런데 시즈꼬의 거실 위라고 생각되는 대들보와 천장을 받친 나무 토막 밑에 조그마한 쥐색으로 된 물건이 있었다. 그것은 금속인데 속이 비어 있는 단추 같았다. 표면에 'R·K·BROS·CO'라는 문자가 새겨져 있었다.
 그것을 주우면서 나는 즉시 《지붕 속의 장난》에 나오는 셔츠의 단추를 생각했다. 그런데 그것은 단추라고 하기에는 약간 이상한 모양이었다. 모자 장식품이 아닌가 하고 생각했으나 확실한 것은 알 수 없었다. 뒤에 시즈꼬에게 보였으나 그녀 역시 고개를 갸우뚱했다.
 나는 슌데이가 어디로 숨어 들어갔는가를 면밀하게 조사했다.
 먼지가 흐트러져 있는 흔적을 따라가 보니 현관 옆의 헛간 위에서 그쳤다. 헛간 위의 천장 판자를 들어 보았다. 판자는 힘없이 들렸다. 나는 그곳에 뒹굴고 있는 의자 다리를 딛고 아래로 내려왔다. 안쪽에서 헛간 문을 열었다. 자물쇠가 없었기 때문에 힘없이 열렸다. 바로 그 밖엔 사람 키보다 약간 높은 콘크리트 담이 있었다.
 아마 슌데이는 사람의 왕래가 뜸한 틈을 타서 이 담을 뛰어넘어(담 위에는 앞에서 말한 대로 유리 조각이 꽂혀 있었으나 계획적인 침입자에게는 그런 것은 문제가 될 수 없다) 자물쇠를 채워놓지 않은 헛간을 통하여 지붕 속으로 들어갔을 것이다.
 이와 같이, 그 수단을 모두 알게 되자 나는 어쩐지 맥이 빠진 기분이 되었다. 불량 소년들이나 하는 아이같은 장난이 아니냐고 상대를 경멸하여 주고 싶은 마음이었다.
 묘하게 치밀어 오르던 공포가 없어지고 그 대신 현실적인 불쾌감만이 남았다. (그러나 그와 같이 상대를 경멸해 버린 것이 어처구니없는 잘못이라는 것을 나중에 가서야 알게 되었다.)
 시즈꼬는 몹시 겁을 먹고, 남편의 몸을 보호하기 위해선 자신의 비밀이 폭로되더라도 경찰의 손을 빌리는 것이 좋겠다고 말했다. 나는 상대를 경멸했기 때문에 그러한 그녀의 말을 묵살했다. 설마 《지붕 속의 장난》에 나오는 것같이 천장 위에서 독약을 뿌리는 일은 할 수 없을 것이다. 또한 천장 위에 숨어든다고 해서 사람을 죽일 수는 없을 것이다. 그러나 무엇보다 두렵게 만드는 것은 오에 슈데이다운 치기(稚氣)였다. 아무튼 소설가인 그에게 그 이상의 실행력이 있다고 생각되진 않았다. 나는 그녀를 안심시켰다. 그리고 시즈꼬가 너무 무서워했기 때문에 그런 일을 좋아하는 내 친구에게 부탁하여 매일 밤 헛간 주위의 담벽 밖을 감시하도록 했다.

시즈꼬는 양옥 이층에 있는 손님용 침실을 당분간 그들 부부의 침실로 쓰겠다고 말했다. 양옥은 슬래브이기 때문에 위에서 내려다볼 수가 없다. 그 때문인 것 같았다.

이와 같이 하여 두 가지 방어 수단은 그 다음날부터 실천하기로 되었으나 음울한 짐승 오에 슈데이의 무서운 마수는 그와 같은 수단을 무시하고 그로부터 2일 후인 3월 19일 한밤중에 예고대로 끝내 첫 번째 희생자를 냈다. 오야마다 무쓰로 씨의 숨통을 끊어 놓았던 것이다.

6

슈데이의 편지에는 오야마다 씨 살해 예고에 추가해서 '그러나 당황할 필요는 없다. 나는 언제나 서두르지 않는다'라는 문장이 있었다. 그런데 그는 왜 편지를 보낸 지 이틀 만에 서둘러서 범행을 저지르게 되었을까. 그것은 일부러 편지로 방심하게 해 놓고 범행을 하려던 일종의 책략이었는지도 모른다. 나는 혹시 다른 이유가 있는 것이 아닌가 하고 의심하여 보았다.

시즈꼬가 시계 소리를 듣고 지붕 속에 슈데이가 숨어 있다는 것을 믿고 눈물을 흘리며 오야마다 씨의 목숨을 구해 줄 것을 빌었다는 말을 들었을 때 나는 이미 그 살해의 실행을 염려했다. 슌데이는 시즈꼬의 그러한 순정을 알자 더욱 격렬한 질투를 느꼈을 것이다. 동시에 자기 신상의 위험을 깨달은 것이 틀림없다. 그래서 '좋다 그처럼 네가 사랑하는 남편이라면 오랫동안 기다릴 것이 아니라 즉시 죽여야겠다'라는 기분이 들었을 것이다. 그것은 어떻든, 오야마다 무쓰로 씨의 변사체는 몹시 이상한 상태로 발견되었다.

 나는 시즈꼬의 통지를 받고 석양 무렵에 오야마다 집으로 달려갔다. 오야마다 씨는 그 전날 별로 이상스런 일 없이 여느 때보다 조금 일찍 집에 돌아와서 저녁 술을 끝내고, 개울 건너 고우메(小梅)에 있는 친구 집에 가서 바둑을 두겠다며 집을 나갔다. 푸근한 밤이었기 때문에 간단한 속옷 위에 하오리(羽織)만 걸친 채 외투도 입지 않고 나갔다. 오후 7시경이었다. 먼 곳이 아니었기 때문에 그는 평상시와 같이 소풍 겸해서 아스마(吾妻) 다리를 우회하여 무지마(向島)의 강언덕을 걸어서 갔다. 그리고 고우메의 친구집에 4시까지 있다가 그곳을 나왔다는 것까지는 확증이 되었다. 그러나 그 후의 일은 전혀 알 수 없었다.

 밤새도록 기다려도 오지 않았고, 더욱이 오에 슌데이로부터 무서운 예고를 받은지라 시즈꼬는 몹시 애태우며 기다렸다. 아침이 되자 시즈꼬는 아는 곳이나 짐작이 가는 곳에 전화를 걸거나 사람을 보내서 물어보았으나 어디에도 들른 흔적이 없었다. 그녀는 물론 나에게도 전화를 걸었으나 마침 그 전날 밤 나는 집을 비웠다가 석양 무렵에 돌아왔기 때문에 이런 소동을 전혀 몰랐다.

 그런데 출근 시간이 되어도 오야마다 씨는 나타나지 않았다. 회사에서도 여러 군데로 손을 써서 찾아보았으나 간 곳을 알 수 없었다. 이와 같은 소동 속에 점심때가 지나갔다. 마침 그때 기사가다(象瀉) 경찰서에서 전화로 오야마다 씨의 변사를 알려왔다.

아스마 다리의 니시즈메(西詰), 가미나리몽(雷門)의 전차 정류장에서 약간 북쪽으로 가서 제방을 내려선 곳에 아스마 다리와 센쥬오에다리(千住大橋) 사이를 왕래하는 기선의 선착장이 있다. 증기 기선이 통통거리던 때부터 스미다가와(陽田川)의 명소로 알려진 곳이다. 나는 별로 용건도 없이 그 발동선을 타고 고도도이(言問)나 시라히게(白鬚) 등지에 왕래했던 일이 있다. 기선에는 상인들이 그림책이나 장난감을 배 안으로 갖고 들어와 스크루의 소리에 맞추어 무성영화의 변사같이 목쉰 소리로 상품 선전을 하는 촌티 나는 옛날 맛이 견딜 수 없이 좋았다. 그곳의 기선 선착장은 스미다가와의 물 위에 떠 있는 네모난 배와 같다. 대합실의 의자나 손님용 변소까지도 둥둥 떠 있는 배처럼 설치되어 있다. 나는 그 변소에 들어간 일이 있다. 변소라 하지만 나무로 된 마룻바닥이 장방형으로 뚫려 있을 뿐이다. 그곳에서 한 자 정도 아래엔 강물이 출렁거리며 흐르고 있다.

마치 기선이나 배의 변소처럼 배설물이 쌓이지 않기 때문에 깨끗하기는 하지만 장방형의 구멍 밑에는 검푸른 물이 소용돌이치고, 때때로 지저분한 쓰레기 등이 물결에 밀려 이리저리 떠다니는 것을 볼 수 있다. 그것은 몹시 불쾌한 느낌을 주었다.

3월 6일 아침 8시경 아사꾸사 나가미세(仲見世)에 사는 어떤 노파가 센쥬에 일을 보러 가기 위하여 아스마 다리의 기선 선착장에서 배를 기다리다가 용변이 보고 싶어 지금 말한 변소에 들어갔다. 그런데 그 노파는 얼굴이 새파랗게 질려 비명을 지르며 뛰어나왔다.

매표소의 노인이 무슨 일이냐고 묻자, 노파는 변소의 장방형으로 뚫린 구멍 아래 검푸른 물 속에서 어떤 사나이의 얼굴이 그녀를 바라보고 있었다는 것이다.

매표소의 노인은 처음엔 뱃사람들의 장난으로 생각했으나(그 물 속에서 그런 사건이 간혹 있었기 때문에) 일단 변소에 들어가서 조사하여 보았다. 과연 변소 구멍의 바로 한 자 밑에 사람 얼굴이 떠 있었다. 물결 따라 얼굴은 물 속에 잠겼다가 다시 떠오르곤 했다. 마치 태엽 장치를 한 장난감같이 자동적으로 들락날락했다고 뒤에 그 노인은 말했다.

그것이 사람의 시체라는 것을 알고, 노인은 몹시 당황하여 선착장에 있는 젊은 사람을 큰소리를 불렀다.

배를 기다리던 손님들 중에 힘깨나 쓰는 생선 장수가 있어 젊은 사람과 함께 시체를 인양하려고 했으나, 변소 속에서 도저히 꺼낼 수 없었다. 그래서 변소 밖에서 긴 장대로 시체를 잡아당겼다. 이상하게도 시체는 팬티 하나만 걸친 벌거숭이였다.

40세 전후의 훌륭한 인품이었다. 설마 이런 날씨에 스미다가와에서 수영을 했을 리는 만무할 테고 해서 더 자세히 보니, 등뒤에 칼로 찔린 자국이 있었고 익사자로서는 의외로 물을 먹지 않았다. 단순한 익사 사건이 아니다. 살인 사건이라는 것이 알려지자 소란은 한층 커졌다. 그런데 정작 물에서 인양할 때 또 한 가지 기묘한 일이 발견되었다.

신고에 의해서 달려온 하나가와도(花川戶) 경찰서의 당직 순경의 지시로, 선착장의 젊은 사람이 곱슬곱슬한 시체의 머리털을 잡고 끌어올리려고 하자 머리털은 물론 머리가죽까지 스르르 벗겨졌다.

젊은이는 너무도 당황해서 악 소리치며 잡았던 머리털을 놓아 버렸다. 물에 빠진 지 그다지 시간이 경과된 것도 아닌데 머리털이 빠진다는 것은 이상하다고 생각하여 자세히 살펴보았다. 그랬더니 지금껏 시체의 머리라고 생각했던 것은 가발이었고 본래의 머리는 대머리였다.

이것은 시즈꼬의 남편이자 로꾸로꾸 회사의 중역인 오야마다 무쓰로 씨의 비참한 죽음의 장면이었다.

결국, 오야마다 씨의 시체는 반나체였고 대머리 위에 가발까지 덮여져 아스마 다리 밑에 버려졌던 것이다. 게다가 시체는 물 속에서 발견되었지만 물을 먹은 흔적이 없었다. 치명상은, 등 한가운데의 좌측 폐 있는 곳에 받은 날카로운 칼자국이었다. 치명상 외에도 등의 여러 군데에 칼자국이 있는 것으로 미루어 보아 범인은 몇 번이나 잘못 찔렀던 것을 알 수 있었다.

경찰서에서 나온 의사의 검시에 따르면 그 치명상을 입은 시간은 어젯밤 3시경이라고 했다. 시체는 옷도 입지 않았고 소지품도 없었기 때문에 어디 사는 누군지 알 수 없었다. 경찰 역시 손을 쓰지 못하고 있을 때 다행히도 정오경에 오야마다 씨를 아는 사람이 나타나서 오야마다 씨라는 것을 확인하고 집과 회사에 전화를 걸었다는 것이다.

해가 질 무렵 내가 오야마다 씨 집을 방문했을 때는 오야마다 씨의 친척, 로꾸로꾸 회사의 사원 등 고인의 친구들이 몰려와서 집 안은 몹시 혼잡했다. 방금 경찰서에서 돌아왔다는 시즈꼬는 조문객들에게 에워싸여 멍청하게 서 있었다.

오야마다 씨의 시체는 경우에 따라 해부하지 않으면 안 되었기 때문에 아직 경찰서에서 인도받지 못했고, 불단 앞에 급히 만든 하얀 천을 덮은 빈소에는 위패가 놓여 있고, 조문객들은 정중하게 향을 피우고 있었다.

나는 시즈꼬와 회사 사람들로부터 시체 발견의 전말을 들었다. 나는 슌데이를 두려워한 나머지 2, 3일 전 시즈꼬가 경찰서에 신고하겠다는 것을 말린 일이 있다. 그것이 이런 불상사를 일으켰다고 생각하니 부끄러움과 후회로 인하여 그 자리에 앉아 있을 수 없다는 생각이 들었다.

나는 의심할 사람은 오에 슌데이 외에 없다고 생각했다. 오에 슌데이는 틀림없이 오야마다 씨가 고우메의 바둑 친구와 헤어져 아스마

다리를 지날 무렵, 그를 기선 선착장의 어두운 곳으로 끌고 가서 그곳에서 흉악한 살인을 범한 다음 시체를 강 속에 던진 것이 틀림없다. 시간적으로나 또 슌데이가 아사꾸사 근처를 서성거렸다는 혼다의 말로 미루어 보더라도, 더욱이 그는 오야마다 씨의 살인을 예고까지 했으니 범인이 슌데이라는 것은 의지할 여지가 없다.

그것은 그렇다 하더라도 오야마다 씨는 왜 벌거숭이가 되었는가. 또 이상한 것은 가발은 왜 쓰고 있는가. 만일 그것도 슌데이의 장난이라고 한다면 그는 왜 그와 같은 엉뚱한 짓을 했는가. 참으로 이상한 일이 아닐 수 없다.

나는 시즈꼬와 나만이 알고 있는 일을 의논하기 위하여 그녀를 별실로 오도록 했다. 시즈꼬는 그것을 기다렸다는 듯이 주위 사람들 눈에 보이지 않게 되자 그녀는 '선생님' 하고 낮은 소리로 부르고, 갑자기 나에게 다가와서 내 가슴 근처를 응시했다. 긴 속눈썹에 반짝반짝 빛나는 눈물을 달고 있었다. 그것이 좀더 커지면서 이내 큰 물방울이 되어 푸르스름한 볼을 타고 주룩주룩 흘러내렸다.

"나는 당신에게 뭐라고 용서를 빌어야 좋을지 모르겠습니다. 이것은 전적으로 내가 방심한 탓입니다. 그치에게 이와 같은 실행력이 있었다는 것을 참으로 생각하지 못했습니다. 내가 잘못 판단했습니다."

나도 끝내 감상적이 되어 울고 있는 시즈꼬의 손을 잡고 진심으로 사과했다. (내가 시즈꼬의 몸을 만진 것은 그때가 처음이었다. 그런 상황 속에서도 그 푸르스름하고 야들야들한 그녀의 손은 뜨겁고 탄력적이었다. 그러한 감촉을 나는 언제까지나 잊지 않고 있다.)

"당신은 그 협박장에 대한 것을 경찰서에 말했습니까?"

겨우 시즈꼬의 울음이 멈추자 나는 말을 꺼냈다.

"아니오, 나는 어떻게 해야 할지를 몰랐으니까요."

"아직 말하지 않았군요."
"네, 선생님과 의논하고 싶어서요."
뒤에 생각하니, 파격적인 일이었지만 나는 그때까지 시즈꼬의 손을 잡고 있었다. 시즈꼬 역시 손을 잡힌 채 나에게 기대듯이 서 있었다.
"당신도 역시 그 사나이의 소행이라고 믿고 있겠지요?"
"네, 그리고 어제 오후 묘한 일이 있었어요."
"묘한 일?"
"선생님의 지시대로 침실을 양옥 이층으로 옮겼지요. 이제는 엿볼 수 없으리라고 안심했는데 역시 그 사람은 들여다본 것 같았어요."
"어디서요?"
"유리창 밖에서요."
그리고 시즈꼬는 그때의 두려웠던 일을 생각해 내듯이 눈을 감으며 더듬더듬 말을 했다.
"어젯밤 12시경, 침대에 들어갔지만 남편이 돌아오지 않아 근심에 싸여 있었지요. 그런데 천장이 높은 방에 나 혼자서 누워 있는 것이 무서워졌어요. 묘하게도 방 안 구석구석까지 살피게 되더군요. 창문의 블라인드는 하나인데 그것은 반 정도만 내려져 있었어요. 그곳으로 캄캄한 밖이 보이는 것이 너무 무서웠어요. 무섭다고 생각하니 자꾸 그곳으로 눈길이 가더군요. 그런데 그 창 너머로 어렴풋하게 사람의 얼굴이 보였어요."
"환영이 아니었을까요?"
"잠시 후 사라져 버렸으나 지금도 나는 잘못 보았다고 생각하지 않아요. 곱슬곱슬한 머리털을 유리창에 찰싹 붙이고, 몸을 숙이고, 내려다보듯 나를 쏘아보던 것이 지금도 눈에 보이는 것 같아요."
"히라다였습니까?"
"네, 틀림없었어요."

우리들은 그때 이런 이야기를 나눈 뒤, 오야마다 씨의 살인범은 오에 슈데이인 히라다 이찌로가 틀림없다는 것과, 그는 이 다음엔 시즈꼬를 죽이려고 노린다는 것을 시즈꼬와 나는 경찰에 신고하여 보호를 받기로 결론을 내렸다.

이 사건을 담당한 검사는 이또사끼(糸崎)였다. 다행히 나와 같은 미스터리 작가와 법의학자, 법률가들이 모여서 만든 엽기회(獵奇會)의 회원이었기 때문에 내가 시즈꼬와 함께 수사 본부가 설치된 기사가다 경찰서에 출두하여 검사와 피해자의 가족이란 딱딱하고 어색한 관계가 아니라 친구의 입장에서 말할 수 있었으며, 이또사끼 검사도 친절하게 우리들의 이야기를 들어 주었다.

그 역시 이와 같이 유별난 사건에 깊은 흥미를 느낀 듯했다. 아무튼 전력을 다하여 오에 슈데이의 거처를 찾을 것과, 오야마다 집에는 특별히 형사를 배치하고 순찰 횟수를 늘려 시즈꼬의 신변을 보호하겠다고 약속을 했다. 오에 슈데이의 인상에 대해서는, 세상에 알려진 사진은 실물과 닮지 않았다는 나의 말을 참작하여 박문관의 혼다를 불러서 상세하게 그가 알고 있는 용모에 대해 들었다.

7

그로부터 1개월 동안 경찰은 전력을 투입하여 오에 슈데이를 수배했다. 나는 혼다에게 부탁했고, 그 외에도 신문 기자, 잡지 기자 등 만나는 사람마다 오에 슈데이의 행방에 관한 어떤 실마리를 찾을까 해서 사실을 알아내려고 노력했다. 오에 슈데이는 어떤 방법을 쓰고 있는지 좀처럼 있는 곳을 찾을 수 없었다.

혼자라면 몰라도 수족과 같은 부인을 대동하고 그는 어느 곳에 어떻게 숨어 있는 것일까. 그는 과연 이또사끼 검사가 추리한 대로 밀항해서 먼 해외로 도망이라도 간 것일까.

그리고 더욱 신기한 것은 오야마다 씨의 변사 이후 예의 협박장이 전연 오지 않게 된 것이다. 슌데이는 경찰의 수사가 두려워서 당초의 목적인 시즈꼬를 죽일 것을 일단 중지하고 몸을 숨기는 일에 급급한 것일까. 아니다. 이 정도의 일은 처음부터 짐작하고 있었을 것이다. 그렇다면 지금 그는 도꼬의 어느 곳에 잠복하고 있으면서 시즈꼬를 죽일 기회를 노리고 있을 것이다.

기사가다 경찰서장은 부하 형사에게 명령해서 지난날 내가 했듯이 슌데이가 최후로 살았던 우에노 사꾸라기쬬 32번지 부근을 조사하도록 했다. 민완 형사인 그는 고심 끝에 슌데이의 이삿짐을 실어간 이삿짐 센터를 찾아냈다. (그것은 같은 우에노이나 멀리 떨어진 구로몬쬬(黑門町) 부근의 소규모 센터였다.) 그리하여 여러 곳으로 그가 이사간 곳을 쫓아가 보았다. 그 결과 알게 된 것은 슌데이는 사꾸라기쬬에서 떠난 다음 혼쬬구 야나기시마쬬(本所區柳島町), 무고지마 스사끼쬬(向島須崎町) 등, 갈수록 좋지 않은 데로 옮겼다는 사실을 알게 되었다.

최후로 확인된 스사끼쬬는 바라크와 다를 것이 없고 공장과 공장에 에워싸인 더러운 곳의 외딴집이었는데 그것도 전셋집이었다. 그는 그곳을 수개월 전에 전세로 빌렸다는데 집 주인은 아직도 슌데이가 그곳에 살고 있는 것으로 알고 있었다. 그러나 집 안을 조사하여 보니 가재 도구 하나 없고 먼지투성이로 어느 때쯤 빈집이 되었는지 모를 만큼 방치된 상태였다. 이웃에 탐문하려 했으나 이웃이 모두 공장이어서 남의 일에 참견 잘하는 마나님 족속도 없었다. 아무것도 알 수 없었다.

박문관의 혼다는 사건의 상황이 점점 달라지자 발바닥이 근질근질해져 성격이 요동하기 시작했다. 아사꾸사 공원에서 한 번 만난 것을 근거로 원고 청탁을 받는 틈틈이 열을 올려 탐정 흉내를 내고 있었다.

그는 먼저 지난날 슌데이가 광고지를 돌렸다는 점에 착안하여 아사꾸사 부근의 광고점을 몇 집 돌아다니며 슌데이 비슷한 사나이를 고용한 일이 있었는지 조사하여 보았다. 그러나 그곳의 광고점들은 바쁠 때는 아사꾸사 공원 근처의 부랑자들을 임시로 하루 정도 고용하는 일이 있기 때문에 인상을 듣고도 알 수 없다는 것이었다.

그 뒤에 혼다는 깊은 밤엔 아사꾸사 공원을 뒤지며 어두운 나무 그늘 밑에 있는 벤치를 하나하나 살피며 다녔다. 그리고 부랑인이 묵을 만한 혼죠 근처의 싸구려 하숙집에 일부러 숙박하며 그곳의 숙박인들과 우정을 맺고 혹시 슌데이와 닮은 사나이를 보지 못했느냐고 물어보기도 했다. 그는 많은 수고를 했으나 시간만 없앴을 뿐 이렇다 할 단서 하나 잡지 못했다.

혼다는 1주일에 한 번쯤 내가 있는 곳에 들러서 그의 고심담을 이야기하고 갔다. 그는 예의 돌부처 같은 얼굴에 웃음을 띠며 이런 이야기도 했다.

"사무가와 씨, 나는 얼마 전에 괴상한 전시물에 마음이 쏠렸습니다. 그래서 놀라운 일을 생각해 냈습니다. 요즈음 정체 모르는 여자라고 해서 목만 있고 몸뚱이가 없는 여자를 전시하는 것이 이곳저곳에서 유행하고 있는 것을 알고 있습니까? 그것과 유사한 것인데 목이 없고 몸뚱이만 있는 전시물입니다. 옆에 긴 상자가 있습니다. 그것은 세 칸으로 나누어져 있으며 두 칸 속엔 여자의 몸뚱이와 발이 들어 있습니다. 그리고 몸뚱이 위에 한 칸은 텅 비어 있습니다. 바로 그곳에 목 부분이 있어야 하는데 그것이 없습니다. 결국 목이 없는 여자의 시체가 긴 상자 속에 누워 있고 더욱이 놀라운 것은 때때로 살아 있다는 증거로 손발이 움직이는 겁니다. 대단히 기분 나쁘고, 한편 에로틱한 느낌도 듭니다. 원리는 거울을 비스듬하게 놓아두고 그 뒤를 텅 비어 있는 것같이 보이게 하는 유치

한 것입니다.
 그런데 나는 언젠가 우시고메의 에도가와 다리 근처의 빈터에서 그 목 없는 전시물을 보았습니다. 몸뚱이뿐인 그 인간은 다른 전시물같이 여자가 아니라 울긋불긋한 광대 옷을 입은 뚱뚱한 사나이였습니다."
혼다는 여기까지 말한 다음 생각에 잠긴 듯 약간 긴장한 얼굴로 잠시 동안 입을 다물었다가 내가 호기심을 갖고 있다는 것을 확인하고 나서 다시 이야기를 계속했다.
"내 생각을 이해하시겠지요. 나는 다음과 같이 생각했습니다. 한 사나이가 만인에게 몸뚱이를 내보이면서 더욱 완전하게 행방을 감추는 방법으로, 전시물인 목 없는 사나이로 고용된다는 것은 얼마나 멋있는 아이디어입니까. 그는 목표가 되는 얼굴을 가리고 하루 종일 자고 있으면 되는 것입니다. 이것은 오에 슈데이라면 능히 생각할 수 있는 도깨비 같은 방법이 아닐까요. 더욱 슈데이는 자주 전시물의 소설을 써왔고, 이런 엉터리 수작을 아주 좋아했으니까요."
"그래서?"
나는 혼다가 슈데이를 보았다는 것이 믿어지지 않았으나 그의 태도가 너무 진지했기 때문에 다음 말을 재촉했다.
"그래서 나는 이내 에도가와 다리로 갔습니다. 다행히 그 전시물은 그때까지 있었습니다. 나는 관람료를 지불하고 안으로 들어가 예의 뚱뚱하고 목 없는 사나이 앞에 서서 어떻게 하면 이 사람의 얼굴을 볼 수 있을까 하고 여러 가지로 생각했습니다. 그때 생각난 것은 이 사나이 역시 하루에 몇 번은 변소에 가겠지 하는 것이었습니다. 나는 그 사람이 변소에 가는 것을 참을성 있게 기다렸습니다. 얼마 되지 않아 많지 않은 관람객은 모두 나가고 나 혼자 남게 되었습니다. 그대로 참고 있으니까 목 없는 사나이는 통통 한쪽 손으로 상자를 쳤습니다. 이상하다고 생각하고 있는데 설명하는 사나이가 가까이 와서 잠시 휴식을 해야 하니까 밖으로 나가 달라고 부탁하는 것이었습니다. 그때 나는 이때다 생각하고 밖으로 나와 살며시 천막 뒤로 돌아가 찢어진 틈 사이로 안을 들여다보니 목 없는 사나이는 (물론 목은 있었습니다만) 설명자의 도움을 받으며 상자 밖으로 나와서 관람석의 흙담 있는 곳으로 뛰어가더니 급히 바지 단추를 풀고 소변을 보더군요. 그가 '통통' 하고 상자를 친 것은 사실 소변을 보고 싶다는 신호였지요. 정말 웃기더군요. 하하하⋯⋯."
"농담치곤 지나친데⋯⋯."
내가 약간 얼굴을 붉히자 혼다는 진지한 얼굴을 하고 말을 이었다.
"그런데 불행하게도 그는 슌데이가 아니었어요. 맥이 빠졌지만 아무튼 재미있는 고심담입니다. 내가 슌데이를 찾는데 얼마나 고생하고 있는지 그 한 가지 예를 이야기한 것뿐입니다."
이것은 여담이었지만 우리들의 슌데이 찾기는 이런 상태로 계속되었다. 얼마가 지나도 서광을 볼 수 없었다.
그런데 한 가지, 사건 해결의 열쇠가 됨직한 사실을 알게 된 것은 큰 수확이 아닐 수 없었다. 그 사실이란 바로 가발에 관한 것이다. 나는 오야마다 씨의 시체가 쓰고 있던 예의 가발에 착안하여 그 출처를 알기 위해 아사꾸사 부근의 가발점을 뒤진 결과 센소구쬬(千束町)의 마쓰이(松居)라는 가발점에서 그것과 똑같은 가발을 찾아냈다. 그 집 주인의 말에 의하면 가발은 자기 집에서 판 것이 사실이지만 그것을 주문한 인물은 나의 예상과는 반대로 나를 놀라게 했다. 그 인물은 오에 슌데이가 아니라 오야마다 무쓰로 씨 자신이었던 것이다.
인상도 틀림없고 주문할 때 오야마다라는 이름을 분명하게 밝혔고 완성되었을 때(그것은 지난해 연말이 다 될 무렵이었다) 그 자신이 일부러 가게까지 와서 찾아갔다는 것이다. 그때 오야마다 씨는 대머리를 가리기 위해서 만드는 것이라고 했다는데 그렇다면 그의 아내인 시즈꼬는 오야마다 씨가 생전에 가발 쓴 것을 한 번이라도 보았어야 당연한 것이다. 그러나 시즈꼬는 가발 쓴 남편을 한 번도 보지 못했다는 것이다. 아무리 생각해 봐도 이 수수께끼는 풀 수가 없었다.

한편 시즈꼬(지금은 미망인이지만)와 나와의 관계는 오야마다 씨의 변사 사건을 계기로 갑자기 친밀의 도가 더해 갔다. 명목상 나는 시즈꼬의 상담 상대였고 보호자적인 입장에 서 있었다. 오야마다 씨의 친척들도, 내가 지붕 속을 조사했다는 사실을 알게 된 후부터 아무 이유 없이 나를 배척할 수 없었고, 이또사끼 검사도 때때로 오야마다 집을 돌아보고 미망인의 신변을 돌보아 주라고 부탁할 정도였다. 나는 공공연하게 그녀의 집을 출입할 수 있었다.

시즈꼬는 처음 만났을 때부터 내 소설의 애독자로서 나에게 적잖은 호의를 갖고 있었던 것은 앞에서 기록한 사실과 같다. 그런데다가 이런 복잡한 문제까지 일어났기 때문에 그녀가 나를 둘도 없는 사람으로 의지하는 것은 당연한 일이었다.

이렇게 해서 우리는 자주 만났다. 그녀는 현재 미망인이다. 지금까지는 그녀가 어쩐지 멀리 있는 사람처럼 생각되었다. 그러나 지금은 그녀의 그 푸르스름한 피부에 흐르는 정열과 야들야들하게 탄력 있는 육체의 매력이 갑자기 현실적인 색채를 띠고 나에게 다가왔다. 그런데 나는 우연히 그녀의 침실에서 외국제로 보이는 채찍을 발견한 다음부터, 나의 번민에 찬 욕망은 기름을 부은 듯한 무서운 속도로 타올랐다.

나는 그 채찍을 가리키며 물었다.

"주인께서는 승마를 하셨나요?"

그러자 그녀는 깜짝 놀라며 순간적으로 새파랗게 질린 표정을 짓더니 점점 불덩이처럼 얼굴을 붉히는 것이었다. 그리고 가냘픈 소리로 대답했다.
"아뇨."
나는 희미하게나마 그때 처음으로 그녀의 목덜미에서 등으로 나 있는 푸른 상처의 비밀을 알 수 있었다. 그녀의 그 상처는 볼 때마다 약간씩 그 위치와 모양이 다른 것 같았다. 당시는 이상스럽다고 생각했었으나 설마 온화하게 생긴 그녀의 대머리 남편이 세상에서 저주하는 잔학한 색정광(色情狂)이라는 것을 눈치채지 못했다.
그것을 증명해 주는 것은, 오야마다 씨가 죽은 지 1개월이 된 지금은 아무리 찾아봐도 그녀의 목덜미에는 추하고 보기 흉한 지렁이 같은 흉터를 볼 수 없게 된 것이다. 이것저것 생각을 모아 보니 설사 그녀의 자세한 고백을 듣지 않아도 나의 상상력은 잘못되지 않았다는 것을 알 수 있었다.
그러나 이 사실을 알고 난 내 마음은 참을 수 없는 번뇌가 뒤따랐다. 그것은 나 역시 대단히 부끄러운 일이지만 죽은 오야마다 씨와 같은 변태성욕자였기 때문이다.

8

4월 20일은 고인의 기일(忌日)이었다. 시즈꼬는 제사를 지낸 뒤, 석양 무렵부터 친척과, 고인과 친하게 지내던 사람들을 초청하여 간단한 음식을 대접했다. 나도 그 자리에 참석했는데 그날 밤에 일어난 두 가지의 새로운 사실은(그것은 전혀 다른 일이었지만 이상하게도 운명적인 관계가 있었다) 나에게 일생동안 잊어버릴 수 없는 커다란 감동을 주었다.
그때 나는 시즈꼬와 나란히 복도를 걷고 있었다. 손님들이 모두 돌

아간 뒤에도 나는 시즈꼬와 나와의 화제(슌데이 수색에 관한 것)에 관해서 서로 이야기하다 보니 밤 11시경이 되었다. 너무 오래 있으면 가정부들의 이목도 있고 해서 작별을 고하기로 했다. 시즈꼬가 불러 준 자동차를 타기 위해 자리에서 일어났다. 시즈꼬는 나를 현관까지 배웅하러 침침한 복도를 걸어나왔다. 복도엔 정원 쪽으로 여러 개의 창문이 있었는데 그것은 모두 열려 있었다. 우리들이 그 창문 중 하나를 지날 무렵 시즈꼬는 갑자기 비명을 지르며 나에게 달라붙었다.
"왜 그래요, 무엇을 보았어요?"
나는 놀라서 물었다. 시즈꼬는 한쪽 팔로 나를 힘껏 붙들고, 다른 한 손으로 유리창 밖을 가리켰다.
나도 슌데이에 대한 생각을 하고 섬뜩해졌으나 이내 아무것도 아니라는 것을 알게 되었다. 자세히 살펴보니 정원에 있는 나무 사이로 하얀 개 한 마리가 나뭇잎을 바삭바삭 밟으면서 어둠속으로 사라져 갔다.
"개군요, 이젠 진정하세요."
나는 시즈꼬의 어깨를 가볍게 두드리면서 말했다. 그런데 아무것도 아니라는 것을 알고 난 뒤에도 시즈꼬의 한쪽 손이 내 등 뒤를 감싸고 있었다. 따뜻하고 부드러운 감촉이 내 몸 속에 전달되는 것을 느꼈다. 나는 더는 참을 수 없어 끝내 힘주어 그녀를 끌어안고 그 모나리자와 같은 입술을 훔치고 말았다. 그녀 역시 나를 거절하지 않았을 뿐 아니라 오히려 나를 안은 그녀의 손끝에 힘이 들어가 있음을 느낄 수 있었다.
그러나 죽은 분의 기일이었기 때문에 우리들은 한결 깊은 죄의식을 느꼈다. 내가 자동차를 탈 때까지 우리는 한 마디 말도 하지 않았고, 서로의 눈길마저 피하려고 했다.
달리는 자동차 안에서 나는 시즈꼬의 생각으로 머리가 메어질 것 같았다. 뜨거운 나의 입술에는 그녀의 포근한 입술의 감촉이 그대로 남아 있었다. 고동치는 내 가슴에는 아직도 그녀의 체온이 남아서 타는 가슴을 부채질했다.

내 마음엔 벅찬 즐거움과 함께 자책의 감정이 마치 옷감의 가로 세로 무늬처럼 복잡하게 교차했다. 자동차가 어디를 어떻게 달리고 있는지 알 바 아니었고 차창 밖의 경치 따위는 눈에 들어오지도 않았다.

그런데 그와 같은 상황에서도 어떤 조그마한 물체가 내 눈에 강하게 박혔다. 나는 자동차가 흔들리는 대로 몸을 맡기고 온통 시즈꼬의 생각만 하며 앞을 응시하고 있었다. 그런데 나의 시선 한가운데에 분명 주의를 끌 만한 물체가 움직이고 있었다. 처음에는 아무 관심 없이 보았으나 점점 그쪽으로 신경이 쏠렸다.

'왜 그럴까. 왜 나는 저 물체에 대하여 이렇게 신경을 쓰고 보는 것일까?'

멍청하게 이런 생각을 하다가 마침내 나는 왜 그것에 대하여 신경을 쓰고 있는지 그 이유를 찾아냈다. 너무도 우연한 일이었지만 그 두 개의 물건은 일치했다.

내 앞에는 낡은 감색 춘추복을 입은 체격이 건장한 사나이가 고양이 등을 하고 자동차를 몰고 있다. 보기 좋게 살찐 어깨 아래로 두 손이 핸들을 잡고 부드럽게 움직이고 있었다. 큰 손엔 값비싼 장갑을 끼고 있었다.

더욱이 그것은 한겨울용이었기 때문에 나의 눈을 더 끌었다. 그런데 그 장갑의 손목에 달려 있는 장식용 혹이…… 그렇다, 그것은 지난번에 내가 오야마다의 집 지붕 속에서 주운 둥근 금속 물건과 똑같았다.

나는 그 금속 물건에 대하여 이또사끼 검사에게 간단하게 이야기했다. 그러나 범인이 오에 슌데이라고 분명하게 밝혀졌기 때문에 증거물 같은 것은 문제삼지 않았다. 그래서 그 물건은 지금도 내 동복 주머니 속에 들어 있다.

그것이 장갑의 장식용 혹일 줄이야 미처 생각하지 못했다. 범인은 지문을 남기지 않기 위하여 장갑을 끼고 있었을 것이며 장식용 혹이 떨어지는 것을 알지 못했을 것이라고 쉽게 추리되었다. 그런데 운전 기사의 장갑에 달려 있는 장식용 혹은 내가 지붕 속에서 주운 혹보다 더욱 중요하고 놀라운 뜻을 담고 있었다. 모양이나 크기가 너무 닮았다. 그런데 운전 기사의 오른손에 낀 장갑의 장식용 혹은 떨어져 혹의 걸쇠만 남아 있는 것이 아닌가. 내가 지붕 속에서 주운 금속 물건이 저 장갑의 혹에 꼭 맞는다면 그것은 무엇을 의미하는 것일까.

"여보, 기사 양반."

나는 급하게 운전 기사를 불렀다.

"미안하오만, 당신 장갑을 보여 줄 수 없겠소?"

운전 기사는 나의 엉뚱한 질문에 어처구니없는 표정을 지었다. 그는 차를 천천히 몰면서 말없이 두 손에서 장갑을 벗어 나에게 주었다.

나는 그것을 조심스럽게 살폈다. 한 짝 혹은 말짱했는데 예의 'R·K·BROS·CO'라는 각인이 새겨져 있었다. 나의 마음은 점점 놀라움으로 부풀었고 기묘한 공포감을 느끼게 되었다.

운전 기사는 나에게 장갑을 넘겨 준 뒤 뒤도 돌아보지 않고 자동차만 몰았다. 어깨가 벌어진 뒷모습을 바라보며 나는 어떤 망상에 사로잡혔다.

"오에 슌데이……."

나는 운전 기사가 들을 수 있는 소리로 독백하듯 말했다. 그리고는 운전대 위에 달려 있는 조그마한 거울에 비친 그의 얼굴을 뚫어지게 쏘아보았다. 그러나 그것은 나의 바보 같은 망상이었다. 거울에 비친 운전 기사의 표정은 조금도 동요되지 않았고, 슌데이의 모습과는 너무도 먼 모습이었다. 더구나 오에 슌데이는 뤼팽 같은 행동을 취할 위인이 못 된다. 아무튼 자동차가 내 집 앞에 도착했을 때 나는 운전 기사에게 팁을 주며 이렇게 질문했다.
"여보, 이 장갑의 훅이 언제 떨어졌소?"
"그것은 처음부터 없었어요."
운전 기사는 이상하다는 듯한 얼굴로 대답했다.
"사실은 얻은 것이지요. 훅이 떨어졌지만 아직 새것과 같기 때문에 돌아가신 오야마다 씨가 나에게 준 것이지요."
"오야마다 씨가요?"
나는 깜짝 놀라 되물었다.
"방금 내가 나온 그 집 오야마다 씨 말이오?"
"네, 그래요. 그 선생이 살았을 때 회사의 출퇴근은 대개 제 차를 이용했지요. 그때 얻은 것이에요."
"그것이 언제였지요?"
"얻은 것은 추울 때지만, 고급 장갑이고 나에게는 과분했기 때문에 소중히 여겼지요. 그러다가 전에 끼던 장갑이 찢어져서 오늘 처음으로 끼고 나왔어요. 장갑을 끼지 않으면 핸들 잡기가 불편하죠. 왜 그런 것을 물으시죠?"
"아니, 좀 이유가 있어서요. 여보, 그것을 나에게 팔 수 없겠소?"
이렇게 하여 나는 그 장갑을 상당한 값을 주고 샀다. 그리고 그것을 갖고 방에 들어가 천장 속에서 주운 금속물과 비교해 보았다. 역시 예상했던 대로였다. 그 금속물은 장갑 훅의 걸쇠에 꼭 맞았다.
이것은 우연이라고 하기엔 너무 이상했다. 두 물건은 한 쌍의 요철임에 틀림없었다.

오에 슌데이와 오야마다 무쓰로 씨가 장식용 혹의 마크까지 똑같은 장갑을 끼고 있었다는 것은 참으로 이상한 일이라고 생각되었다.

솟아오르는 의심을 해결하려고 그 장갑을 가지고 일류 장갑 메이커인 긴자(銀座)의 이스미야(泉屋)에 갔다. 거기서 감정을 의뢰한 결과 그것은 일본에서 만든 게 아니고 영국에서 만든 것이라 했다. 'R·K·BROS·CO'의 상표가 붙은 상품을 파는 곳은 일본에서는 한 집도 없다는 것을 알았다. 그런데 오야마다 무쓰로 씨는 재작년 9월까지 해외에 나가 있었다. 이 사실을 결부시켜 생각한다면, 오야마다 씨야말로 그 장갑의 소유자이고, 따라서 떨어진 장식용 혹 역시 오야마다 씨가 떨어뜨린 것이 아닐까. 오에 슌데이가 일본에서 구할 수 없을 뿐 아니라 더욱 우연이라지만 오야마다 씨의 것과 같은 장갑을 소유했다고는 생각되지 않았다.

"그렇다면 어떻게 된 것일까?"

나는 머리를 움켜쥐고 책상 앞에 앉아 '결국 결국'이란 묘한 독백을 계속 토해 내면서, 머릿속에선 어떤 실마리를 끄집어내려고 사념(思念)의 나래를 펼쳤다.

한참만에 나의 머릿속엔 이상스런 생각이 떠올랐다. 그것은 '산 속의 집'이었다. 즉 '산 속의 집'이란 오야마다 씨의 집을 말한다.

스미다가와에 접한 오야마다의 집 옆에는 큰 강물이 흐르고 있다. 나는 오야마다의 양옥 이층에서 때때로 그 강물을 바라보았는데, 웬일인지 처음 발견한 것 같이 그것은 새로운 의미로 나를 자극했다.

나의 몽롱한 영상 속에 커다란 U자(字)가 떠올랐다.

U자의 왼편 위쪽엔 '산 속의 집'이 있고 오른편 위쪽엔 고우메마찌(오야마다 씨의 바둑 친구 집이 있는 곳)가 있다. 그리고 U자의 아래쪽엔 아스마 다리가 있다. 그날 밤 오야마다 씨는 U자의 오른편 위쪽에서 나와, U자의 아래쪽에 이르러 슌데이에게 살해된 것으로

우리들은 지금까지 믿고 있다. 그러나 우리들은 강이 흐른다는 것을 잊어버렸다. 큰 강물은 U자의 오른편 위쪽에서 아래쪽으로 흐르고 있다. 오야마다의 시체가 발견된 현장에 던져진 게 아니라 상류에서 흘러내려 아스마 다리 밑의 기선 선착장에 걸린 것이라고 생각하는 것이 보다 자연스런 추측이 아닐까.

시체는 분명히 흘러왔다. 그렇다면 어디서 흘러왔을까. 범행은 어디서 저질러졌을까…… 이렇게 나는 더욱 깊은 망상의 소용돌이 속으로 침전되어 갔다.

9

나는 며칠 동안 그 일만 생각했다. 시즈꼬의 매력도 이 기묘한 일보다는 못했다. 나는 내가 생각해도 이상할 만큼 시즈꼬를 잊어버린 채 그 망상의 깊은 늪으로 빠져들었다.

나는 그 동안에 어떤 일을 확인하기 위해서 두 차례나 시즈꼬를 찾아갔으나 일이 끝나면 곧바로 사무적인 인사를 하고 급히 돌아왔다. 그래서 그녀는 틀림없이 이상하다고 생각했을 것이다. 나를 현관까지 전송하는 그녀의 얼굴엔 쓸쓸하고 슬픈 흔적이 더덕더덕 붙어 있었다.

그로부터 5년 동안 나는 나의 망상 조각을 얼기설기 맞추어 작은 이야기를 만들었다. 그것을 여기에 서술하는 번잡을 피하고, 그때 이 또사끼 검사에게 보내려고 썼던 의견서를 약간 손질해서 다음에 옮겨 보겠다. 이 추리는 미스터리 소설가의 공상력을 갖지 않은 한 조립할 수 없는 성질의 것이다. 그리고 거기에 하나의 깊은 뜻이 존재한다는 것을 뒤에 알게 될 것이다.

(전략) 시즈꼬의 거실 천장 안에서 주운 장식용 혹이 오야마다 씨

의 장갑 혹에서 떨어진 것이 분명한 사실로 부상되자, 지금까지 내 마음 한구석에 응어리져 있던 여러 가지 사실이 계속해서 자기 자리를 찾느라고 부산합니다. 오야마다 씨의 시체가 가발을 쓰고 있던 일, 그 가발은 오야마다 씨 자신이 주문하여 만들었다는 것(시체가 벌거벗었다는 것은 다음에 기술하는 이유로 해서 나에겐 그다지 문제되지 않았습니다), 오야마다 씨의 변사 사건과 동시에 서로 약속이나 한 듯이 히라다의 협박장이 끊어진 일, 오야마다 씨는 흔하지 않은 무서운 잔학 색정광이었던 점 등…… 이러한 사실들을 깊이 생각하여 보면 어느 것이나 어떤 한 가지 사건과 연결된다는 것을 알 수 있습니다.

나는 이렇게 판단하자 나의 추리를 한층 확실히 하기 위하여 가능한 자료를 모으기로 결심했습니다. 나는 먼저 오야마다의 집을 방문하여 미망인 시즈꼬의 허가를 얻어, 오야마다 씨의 서재를 조사했습니다. 서재는 그 사람의 성격과 비밀을 쉽게 알 수 있는 장소이기 때문입니다. 나는 시즈꼬가 이상하게 생각하는 것을 무시한 채 거의 한나절이나 걸려 책장 서랍 등을 샅샅이 조사했습니다. 그런데 많은 책장 중에 한 책장만 자물쇠가 채워져 있었습니다. 열쇠가 어디 있느냐고 물었더니 그 열쇠는 오야마다 씨가 생전에 항상 시곗줄에 달고 다녔다는 것입니다. 변사한 날도 바지에 달린 작은 주머니에 넣고 나갔다는 것을 알았습니다. 할 수 없이 나는 시즈꼬의 허가를 얻어 책장 문을 부수었습니다. 거기에는 오야마다 씨가 수년 간 써 온 일기장, 몇 개의 봉투에 들어 있는 서류, 편지 뭉치, 서적 등이 가득 들어 있었습니다. 나는 그것을 하나하나 정성 들여 조사한 결과 이 사건과 관계 있는 세 권의 책을 발견했습니다. 첫 권은 시즈꼬 부인과 결혼한 해 일기장으로 결혼식을 올리기 3일 전의 일기였는데, 지면 밖에 붉은 잉크로 다음과 같은 글이 씌어 있었습니다.

(전략) 나는 히라다 이찌로라는 청년과 시즈꼬의 관계를 알고 있다. 그러나 시즈꼬는 중도에 그 청년을 싫어했다. 그가 어떠한 수단을 취해도 거기에 응하지 않았으며 끝내 부친의 파산을 기회로 그의 앞에서 자취를 감추어 버렸다. 그래도 좋다. 나는 기왕의 일은 추궁하지 않을 작정이다.

결국 오야마다 씨는 결혼 당초부터 부인의 비밀을 죄다 알고 있었습니다.
그러면서도 그것을 부인에게 한 마디도 하지 않았습니다.
둘째 권은 오에 슌데이가 지은 단편집 《지붕 속의 장난》입니다. 그러한 책을 실업가 오야마다 무쓰로 씨의 서재에서 발견했다는 것은 얼마나 큰 놀라움입니까. 시즈꼬 부인으로부터 오야마다 씨가 생전에 몹시 소설을 좋아했다는 사실을 들을 때까지, 나는 나의 눈을 의심할 정도였습니다. 그런데 이 단편집의 권두에는 슌데이의 사진이 실려 있고, 안쪽에 저자의 본명인 히라다 이찌로라는 이름이 인쇄되어 있는 점이 눈에 띄었습니다.
셋째 권은 박문관 발행의 잡지 〈신청년〉 제6권 12호입니다. 여기에는 슌데이의 작품이 게재되어 있지는 않았으나 권두 화보에 그의 원고 사진판이 실물 크기로 원고지 반장 정도로 크게 실려 있었습니다. 여백 부분엔 오에 슌데이의 필적이라는 사진 설명이 씌어 있었습니다. 이상한 것은 그 사진판을 광선에 비쳐 보니 두터운 아트지 위에 종횡으로 손톱 자국이 나 있었습니다. 이것은 누군가가 사진 위에 투명한 종이를 대고 연필로 슌데이의 필적을 몇 번이나 복사했다는 증거였습니다. 나의 상상이 차츰 적중하여 가자 한편으론 두려워지기도 했습니다.
같은 날 나는 시즈꼬에게 부탁하여 오야마다 씨가 외국에서 갖고 온 장갑을 찾도록 했습니다. 그것을 찾기까진 상당히 애를 먹었으나 결국 내가 운전 기사에게 돈을 주고 산 것과 똑같은 장갑 한 켤레가 나왔습니다.

시즈꼬가 그것을 나에게 넘겨 줄 때 확실히 같은 장갑이 또 한 켤레 있었는데 하고 의아스럽게 말했습니다. 이러한 증거품, 즉 일기장, 단편집, 잡지, 장갑, 천장 속에서 주운 금속물 등은 지시만 하면 언제든지 제출할 수 있습니다.

그리고 내가 조사한 것은 이외에도 여러 가지 있으나 그것들을 설명하기 전에 앞에서 말한 여러 가지 점을 생각하여 보면, 오야마다 무쓰로 씨는 세상에서 드문 괴상한 성격의 소유자이고, 온후하고 독실한 가면 밑에서 몹시 요괴스러운 음모를 계속 꾸며 왔다는 것이 분명합니다. 우리들은 오에 슌데이에게만 지나치게 집착한 것이 아닐까요. 그의 피비린내 나는 작품, 그의 괴팍한 일상 생활, 성격 등이 우리들로 하여금 이와 같은 범죄는 슌데이가 아니고는 저지를 수 없다고 그릇된 단정을 해 버린 것은 아닐까요. 그는 어떻게 해서 그렇게 완전하게 자취를 감출 수 있을까요. 그가 범인이라고 보기에는 어딘가 이상스럽지 않을까요. 단지 그가 천성적으로 타고난 대인 기피증(사람은 누구나 유명해지면 그 이름에 대해서 이런 종류의 기피증을 갖게 됩니다) 때문에 세상에서 잠적했다고 해서 이렇게 찾기 힘들까요. 그는 언젠가 당신이 말한 대로 해외로 도망쳤는지도 모릅니다. 예를 들면 상하이(上海)의 어느 거리 한구석에서 중국인 행세를 하며 아편을 피우고 있는지도 모를 일이지요. 그렇지 않고 만일 슌데이가 범인이라고 한다면 이처럼 면밀하게 그토록 오랜 세월을 허비하여 온 원한 맺힌 복수 계획을 오야마다 씨 한 사람을 죽인 것으로 그 목적을 이룬 양 쉽게 중단해 버리지는 않을 겁니다. 그의 소설을 읽고 그의 일상 생활을 아는 사람은 그렇게 생각지는 않을 겁니다. 아니,

그것보다 더욱 명확한 사실이 있습니다. 그는 어떻게 해서 그 장갑의 혹을 오야마다의 집 천장에다 떨어뜨릴 수가 있었을까요. 장갑은 일본에선 만들 수 없는 외국제였고 오야마다 씨가 운전 기사에게 준 장갑의 혹이 떨어졌던 점 등을 종합해 보면 그 지붕 속에 잠복했던 자는 오에 슌데이가 아니라 바로 오야마다 씨라는 합리적인 결론이 내려집니다. 범인이 오야마다 씨 자신이라면 그는 왜 중요한 증거품인 장갑을 운전 기사에게 주었겠느냐고 반문할지도 모르겠으나 그것은 다음에 기술하는 것처럼 그는 별로 법률에 저촉되는 일을 범하지 않았기 때문입니다. 일종의 변태 같은 장난을 했던 것에 불과합니다.

때문에 장갑의 혹이 떨어졌다든가, 그것이 천장에 남아 있었다 해도 그에게는 아무렇지 않게 생각되었던 것입니다.

슌데이의 범죄를 부정할 수 있는 것은 그것만이 아닙니다. 앞에 열거한 일기장, 단편집, 신청년 등의 증거품이 오야마다 씨가 자물쇠를 채워 놓은 책장에 있었다는 점, 그 열쇠는 하나밖에 없었고 오야마다 씨가 항상 소지하고 있었다는 것은 모두가 오야마다 씨의 음침한 장난을 입증하는 것들입니다. 가령 슌데이가 오야마다 씨에게 혐의를 뒤집어 씌우기 위해서 그 물건들을 위조하여 오야마다 씨의 책장 속에 넣어 두었다고 생각한다는 것은 너무 무리한 비약입니다. 첫째, 일기장의 위조란 가능한 성질의 것이 아니며, 그 책장은 오야마다 씨가 아니면 열 수도 닫을 수도 없습니다.

이렇게 검토해 볼 때 지금까지 범인으로 믿어 왔던 오에 슌데이, 즉 히라다 이찌로는 의외로 처음부터 이 사건에 관계하지 않았다는 생각이 듭니다. 우리들로 하여금 그와 같이 믿도록 했던 것은 오야마다 무쓰로 씨의 놀랄 만한 기만술이었다고 봅니다. 돈 많은 신사인 오야마다 씨가 그와 같은 음흉한 변태적인 사람이었다는 사실이 놀라울 뿐입니다. 그는 겉으로는 온후하고 착실한 행동을 하면서 침실에선 세상에 유례없는 악마로 변해서 가엾은 시즈꼬를 외국제 승마용 채찍으로 후려갈겨 왔던 것은 참으로 의외의 일이라고 생각합니다. 온후한 군자와 음험한 악마가 한 사람의 마음속에서 같이 살고 있었던 셈이죠. 오야마다 무쓰로 씨는 지금부터 4년 전에 회사의 업무 관계로 유럽에서 2년간 체류한 적이 있습니다. 그의 나쁜 버릇은 아마 그곳에서 싹이 트고 발육했을 것입니다. (나는 로꾸로꾸 회사의 사원으로부터 런던에서 있었던 그의 情事에 대한 이야기를 들은 적이 있습니다) 재작년 9월 귀국함과 동시에 그의 고칠 수 없는 나쁜 버릇은 그의 사랑스런 시즈꼬 부인을 상대로 해서 맹위를 떨치기 시작했을 것입니다. 나는 작년 10월 시즈꼬 부인과 처음 만났을 때 그녀의 목덜미에 난 상처를 보았습니다. 이런 종류의 악독한 버릇은 아편 중독과 같이 한 번 맛보면 평생 끊을 수 없을 뿐 아니라 날이 가고 달이 갈수록 무서운 힘으로 그 병세는 더하여 갑니다. 더욱 강렬하고 더욱 자극적인 것을 추구할 것입니다. 오늘은 어제의 방법으로 만족을 느끼지 못하고 내일은 오늘 했던 수법으로는 아쉬움을 느낄 것입니다. 오야마다 역시 시즈꼬 부인을 채찍으로 후려갈기는 정도로 만족할 수 없었을 것입니다. 거기서 그는 당연히 새로운 자극을 찾기 시작했을 것입니다. 마침 그 무렵 그는 어떤 계기로 오에 슌데이가 쓴 《지붕 속의 장난》을 읽고 그 기묘한 내용을 실제로 옮겨 보고 싶었을 것입니다. 어떻든 그는 그 책에서 얄궂은 친구를 발견한 것입니다. 이상한 동병자(同病者)를 찾아낸 것입니다. 그가 얼마나 슌데이의 그 작품을 애독했던가는 그 책에 묻은 손때를 보면 알 수 있습니다. 슌데이는 그 소설 속에서, 여자가 전혀 눈치채지 못하게 엿봄으로써 이상스러운 즐거움을 느낀다고 표현했습니다. 이것은 오야마다 씨에게 참으로 새로운 발견이었습니다. 그가 이 새로운 즐거움을 시도했다는 것은 쉽게 생각할 수 있습니다. 그는 이내 슌데이 소설의 주인공처럼 지붕 속의 장난꾼이 되어, 자기 집 천장 위로 숨어 들어가 시즈꼬 부인이 거실에 혼자 있는 것을 엿보았던 것입니다.

하녀에게 눈치채지 않게 현관 옆의 헛간에 잠입하여 그곳에서 천장으로 올라가 시즈꼬의 거실 위로 간 것입니다. 나는 오야마다 씨가 초저녁부터 자주 고우메의 친구집에 바둑을 두러 나간 것은 지붕 속의 장난을 은폐하기 위한 수작으로 추정됩니다.

한편 그와 같이 슌데이의 단편집 《지붕 속의 장난》을 탐독한 오야마다 씨는 그 안에 부기되어 있는 작가의 본명을 발견하고 그가 지난날 시즈꼬에게 거절당한 그녀의 애인이고, 그녀에게 깊은 원한을 품고 있는 히라다 이찌로와 동일 인물이 아닌가 하고 의심했을 것입니다. 그래서 그는 오에 슌데이에 관한 모든 기사, 가십을 찾았겠고, 끝내 슌데이가 지난날의 시즈꼬의 연인이었다는 것과 그의 일상 생활은 지극히 대인 기피적인데 당시 이미 붓을 놓고 행방을 감추었다는 것 등을 자세히 알았을 것입니다. 결국 오야마다 씨는 《지붕 속의 장난》이라는 책으로 인해서 그에게 있어 더없이 잘 통하는 친구와 한편으로는 그에게 있어 증오할 사랑의 원수를 동시에 발견한 셈입니다. 그래서 그것을 바탕으로 실로 놀라운 장난을 생각해 낸 것입니다.

이렇게 해서 시즈꼬 몰래 엿보는 장난은 얼마간 그의 즐거움을 충족시켰지만 잔학한 색정광인 그가 그것만으로 만족할 리는 없습니다. 채찍으로 후려갈기는 것보다 더욱 새롭고 더욱 잔혹한 어떤 방법이 없을까 하고 기묘한 상상력을 동원했을 것입니다. 그 결과 히라다 이찌로를 발신인으로 한 협박장 연극을 생각해 냈던 것입니다. 그것을 위해서 그는 〈신청년〉 제6권 12호 권두에 실려 있는 사진판을 이용했던 것입니다. 연극을 한층 흥미롭고 멋지게 하려고 했던 점은 그 사진판의 흠집으로 알 수 있습니다. 이리하여 오야마다 씨는 협박장을 작성할 때마다 매번 다른 우체국에서 그 편지를 부쳤습니다. 항상 자동차를 타고 다니는 그가 잠깐 길가에 있는 우체통에 그 편지를 넣는 일은 쉬운 일이었습니다.
 신문, 잡지의 기사를 통해 슌데이의 경력에 관해선 대체적으로 잘 알고 있었고, 시즈꼬가 혼자 있을 때의 일거수 일투족은 천장에서 엿보면 되고, 부족한 것은 그 자신이 시즈꼬의 남편이기 때문에 평소의 생활 속에서 익히 알고 있어 협박장을 쓰는데 내용의 궁핍함을 느끼진 않았을 것입니다. 그는 시즈꼬와 베개를 나란히 하고 누워서 침실의 밀담을 주고 받으면서 시즈꼬의 태도를 자세히 기억하여 두었다가 그것을 슌데이가 엿본 것처럼 썼던 것입니다. 정말 지독한 악마입니다. 이렇게 해서 그는 협박장을 아내에게 보낸 것입니다. 아내가 그것을 읽고, 겁에 질려 몸서리치며 떨고 있는 모습을 천장 속에서 가슴을 죄며 엿봄으로써 기쁨을 만끽했던 것입니다. 더욱이 그는 협박장을 보내는 중에도 간간이 채찍으로 시즈꼬를 후려갈기기도 했습니다. 이것은 말할 것도 없이 그가 아내의 부정을 추궁하거나 미워해서 그런 것이 아니라 그녀를 죽도록 사랑했기 때문에 이러한 잔학 행위를 했던 것입니다. 이러한 변태성욕자의 심리를 당신도 충분히 알고 있을 것입니다.
 이상으로 그 협박장을 쓴 것은 오야마다 씨였다는 나의 추리는 끝났습니다. 그러나 단순한 변태성욕자의 나쁜 장난에 불과한 일이 어떻게 되어 살인 사건으로 나타났을까요. 더욱이 죽은 것은 장본인인 오야마다 씨입니다. 그는 무엇 때문에 가발을 쓰고 벌거벗은 채 아스마 다리 밑에서 떠 있었을까요. 그의 등 뒤 칼자국은 어떤 자의 소행이었을까요. 오에 슌데이가 이 사건과 관계없다면 다른 범죄자가 있다는 것일까요. 의문이 꼬리를 물고 일어납니다. 그것에 대해서 내가 관찰한 것과 추리한 것을 다시 말씀드려야겠습니다.
 한 마디로 말씀드린다면 오야마다 무쓰로 씨는 그의 악마적인 소행 때문에 신을 노여웁게 했고 끝내 천벌을 받은 것입니다. 이것은 단순한 오야마다 씨의 과실사(過失死)입니다. 그렇다면 등에 나 있는 칼자국은 왜 생겼느냐고 물을 것입니다. 그러나 그 설명은 뒤로 미루고 순서를 따라 내가 그렇게 생각하게 된 줄거리를 말씀드리겠습니다.

나의 추리의 출발점은 그가 쓰고 있던 가발입니다. 당신은 물론, 3월 17일 내가 천장 속의 탐험을 한 다음 날로부터 시즈꼬를 양옥 이층으로 침실을 옮기게 한 것을 기억하실 겁니다. 그런데 시즈꼬가 어떤 방법으로 남편을 설득했는지는 명료하게 알 수 없습니다. 아무튼 오야마다 씨는 그날부터 천장에서 엿보는 것에 싫증을 느꼈는지도 모릅니다. 그래서 침실이 양옥으로 옮겨진 것을 기뻐하며 또 다른 장난을 고안했던 것입니다. 그래서 가발이 필요하게 된 것입니다. 그 자신이 주문한 더부룩한 가발이 바로 그것입니다. 그가 이 가발을 주문할 것은 지난 해 연말인데, 그것이 처음부터 그런 뜻에서 만든 것인지 다른 용도가 있었는지 모르겠으나 그것이 공교롭게도 내 추리를 명확하게 증명해 주고 있습니다.

그는 《지붕 속의 장난》의 맨 앞에서 슈데이의 초상을 보았습니다. 그 사진은 슈데이의 젊은 시절의 것인데 물론 오야마다 씨같이 대머리가 아니고 더부룩하고 검은 머리입니다. 그래서 오야마다 씨는 오에 슈데이로 분장한 것입니다. 시즈꼬를 놀라게 하여 쾌감을 맛보려면 무엇보다 먼저 대머리를 숨겨야 했을 것입니다. 마침 그럴 듯한 가발이 있었습니다. 가발을 쓰고 어두운 창 밖에서 잠깐 보이기만 하면 되니까(그것만으로 효과는 충분합니다) 공포에 떠는 시즈꼬에게 탄로 날 염려는 없었습니다.

3월 19일 오야마다 씨는 고우메의 바둑 친구 집에서 돌아와 식모들이 알지 못하게 살며시 정원을 돌아 양옥 아래층의 서재로 들어갔습니다(이것은 시즈꼬로부터 들었는데 그는 그 방 열쇠를 책장 열쇠와 같이 항상 시곗줄에 달고 다녔습니다). 그때 시즈꼬는 이층의 침실에 있었습니다. 어둠 속에서 그는 가발을 쓰고 밖으로 나와 정원수를 타고 양옥 이층으로 올라가 침실의 창 밖에 이르렀습니다. 창엔 블라인드가 반쯤 내려져 있었습니다. 그 틈새로 가만히 방안을 들여다보았던 것입니다. 뒤에 시즈꼬가 사람의 얼굴이 보였다고 나에게 말했는데 그것은 이때의 일입니다. 그건 그렇고 오야마다 씨는 어떻게 죽게 되었는지 그것이 제일 궁금할 것입니다. 그것을 말하기 전에 이것부터 먼저 말씀드리겠습니다. 나는 일단 오야마다 씨를 의심하기 시작한 뒤 두 번째 오야마다 씨 집을 방문했었습니다. 문제의 집 이층 창에서 밖을 내다보았습니다. 이것은 당신 자신이 가보면 알 수 있는 일이니까 세세한 묘사는 생략하겠습니다. 그 창문은 스미다가와 쪽으로 나 있고 밖은 바로 콘크리트로 된 벽입니다. 그 벽은 강물과 접한 축대 위에 세워진 셈입니다. 수면에서 담벽 상단까지의 높이는 약 두 길, 담벽의 상단에서 이층의 창문틀까지는 한 길쯤 됩니다. 거기서 오야마다 씨가 추녀 끝(그것은 폭이 몹시 좁습니다)에서 발을 헛디딘다면 그대로 그 아래 흐르는 강물에 떨어지게 됩니다. 그런데 오야마다 씨는 그러한 실수를 범했던 것입니다.

나는 처음 스미다가와의 '흐름'을 생각하고 시체는 필경 상류에서 표류되어 왔다고 추측했습니다. 그래 오야마다 씨 집의 슬래브는 바로 스미다가와의 주류(主流)와 맞붙어 있고 그곳은 아스마 다리보다 훨씬 상류에 있다는 것을 알았습니다. 그런 뜻에서 오야마다 씨는 이층 창에서 떨어진 것이 아닌가 하고 생각했지만 그의 죽은 원인이 익사가 아니라 등에 칼을 맞은 데 있었기 때문에 나는 오랫동안 갈피를 잡지 못하고 헤매었습니다.

그러던 어느 날 나는 우연히 지난날 읽었던 남바(南波) 씨가 쓴 《최신 범죄 수사법》이란 책 속에 이와 비슷한 사건이 있는 것을 생각해 냈습니다. 그 책은 내가 미스터리 소설을 쓸 때에 자주 참고하기 때문에 그 내용을 환히 알고 있습니다. 그 내용을 하나 소개하겠습니다.

다이쇼(大正) 6년 5월 중순경, 시가 현 오쓰 시(滋賀縣大津市——일본 중부 지방으로 교또와 인접한 곳이며 오쓰는 시가 현청 소재지이며 인구는 약 18만 명이고 비피 호반에 있는 호수 교통의 중심지임) 태호 기선 주식회사 방파제 부근에서 남자의 익사체가 표류한 사건이 있었음. 시체 두부에는 예리한 흉기로 찔린 칼자국이 있음. 검시 의사는 두부의 상처가 생명을 앗아간 사인이고 복부에 약간의 물이 들어 있는데 이것은 살해와 동시에 물 속에 던진 것으로 판단됨. 이 살인 사건으로 인하여 수사관의 활동이 개시되었음. 피해자의 신원을 알기 위하여 여러 가지 방법이 동원됨. 마침내 피해자의 신원을 알 수 있는 단서를 잡음. 교또 시 가미교 구(京都市上京區) 세이후꾸지(淨福寺)의 금박업자 사이또(齋藤) 씨에게 고용된 고바야시 시게사부(小林茂三——23세)의 가출 신고원을 우편으로 오쓰 경찰서에서 접수했음. 그 인상 착의와 피해자의 생김이 일치한다고 판단되자 즉시 사이또 씨에게 통지하여 시체를 보도록 했음. 그 결과 그의 고용인임이 확인되었고 타살이 아니라 자살임도 밝혀졌음. 왜냐 하면 익사자는 주인집의 돈을 많이 소비하여 유서를 남겨 놓고 가출한 것으로 미루어 보아, 익사자가 두부에 자상(刺傷)을 입은 것은 항해중인 기선의 선미에서 투신할 때 회전하는 스크루에 닿아 자상과 같은 상처를 입은 것이 명백함.

내가 만일 이 실례를 읽지 않았다면 그런 특이한 생각을 할 수 없었는지도 모릅니다. 그리고 실제로 있을 수 없는 엉뚱한 일이 사실은 수월하게 일어나고 있습니다. 그렇다고 해서 나는 오야마다 씨도 스크루에 걸렸다는 것은 아닙니다. 이 경우는 인용한 실례와는 다릅니다. 우선 시체의 복부엔 전혀 물이 들어간 흔적이 없었고 더욱이 밤 5시경에 스미다가와를 지나는 기선은 없습니다.

그렇다면 오야마다 씨의 등에 난 큰 상처는 무엇으로 인해 생긴 것일까요. 그것은 바로 오야마다의 집 담벽 상단에 도둑을 막기 위해서 박아 놓은 맥주병의 조각입니다. 그것은 바깥문이 있는 곳에도 있으니까 당신도 보았을 것입니다. 그 유리 조각은 군데군데 아주 큰 것이 있어서 경우에 따라서는 폐부에 이르는 상처도 낼 수 있습니다. 오야마다 씨는 추녀 끝에서 떨어질 때 거기에 부딪친 것입니다. 심한 상처를 입은 것도 무리가 아닙니다. 더욱이 이렇게 상처 곁에 난 작은 찰과상은 자연적으로 설명된다고 봅니다.

이리하여 오야마다 씨는 그의 악독하고 병적인 버릇 때문에 추녀 끝에서 발을 헛디뎌 떨어지면서 담벽에 부딪쳐 치명상을 입은 데다, 스미다가와의 흐름에 실려 아스마 다리의 기선 선착장 변소 밑까지 흘러간 것입니다. 결국 그의 나쁜 버릇은 그를 죽음으로까지 몰고 간 셈이지요.

이상으로 본 사건에 대한 나의 새로운 해석을 대체적으로 진술했습니다. 한두 가지 추가한다면 오야마다 씨의 시체가 어떻게 되어 벌거숭이가 되었는가 하는 문제입니다. 아스마 다리 부근은 부랑자, 거지, 전과자의 소굴이어서 익사자가 값비싼 의복을 입고 있다면(오야마다 씨는 그날 밤 고급 속옷 위에 하오리를 걸치고 백금으로 된 회중 시계를 갖고 있었습니다) 깊은 밤에 그것을 벗겨 갈 사람은 우글우글합니다(나의 이러한 상상은 뒤에 사실로 나타나서 한 부랑자가 검거되었다). 그러면 시즈꼬는 방에 있었는데 왜 오야마다 씨의 추락한 소리를 듣지 못했느냐 하는 의문이 생길 겁니다. 그때 그녀는 극도의 공포심으로 정신이 혼미해 있었으며 창문도 닫혀 있었습니다.

그리고 창과 강물과의 거리가 퍽 멀고 스미다가와엔 때때로 밤중에도 전마선이 다니기 때문에 배가 물을 가르는 소리로 혼동할 수도 있습니다. 이러한 점들을 고려해 주시기 바랍니다. 더욱이 주의할 것은 이 사건이 이렇게 범죄적 의미가 가미되지 않고 불행하게 생긴 변사 사건이라 해도 참으로 이해되지 않는 점들이 너무 많다는 점입니다. 즉 오야마다 씨가 증거품인 장갑을 운전 기사에게 주었다든가, 본명을 밝히고 가발을 주문했다든가, 자물쇠가 채워지긴 했지만 자기 책장 속에 그러한 증거물들을 넣어 둔 바보스런 짓을 어떻게 이해해야 할지 모르겠습니다. (후략)

이상 너무 긴 나의 의견서 사본을 옮겨 놓았는데 이것을 여기에 옮긴 이유는 처음부터 나의 추리를 밝혀 두지 않으면 지금부터의 이야기를 이해하기 힘들기 때문이다. 나는 이 의견서에서 오에 슌데이는 처음부터 사건과 관계가 없다고 말했다. 그러나 과연 그럴까? 만일 그렇다면 내가 이 기록의 앞에서 그처럼 자세하게 그의 성격에 대해서 설명한 것은 전적으로 무의미하게 되어 버리지 않을까?

10

이또사끼 검사에게 제출하기 위해서 의견서를 완료한 것은 4월 28일이었다. 나는 먼저 이 의견서를 시즈꼬에게 보여 이제부터는 오에 슌데이의 환영에 겁먹을 필요가 없음을 알리고 안심시켜 주려고, 기록이 끝난 다음날 시즈꼬를 방문했다. 나는 오야마다 씨를 의심한 뒤 두 번이나 오야마다의 집을 방문하여 가택 수색에 가까운 일을 했으면서도 실은 그녀에게는 아무것도 알려 주지 않았다.

그즈음 시즈꼬의 주변엔 오야마다 씨의 유산 처분 문제로 매일같이 친척들이 모여들어 여러 가지 귀찮은 일이 생겼었다. 그래서 그런지

내가 찾아가면 시즈꼬는 아주 반가운 표정으로 수다를 떨었다. 나는 여느 때같이 시즈꼬의 거실로 들어가서 단도직입적으로 말을 꺼냈다.
"시즈꼬양, 이제 걱정할 것 없습니다. 오에 슌데이는 처음부터 없었습니다."
시즈꼬는 매우 놀라는 표정이었다. 처음에 그녀는 무슨 말인지 그 뜻을 몰라 어리둥절했다. 그래서 나는 미스터리 소설을 썼을 때 언제나 그것을 친구들에게 읽어 준 것처럼 갖고 간 의견서를 시즈꼬 앞에서 낭독했다. 그렇게 한 첫째 이유는 시즈꼬에게 자세한 것을 알려서 안심시키기 위한 것이고 또 하나는 여기에 대한 그녀의 의견을 듣고 미비한 점을 발견하여 충분히 정정하고 싶었기 때문이다.
오야마다 씨의 잔학한 색정을 설명하는 대목도 주저하지 않고 읽었다. 시즈꼬는 얼굴이 홍당무가 되어 쥐구멍에라도 들어가고 싶은 심정인 것 같았다. 장갑에 대한 설명이 나오는 대목에서 그녀는 '나는 확실히 또 한 켤레가 있었는데 이상하다고 생각했습니다'라고 말했다.
오야마다 씨가 과실사한 대목에선 몹시 놀라며 얼굴이 새파랗게 되어 말을 잊은 듯했다.
의견서를 전부 읽고 나자 그녀는 '어머나' '설마'라고 하면서 넋을 잃었다. 그러면서도 그녀의 얼굴엔 희미한 안도의 표정이 떠올랐다. 그녀는 오에 슌데이의 협박장이 가짜였고 그녀의 신변에 위험이 없어졌다는 것을 알자 속으로 후! 하고 안심하는 태도가 눈에 보였다.
그녀는 또, 오야마다 씨의 자업자득한 죽음을 듣고, 나와의 부정한 정교에 대하여 자책하는 마음이 어느 정도 가벼워졌을 것이다. '그분이 그렇게 지독한 일을 저지르고 나를 괴롭혀 왔다니, 나로서도……'라는 변명의 길이 열렸다는 것에 그녀는 기뻐하고 있었다.
마침 저녁 식사 때였고 기분 탓인지 그녀는 서둘러서 양주를 내놓고 나의 수고를 위로했다.
 나도 그녀가 의견서를 인정하여 준 것이 고마웠기 때문에, 권하는 대로 술을 마셨다. 술이 약한 나는 이내 홍당무가 되었다. 이렇게 되면 나는 오히려 우울해지고 말수도 적어진다. 그래서 시즈꼬의 얼굴만 바라보았다.
 시즈꼬도 여러 잔 마셨는데 그녀의 푸르스름한 피부는 변하지 않았다. 그녀의 몸에는 욕정을 불러일으키는 탄력이 넘쳐흘렀다. 가슴 속엔 색정이 타오르는 듯 동그스름한 젖가슴이 매력 있게 숨을 쉬었다.
 모직으로 된 그녀의 옷 속에선 지금까지 보지 못했던 성싱한 곡선이 율동을 했다. 꿈틀꿈틀 움직이는 그녀의 팔 다리의 곡선을 바라보면서 옷에 감싸인 비밀스런 육체의 부분을 마음속에 그려보았다.
 이런 상태로 잠시 동안 이야기하는 사이에 취기는 나에게 기발한 계획을 생각하게 했다. 그것은 어딘가 사람 눈이 띄지 않는 곳에 집을 한 채 빌려 그곳을 시즈꼬와 나와 사랑을 나누는 장소로 정해 놓고 아무도 알지 못하게 두 사람만이 비밀로 만나 환희의 경지를 맛보겠다는 것이었다.
 이때 마침 하녀가 일을 끝내고 돌아가겠다고 인사를 했다. 나는 그녀를 끌어당겨 두 번째 키스를 했다. 열정적으로 그녀를 끌어안은 나는 방금 생각한 것을 그녀에게 속삭였다. 그러자 그녀는 나의 제의를 거절하지 않고 살며시 고개를 끄덕였다.
 그로부터 20일 정도 그녀와 나는 때때로 밀회했다. 그러나 그 악몽과 같은 그날 그날의 밀회를 어떻게 글로 표현해야 좋을지 모르겠다.
 나는 네기시오교(根岸御行)의 솔밭 근처에 고풍스런 토담이 있는 집을 빌려 근처의 과자집 노파에게 과일을 부탁했다. 물론 시즈꼬와 자주 만나 낮 동안 그곳에서 즐겼다.
 나는 태어나서 처음으로 여자의 정열이 얼마나 격렬하다는 것을 마음 깊이 새기며 맛보았다. 어느 때는 시즈꼬와 나는 철없는 어린애가 된 듯 벌거벗고 넓은 방안을 사냥개같이 혓바닥을 내놓고 헉헉하고 어깨로 숨을 몰아쉬며 쫓고 쫓기며 뛰어다녔다. 내가 붙들려고 하면 그녀는 미꾸라지같이 몸을 묘하게 버둥거리며 내 손에서 빠져나갔다. 지쳐 축 늘어질 때까지 우리들은 뛰어다녔다.

어느 때는 어둠침침한 토담집 속에서 한 시간이고 두 시간이고 틀어박혀 있었다. 만일 어떤 사람이 그 집 앞에서 귀를 기울였다면 틀림없이 여자의 슬픈 흐느낌과 굵은 남자의 우는 소리를 이중창으로 들었을 것이다.

그러던 어느 날, 시즈꼬는 작약 꽃다발 속에 예의 오야마다 씨의 외국제 승마용 채찍을 갖고 왔다. 그때 나는 어쩐지 무서운 마음이 들었다. 그녀는 그것을 내 손에 쥐어주면서 오야마다 씨처럼 벌거벗은 자기 몸을 후려갈기라고 재촉하는 것이었다.

아마 오랫동안 계속된 오야마다 씨의 잔학 행위가 끝내 그녀에게 병적인 버릇을 옮겨 주어 그녀는 피학자(被虐者)의 색정을 만끽하지 못하면 참을 수 없을 정도로 불타오르는 몸이 되는 것 같았다. 이러한 상태로 그녀와 만나는 것이 반년쯤 계속되었다면 나는 필경 오야마다와 같은 병에 걸렸을 것이다.

그녀의 부탁을 거절하지 못하고 내가 그 채찍으로 그녀의 날씬한 육체를 후려갈겼을 때 백옥같이 하얀 피부엔 금새 징그러운 지렁이 같은 멍이 생겼다. 나는 그것을 보고 어떤 불가사의한 희열을 느꼈다.

그러나 나는 이와 같은 남녀의 변태적인 정사를 묘사하기 위하여 이 기록을 시작한 것은 아니다. 그런 것은 훗날 이 사실을 소설로 구성하여 더욱 구체적으로 쓸 것이고, 여기에서는 그런 정사 생활을 하는 사이에 시즈꼬로부터 들었던 한 사실을 부기하는 것으로 그치겠다.
 그것은 언제나 하고 있는 오야마다 씨의 가발에 관한 이야기이다. 그는 조그마한 일에도 신경질적인 성격탓에 시즈꼬와 함께 침실에 있을 때 아무래도 대머리는 그리 보기 좋은 풍경이 아니라는 생각을 했고, 그녀가 깔깔대며 말렸건만 어린애처럼 진지한 얼굴로 일부러 가발을 주문하러 갔다고 했다.
 "왜 지금까지 그 사실을 숨겼소?"라고 내가 묻자 "사실은 너무 부끄러워 말할 수 없었어요"라고 대답했다.
 그 후 약 20일이 지났다. 너무 얼굴을 보이지 않는 것도 이상할 것 같아 나는 구실을 붙여 오야마다 씨 집을 방문했다. 시즈꼬와 한 시간 정도 밀담을 주고받은 뒤, 예의 그 집 전용 자동차를 타고 집으로 돌아왔다. 그런데 그 자동차 운전 기사는, 우연하게도 전에 장갑을 나에게 팔았던 아오끼 다미소(靑木民藏)였다. 이것은 나를 그 기괴한 대낮의 꿈속에 끌려들어가게 한 하나의 계기가 되었다.
 장갑은 달랐으나, 핸들을 잡고 있는 손 모양이나 낡은 춘추 감색 양복(그는 와이셔츠 위에 그것을 입고 있었다)과 떡 벌어진 어깨 모습과 자동차에 달려 있는 장식용 거울까지, 모든 것이 1개월 전의 모양과 조금도 달라지지 않았다. 그런 점들이 내 마음을 이상스럽게 했다.
 나는 그때 이 사나이를 향해서 오에 슌데이라고 불렀던 것을 상기했다. 그러자 나는 묘하게도 오에 슌데이의 사진으로 본 얼굴, 그의 작품의 기괴한 줄거리, 그의 대인 기피적인 일상 생활 등등의 생각으로 머릿속이 가득 찼다. 끝내 나는 바로 옆에 슌데이가 앉아 있는 것이 아닐까 하고 생각할 만큼 그를 몸 가까이 느꼈다. 그리고 일순 멍청한 채 나는 묘한 말을 지껄였다.
 "여보, 여보, 아오끼 군. 지난번의 장갑 말인데……. 그것을 언제쯤 오야마다 씨에게서 얻었지요?"

"네?"

운전 기사는 1개월 전과 같이 얼굴을 돌리고 놀란 표정을 지었다.

"그것 말씀인가요? 아마 지난 해 11월쯤인가……. 분명히 직장에서 월급을 받은 날이었죠. 아무튼 그날은 얻은 것이 많은 날이라 기억하고 있어요. 아, 그렇군요. 11월 28일이에요. 틀림없어요."

"아, 11월 28일이라……."

나는 또 멍청해져서 헛소리같이 상대의 대답을 되풀이했다.

"그런데 선생님, 그 장갑에 대해서 왜 그렇게 관심을 갖고 있지요? 그 장갑에 어떤 사연이라도 있나요?"

운전 기사는 해죽해죽 웃으면서 말했으나 나는 대답하지 않고, 자동차의 옆 유리창에 붙어 있는 먼지를 주시하고 있었다. 자동차가 4, 5분간 달리는 동안 나는 유리창에서 눈길을 떼지 않았다. 그러다가 갑자기 몸을 일으켜 운전 기사의 어깨를 붙잡고 소리쳤다.

"여보, 확실한가요? 11월 28일이라고 한 말. 당신은 재판관 앞에서도 그와 같이 단언할 수 있겠소?"

순간 자동차가 옆으로 쏠렸기 때문에 운전 기사는 핸들을 조정하면서 대답했다.

"재판관의 앞이라도 말할 수 있습니다. 농담이 아닙니다. 11월 28일이 틀림없습니다. 증인도 있습니다. 내 조수가 그것을 보았으니까요."

아오끼는 내가 너무 진지하게 질문을 하자 약간 난처해하는 듯했으나 정직하게 말을 해줬다.

"여보, 그럼 다시 돌아갑시다."

운전 기사는 점점 당황하여 어찌할 바를 모르다가 내가 말한 대로 자동차를 돌려 오야마다의 집 문 앞에 차를 댔다. 나는 자동차에서

뛰어내려 현관으로 달려가서, 그곳에 있는 하녀를 붙들고 다짜고짜로 이렇게 물었다.
"지난 해 연말 대청소 때 천장 판자를 모두 떼어 잿물로 씻은 것 같은데, 정말 그런가요?"
전에도 말했지만 언젠가 내가 천장 위에 올라갔을 때 시즈꼬로부터 그것을 들어서 알고 있었다. 하녀는 내 정신이 약간 옆으로 휘었다고 생각했는지 잠깐 동안 내 얼굴을 야릇한 표정으로 훑어보다가 말했다.
"네, 사실이에요. 잿물로 씻은 것이 아니고 물로 씻기만 했어요. 청소 하청업자가 와서 했지요. 그것은 지난 연말 25일이에요."
"어느 방의 천장이나 모두 씻었나요?"
"네, 그랬어요."
그 소리를 들었는지 시즈꼬가 안에서 나왔다. 그녀는 염려스런 표정으로 나를 바라보며 물었다.
"무슨 일이 있나요?"
나는 다시 조금 전의 질문을 되풀이해서 시즈꼬로부터도 하녀와 같은 대답을 들었다. 인사를 하는 둥 마는 둥 하고 다시 자동차를 타고 나의 집으로 가자고 말한 다음 쿠션에 깊숙이 파묻혀서 내 천성인 망상에 빠져 들어갔다.
오야마다의 집에 일본식으로 지은 천장 판자는 전부 떼어서 물로 씻었다. 그것은 지난 연말 25일의 일이다. 그렇다면 예의 장식용 장갑 혹이 천장 속에 떨어진 것은 그 뒤의 일이어야 한다.
그런데 한편에서는 11월 28일에 장갑을 운전 기사에게 주었다. 천장 속에 떨어져 있던 장갑의 장식용 혹이 그 장갑에서 떨어졌다는 것은 앞에서 구체적으로 말했지만, 의심할 여지가 없는 사실로 드러났다.

그렇다면 문제의 장갑 혹은 떨어지기 전에 없어진 것이다.

이와 같이 아이슈타인의 물리학 이론보다 더 정확한 현상은 대체 무엇을 의미하는 것인가. 나는 거기에서 착안한 것이다.

나는 마음이 내친 김에 차고로 아오끼 다미소를 찾아가서 그의 조수를 만나 물어보았는데, 11월 28일이 틀림없었다. 한편 오야마다의 집 천장 청소를 청부맡았던 업자를 찾아가 물어보았는데, 12월 25일이 틀림없었다. 그는 천장 판자를 모조리 떼어 씻었기 때문에 먼지 하나 없이 깨끗하게 치웠다고 말했다.

그렇다면 그 혹을 오야마다 씨가 떨어뜨렸다는 것을 증명하기 위해서는 다음과 같이 생각하지 않을 수 없다.

즉, 장갑에서 떨어진 혹은 오야마다 씨의 호주머니 속에 들어 있었다. 오야마다 씨는 그것을 모르고 혹이 없는 장갑을 운전 기사에게 주었다. 그로부터 1개월 내지 3개월 뒤(협박장이 오기 시작한 것은 2월부터였다) 오야마다 씨가 천장 위에 올라갔다가 우연히 그 혹을 떨어뜨렸다고 봐야 할 것이다.

장갑의 혹이 외투가 아닌 양복 주머니에 있었다는 것도 이상한 일이고(장갑은 대개의 경우 외투 호주머니에 넣어 두기 때문에 오야마다 씨가 외투를 입고 천장 위로 올라갔다는 것도 부자연스러운 일이다) 돈 많은 신사인 오야마다 씨가 연말에 입었던 양복을 그대로 봄까지 입었다고 생각할 수도 없다.

이것이 도화선이 되어 내 마음 속에는 또다시 음울한 짐승, 오에 슌데이의 그림자가 나타나기 시작했다.

오야마다 씨가 잔학 색정광이었다는 사실이 나에게 엉뚱한 착각을 일으키게 한 것은 아니었을까(그가 외국제 승마용 채찍으로 시즈꼬를 후려갈긴 일은 의심할 여지없는 사실이지만). 그렇다면 그는 어떤 자에 의하여 살해된 것이 아닐까.

오에 슌데이! 내 마음 속에선 오에 슌데이의 환영이 끊임없이 치밀어올랐다.

다시 이러한 생각들이 싹트기 시작하자 모든 일들이 이상하고 의심스럽게 생각되었다. 하나의 공상 소설가에 지나지 않는 내가 의견서에서 쓴 것과 같은 추리로, 그처럼 얄팍하게 사건을 정리했다고 생각하니 부끄러운 웃음이 어설프게 입가에 번졌다. 지금에 와서야 나는 그 의견서의 어딘가에 엄청난 착각이 숨어 있다는 생각이 들었다. 그 한 가지는 시즈꼬와의 정사에 몰두한 탓도 있지만 의견서를 수정하지 않고 그대로 버려 둔 탓도 있었다. 사실 나는 거기에 대해 생각이 미치지 못했고 지금은 오히려 그렇게 된 것이 잘 되었다는 생각까지 든다.

생각해 보면 이 사건에는 증거가 너무 갖추어져 있다. 내가 가는 앞에 기다리고 있었다는 듯이 생생한 증거품이 항상 활짝 웃고 있었다. 당사자인 오에 슌데이도 그의 작품에서 말했지만, 탐정은 지나치게 노출된 증거를 대하면 일단 경계하지 않으면 안된다.

첫째로 공포의 막다른 골목까지 몰고 갔던 협박장의 필적인데, 나의 추리대로 오야마다 씨가 도용한 필적이라고 단순하게 생각하기에는 문제가 따른다. 전에 혼다가 말한 일도 있지만 설사 슌데이의 필체를 귀신같이 그대로 옮길 수는 있겠지만, 그 특징 있는 문장을, 더욱이 생각하는 방향이 전혀 다른 실업가 오야마다 씨가 어떻게 흉내 낼 수 있었겠는가.

나는 그때까지 까맣게 잊고 있었던 슌데이가 쓴 《한 장의 우표》라는 소설을 생각해냈다. 히스테릭한 의학박사 부인이 남편을 미워한 나머지 박사가 그녀의 필체를 도용하여 가짜 유언장을 만들었다며 그것을 증거로 하여 박사를 살인죄에 빠뜨리려 계획했던 이야기다. 슌데이는 이 사건에서 그러한 방법을 사용하여 오야마다 씨를 옭아매려던 계획은 아니었을까.

　보기에 따라서 이 사건은 오에 슌데이의 걸작품일 수도 있다. 예를 든다면 천장 속에서 엿봄은 《지붕 속의 장난》이고, 증거인 혹 또한 같은 소설에서 나온 것이고, 슌데이의 필체를 도용한 것은 《한 장의 우표》에서 나온 것이고, 시즈꼬의 목덜미에 생생한 상처로 잔학 색정광을 암시한 것은 《B언덕의 살인》에 나오는 방법이다. 그리고 유리 조각에 자상을 입은 것이나 벌거벗은 시체가 변소 밑에 표류했다는 것이나 그 외의 사건 전부에서 오에 슌데이의 체취가 물씬 풍긴다.

　이것을 모두 우연이라고 하기에는 너무 불합리하다. 사건의 구석구석에 오에 슌데이의 그림자가 드리워져 있는 것 같다. 나는 마치 오에 슌데이의 조종에 따라 그가 펼쳐 놓은 길로 추리를 진행해 간다는 마음이 든다. 슌데이의 환영이 나에게 옮겨진 것이 아닌가 하는 생각도 든다.

　대체 슌데이는 어디 있는가. 지금 그는 사건의 음지에서 뱀같이 눈을 반짝거리고 있음이 분명하다. 나는 이론적으로도 그렇게 생각하지 않을 수 없다. 그런데 그는 어디 있단 말인가.

　나는 하숙방의 이불 위에 누워 이것만을 골똘히 생각했다. 자못 심장이 강한 나지만, 이 끝없는 망상 때문에 다시 두려운 생각이 들었다. 생각에 잠기니 이내 피곤해져서 그럭저럭 잠이 들고 말았다. 이상한 꿈을 꾸다가 깜짝 놀라 눈을 떴다. 그리고 나는 어떤 묘한 일을 생각해 냈다.

　밤이 깊었지만 나는 혼다의 하숙집에 전화를 걸었다.

　"혼다 씨, 오에 슌데이의 부인은 둥근 얼굴이었다고 했지요?"

　나는 혼다에게 다짜고짜로 이렇게 물었다. 아마 그는 놀랐을 것이다.

　"네, 그렇습니다."

혼다는 잠시 머뭇거리더니 내 목소리임을 알고 난 다음 잠에 취한 목소리로 대답했다.
"언제나 머리를 올리고 있었나요?"
"네."
"근시 안경을 쓰고 있었나요?"
"네, 그렇습니다."
"금니를 했지요?"
"네."
"이가 나빴던가요? 그래서 자주 치통을 가라앉히는 약을 복용했나요?"
"잘 아시는군요. 오에 슌데이의 부인을 만난 적이 있으세요?"
"아니, 사꾸라기쬬의 이웃집 사람으로부터 들었지요. 역시 당신이 만났을 때도 치통을 앓고 있었군요."
"네, 언제나 그랬어요. 역시 날 때부터 이가 나빴던가 봐요."
"그것은 오른쪽인가요?"
"잘 기억이 나지 않는데 그런 것 같습니다."
"그런데 머리를 올려 묶은 젊은 여성이 원시적인 치료 방법인 치통을 멎게 하는 약을 복용한다는 것은 약간 이상하군요. 요즈음은 대개 치과로 달려가거든요."
"그렇군요. 그런데 대체 어떻게 된 것입니까. 그 사건에 대한 어떤 단서라도 찾았습니까?"
"그래요. 자세한 이야기는 만날 때 이야기합시다."
이렇게 해서 나는 전부터 들어서 알고 있는 일을 다시 한 번 착오 없도록 혼다를 통하여 확인했다.
그런 다음 나는 책상 앞에 앉아 원고지에다 마치 기하학 문제라도 풀 듯, 여러 가지 형태의 글씨와 공식 같은 것을 아침이 될 때까지 썼다가 지우고 썼다가 지우고 했다.

11

 언제나 내가 밀회하자는 편지를 보냈는데 이런 일 때문에 3일 정도 중단이 되었다. 기다리다 지친 시즈꼬는 내일 오후 3시에, 예의 비밀 장소로 와 달라는 속달 편지를 보내 왔다. 그 편지에서 그녀는 '나라고 하는 여자의 너무 천박한 정체를 알고 당신은 벌써 내가 싫어진 것은 아닌지요, 내가 두려워진 것은 아닌지요'라고 추궁하고 있었다.
 나는 이 편지를 받고 마음이 내키지 않았다. 그녀의 얼굴을 보는 것이 몹시 싫었다. 그런데도 불구하고 나는 그녀가 지정한 시간에 오기요(御行)의 소나무 숲에 있는 그 도깨비집을 향해서 출발했다.
 6월 달이라 하늘엔 시커먼 먹구름이 제멋대로 엉켜서 험상궂은 얼굴로 서성거렸다. 그리고 미칠 듯이 무더운 날이었다. 전차에서 내려서 3분 정도 걷는 사이에 등에서는 땀이 줄줄 흘러내려 와이셔츠가 흠뻑 젖었다.
 시즈꼬는 나보다 한 발 먼저 와서 서늘한 토담 속의 침대 위에 누워 있었다. 토담집의 이층에는 융단을 깔고 푹신한 침대와 소파를 놓고 벽에는 여러 개의 대형 거울을 걸어 놓아, 우리들의 성 유희(性遊戱) 무대를 아주 효과적으로 장식했다. 나는 극구 말렸지만 그녀는 말을 듣지 않고 방 안 장식을 모두 고급품으로 사놓았다.
 시즈꼬는 화려한 옷에 나뭇잎을 수놓은 검은 비단 허리띠를 두르고, 윤기 흐르는 머리카락을 드리운 채 침대의 하얀 홑이불 위에 요염하게 누워 있었다. 서양식 방 안 장식과 동양식 토담집이 몹시 강렬한 대조를 이루었다.
 나는 남편을 잃고도 조금도 슬퍼하지 않던 그녀가 갑자기 무서워졌다. 그녀와 내가 한 쌍의 야수처럼 성 장난을 하고 나면 그녀의 머리카락은 이마를 덮었고, 끈적끈적한 목줄기까지 머리털이 감겼다. 그녀는 이렇게 해서 흐트러진 머리를 매만지는 데 30분이나 소비하는 것이 보통이었다. 이런 것을 생각하며 그녀에게로 다가가자 그녀가 물었다.

"일전에 청소 청부업자의 이야기를 듣기 위해서 일부러 찾아왔던 것은 어떻게 되었지요? 당신이 당황한 것은 어울리지 않았어요. 나는 무슨 일인가 생각을 해봤지만 알 수 없었어요."

"알 수 없었다고? 당신은?" 나는 양복 저고리를 벗으면서 대답했다. "대단히 중요한 일이지요. 나는 큰 실수를 저질렀어요. 천장을 청소한 때가 12월 말인데, 오야마다 씨의 장갑 혹이 떨어진 것은 그보다 한 달이나 뒤의 일이었지요. 그리고 운전 기사에게 장갑을 준 것이 11월 28일이라고 하니까, 혹이 떨어진 것은 그 이전의 일이 분명하지요. 순서가 뒤죽박죽이에요."

"그래요?"

시즈꼬는 대단히 놀란 태도였으나 쉽게 이해되지 않는지 다시 물었다.

"그래도 천장 위에 떨어진 것은, 혹이 떨어진 다음의 일이겠지요?"

"뒤는 뒤지만 그 사이의 시간이 문제지요. 결국 혹은 오야마다 씨가 천장에 올라갔을 때 그 장소에서 떨어지지 않았다면 이상하지요. 정확하게 말한다면, 뒤의 일이긴 하지만 떨어짐과 동시에 천장 속에 떨어졌다고 봐야겠지요. 그것이 장갑에서 떨어진 뒤 천장에 떨어질 때까지 1개월이나 걸린다는 것은 물리학의 법칙으로도 설명할 수 없어요."

"그렇군요."

그녀는 약간 질린 듯이 또 생각에 잠겼다.

"떨어진 혹이 오야마다 씨의 호주머니에 남아 있다가, 그것이 한 달 뒤에 우연히 천장 위에 떨어졌다고 한다면 설명이 안 되는 것도 아니지만, 그렇다 해도 오야마다 씨는 지난 해 11월에 입었던 양복을 봄이 지날 때까지 입지는 않았을 겁니다."
"그래요, 그분은 사치를 좋아하니까요. 연말에는 줄곧 두텁고 따뜻한 옷을 입고 있었어요."
"그것 보세요. 그러니까 이상하지요."
"글쎄……."
그녀는 숨을 길게 쉬며 말했다.
"역시 히라다가……."
그리고는 입을 다물었다.
"그렇소. 여기에는 오에 슌데이의 체취가 너무 강하게 풍깁니다. 그래서 나는 지난번 의견서를 정정하지 않을 수 없게 되었소."
나는 그런 다음 앞에서 기록한 대로, 이 사건은 오에 슌데이의 걸작품과 같은 것인데 증거가 너무 갖추어져 있고, 필체의 흉내가 너무 진짜와 닮았다는 점 등을 그녀에게 간단히 설명했다.
"당신은 잘 모르겠지만 슌데이의 생활이 지극히 이상합니다. 그자는 왜 방문자를 만나지 않았는가. 그는 왜 자주 집을 옮겨 다녔는가. 그는 왜 여행을 갔다든가 병에 걸렸다고 하면서 방문자를 기피하려고 했던가. 그리고 무고지마 스기쬬에다 헛돈을 주고, 왜 집을 빌려 두기만 했는가. 아무리 사람을 싫어하는 소설가라고 해도 너무 이상하지 않습니까. 사람을 죽일 준비 공작이 아니라면 너무나 상식을 벗어난 일입니다."
나는 시즈꼬가 누워 있는 침대 옆에 앉아 이야기하고 있었다. 그녀 역시 슌데이의 소행이었다고 생각했는지, 갑자기 무서워하는 모습으로 내 옆에 몸을 밀착시킨 다음 나의 왼쪽 손목을 세게 잡았다.

음울한 짐승

"생각해 보면, 나는 그자의 허수아비가 되어 움직인 셈이죠. 그자가 처음부터 준비해 놓은 각본에 따라 완전히 허수아비 추리를 한 것이지요. 으하하하……."
나는 자조(自嘲)스런 웃음을 얼굴 가득히 담았다.
"그자는 무서운 자입니다. 나의 사물에 대한 사고 방식을 정확히 알고, 그대로 증거를 준비하여 두었으니까요. 보통 탐정으로는 이런 것을 알아내기는 어림없죠. 나와 같이 추리를 좋아하는 소설가가 아니고는 이렇게 빙글빙글 돌아가는 특출한 상상을 할 수 없지요. 그러나 만일 범인이 슌데이라고 한다 해도 여러 가지 무리한 점이 또 나타납니다. 그 무리란 바로 이 사건이 난해하다는 이유이고, 슌데이가 미궁의 악인이라는 이유이지요.

무리라는 것을 설명하자면 두 가지 일 때문인데, 하나는 예의 협박장이 오야마다 씨가 죽은 다음부터 딱 중단되었다는 점이고, 또 하나는 일기장이든가, 슌데이의 저서 《신청년》 등등이 어떻게 해서 오야마다 씨의 서재에 있었느냐는 점입니다.

이 두 가지는 슌데이가 범인이라고 했을 때 생기는 결정적인 모순입니다. 가령 일기장 여백에 오야마다 씨의 필적을 흉내내어 기록한 문구며 《신청년》의 앞 페이지 사진판에 난 연필 자국 역시 위증을 만들기 위해서 그자가 했다고 보기에는 지나친 모순입니다. 그리고 오야마다 씨만이 갖고 있는 그 책장 열쇠를, 슌데이가 어떻게 입수했느냐 하는 점입니다. 또 어떻게 그 서재에 잠입할 수 있었느냐는 점입니다.

나는 지난 3일 간, 이 일을 머리가 빠개지도록 생각했지요. 그 결과 가까스로 한 가지 해결 방법을 찾아냈습니다. 나는 조금 전에 말한 대로 이 사건엔 슌데이의 체취가 물씬하게 풍긴다고 했습니다. 그자의 소설을 좀더 깊이 있게 연구해 본다면 어떤 실마리가 나타나지 않겠는가 해서, 그자의 저서를 빠짐없이 읽어보았지요.
당신에게 아직 말하지 않았지만 박문관의 혼다라는 기자 말에 의하면, 슌데이가 고깔모자에 광대 옷을 입은 이상한 모습으로 아사꾸사 공원에서 광고지를 나누어주었다고 했습니다. 그런데 그것을 광고 대행업소에 물어본 결과 공원의 부랑아로 생각되었습니다. 슌데이가 아사꾸사 공원의 부랑자 속에 섞여 있다는 것은, 마치 스티븐슨의 《지킬 박사와 하이드 씨》 비슷하지 않을까요? 나는 그것에 관심을 갖고 슌데이의 저서 속에서 그것과 닮은 것을 찾았지요. 아마 당신도 알고 있을 겁니다. 그자가 행방불명이 되기 직전에 발표한 《파노라마의 나라》라는 장편과 그보다 조금 앞에 쓴, 〈1인 2역〉이라는 단편이 있었습니다. 그것을 읽어보니 그자가 '지킬 박사' 같은 행동을 얼마나 매력적으로 느꼈는지 잘 알 수 있었습니다. 즉 혼자이면서 두 인물로 분장하는 것이지요."
"나는 무서워요."
시즈꼬는 나의 품 속에 자기 몸을 숨기며 말했다.
"당신의 이야기는 기분 나빠요. 그런 이야기는 이제 그만두세요. 이렇게 어두운 토담집 속에서는 더욱 싫어요. 그 이야기는 뒤에 하기로 하고 오늘은 그만하세요. 당신의 품속에만 있으면 나는 히라다는 생각나지 않아요."
"그러나 들어야 합니다. 당신의 목숨과 관계된 일이니까요. 만일 슌데이가 다시 당신을 위협한다고 한다면……."
나는 여자의 풍만한 육체를 즐기는 것이 문제가 아니었다.
"나는 이 사건 속에서 이상한 일치점을 두 가지 발견했습니다. 좀 유식하게 말한다면 하나는 공간적인 일치이고 또 하나는 시간적인 일치입니다. 그것을 설명하려고 나는 여기에 도꾜 시가지 지도를 가져왔습니다."

나는 호주머니에서 준비하여 온 소형 도꾜 시가지 지도를 꺼내 펼친 뒤 손가락으로 가리키면서 말했다.

"나는 오에 슌데이가 전전하면서 옮겨 다닌 주소를 혼다와 기사가 다의 경찰서장으로부터 들어서 알고 있습니다. 그것은 이께부꾸로, 우시고메 기꾸이쬬, 네기시, 아나가 하쓰네쬬, 닛뽀리 가나스끼, 간다스에 히로쬬, 우에노 사꾸라기쬬, 혼죠야나기시마쬬, 부고지마스 사기쬬 등 대체로 이런 곳들입니다. 이 중에서 이께부꾸로와 우시고메, 기꾸이쬬는 상당히 떨어진 곳이지만, 그 외 일곱 군데는 지도상으로 보았을 때 동북의 좋은 지역에 몰려 있습니다. 이것은 슌데이의 대단한 실수입니다. 이께부꾸로와 우시고메가 떨어져 있는 것은 슌데이의 명성이 올라가서, 기자들이 밀어닥치기 시작한 것이 네기시에서 살던 때부터라고 생각해 본다면, 그 의미를 잘 알 수 있습니다. 결국 그자는 기꾸이쬬에서 살 때까지는 모든 원고에 대한 것을 편지로 처리했습니다. 그리고 네기시 이후의 일곱 군데를 이렇게 선으로 연결해 보면, 불규칙한 원을 그리고 있습니다. 그 원의 중심을 구하면 그곳에 이 사건 해결의 열쇠가 숨어 있습니다. 왜 그런가에 대해 지금부터 설명하겠습니다."

그때 시즈꼬는 어떤 생각을 했는지 내 품에서 떨어져 갑자기 두 손을 내 목에 감고 예의 모나리자 같은 입술 사이로 하얀 사랑니를 드러내면서 앙칼지게 말했다.

"무서워요."

그녀는 자기의 뺨을 내 뺨에, 자기의 입술을 내 입술에 밀착시켰다. 얼마 동안 그렇게 하고 있다가, 그녀는 입술을 떼고 이번에는 손가락으로 나의 귓바퀴를 정교하게 문지르면서 그곳에 입술을 가까이 대고 마치 자장가 같은 달콤한 말투로 속삭였다.

"나는 그런 무서운 이야기로 중요한 시간을 소비하는 것이 아까와서 못 견디겠어요. 여보, 여보, 나의 불같은 입술이 느껴지지 않으세요. 내 가슴의 고동 소리가 들리지 않나요. 어서 나를 안아 주세요. 네, 나를 힘껏 안아 줘요."

"조금만 참아요. 조금만 참고 내가 이야기하는 것을 들어요. 그 문제로 오늘은 당신과 깊이 의논하려고 했으니까."

나는 그녀의 속삭임을 무시한 채 이야기를 계속했다.

"그런데 시간적인 일치점은, 슈데이의 이름이 잡지에서 갑자기 보이지 않게 된 것은 재작년 연말입니다. 그때와 오야마다 씨가 외국에서 귀국했을 때와——당신도 그때가 역시 재작년 연말이라고 말했었지요. 이 두 가지 점이 어떻게 해서 이처럼 꼭 들어맞는지 모르겠습니다. 이것이 우연한 일일까요? 당신은 어떻게 생각합니까?"

내가 그 말을 끝내기도 전에 시즈꼬는 방구석에서 외국제 승마용 채찍을 갖고 와서 억지로 나의 오른손에 쥐어 주고 옷을 훨훨 벗어 던진 다음 침대 위에 엎드렸다. 탄력 있고 풍만한 여체의 곡선이 무한한 욕망을 갈구하듯 꿈틀거렸다. 그녀는 얼굴을 돌리고 뜻 모르는 말만 미친 듯이 중얼거렸다.

"그것이 어떻다는 거예요. 그까짓 것이…… 그까짓 것이…… 자아, 때려요. 후려갈기라니까!"

그녀의 외침은 소리가 아니라 욕정을 불사르지 못한 안타까운 신음이었다.

토담집 이층 창 밖에는 잿빛 하늘이 낮게 내려앉았다. 먼 곳에서 전차 소리가 띄엄띄엄 들려왔다. 그 소리는 마치 하늘에서 악마의 무리가 밀어닥치는 소리같이 기분 나쁘게 들렸다. 그 우중충한 날씨와, 토담집의 이상한 공기가 우리 두 사람을 미치게 할 것 같았다. 시즈꼬와 나는 각각 제정신이 아니었다. 나는 그곳에 엎드려 몸부림치는 그녀의 땀에 젖은 순백색 나신(裸身)을 보며 집요하게 나의 추리를 계속했다.

"이 사건 속에 오에 슌데이가 관계되었다는 사실은 명확합니다. 그러나 또 한편 일본 경찰이 3개월이 걸려서도 그 유명한 소설가를 찾아 내지 못했듯 그자는 연기처럼 세상에서 완전히 사라진 것입니다.

아아, 나는 그것을 생각하기만 해도 두렵습니다. 이런 일이 악몽이 아닌 것이 이상할 정도입니다. 왜 그자는 오야마다 시즈꼬를 죽이려고 하지 않을까요. 뿐만 아니라 갑자기 협박장도 쓰지 않고 있습니다. 그자는 어떤 둔갑술로 오야마다 씨의 서재에 들어갈 수 있었을까요. 그리고 자물쇠가 채워져 있는 책장을 어떻게 열었을까요. 나는 어떤 인물을 생각하지 않을 수 없었습니다. 다른 사람이 아닙니다. 여류 미스터리 소설가 히라야마 히데꼬입니다. 세상에서는 그 사람을 여자라고 생각하고 있습니다. 작가나 기자 중에서도 여자라고 생각하는 사람이 많습니다. 히데꼬의 집에는 매일같이 청년 애독자들로부터 사랑을 고백하는 편지가 수없이 날아들고 있습니다. 그런데 사실은 남자입니다. 더욱이 훌륭한 정부 관리입니다.

미스터리 작가라고 하는 사람들, 즉 슌데이, 히라다, 히데꼬는 모두들 괴물입니다. 남자이면서 여자로 분장하든가, 엽기적인 흥미를 추구한다든가, 아무튼 그 도가 지나치면 그렇게 됩니다. 어떤 작가는 밤에 여장을 하고 아사꾸사를 어정거리고 다닙니다. 그리고 사나이와 사랑의 흉내를 내기도 합니다."

나는 열이 올라 미친 듯이 떠들었다. 얼굴에는 온통 땀이 흘러 그것이 기분 나쁘게 입 속으로 흘러들었다.

"시즈꼬 양, 잘 들어요. 나의 추리가 맞는지 틀리는지 말입니다. 슌데이의 주소를 연결한 원의 중심이 어딘 줄 아세요. 이 지도를 보십시오. 당신의 집입니다. 어느 곳이나 당신 집에서 10분 정도의 거리에 있습니다…… 오야마다 씨의 귀국과 동시에 왜 슌데이는 모습을 감추었나요. 그것은 다도(茶道) 강습소나 무용 강습소에 다닐 수 없었기 때문입니다. 알겠습니까. 당신은 오야마다 씨가 집을 비운 사이 매일같이 오후에서 밤까지 다도나 무용을 배우러 다녔습니다.

모든 것을 완전히 준비하여 놓고, 나로 하여금 그와 같은 추리를 하게 한 사람은 누구입니까. 나를 박물관에서 사로잡아 자유 자재로 농락한 사람은 바로 당신입니다…… 당신만이 일기장에 그와 같은 문구를 쓸 수 있었고, 그 외의 증거품을 오야마다 씨의 책장에 넣을 수 있었고, 천장에 혹을 떨어뜨릴 수도 있었습니다. 나는 여기까지 생각했습니다. 따로 생각할 것이 있겠습니까. 이제 그럼, 당신이 대답하여 주십시오."

"너무 하십니다. 너무 하세요."

나체의 시즈꼬는 발악에 가까운 비명을 지르며 나에게로 달려들었다. 그녀는 내 와이셔츠에 얼굴을 비비며 뜨거운 눈물이 내 피부에 스며들 만큼 흐느껴 울었다.

"당신은 왜 웁니까. 아까부터 왜, 나의 추리를 방해하려고 했습니다. 당연히 당신의 생명이 달려 있는 문제니까 듣고 싶었어야 할 것이 아닙니까. 이렇게 한다 해도 나는 당신을 의심하지 않을 수 없습니다. 들어 주십시오. 아직 나의 추리는 끝나지 않았습니다. 오에 슌데이의 아내는 왜 안경을 끼고 있었지요. 왜 금니를 했고, 치통을 멎게 하는 데 약을 사용했지요. 그것은 모두 다 슌데이의 《파노라마의 나라》에 나오는 변장법을 그대로 실현한 것이지요. 슌데이는 그 소설 속에서 변장술을 세밀하게 묘사했습니다. 머리 모양을 바꾼 일, 안경을 쓴 일, 잇새에 탈지면을 낀 일, 그리고 튼튼

한 치아 위에 야시장에 나도는 도금한 금니를 끼는 것까지 기록되어 있습니다. 당신은 사람 눈에 잘 띄는 사랑니를 갖고 있습니다. 그것을 숨기기 위하여 도금한 금니를 낀 것입니다. 당신은 오른쪽 볼에 움푹 패인 보조개가 있습니다. 그것을 숨기기 위해서 당신은 치통을 방지한다는 이유로 솜을 낀 것입니다. 치렁치렁한 머리카락을 묶어 올려 갸름한 얼굴을 둥근 얼굴로 보이게 했습니다. 이렇게 해서 당신은 슌데이의 부인으로 변장했습니다.

나는 그저께 혼다로 하여금 당신을 엿보도록 하여 슌데이의 부인과 닮지 않았는가 확인했습니다. 혼다는 당신의 풀어 내린 머리를 묶어 올리고 안경을 끼고 금니를 한다면 슌데이의 부인과 똑같다는 것입니다. 이젠 말하십시오, 이래도 당신은 나를 속이겠습니까?"

나는 시즈꼬를 떼어놓았다. 그녀는 침대 위에 쓰러지며 격렬한 울음을 쏟을 뿐 오래도록 대답이 없었다. 나는 너무 흥분한 나머지 손에 쥐고 있던 승마용 채찍으로 '휙' 하고 그녀의 등을 후려갈겼다. 나는 흥분해서

"이래도…… 이래도…….'"

하면서 수없이 그녀를 힘껏 후려갈겼다. 금새 그녀의 순백색 피부엔 붉은 지렁이 같은 멍이 이리저리 기어다녔고, 거기에선 붉은 피가 솟아올랐다. 그녀는 나의 발 밑에서 기기묘묘하게 벌거벗은 육체를 꿈틀거리며 뒹굴었다. 그리고 꺼져 가는 목소리로 가느다랗게 내뱉었다.

"히라다, 히라다."

"히라다라고? 아아, 당신은 지금도 나를 속이려고 하는군요. 당신이 슌데이의 부인으로 변장했다면 슌데이라는 인물이 따로 있다는 말인가요. 슌데이가 있을 리 없습니다. 그 사람은 전적으로 가공의 인물입니다. 그것을 숨기기 위해서 당신은 그의 부인으로 변장하여 잡지 기자들을 만났고 또한 자주 주소를 바꾼 것입니다. 그리고 슌

데이가 광대 옷을 입은 사나이로 변장한 것이 아니라 광대 옷을 입은 사나이가 슌데이로 변장한 것입니다."

시즈꼬는 침대 위에서 죽은 사람같이 꼼짝 않고 있었다. 단지 그녀의 등 위에 나 있는 붉은 멍만이 살아 있는 듯 그녀의 호흡을 따라 움직였다. 점점 격했던 나의 흥분도 고개를 숙이기 시작했다.

"시즈꼬 양, 나는 이렇게 심하게 하려고 하진 않았습니다. 좀더 조용하게 말하려고 했습니다. 그러나 당신이 너무 내 이야기를 방해했기 때문에, 그리고 그와 같은 교태로 나를 기만하려 했기 때문에 나는 참을 수 없어서 흥분했던 것입니다. 용서하십시오. 그리고 당신이 말하지 않아도 좋습니다. 지금부터 당신이 해 온 일을 순서대로 말하겠습니다. 만일 잘못된 곳이 있으면 그렇지 않다고 말씀하십시오."

그리고 나는 나의 추리를 알기 쉽게 설명했다.

"당신은 여자로선 보기 드문 문재(文才)이며 비상한 머리를 가진 사람입니다. 그것은 당신이 나에게 보낸 편지만으로도 충분히 알 수 있습니다. 그런 당신이 익명으로, 그것도 남자 이름으로 미스터리 소설을 쓰고 싶은 마음이 생긴 것도 무리가 아닙니다. 그런데 그 소설은 의외로 호평을 받았습니다. 그런데 마침 당신이 유명해질 무렵 오야마다 씨는 2년 간 외국에 가 있게 되었습니다. 그로 인한 고독감을 달래기 위해서 또한 당신의 연기적인 기질을 만족시키기 위해서 당신은 1인 3역이란 무서운 트릭을 생각해 낸 것입니다. 당신은《1인 2역》이란 소설을 썼습니다만 한 술 더 떠서, 1인 3역이란 놀라운 일을 생각해 냈습니다. 당신은 히라다 이찌로의 이름으로 네기시에 집을 빌렸습니다. 그 전의 이께부꾸로, 우시고메는 단지 편지의 수취를 위해서 얻어 놓은 장소에 불과했습니다. 그리고 사랑을 싫어한다는 기피증과 여행 등을 이유로 히라다의 부재를 당연시하게 했습니다. 그리고 변장한 당신은 히라다 부인이 되어 원고에 대한 모든 일을 도맡아했습니다. 결국 당신은 원고를 쓸 때는 오에 슌데이인 히라다가 되고, 잡지 기자를 만나거나 집을 빌릴 때는 히라다 부인이 되고 오야마다 집에서는 오야마다 부인이 되었습니다. 즉 1인 3역의 연기를 멋지게 한 것입니다.

그 때문에 당신은 매일 오후 다도를 배운다든가 무용을 익힌다는 구실로 집을 비우지 않으면 안 되었습니다. 하루의 반은 오야마다 부인, 나머지 반은 히라다 부인으로 한몸을 두 개로 쪼갰던 것입니다. 그렇게 하려면 머리 손질이나 옷을 갈아입는 등 변장하는 시간이 필요했기 때문에 집에서 먼 곳은 곤란했습니다. 그래서 당신은 집을 옮길 때마다 당신의 집을 중심으로 하여 자동차로 10분 정도의 거리에 택한 것입니다. 나도 당신과 같은 엽기적인 소설가이기 때문에 당신 마음을 잘 알고 있습니다. 대단히 힘든 일이지만 이 세상에서 이렇게 매력적인 유희는 아마도 없을 것입니다. 나는 기억하고 있습니다. 어떤 비평가는 슌데이의 작품은 여자가 아니면 가질 수 없는 불유쾌한 시의심이 있으며 마치 칠흑 같은 어둠 속에서 움직이는 음울한 짐승와 같다고 말했습니다. 그 비평가는 정말 옳은 견해를 말했습니다. 그 사이 짧은 2년이 흘러가고 오야마다 씨가 돌아왔습니다. 이제 당신은 1인 3역을 할 수 없게 되었습니다. 그와 동시에 오에 슌데이는 행방 불명이 되었습니다. 그런데 슌데이는 극단적인 인간 기피증 환자라는 것을 알고 있는 세상 사람들은 그의 아리송한 행방 불명을 의심하지 않았습니다. 그런데 당신은 어째서 그러한 무서운 죄를 저지를 마음이 생겼습니까? 그것을 사나이인 나는 잘 모르겠으나 변태심리학상으로 볼 때 히스테릭한 부인은 때때로 자기 자신에게 협박장을 써서 부친다고 합니다. 외국에는 그러한 실례가 많습니다. 결국 타인들로부터 동정을 받고 싶어하는 심리에서 생긴 마음일 것입니다. 당신 역시 그렇다고 봅니다. 자기 자신이 분장한 유명한 남성 소설가로부터 협박장을 받는다. 얼마나 멋있는 일입니까.

당신은 나이 먹은 당신의 남편에게 불만을 품어 왔습니다. 그래서 남편 부재중에 경험한 변태적이고 자유 분방한 생활을 동경하게 되었습니다. 아니, 더욱 아픈 곳을 찌른다면 지난날 당신이 슌데이라는 이름으로 쓴 소설 속에서와 같이 범죄 그 자체는 물론 살인에 대해서 말로 다 할 수 없는 매력을 느끼고 있습니다. 거기에는 마침 슌데이라는 완전히 행방 불명된 인물이 있습니다. 이자에게 혐의를 덮어 씌운다면 당신은 완전한 범죄를 할 수 있을 뿐 아니라 싫어하는 남편과도 영원히 헤어질 수 있고 막대한 재산을 상속받아 여생을 행복하게 살 수 있다고 생각했던 것입니다. 그러나 당신은 그것만으로 만족할 수 없었습니다. 범죄에 만전을 기하고 제2의 방탄벽을 준비했습니다. 그 대상으로 선택한 사람이 나입니다. 당신은 언제나 슌데이의 작품을 비난하는 나를 허수아비로 만들어 복수할 것을 생각했겠지요. 내가 그 의견서를 보였을 때 당신은 정말 재미있었을 겁니다.

나를 속이기는 참으로 힘들지 않았습니다. 장갑의 장식용 혹, 일기장,《신청년》《지붕 속의 장난》그것으로도 나를 속이는 증거물은 충분했습니다. 그러나 당신이 언제나 소설에 쓰는 것과 같이 범죄자는 어딘가에 약간의 사소한 흔적을 남겨 놓습니다. 당신은 오야마다 씨의 장갑에서 떨어진 혹을 중요한 증거물로 사용했지만, 그것이 언제 떨어졌는가에 대해서는 잘 조사하지 않았습니다. 그 장갑은 그보다 훨씬 전에 운전 기사에게 준 것을 전혀 모르고 있었습니다. 이것은 결정적인 잘못이었습니다. 오야마다 씨의 치명상은 역시 나의 추측대로 라고 생각합니다. 단지 다른 점은 오야마다 씨

가 창 밖에서 들여다본 것이 아니라 당신과 침실에서의 유희 중에 (그때 가발을 쓰고 있었을 것입니다) 당신이 창문 밖으로 밀어 떨어뜨린 것입니다. 이봐요, 시즈꼬 양. 나의 추리가 틀렸습니까? 무슨 말이든지 좀 하십시오, 시즈꼬 양."

나는 축 늘어져 있는 시즈꼬의 어깨에 손을 얹고 가볍게 흔들었다. 그러나 그녀는 진실 앞에 굴복한 초라한 후회의 얼굴로 고개를 떨군 채 한마디 말도 없었다.

나는 하고 싶은 말을 모두 해 버리자 허탈해져서 그대로 멍하니 서 있었다. 내 앞에는 어제까지 나의 둘도 없는 연인이었던 여자가 상처 입은 음울한 짐승의 정체를 적나라하게 드러낸 채 쓰러져 있다. 그것을 응시하던 내 눈에는 뜨거운 기운이 감돌았다.

"그럼 나는 이대로 돌아가겠습니다. 내가 돌아간 뒤 잘 생각하여 보십시오. 그리고 바른 길을 선택하십시오. 나는 지난 1개월 사이에 당신 덕택으로 아직 경험하지 못했던 치정의 세계를 볼 수 있었습니다. 그리고 그것을 생각하면 지금도 당신과 헤어지고 싶은 생각은 없습니다. 그러나 이대로 당신과의 관계를 계속한다는 것은 나의 양심이 허락하지 않습니다…… 그럼 안녕히."

나는 시즈꼬의 등 뒤에 부어오른 푸른 멍 위에 나의 마지막 성의로 입술을 댔다. 잠시나마 그녀와의 변태적인 치정의 무대였던 도깨비집을 떨치고 밖으로 나왔다. 하늘은 더욱 낮게 내려앉았고 기온은 숨이 막힐 정도로 높았다. 나의 온몸 구석구석에서 불쾌한 땀이 그 축축한 혓바닥으로 핥고 있었다. 나는 버릇인 이빨을 부득부득 갈면서 미친 사람같이 흔들거리며 걸었다.

12

이 일이 있은 다음 날 시즈꼬는 자살했다. 그녀는 양옥 이층에서 오야마다 씨처럼 스미다가와에 몸을 던져 죽었다. 운명의 장난은 스미다가와가 한쪽으로만 흐른 데서부터 일어난 것이다. 그녀의 시체 역시 아스마 다리 밑 기선 선착장 가까이서 표류하는 것을 아침에 한 통행인이 발견했다.

사건의 전모를 모르는 신문 기자는 기사의 끝에 '오야마다 부인은 아마도 남편인 오야마다 무쓰로 씨를 살해한 같은 범인의 손에 의해서 슬픈 최후를 마친 것 같다'라고 썼다.

나는 이 기사를 읽고 나의 지난날 연인이었던 여자의 가엾은 죽음을 애석히 여기며 깊은 우수를 느꼈다. 그러나 시즈꼬의 죽음은 그녀 스스로 저지른 무서운 죄를 자백한 것이며 또한 당연한 길이라고 생각했다.

그런데 나의 격했던 추리가 서서히 식어지자 뒤이어 무서운 의혹이 머리를 들었다.

나는 시즈꼬가 참회하는 말을 한 마디도 듣지 못했다. 여러 가지 증거가 있지만 그 증거에 관한 해석은 모두 나의 공상이었다. '2'에 '2'를 더하면 '4'가 된다는 영원 불변의 진리는 아니다. 단지 나는 운전 기사와 청소 청부업자의 증언만으로 그럴싸하게 정리한 추리일 뿐이다. 그렇다면 이 추리를 끌고 갈 추리가 생긴다는 것은 당연한 이야기다.

사실 나는 토담집 이층에서 시즈꼬를 추궁했을 때도, 처음에는 그렇게 할 뜻이 없었다. 조용하게 이야기하여 그녀의 변명을 들으려고 했다. 그것이 이야기의 중도에서부터 그녀의 태도가 달라지고 나의 추리를 방해했기 때문에 그처럼 혹독하고 단정적으로 말을 해 버렸던 것이다. 그리고 최후까지 그녀의 반응을 지켜보았으나 그녀가 아무 대답 없이 침묵만 지켰기 때문에 확실히 그녀가 죄를 긍정한 것으로 단정했다. 그러나 그것은 어디까지나 나라는 한 사람의 독단이 아니었을까.

그녀는 자살했다. '그런데 과연 자살일까. 타살, 타살이라고 한다면 하수인은 어떤 자인가. 무서운 일이다.' 그녀의 자살이 과연 그녀의 죄를 증거하는 것이 될 수 있을까. 다른 곳에 이유가 있는지 모르잖는가. 의지하던 나로부터 그와 같이 추궁 당하여 막다른 골목에 몰린 것을 알고 마음 좁은 여자의 마음이 일시적인 충동을 참을 수 없어 끝내 세상을 버린 것이 아닐까.

그렇다면 그녀를 죽인 사람은 손은 대지 않았지만 분명히 나 자신이 아닌가. 나는 조금 전에 타살이 아니라고 말했지만 이것이 타살이 아니고 무엇이겠는가.

그런데 내가 한 사람의 여자를 죽였는지도 모른다는 의혹만이라면 참을 수 있다. 그러나 나의 불행한 망상은 더욱 무서운 일을 생각했다.

그녀는 확실히 나를 사랑하고 있었다. 사랑하는 사람으로부터 의심받고 무서운 범죄인으로 추궁받은 여자의 마음을 생각해 보아야 한다. 그녀는 나를 사랑하면 할수록 자신의 애인이 풀려고 애쓰는 의혹 때문에 슬펐을 것이다. 그것은 끝내 자살을 결심하게 할 수도 있다.

또한, 나의 그 무서운 추리가 들어맞았다고 하자. 그렇다면 왜, 그녀가 오랫동안 같이 살아온 남편을 죽였어야 했을까. 자유일까. 재산이었을까. 과연 그런 것들이 한 사람의 여자를 살인자로 빠뜨릴 수 있는 힘을 갖고 있을까. 그것은 사랑이 아니었다. 그리고 그 애인은 바로 내가 아닌가.

아아, 나는 이 무서운 의혹을 어떻게 하면 좋을까. 아무튼 나를 그처럼 연모하던 가엾은 시즈꼬는 죽어 버렸다. 아무리 도의적인 면에 있어서 별로 개의치 않는 나였지만 자책의 구렁텅이에 빠지지 않을 수 없었다. 이 세상에 사랑보다 강하고 아름다운 것이 있을까. 나는 맑고 아름다운 사랑을 쇳덩이 같은 냉랭한 이론으로 무참하게 짓밟아 버린 것은 아닐까.

그러나 그녀가 나의 상상대로 오에 슌데이고, 그 무서운 살인을 범한 것이 사실이라면 그나마 안도의 숨을 쉴 수 있겠다.

그러나 지금 와서 어떻게 확인할 수 있을까. 오야마다 무쓰로 씨는 죽었다. 오야마다 시즈꼬도 죽었다. 그리고 오에 슌데이는 영원히 이 세상에서 사라진 인물이다. 혼다는 시즈꼬가 슌데이의 부인을 닮았다고 말했다. 그렇지만 닮았다는 것이 어떤 증거가 되는 것은 아니다.

나는 몇 차례 이또사끼 검사를 방문하여 그 뒤의 경과를 들어 보았지만, 그는 언제나 모호한 대답만 할 뿐 오에 슌데이에 대한 수사는 진전이 없었다. 나는 사람을 시켜서 히라다 이찌로의 고향인 시즈오까로 보내 조사했다. 그런데 가공의 인물이기를 바랐던 나의 소원은 보람도 없이 지금은 행방불명되었지만 히라다 이찌로라는 인물이 있다는 것을 알려 왔다. 그러나 히라다 이찌로라는 인물이 실재했다고 해서 그가 정말로 지난날 시즈꼬의 애인이고, 또 오에 슌데이이고, 오야마다 씨의 살해범이라고 어떻게 단정할 수가 있을까. 그는 현재 행방불명이고 시즈꼬는 단지 옛날 애인의 이름을 빌려 1인 3역을 한 것뿐이다. 나는 다시 친척의 허가를 얻어 시즈꼬의 소지물, 편지 등을 철저히 조사했다. 거기에서 무엇인가 단서를 찾아내려고 했다. 그러나 이런 수고는 허사로 끝났다.

나는 나의 추리 버릇과 망상 버릇을 아무리 후회해도 부족했다. 그래서 할 수 있다면 히라다 이찌로인 오에 슌데이의 행방을 찾아내기 위하여 설사 그것이 헛수고라도 전국, 아니 전 세계의 구석구석을 일생을 두고 찾아보고 싶은 마음이다(그러나 슌데이를 찾아서 그가 하수인이라는 것을 안다 해도, 또는 슌데이를 영원히 못 찾는다 해도 나의 고통은 한층 깊어질지도 모른다).

시즈꼬의 애절한 죽음이 있은 지 벌써 수년이 지났다. 그러나 히라다 이찌로는 언제까지도 나타나지 않는다. 그리고 나의 돌이킬 수 없는 무서운 의혹은 날이 갈수록 깊어 갈 뿐이다.

2전 동화(二錢銅貨)

1

"그 도둑이 부러워."

그 무렵 우리는 이런 말을 나눌 정도로 절박해 있었다.

그때 우리는 변두리에 있는 빈약한 신발 가게 이층의 단 하나밖에 없는 다다미방에서 지냈다. 종이를 바르고 그 위에 옻칠을 한, 다 부서진 책상을 두 개 나란히 놓고 마쓰무라 다께시(松村武)와 나는 이상한 공상을 되풀이하며 빈둥거렸다.

이미 모든 것이 벽에 부딪쳐 침체 상태에 빠진 우리 두 사람은, 마침 그 무렵 세상을 떠들썩하게 한 큰 도둑의 교묘한 수법을 부러워하는 치사한 마음이 되어 있었다.

그 도둑 사건이라는 것이 이 이야기의 본줄거리에 큰 관계가 있으므로 여기에 대충 이야기해 두기로 한다.

시바구(芝區)의 어느 커다란 전기 공장에서 직공들에게 급료를 주는 날 일어난 사건이었다.

10여 명의 임금 계산 담당 직원들이 1만 명에 가까운 직공들의 타임 카드에서 각각 2개월 분의 임금을 계산하여 산더미처럼 쌓인 급료 봉투 속에, 당일 은행에서 찾아온 제일 큰 중국 가방에 가득히 들어 있던 20엔(円), 10엔, 5엔 등의 지폐를 땀을 뻘뻘 흘리면서 한창 집어넣고 있었다. 그런데 이때 사무소의 현관에 한 신사가 나타났다.

접수처의 여자가 무슨 일로 왔느냐고 물었다.

그는 아사이 신문사(朝日新聞社)의 기자인데, 지배인을 잠깐 뵙고 싶다고 했다. 그래서 여자는 '도쿄 아사이 신문 사회부 기자'라는 직함이 들어 있는 명함을 지배인에게 전했다. 다행스럽게도 이 지배인은 신문 기자 조정에 능하다는 것을 자랑으로 삼고 있는 사나이였다. 사람들은 신문 기자를 상대로 허풍을 떨어 자기가 한 말이 신문에 실리는 일을 유치하다고 생각하면서도, 나쁜 기분은 되지 않는 법이다.

사회부 기자라는 사나이는 오히려 기분 좋게 지배인 방으로 안내되었다.

커다란 대모갑(玳瑁甲) 테안경을 쓰고, 아름다운 콧수염을 기르고, 멋있는 검정색 모닝 코트에 유행하는 서류 가방을 든 이 사나이는 그야말로 익숙한 태도로 지배인 앞의 의자에 앉았다. 그리고 담배 케이스에서 값비싼 이집트 담배를 꺼내고, 탁상 위의 재떨이에 달려 있는 성냥을 솜씨 있게 그어 대더니, 푸르스름한 연기를 지배인 코앞으로 푸우 하고 뿜어냈다.

"귀하의 직공 대우 문제에 관한 의견은?"

그 사나이는 신문 기자 특유의 상대를 사뭇 깔보는 것 같은, 그러면서도 어딘가 천진하고 붙임성 있는 투로 말을 꺼냈다.

그래서 지배인은 노동 문제에 관해서 즉 노사협조, 온정주의(溫情主義) 등에 관해서 실컷 떠들어댔다. 그런데 그것은 이 이야기와는 관계가 없으니 생략하기로 한다.

약 30분 가량 지배인실에 있던 그 신문 기자는 지배인이 일장 연설을 마치자 '잠깐 실례' 하고 변소에 간다고 나가더니 모습을 감추어

버렸다.
 지배인은 무례한 녀석쯤으로 생각하여 그다지 마음에 두지 않고 마침 점심 시간이 되어 식당으로 갔다.
 잠시 후에 근처에 있는 양식집에서 가져온 비프스테이크인지 뭔지를 볼이 터지게 입에 넣고 있는 지배인 앞으로, 회계 주임이라는 사나이가 얼굴빛이 변해서 뛰어와 보고했다.
 "임금을 지불할 돈이 없어졌습니다. 도둑맞았어요."
 깜짝 놀란 지배인은 먹던 것을 그대로 버려 두고 돈이 없어졌다는 현장으로 달려갔다.
 이 돌발적인 도난 사건을 조사해 보니 대체로 다음과 같이 상상할 수 있었다.
 마침 그 당시 공장은 사무실 개축중이었다. 그래서 여느 때 같으면 문단속을 엄중하게 할 수 있는 특별한 방에서 임금 계산 작업이 진행됐겠지만, 그 날은 임시로 지배인실 옆 응접실에서 진행됐다.
 그런데 어떻게 된 셈인지 그 응접실이 텅 비어 버리게 되었다. 사무원들은 모두가 '누군가 남아 있어 주겠지' 하는 생각으로 한 사람도 남지 않고 식당으로 가버렸던 것이다. 그래서 중국 가방에 꽉 찬 지폐 다발은 문을 잠그지도 않은 방에 30분 가량이나 내팽개쳐진 채 있었다.
 그러는 사이에 누군가 잠입해 들어가 대금을 가지고 갔음에 틀림없다.
 이미 급료 봉투에 넣은 것이나 잔돈에는 손대지 않고, 중국 가방 속에 든 20엔 짜리와 10엔 짜리 지폐 다발만 가져갔다.
 손해액은 약 5만 엔이었다(요즘 급료 기준으로 하면 7, 8백만 엔에 해당됨).
 여러 가지로 조사해 보았는데 결국 아무래도 아까 왔던 신문 기자가 수상했다.

　신문사에 전화를 걸어 보았다. 아니나다를까, 그런 사나이는 없다는 대답이었다.

　그리하여 경찰에 전화를 걸고, 임금 지불을 연기할 수 없어 은행에 다시 20엔 짜리와 10엔 짜리 지폐를 준비해 달라고 부탁하는 등 굉장한 소동이 벌어졌다.

　그 신문 기자라고 자칭하고 사람 좋은 지배인에게 쓸데없는 연설을 시킨 사나이는, 실은 당시 신문이 '신사 도둑' 이라는 존칭을 붙여 떠들썩하게 기사를 쓴 바로 그 거물 도둑이었다.

　관할 경찰서의 사법 주임 등이 현장을 조사해 보았으나 단서가 될 만한 것은 하나도 없었다. 신문사 명함까지 준비해 올 정도의 도둑이니 물건 따위를 남겨 둘 리가 없었다.

　지배인의 기억에 남아 있는 그 사나이의 모습은 믿을 수 없다. 지배인이 이거야말로 단서가 될 수 있다고 말한, 대모갑 테안경이나 콧수염은 변장에 가장 많이 사용되는 수단이기 때문이다. 입은 옷도 마찬가지다.

　그리하여 장님 문고리 찾는 식으로 근처의 버스 터미널이나, 담배 가게 아주머니, 노점 상인들에게 이러이러한 풍채를 한 사나이를 보지 못했는가 하고 일일이 묻고 다녔다.

　시내의 각 파출소에 인상서가 돌려졌다. 말하자면 비상선이 쳐진 셈이었다. 그러나 아무런 반응도 없었다. 하루, 이틀, 사흘, 모든 수단이 동원되었다. 각 정거장에 수사관이 배치되었다. 각지의 경찰서에 수사 의뢰 전보가 발송되었다.

　1주일이 지났으나 도둑은 체포되지 않았다. 이제는 절망적이었다. 그 도둑이 무엇인가 다른 죄라도 범하여 검거되기를 기다릴 수밖에 없었다.

공장 사무소에서는 당국의 태만을 몰아세우듯 매일매일 경찰서로 전화를 걸었다. 서장은 자신의 죄이기라도 한 듯이 머리를 조아렸다.
그러한 절망 상태 속에서, 한 형사가 시내의 담배 가게를 한 집 한 집 정성스럽게 돌아다니며 조사하고 있었다.
시내에는 외제 담배를 대충 갖춘 담뱃집이, 많은 구에는 수십 집, 적은 구에도 열 집 내외는 있었다. 형사는 그런 가게를 거의 다 돌고, 지금은 지대가 높은 우시고메(牛込)와 요쓰야(四谷) 두 구가 남아 있었다. 오늘은 이 두 구를 돌아보고 그래도 목적을 달성하지 못한다면 별 수 없다고 생각한 형사는 복권 당첨 번호를 읽을 때처럼, 즐거움인지 두려움인지 알 수 없는 감정으로 터벅터벅 걸어가고 있었다. 중간에 파출소 앞에서 발을 멈추고 순경에게 담배 가게의 소재를 물어본 다음 다시 터벅터벅 걸어갔다. 형사의 머릿속은 피가로(FIGARO), 피가로라는 이집트 담배 이름으로 가득 차 있었다.
우시고메의 가구라자까(神樂坂)에 한 집 있는 담배 가게를 찾아갈 생각으로 이다바시(飯田橋)의 전차 정류소에서 가구라자까를 향해 큰길로 걸어가고 있을 때였다. 형사는 한 여관 앞에서 문득 발을 멈췄다.
하수구 뚜껑을 겸한 화강암 포석 위에, 여간 주의 깊은 사람이 아니면 눈에 띄지 않을 한 개의 담배꽁초가 떨어져 있었다. 그거야말로 형사가 찾아 헤매는 이집트 담배와 똑같은 것이다.
이 한 개의 담배 꽁초에서 꼬리가 잡혀, 그토록 교묘한 신사 도둑도 마침내 감옥에 갇히는 몸이 되었다. 담배 꽁초로부터 도둑을 체포하기까지에는 약간 미스터리 소설 같이 흥미로운 데가 있었다. 그래서 당시의 어떤 신문에서는 이 사건을 연속물로 취급하여 모형사(某刑事)의 수훈담을 소개했다. 실은 여기에 쓰는 나의 이야기도 그 신문 기사에 의한 것이다. 나는 이야기를 서둘러야 하기 때문에 극히 간단히 결론밖에 쓸 시간이 없음을 유감스럽게 생각한다. 독자들도 알다시피 이 기특한 형사는 도둑이 공장 지배인 방에 남긴 진귀한 담배 꽁초에서 수사를 진행시켰다. 그는 각 구의 많은 담배 가게를 거의 다 돌아다녔다. 이집트 담배 가운데서도 비교적 잘 팔리지 않는 그 FIGARO를 최근에 팔았다는 가게는 극히 적었다. 그 담배는 모두, 어디에서 사는 누구인지 신원이 확실한 사람에게만 팔고 있었다.

마침내 최후의 날이 되어, 방금 얘기한 것처럼 우연히 이다바시 부근의 한 여관 앞에서 똑같은 담배 꽁초를 발견하고, 짐작으로 그 여관을 수색해본 결과 그것이 요행스럽게도 범인 체포의 단서가 되었던 것이다.

그 여관에 투숙한 그 담배의 주인공이 공장 지배인한테서 들은 인상과는 전혀 다르고 또는 다른 문제가 있어서 꽤 고심하기는 했으나, 결국 그 사나이의 방에 있는 화로 밑바닥에서 범행 때 사용한 옷, 대모갑 테안경, 가짜 수염 등을 발견하여 소위 신사 도둑을 체포할 수 있었다.

그 도둑이 취조받을 때 고백한 바에 의하면, 범행한 날——물론 그 날이 급료 지불일이라는 것을 알고 방문했는데, 그는 옆방인 계산실로 들어가 서류 가방 속에 든 레인코트와 헌팅캡을 꺼내고, 그 대신 훔친 지폐의 일부분을 넣고, 안경을 벗고, 콧수염을 떼고, 레인코트로 모닝을 입은 모습을 감싸고 중절 모자 대신 헌팅캡을 눌러 쓰고, 들어올 때와 다른 출입구로 태연히 달아났다는 것이다.

그 5만 엔이라는 엄청난 지폐를 어떻게 해서 아무에게도 의심받지 않고 꺼내 갈 수 있었는가 하는 심문에 대해, 신사 도둑은 득의양양 익살스러운 웃음을 띠고 이렇게 대답했다.

"저는 몸 전체가 자루로 되어 있습니다. 그 증거로 압수된 모닝을 조사해 보십시오. 얼른 보면 보통 모닝 같지만, 실은 요술쟁이의 옷처럼, 달 수 있는 곳엔 어느 곳에나 비밀 호주머니가 잔뜩 달려 있지요. 5만 엔 정도의 돈을 숨기는 것은 문제 없습니다. 중국인 요술쟁이는 물이 든 커다란 사발까지도 몸에 숨기지 않습니까."

그런데 이 절도 사건이 이것만으로 끝나 버렸다면 별다른 흥미가 없겠지만 여기에 한 가지 묘한 점이 있었다. 그리고 그것이 내 이야기의 본 줄거리와 크게 관계가 있다.

이 신사 도둑은 훔친 5만 엔을 숨긴 장소에 대해서 한 마디도 고백하지 않았다. 경찰과 검찰청, 그리고 공판정에서 온갖 수단을 다 써 가면서 힐문해도 그는 모른다고 일관했다. 그리고 마지막에는 불과 1주일밖에 안 되는 사이에 모두 탕진해 버렸다고 터무니없는 소리까지 했다.

당국으로서는 탐정의 힘에 의해서 그 돈의 소재를 찾아낼 도리밖에 없었다. 그러나 발견되지 않았다. 그래서 그 신사 도둑은 절도범으로서는 상당히 무거운 징역형을 받게 되었다.

곤란한 것은 피해자인 공장이었다. 공장으로서는 범인 체포보다 돈을 찾아 주기를 바랐다. 경찰측에선 돈 수색을 포기하지는 않았지만 어쩐지 미지근한 느낌이 들었다.

그래서 공장 책임자인 지배인은 그 돈을 발견하는 사람에게는 발견액의 1할을 사례하겠다고 발표했다.

그러니까 5천 엔(지금의 7, 80만 엔)이 현상금인 것이다.

지금부터 얘기하고자 하는 마쓰무라 다께시와 나 자신에 관한 약간 흥미 있는 이야기는 이 도둑 사건이 이렇게 되어 가고 있을 무렵에 있었던 일이다.

2

이 이야기의 처음에서 잠깐 말한 바와 같이 그 무렵, 마쓰무라 다께시와 나는 변두리의 신발 가게 이층 방에서 궁핍에 몸부림치고 있었다. 말할 수 없이 참담했는데, 다행히 마침 계절이 봄이었다.

가난한 사람들만이 알게 되는 비밀인데, 겨울이 끝날 무렵부터 초여름에 걸쳐 가난한 사람은 꽤 벌게 된다. 아니, 번다고 생각하는 것이다. 왜냐하면 추울 때만 필요한 옷, 경우에 따라서는 침구, 화로 따위에 이르기까지 전당포 창고로 가져갈 수 있기 때문이다.

우리도 계절 덕택으로, 월말에 지불해야 할 방세는 어떻게 마련해야 할까 하는 따위의 앞날의 걱정을 제외하고는, 우선 잠깐 숨을 돌릴 수 있었다.

한동안 못 간 공중 목욕탕이나 이발소에도 갔다. 식당에서는 여느 때의 된장국과 절인 야채 대신 생선회와 한 홉 짜리 술로 발전할 수 있었다.

어느 날, 기분 좋게 목욕탕에서 돌아와 다 부서진 책상 앞에 털썩 주저앉자, 혼자 있던 마쓰무라 다께시가 묘하게 흥분한 듯한 표정으로 물었다.

"자네가 책상 위에 2전 짜리 동화를 얹어 놓았나? 그건 어디서 가져왔지?"

"아, 내가 얹어 놓았지. 아까 담배 사고 받은 거스름돈이야."

"어느 담배 가게야?"

"식당 옆에 있는, 왜 그 할머니가 하는 쓸쓸한 가게야."

"흐음, 그래?"

무슨 까닭인지 마쓰무라는 심각하게 생각에 잠겼다.

그리고 더욱 집요하게 그 2전 짜리 동전에 대해서 묻는 것이었다.

"자네가 담배를 살 때 다른 손님은 없었나?"

"없었던 것 같아. 그렇지, 있을 리가 없어. 그때 그 할머니는 졸고 있었지."

이 대답을 듣고 마쓰무라는 어쩐지 안심한 듯한 표정이었다.
"그 담배 가게에는 그 할머니 외에 어떤 사람들이 있지?"
"나는 그 할머니와 사이가 좋아. 그 활기 없는 무뚝뚝한 상판이 나의 애브노멀한 기호에 맞아서이지. 그래서 나는 꽤 그 담배 가게에 관해 자세히 알고 있단 말야. 할머니 외에는 할머니보다 더 활기 없는 할아버지가 있을 뿐이야. 그런데 그런 걸 알아 가지고 뭘 하겠다는 건가? 어떻게 된 것 아냐?"
"어쨌든 좋아, 좀 이유가 있단 말이야. 자세히 알고 있다면 좀더 그 담배 가게에 관해서 말해주지 않겠어?"
"그래, 얘기해도 좋지. 할아버지와 할머니 사이에 딸 하나가 있지. 나는 한 번인가 두 번 그 딸을 본 적이 있는데, 과히 나쁘지 않은 용모야. 그 딸이 감옥의 차입물 취급업자인가 하는 사람에게 시집갔다는 얘기야. 그 차입물 취급업자가 웬만큼 살아서 생활비를 보내 주어 경기 없는 담배 가게지만 그럭저럭 해 나간다고 언젠가 할머니가 말한 적이 있지……."
내가 이렇게 담배 가게에 관해 말하자, 마쓰무라는 놀랍게도 그것을 얘기해 달라고 부탁했으면서도 이제는 듣기 싫다는 듯이 벌떡 일어섰다. 그리고는 넓지도 않은 다다미방을 끝에서 끝으로 마치 동물원의 곰처럼 느릿느릿 걷기 시작했다.
우리 두 사람은 평소부터 꽤 변덕스러운 편이었다. 얘기하는 동안에 별안간 벌떡 일어나는 정도는 과히 드문 일이 아니었다. 그러나 이번 경우 마쓰무라의 태도는 내가 입을 다물 만큼 이상했다.
마쓰무라는 30분 가량이나 방안을 이리저리 왔다갔다 했다. 나는 입을 다물고, 흥미를 가지고 그의 그런 모습을 바라보고 있었다. 사람들이 그 광경을 보았다면 아주 미친 사람이라고 생각했을 것이다.
이럭저럭 하는 사이에 나는 배가 고파 왔다. 마침 저녁 식사 때가 되어 목욕탕에 갔다 온 나는 한층 더 배가 고팠다. 그래서 아직도 미친 사람처럼 보행을 계속하고 있는 마쓰무라에게 식당에 가지 않겠느냐고 물었다.

"미안하지만 혼자 갔다 와."

할 수 없이 나는 그대로 했다.

배를 채운 내가 식당에서 돌아와 보니 뜻밖에도 마쓰무라가 안마사를 불러 몸을 주무르게 하고 있지 않은가. 전부터 잘 알고 있는 젊은 맹아 학교 생도가 마쓰무라의 어깨를 붙잡고 줄곧 잡담을 늘어놓고 있는 중이었다.

"자네, 사치스럽다고 생각하면 안 돼. 까닭이 있어. 어쨌든 잠깐 잠자코 보고 있어. 그러면 알게 될 테니까."

마쓰무라는 나에게 선수를 쳐서 비난을 미리 막으려는 듯이 말했다.

어제 전당포 지배인을 설득하여, 아니 오히려 강탈하여 겨우 손에 넣은 20엔에서 안마 삯 60전이 나간다는 것은 우리 같은 처지로선 분명히 사치였기 때문이다.

나는 그의 이러한 심상치 않은 태도에, 어떤 말할 수 없는 흥미를 느꼈다.

그래서 나는 책상 앞에 앉아 헌 책방에서 사온 야담책인가 뭔가를 열심히 읽는 체하며 마쓰무라의 거동을 훔쳐보았다.

안마사가 돌아가자, 마쓰무라는 책상 앞에 앉아서 무엇인가 종이 쪽지에 쓴 것을 읽더니 이윽고 호주머니 속에서 또 한 장의 종이 쪽지를 꺼내어 책상 위에 놓았다. 그것은 사방 두 치 정도의 조그만 엷은 종이였는데, 잔글씨가 전면에 가득히 적혀 있었다.

그는 이 두 장의 종이 쪽지를 열심히 비교 연구하는 것 같았다.

그는 연필로 신문지 여백에 무엇인가 썼다가 지우고 또 썼다가 지우고 했다.

그렇게 하는 동안에 전등불이 켜졌다.

어느덧 밤이 깊어졌다. 그래도 마쓰무라는 식사마저 잊고 이 묘한 작업에 몰두하고 있었다.

나는 잠자코 자리를 깔고 드러누웠다. 따분하게도 한 번 읽은 야담책을 되풀이 읽을 수밖에 없었다.

"도쿄 지도 없나?"

별안간 마쓰무라가 내 쪽으로 머리를 돌리며 물었다.

"글쎄, 그런 건 없을 거야. 아래층 아주머니한테 물어보면 어떤가?"

"아, 그렇군."

그는 곧 일어나 삐걱삐걱 소리가 나는 사닥다리 모양의 계단을 타고 아래로 내려가더니, 거의 찢어질 것 같은 한 장의 도쿄 지도를 빌려 왔다. 그리고 다시 책상 앞에 앉아 열심히 연구를 계속하는 것이었다.

나는 더욱 더 호기심이 나서 그의 모습을 바라보았다.

아래층 시계가 아홉 시를 쳤다.

마쓰무라는 오랫동안의 연구가 일단락되었는지, 책상에서 일어서더니 내 머리맡에 와 앉았다. 그리고 약간 말하기 거북한 듯이 말했다.

"저, 10엔 정도만 주지 않겠어?"

나는 마쓰무라의 이 이상한 거동에 대해 독자에겐 아직 밝히지 않았지만 깊은 흥미를 가지고 있었다. 그렇기 때문에 그에게 10엔(지금의 4천 엔)이라는 당시 우리에게 있어 전 재산의 절반인 대금을 주는 것에 조금도 이의를 내놓지 않았다.

마쓰무라는 내게서 10엔짜리 지폐를 받아 들자 낡은 겹옷 한 장을 입더니 다 구겨진 헌팅캡을 쓰고 아무 말도 없이 휙 어디론가 나가 버렸다.

혼자 남게 된 나는 마쓰무라의 그 후의 행동에 대해서 여러 가지로 상상해 보았다.

어느덧 나는 깜빡 잠이 들었다. 얼마 후에 마쓰무라가 돌아온 것을 꿈결로 알았지만 그 다음부터는 아무것도 모르고 깊이 잠들어 아침까지 자 버렸다.

꽤 늦잠을 자는 나는 열 시경이나 되어 눈을 떴다. 그런데 머리맡에 묘한 사람이 서 있었다. 나는 깜짝 놀랐다. 줄무늬가 있는 일본옷에 허리띠를 매고 감색 앞치마를 두른 상인 같은 모습의 한 사나이가 조그만 보퉁이를 짊어지고 서 있었다.

"뭘 그렇게 이상한 얼굴을 하는 거야, 나야."

놀랍게도 그 사나이가 마쓰무라 다께시의 목소리로 말했다.

자세히 보니, 분명히 마쓰무라였다. 그런데 복장이 전혀 달라서 나는 잠시 동안 무엇이 무엇인지 까닭을 알 수 없었다.

"어떻게 된 거야? 보퉁이 같은 걸 다 짊어지고, 또 그 차림은 뭔가? 나는 어느 가게 점원인가 했지."

"쉬, 쉬, 소리가 너무 커!"

마쓰무라는 두 손으로 꽉 누르는 듯한 몸짓을 하며 속삭이듯이 말했다.

"굉장한 선물을 가지고 왔단 말이야."

"이렇게 일찍 어디 갔다 왔지?"

나도 그의 기묘한 거동에 끌려, 자신도 모르게 목소리를 낮추어 물었다.

그러자 마쓰무라는 아무리 억눌러도 터져 나오는 듯 웃음으로 얼굴을 일그러뜨리면서 입을 내 귀에 바싹대고 아까보다 한층 더 낮은,

들릴까 말까한 목소리로 이렇게 말했다.
"이 보통이 안에는 5만 엔이란 큰돈이 들어 있어."

3

독자도 이미 상상하셨으리라 생각하지만 마쓰무라 다께시는 문제의 신사 도둑이 숨겨 둔 5만 엔을 어디에선가 가져왔던 것이다.
그것은 예의 전기 공장으로 가지고 가면 5천 엔의 현상금을 받게 되는 5만 엔이었다.
그러나 마쓰무라는 그렇게 하지 않을 작정이라 했다. 그리고 그 이유를 다음과 같이 설명했다.
그의 말에 의하면 그 돈을 고지식하게 신고한다는 것은 어리석을 뿐 아니라, 매우 위험하다는 것이었다. 이 계통의 전문 형사들이 한 달 동안이나 걸려 찾았으나 발견되지 않은 돈이다. 전부 차지한다 해도 의심할 사람은 없다. 5천 엔보다는 5만 엔이 고맙지 않은가? 그것보다도 두려운 것은 그 신사 도둑이란 녀석의 복수라 할 수 있다. 이것이야말로 두렵다. 무거운 징역형을 무릅쓰고서까지 감추어 둔 이 돈을 새치기했다는 사실을 안다면 나쁜 일에 있어서는 천재라고 해도 좋을 그 녀석이 가만 놔 둘 리가 없다. 마쓰무라는 도둑을 두려워하는 말투였다. 이대로 잠자코 있어도 위태로운데 이것을 주인에게 전하고 현상금을 받기라도 한다면 곧 마쓰무라 다께시의 이름이 신문에 실려 일부러 그 녀석에게 원수가 있는 곳을 알려 주는 결과가 된다는 것이었다.
"적어도 현재에 있어서는 나는 그 녀석을 이긴 거야. 이봐, 그 천재 도둑을 이겼단 말야. 어려운 때에 5만 엔이니 물론 고맙지만, 그보다도 나는 이 승리의 쾌감 때문에 견딜 수가 없단 말이야. 내 머리는 좋아. 적어도 자네보다는 좋다는 것을 인정해 줘. 나를 이

대발견으로 인도해 준 것은 어제 자네가 내 책상 위에 얹어 놓았던 담배를 사고 받은 거스름 돈 2전 동화였지. 그 2전 동화의 아무것도 아닌 점에 대해서 자네가 알아차리지 못하고 내가 알아차렸다는 사실…… 그리고 단 한 닢의 2전 동화에서 5만 엔이란 돈을! 생각좀 해 봐. 2전의 2백 50만 배나 되는 5만 엔이란 돈을 찾아냈다는 것은 적어도 자네 머리보다는 내 머리 쪽이 우수하다는 게 아니고 무어겠나?"

두 사람의 다소 지적인 청년이 한 방안에서 생활하고 있다면 머리의 우수성에 대한 경쟁이 있게 되는 것은 지극히 당연하다.

마쓰무라와 나는 그 무렵, 틈만 나면 토론을 했다. 열중해서 지껄이는 사이에 어느덧 날이 새버리는 적도 종종 있었다.

마쓰무라와 나는 서로 양보하지 않고 주장했다.

"내 머리가 더 좋다."

그래서 마쓰무라가 이 공적——그것은 과연 큰 공적이었다——을 가지고 우리들의 머리의 우열을 증명하려 한 것이다.

"알았어, 알았어. 뽐내는 것은 빼기로 하고, 어떻게 해서 그 돈을 손에 넣었는지 얘기해 봐."

"뭐, 서두르지 마. 나는 그런 것보다 5만 엔을 어떻게 사용할까에 대해서 생각하고 싶단 말이야. 그러나 자네의 호기심을 위해 잠깐 간단하게 내 고심담을 얘기해 볼까?"

그러나 그것이 결코 나의 호기심을 위해서가 아니라 그 자신의 명예심을 만족시키기 위해서였다는 것은 말할 필요도 없다.

그는 다음과 같이 소위 고심담을 얘기하기 시작했다. 나는 그의 얘기를 이불 속에서 자랑스럽게 움직이는 그의 턱 언저리를 쳐다보며 듣고 있었다.

"나는 어제 자네가 목욕탕에 간 다음 그 2전 동화를 가지고 놀다가 묘하게도 동화 둘레에 한 개의 줄이 나 있는 것을 발견했어. 이상하다고 생각하고 조사해 보니, 놀랍게도 그 동화는 둘로 갈라진 거였어. 자, 이걸 봐."

그는 책상 서랍에서 그 2전 짜리 동화를 꺼내어 마치 포마드 갑 뚜껑을 열 듯 나사를 돌려 상하로 분리시켰다.

"이거 봐. 속이 비어 있어. 동화로 만든, 무엇인가 넣기 위한 용기란 말이야. 얼마나 정밀한 세공인가. 얼른 보아서는 보통의 20전 동화와 조금도 다름이 없단 말이야. 이걸 보고 나는 생각나는 것이 있었지. 나는 언젠가 탈옥수가 사용한다는 톱 얘기를 들은 적이 있어. 그것은 회중 시계의 태엽에 톱니를 붙인 난쟁이 섬의 띠톱처럼 생긴 것을, 두 개의 동화를 닮게 하여 만든 용기 속에 집어넣은 것으로, 이것만 있으면 아무리 엄중한 감옥의 쇠창살이라도 문제없이 끊어 버리고 탈옥한다는 거야. 물론 원래는 외국의 도둑들한테서 전해진 거지만 말이지. 그래서 나는 이 2전 동화도 그러한 도둑의 손에서 잘못 흘러나왔으리라고 상상했지. 그런데 이상한 것은 그것뿐이 아니었어. 왜냐 하면 나의 호기심을 2전 동화 그 자체보다도 한층 더 도발시킨 것은 그 속에서 나온 한 장의 종이 쪽지였어. 그게 이거야."

陀, 無彌佛, 南無彌佛, 阿陀佛,
彌, 無阿彌陀, 無陀,
彌, 無彌陀佛, 無陀, 陀,
南無陀佛, 南無佛, 陀, 無阿彌陀,
無陀, 南佛, 南陀, 無彌,
無阿彌阿佛, 彌, 無阿陀,
無阿彌, 南陀佛, 南阿彌陀, 阿陀,

南彌, 南無彌陀, 無阿彌陀,
南無彌陀, 南彌, 南無彌佛,
無阿彌陀, 南無陀, 南無阿, 阿陀佛,
無阿彌, 南阿, 南阿佛, 陀, 南阿陀,
南無, 無彌佛, 南彌佛, 阿彌,
彌, 無彌陀佛, 無陀,
南無阿彌陀, 阿陀佛,

그것은 어젯밤 마쓰무라가 열심히 연구하던 엷은 작은 종이 쪽지였다. 그 사방 두 치만한 고급 안피지 같은 일본 종이에는 잔글씨로 이상과 같이 무슨 뜻인지 잘 알 수 없는 것이 적혀 있었다.
"이 잠꼬대 같은 것을 뭐라고 생각하지? 나는 처음에 낙서라고 생각했어. 전의 잘못을 뉘우친 도둑인지 뭔지가 속죄하기 위해서 나무아미타불(南無阿彌陀佛)을 수없이 늘어놓은 것이라고 생각했지. 그리고 탈옥할 때 쓰는 도구 대신 이 동전 속에 집어 넣어 두지 않았나 생각했지. 그런데 나무아미타불이라고 계속해서 적혀 있지 않는 것이 이상했어. 타(陀)라든가 무미불(無彌佛)이라든가, 모든 것이 나무아미타불 여섯 글자의 범위 안이기는 하나 완전히 적은 것은 하나도 없어. 한 자뿐인 것도 있는가 하면 넉자 다섯 자 되는 것도 있어. 나는 단순한 낙서는 아니라고 깨달았지. 마침 그때 자네가 목욕탕에서 돌아오는 발소리가 들렸어. 나는 부랴부랴 2전 동화와 그 종이 쪽지를 숨겼지. 왜 숨겼느냐고? 나 자신도 확실히는 알 수 없지만 이 비밀을 독점하고 싶었기 때문이었던 거야. 그리고 모든 것이 분명해진 다음에 자네에게 보여 주며 자랑하고 싶어서였던 거지. 그런데 자네가 계단을 올라오는 동안에 내 머리에 퍼뜩 놀라운 생각이 떠올랐어.

그것은 예의 신사 도둑에 대한 생각이었어. 5만 엔의 지폐를 어디에다 숨겼는지 알 수 없지만 설마 형기가 끝날 때까지 그대로 놔두려고 하진 않았을 거야. 그런데 그 녀석에게는 그 돈을 보관시킬 만한 부하나 동료가 틀림없이 있었을 거야. 갑자기 포박되었기 때문에 5만 엔을 숨긴 장소를 동료에게 알릴 시간이 없었다면⋯⋯ 어떤가, 그 녀석으로서는 미결감에 있는 동안에 어떤 방법으로라도 그 동료에게 통신해야 했을 거야. 정체를 알 수 없는 이 종이 쪽지가 만약 그 통신문이라면⋯⋯. 이런 생각이 머리에 떠올랐어. 물론 공상이지. 그러나 약간 달콤한 공상이었단 말이야. 그래서 자네에게 2전 동화의 출처에 대해서 그런 질문을 했던 거지. 그런데 자네가 담뱃집 딸이 감옥의 차입물 취급자한테 시집갔단 얘기를 하는 게 아닌가. 미결감에 있는 도둑이 외부와 통신하려면, 차입물 취급업자를 매개자로 하는 것이 가장 용이하지. 그리고 만약 그 계획에 어떤 사정으로 착오가 생겼다면 그 통신은 차입물 취급업자의 손에 남아 있을 거야. 그것이 그 집 마누라의 손에 의해 친척집으로 옮겨지지 않는다고 어떻게 장담할 수 있겠는가. 이래서 나는 열중해 버리고 말았지.

만약 이 종이 쪽지의 무의미한 글씨가 하나의 암호문이라면 그것을 풀 수 있는 열쇠는 무엇인가 하고 생각했지. 매우 어려웠어. 모두 주워 모아도, 나무아미타불의 여섯 자와 구두점뿐 아닌가. 이 일곱 개의 기호를 가지고 어떤 문구를 엮을 수 있을까. 나는 암호문에 대해서는 전에 약간 연구한 일이 있었지. 셜록 홈스는 아니지만 1백 60종 가량의 암호를 쓰는 방법을 나는 알고 있단 말이야. 그래서 나는 내가 알고 있는 암호 기법을 하나하나 머리에 떠올려 보았지. 그리고 이 종이 쪽지에 적혀 있는 것과 비슷한 것을 찾아 보았어. 꽤 시간이 걸렸어. 그때 자네가 식당에 가자고 했었지. 나는 그것을 거절하고 열심히 생각했단 말이야. 그런 결과 마침내 조금은 닮은 점이 있다고 생각되는 것을 두 가지 발견했지. 그 하나는 베이컨(Bacon)이 발견한 투 레터(two letter) 암호법이란 것으로 그건 a와 b의 단 두 자만을 여러 가지 방식으로 짜 맞추어, 어떤 문구라도 엮을 수 있는 거지. 가령 fly라는 말을 나타내기 위해서는 aabab, aabba, ababa라고 엮는 방식이야. 또 한 가지는 찰스 1세의 왕조 시대에 정치상의 비밀 문서에 많이 사용했던 것으로, 알파벳 대신에 한 쌍의 숫자를 사용하는 방법이야. 이를테면……."

마쓰무라는 책상 귀퉁이에 종이 쪽지를 펼치고 다음과 같은 것을 적었다.

A	B	C	D	....
1111	1112	1121	1211	....

"말하자면 A 대신 1111을 두고, B 대신에는 1112를 둔다는 식이야. 나는 이 암호도 이상의 예와 마찬가지로 '이로하(영어의 알파벳에 해당)' 48문자를 나무아미타불에 여러 가지로 맞추어서 대신 쓴 거라고 생각했지. 그러면 이놈을 푸는 방법이 문제인데, 이것이 영어나 프랑스어, 아니면 독일어라면 포의 Gold bug에 있는 것처럼 e를 찾기만 하면 문제없겠지만 난처하게도 이놈은 일본어에 틀림없단 말야. 만일을 위해, 잠깐 포식(式)의 해독을 시도해 보았으나 조금도 풀리지 않았어. 나는 여기서 그만 막혀 버리고 말았지. 여섯 자를 어떻게 맞추는가. 나는 그것만 생각하며 또다시 방을 돌아다녔지. 나는 여섯 자라는 점에 무언가 암시가 없는가 생각했어. 그리고 여섯 개의 수로 되어 있는 것을 가능한 한 다 생각해 보았지.

陀	彌無仏	南無仏	陀阿仏	彌無陀阿	彌無陀	無陀	彌無陀	彌無陀仏	無陀	陀	南無陀仏
濁音符	ゴ	ケ	ン	チ	ヨ	ー	シ	ヨ	ー	濁音符	ジ

陀阿	南彌	南彌無	彌無陀	南彌無陀	南彌無	南彌無	彌無陀阿	南無陀	南無阿	陀阿仏	彌無阿
ヲ	ウ	ケ	ト	レ	ウ	ケ	ト	リ	ニ	ン	ノ

무턱대고 6이라는 글자가 붙는 것을 늘어놓는 동안에 문득 야담 책에서 본 적이 있는 사나다 유끼무라(眞田幸村)의 깃발인 육련전(六連錢·문장의 이름. 無文錢을 두 개씩 세 줄로 늘어 놓은 것)을 생각해 냈어. 그런 것이 암호에 관계가 있을 턱이 없지만 무슨 까닭인지 육련전하고 입 속으로 중얼거렸지. 그랬더니, 그랬더니 말야. 영감처럼, 내 기억에서 튀어나오는 것이 있었지. 그것은 육련전을 그대로 축소한 것 같은 맹인이 쓰는 점자였어. 나는 무의식중에 '됐어!'라고 외쳤지. 어쨌든 5만 엔이 달린 문제였으니 말이야. 나는 점자에 대해서는 자세히는 몰랐지만, 여섯 개의 점을 맞춘다는 것만은 기억하고 있었지. 그래서 당장 안마사를 불러다가 알아본 거야. 이것이 안마사가 가르쳐 준 점자의 이로하란 말이야."

그렇게 말한 다음, 마쓰무라는 책상 서랍에서 한 장의 종이 쪽지를

南無仏	陀	彌無陀阿	無陀	南仏	南陀無	彌無陀阿仏	彌	南陀阿	彌無阿	南陀仏	南彌陀阿
●●●	●	●●●●	●●●	●●	●●	●●●●●	●	●●●	●●●	●●●	●●●●
キ	濁音符	ド	ー	カ	ラ	オ	モ	チ	ヤ	ノ	サ	ツ

南阿	南阿仏	陀阿	南陀阿	南無	彌無仏	南彌阿	彌仏	彌	彌無陀仏	無陀	南彌無陀阿	陀阿仏
●●	●●●	●●	●●	●	●●	●●	●	●	●●●	●●	●●●●	●●
ナ	ハ	濁音符	ダ	イ	コ	ク	ヤ	シ	ヨ	ー	テ	ン

꺼냈다. 거기에는 점자의 음(音), 탁음부(濁音符), 반탁음부, 요음부(拗音符), 장음부, 숫자 따위가 가득히 적혀 있었다.

"지금 나무아미타불을 왼쪽부터 시작하여 석 자씩 두 줄로 늘어놓으면 이 점자와 같은 배열이 되지. 나무아미타불의 각 자가 점자의 각각의 한 점에 부합되는 셈이야. 그렇게 되면 점자의 아는 나(南), 이는 나무(南無)라는 식으로 맞출 수 있어. 이런 식으로 풀면 돼. 이것이 내가 어젯밤에 이 암호를 푼 결과야. 맨 윗줄이 원문의 나무아미타불을 점자와 같은 배열로 한 것이고 가운데 줄이 그것에 부합되는 점자, 그리고 맨 아랫줄이 그것을 번역한 것이야."

이렇게 말하며 마쓰무라는 또다시 그것을 그림으로 나타낸 종이 쪽지를 꺼냈다.
"고껜죠 쇼 지끼도까라오 모쨔노 사쓰오 우께도레 우께또리닌노 나와 다이꼬꾸야쇼뗑. 그러니까 고껜죠(五軒町)의 쇼지끼도(正直堂)에서 장난감 지폐를 찾아라. 수취인의 이름은 다이꼬꾸야 상점(大黑屋商店)이라는 것이지. 그런데 무엇 때문에 장난감 지폐 같은 걸 받으라는 것일까. 거기서 나는 다시 골똘히 생각을 했지. 그런데 이 수수께끼는 비교적 간단하게 풀 수 있었어. 나는 새삼스럽게 그 신사 도둑이 머리가 좋고 민첩할 뿐만 아니라 소설가 같은 위트를 가지고 있는 데에 감탄하지 않을 수 없었어. 그렇지 않을까, 장난감 지폐란 멋있는 얘기 아닌가?
나는 이렇게 상상했단 말이야. 그리고 그것이 다행스럽게도 하나하나 적중한 셈이지. 신사 도둑은 만일의 경우를 생각하여 훔쳐 낸 돈을 가장 안전하게 숨겨 둘 수 있는 장소를 미리 준비해 두었음에 틀림없어. 그런데 세상에 가장 안전하게 숨기는 방법은, 숨기지 않고 숨기는 거지. 여러 사람의 눈앞에 드러내 놓아도 아무도 그것을 눈치채지 못하는, 그런 방식으로 숨기는 것이 가장 안전하단 말이야. 놀랍게도 그 녀석은 이 점을 알고 있었어. 그래서 장난감 지폐라는 교묘한 트릭을 생각해 낸 거야. 나는 이 쇼지끼도는 틀림없이 장난감 지폐 같은 걸 인쇄하는 곳일 거라고 상상했지——이것도 들어맞았지만 말야——그곳에 그 녀석은 다이꼬꾸야 상점이라는 이름으로 미리 장난감 지폐를 발주해 두었던 거야.
요즘 실물과 똑같은 장난감 지폐가 화류계 같은 데서 유행하고 있어. 그 이야기를 누구한테서 들었더라. 아, 그렇지. 자네가 언젠가 얘기했었지. 깜짝상자(뚜껑을 열면 무엇이 튀어나와 깜짝 놀라게 하는 장난감 상자) 말야. 실물과 똑같이 흙으로 만든 과자나 과일, 뱀, 장난감처럼 여자들을 깜짝 놀라게 해서 즐기는, 풍류객들의 장난감 말이야. 그러니 그 녀석이 실물과 똑같은 크기의 지폐를 주문했다 해서 조금도 의심받을 리는 없어. 이렇게 해 놓고 그 녀석은 진짜 지폐를 교묘하게 훔친 다음 그 인쇄소에 몰래 들어가 자기가 주문해 둔 장난감 지폐와 바꾸어 두었어. 그렇게 해두면 주문한 사람이 찾으러 갈 때까지는 5만 엔이라는 진짜 지폐가 장난감 지폐로서 안전하게 인쇄소 창고에 보관되어 있게 되지.
　이것은 단순히 내 상상인지도 모르지. 그러나 매우 가능성이 있는 상상이야. 나는 어쨌든 부딪쳐 보려고 결심했어. 지도에서 고겐죠라는 거리를 찾아보았더니 간다구(神田區)에 있더군.
　그리하여 마침내 장난감 지폐를 찾으러 가게 되었는데 이게 좀 어려운 일이었지. 왜냐하면 내가 찾았다는 흔적을 조금이라도 남겨서는 안 되니까 말이야. 만약 그것을 알게 된다면 그 무서운 악인이 어떤 복수를 할지 생각만 해도 마음이 약한 나는 소름이 끼치니까 말야. 어쨌든 될 수 있는 대로 내가 아닌 것처럼 보이지 않으면 안 되었어. 그래서 이런 변장을 했던 거야. 나는 그 10엔으로 머리끝에서 발끝까지 옷차림을 바꾸었지. 이걸 봐, 이런 건 좋은 착상 아닌가?"
이렇게 말하며 마쓰무라는 매우 고른 앞니를 내보였다. 거기에는 내가 아까부터 알아차린 한 개의 금니가 번쩍거리고 있었다. 그는 득의양양하게 손가락 끝으로 그것을 빼어 내 앞으로 내밀었다.
"이건 밤에 노점에서 팔고 있는 양철에 도금한 거야. 다만 이빨 위에 씌우기만 하면 되는 물건이지. 불과 20전밖에 하지 않는 양철 조각이 대단한 도움이 된단 말이야. 금니라는 것은 몹시 사람의 주의를 끌지. 그러니 후일 나를 찾는 녀석이 있다면 우선 이 금니를 목표로 할 거란 말야. 이 정도의 준비가 되자 나는 오늘 아침 일찍 고겐죠로 출발했지. 한 가지 걱정이 있었는데 장난감 지폐의 대금

(代金)에 관한 것이었지. 도둑놈 녀석, 틀림없이 전매(轉賣)되는 일 따위를 두려워하여 선금으로 지불해 두었으리라고 생각은 했으나, 만약 아직 지불하지 않았다면 적어도 2, 30엔은 필요하니까 말야. 불행히도 우리에겐 그런 큰돈이 없지 않은가. 그렇지만 어떻게든 어물거리면 된다고 대수롭지 않게 여기고 출발했지. 아니나다를까, 인쇄소에서는 돈에 대한 말은 한 마디도 하지 않고 물건을 건네주었어. 이렇게 하여 감쪽같이 순조롭게 5만 엔을 가로챌 수 있었던 거야······. 자, 그럼 이 돈의 사용이야. 어때, 뭔가 좋은 생각 없나?"

마쓰무라가 이렇게 흥분하여 웅변조로 지껄인 적은 일찍이 없었다. 나는 새삼스럽게 5만 엔이라는 돈의 위력에 경탄했다. 나는 그때마다 내색하진 않았지만 번거롭게 하는 마쓰무라가 이 고심담을 말하는 동안의 기뻐하는 모습은 정말 볼 만했다. 그는 경솔하게 기뻐하는 얼굴을 보이지 않으려고 매우 노력하는 것 같았으나 아무리 억눌러도 뱃속 깊이에서 치밀어 오르는 표현할 수 없는 기쁨이 떠오르는 웃는 얼굴은 숨길 수가 없었다. 얘기 사이사이에 히죽히죽 웃는 그 형용할 수 없는 광기(狂氣)에 가까운 웃음은 오히려 무섭기까지 했다. 그러나 옛날에 1천 엔의 복권에 당첨되어 발광한 가난뱅이가 있었다는 얘기도 있는 걸 보면 마쓰무라가 5만 엔에 미친 듯이 기뻐하는 것도 결코 무리는 아니었다.

나는 이 기쁨이 언제까지나 계속되기를 바랐다. 마쓰무라를 위해서였다.

그런데 내게는 어쩔 수 없는 하나의 사실이었다. 멈추려고 해도 멈출 수 없는 웃음이 폭발했다.

나는 웃으면 안 된다고 자기 자신을 꾸짖어 보았지만, 내 속에 있는 조그만 장난꾸러기 악마가 나를 간지럽혔다. 나는 한층 더 높은 소리로 가장 우스운 희극을 보고 있는 사람처럼 웃어댔다.
 마쓰무라는 어안이 벙벙하여 뒹굴면서 웃는 나를 보고 있었다. 그리고 약간 이상한 것에 부딪쳤다는 듯한 얼굴을 하며 말했다.
 "자네, 어떻게 된 거야?"
 나는 간신히 웃음을 깨물면서 대답했다.
 "자네의 상상력은 정말 놀랍군. 이만한 큰일을 잘도 해냈어. 나는 틀림없이 이제까지보다 몇 배나 자네의 머리를 존경하게 될 거야. 과연 자네가 말한 것처럼 머리가 좋은 점으로는 이길 수가 없어. 그러나 자네는 현실이라는 것이 그렇게 로맨틱하다고 믿고 있는가?"
 마쓰무라는 대답하지 않고 이상한 표정으로 나를 지켜보았다.
 "다시 말하면 자네는 그 신사 도둑에게 그런 위트가 있다고 생각하는가. 자네의 상상은 소설로서는 참으로 나무랄 데 없다고 생각해. 그렇지만 세상은 소설보다는 한층 더 현실적이란 말이야. 그리고 만일 소설에 대해서 논한다면 나는 조금 자네에게 주의를 주고 싶은 점이 있어. 그것은 이 암호문을 좀더 달리 해석할 방법은 없는가 하는 것이야. 자네가 번역한 것을 다시 한 번 번역할 가능성은 없는가 하는 거지. 가령 말이야. 이 글자를 여덟 자씩 띄어서 읽을 수는 없을까?"
 나는 이렇게 말하고 마쓰무라가 적은 암호 번역문에 여덟 자씩 띄어서 표를 했다.
 표를 한 글자를 짜 맞추니 고죠단(농담)이란 낱말이 되었다.
 "고죠단, 이 고죠단이란 무얼까? 아니 이것이 우연일까? 누군가의 장난이란 뜻은 아닐까." 마쓰무라는 입을 다물고 일어섰다. 그리고 5만 엔의 지폐 뭉치라고 믿고 있는 그 보통이를 내 앞으로 가지고 왔다.

"그러나 이 사실을 어떻게 하지. 5만 엔이라는 돈은 소설 속에서는 생기지 않는단 말야."

그의 목소리에는 결투를 할 때처럼 진지함이 담겨 있었다.

나는 두려워졌다. 그리고 나의 대수롭지 않은 장난이 예상 외로 큰 효과를 가져온 데 대해 후회하지 않을 수 없었다.

"나는 자네에 대해서 참으로 미안한 짓을 했어. 아무쪼록 용서해 줘. 자네가 그렇게 소중하게 가져온 것은 역시 장난감 지폐란 말이야. 어쨌든 그걸 열고 자세히 살펴봐."

마쓰무라는 마치 어둠 속에서 물건을 더듬는 것 같은 이상한 손짓으로——그것을 보고 나는 더욱 가엾은 생각이 들었다——한참만에야 보퉁이를 풀었다. 거기에는 신문지로 정성스럽게 싼, 두 개의 네모난 꾸러미가 들어 있었다. 그 중의 하나는 신문지가 찢어져 알맹이가 나와 있었다.

"나는 도중에 이것을 열고 이 눈으로 보았단 말야."

마쓰무라는 목이 메는 것 같은 목소리로 말했다. 그는 계속해서 신문지를 완전히 제거했다.

그것은 그야말로 그럴 듯한 가짜였다. 얼른 보아서는 모든 점이 진짜 같았다. 그러나 자세히 보면 그 지폐의 표면에는 엔(圓)이라는 글자 대신 단(團)이라는 글자가 커다랗게 인쇄되어 있었다. 10엔 20엔이 아니라 10단 20단이었다. 마쓰무라는 그것을 믿을 수 없다는 듯 뚫어지게 바라보고 있었다.

그러는 동안 그의 얼굴에서는 웃음의 그림자가 완전히 사라져 버렸다. 그리고 그 뒤에는 깊고 깊은 침묵만이 남았다.

나는 미안한 마음으로 어쩔 줄을 몰랐다. 나는 나의 지나친 장난에 대해서 설명했다.

그러나 마쓰무라는 그것을 들으려 하지 않았다. 그날 하루는 마치 벙어리처럼 입을 다물고 있었다.

이것으로 이 이야기는 끝났다.
그러나 독자 여러분의 호기심을 위해서 한 마디 설명해 두지 않으면 안 된다.
쇼지끼도라는 인쇄소는 실은 나의 먼 친척이 경영했다. 나는 어느 날 궁지에 몰려 괴로운 나머지 평소에 의리 없는 짓만 되풀이하던 친척 생각이 났다. 그리고 얼마간이라도 돈을 변통할 수 있을까 하고 마음이 내키지 않았지만 오랜만에 그곳을 방문했다.
물론 이 일을 마쓰무라는 전혀 몰랐다. 돈을 꾸는 것은 예상대로 실패했으나, 그때 우연히도 실물과 조금도 다름없는 인쇄중인 그 장난감 지폐를 보았던 것이다. 그리고 그것이 다이꼬꾸야라는 오랜 단골처에서 주문한 것이라는 말을 들었다.
나는 이 발견을 우리가 매일 화제로 삼고 있던 그 신사 도둑의 사건과 연결시켜 한바탕 연극을 꾸며 보려고 시시한 장난을 생각했다. 나 역시 마쓰무라와 마찬가지로 나의 좋은 머리를 나타낼 수 있는 재료를 붙들고 싶다고 평소부터 열망하고 있었기 때문이기도 했다.
그 어색한 암호문은 물론 내가 만든 것이었다. 그러나 나는 마쓰무라처럼 외국의 암호사(暗號史)에 통달하지는 못했다. 다만 대수롭지 않은 착안에 지나지 않았던 것이다. 담뱃집 딸이 차입물 취급업자에게 시집갔다는 따위의 말도 역시 엉터리였다. 나는 그 담배 가게에 딸이 있는지조차 몰랐다. 다만, 이 연극에서 내가 가장 걱정했던 것은 그와 같은 드라마틱한 부분이 아니라 가장 현실적인, 그러나 전체로 보아서는 극히 조그만, 약간 우스꽝스럽게 느껴지기까지 하는 문제점이었다. 그것은 내가 본 그 장난감 지폐가 마쓰무라가 찾으러 갈 때까지 배달되지 않고 인쇄소에 그대로 남아 있겠는가 하는 점이었다.

 장난감 지폐 대금에 대해서는 나는 조금도 걱정하지 않았다. 나의 친척과 다이꼬꾸야와는 특별한 관계였고, 한층 더 좋은 점은 쇼지끼도는 매우 원시적으로 허술하게 장사를 하고 있어서 마쓰무라가 특별히 다이꼬꾸야의 주인이 발행한 수령증을 지참하지 않아도 실패할 리는 없었기 때문이다.
 마지막으로 그 트릭의 출발점이 된 2전 동화에 대해 자세히 설명할 수 없는 사정을 유감스럽게 생각한다. 만일 내가 잘못 썼다가는 후일 그것을 내게 준 어떤 사람이 엉뚱한 피해를 입을지도 모르기 때문이다. 독자는 내가 우연히 그것을 가지고 있었다고 생각해 주면 좋겠다.

심리시험

1

 후끼야 세이이찌로가 왜 이제부터 쓰려는 그 무서운 짓을 생각하게 되었는지, 그 동기에 대해서는 자세히 모른다. 또한 알았다고 하더라도 이 이야기와는 별다른 관계가 없는 것이다.
 그가 거의 고학을 해가며 어느 대학에 다니고 있는 것으로 미루어, 학비가 궁해서였다고도 생각된다. 그는 보기 드문 수재이며 게다가 대단한 노력가였던만큼, 학비를 벌고자 하찮은 부업에 시간을 빼앗겨, 좋아하는 독서나 사색을 충분히 할 수 없음을 안타깝게 생각하고 있었던 것은 분명하다.
 그러나 그만한 이유로 인간은 과연 그런 대죄를 범하는 것일까? 필경 그는 선천적인 악인이었는지도 모른다. 그리고 학비뿐만 아니라 다른 여러 가지 욕망을 누르지 못했는지도 모른다.
 그가 그것을 생각한 지도 벌써 반년이 된다. 그 사이 그는 거듭 망설이고 거듭 생각한 나머지 끝내 해치우기로 결심한 것이다.
 그는 우연한 일로 동급생인 사이또 이사무와 친해졌다. 그것이 문제의 시초였다. 처음에는 물론 어떤 확고한 뜻이 있었던 것은 아니었다. 그러나 얼마 뒤부터 그는 어떤 어렴풋한 목적을 품고 사이또에게 접근해갔다. 그리고 접근해감에 따라 그 어렴풋한 목적이 차츰 뚜렷해져갔다.

사이또는 1년 전쯤부터 어느 한적한 주택가의 여염집 방을 빌려 살고 있었다. 그 집의 임자는 관리의 미망인으로 이미 60이 가까운 노파였는데, 죽은 남편이 남겨주고 간 몇 채나 되는 집의 집세로 충분히 생활할 수가 있었는데도 불구하고 아이가 없는 노파는 그저 돈만이 유일한 낙이라는 생각으로 틀림없는 사람에게 돈을 빌려주어 조금씩 저금을 늘려가는 것을 다시 없는 즐거움으로 생각하고 있었다.

사이또에게 방을 빌려준 것도 여자뿐으로는 너무 을씨년스럽다는 이유도 있었을 테지만, 한편으로는 방세를 받아 매달 저금액을 늘리는 재미를 계산에 넣고 있었을 것이 분명하다.

그리고 요즈음 세상에서는 좀체로 들을 수 없는 이야기지만 수전노의 심리는 동서고금을 통해 같은 것인지, 노파는 표면적인 은행예금 외에 막대한 현금을 자택의 어떤 비밀 장소에 숨겨두고 있다는 것이었다.

후끼야는 이 돈에 유혹을 느낀 것이다. 그 늙은이가 그런 큰 돈을 가지고 있다는 사실에 무슨 가치가 있느냐? 그것을 나 같은 장래성이 있는 청년의 학비로 사용하는 것이 백번 합리적인 일이 아니냐? 간단히 말해서 이것이 그의 이론이었다.

그리하여 그는 사이또를 통해서 되도록 노파에 대한 지식을 얻으려고 했다. 그 큰 돈의 은닉처를 캐내려고 했다. 그러나 후끼야는 사이또가 우연히 그 돈을 감춘 장소를 발견했다는 이야기를 들을 때까지는 별로 확정적인 생각을 지니고 있었던 것은 아니었다.

"이봐, 그 할머니로선 좀 기막힌 아이디어야. 대개 마루 밑이나 다락 위라든가, 돈을 숨기는 장소란 뻔한데 말야. 노인이 숨긴 곳은 좀 뜻밖의 장소야. 왜 안방에 커다란 소나무 화분이 놓여 있지? 그 화분 속이라니까. 제아무리 뛰어난 도둑놈이라도 설마 화분 속에 돈이 들어 있으리라곤 생각지 못할걸. 노인은 말하자면 수전노의 천재지."

그때 사이또는 이렇게 말하고 재미있다는 듯이 웃었다.

그 뒤로 후끼야의 생각은 조금씩 구체적으로 되어갔다. 노파의 돈을 가로채는 경로의 하나하나에 대해 온갖 가능성을 계산에 넣은 다음, 가장 안전한 방법을 생각해내려고 했다. 그것은 예상 이상으로 힘든 일이었다. 이것에 비하면 어떤 복잡한 수학 문제조차 아무 것도 아니었다. 그리하여 그는 앞에서도 말한 것처럼 그 생각을 간추리느라고 자그마치 반년을 소비한 것이다.

난점은 두말할 것도 없이 어떻게 하면 형벌을 면할 수 있느냐 하는 것이었다. 윤리상의 장애, 즉 양심의 가책 따위는 문제가 안 되었다. 그는 나폴레옹의 대대적인 살인을 죄악이라고는 생각지 않고 오히려 찬미하는 것과 마찬가지로, 재능이 있는 청년이 그 재능을 키우기 위해 관에 한 발을 들여놓고 있는 늙은이를 희생시키는 것은 당연한 일이라고 생각했다.

노파는 좀체로 외출을 하지 않았다. 종일 묵묵히 안방에 앉아 있었다. 어쩌다가 외출하는 일이 있어도 노파가 집을 비우는 사이에는 시골에서 올라온 가정부가 노파의 명령을 받아 빈틈없이 지키고 있었다. 후끼야의 온갖 고심에도 불구하고 노파에게는 조금도 틈이 없었다. 노파와 사이또가 없을 때 이 가정부를 심부름 보내놓고 그 틈에 그 돈을 화분에서 훔쳐내면 어떨까, 후끼야는 그런 생각을 해보았다. 그러나 그것은 매우 어리석은 짓이었다. 잠시라도 그 집에 혼자 있었다는 사실이 알려지면 그것만으로도 혐의를 받게 된다.

그는 이런 종류의 어리석은 방법을 생각해냈다가는 지워버리고 생각했다가는 지워버리고 하느라고 한 달을 소비했다. 그것은 가령 사이또나, 가정부나, 또는 도둑이 훔쳐간 것같이 만드는 트릭이라든가, 가정부가 혼자 있을 때 몰래 스며들어 그녀의 눈에 안 띄게 훔쳐내는 방법이라든가, 밤중에 노파가 잠든 사이에 훔쳐내는 방법이었다. 그러나 이 모든 것이 발각의 가능성을 다분히 안고 있었다.

별수 없이 노파를 처치하는 수밖에 없다. 그는 마침내 이 무서운 결론에 이르렀다. 노파의 돈이 얼마만큼 있는지 자세히는 몰라도, 여러 점으로 미루어 살인의 위험을 무릅쓰고까지 집착할 만큼 큰 금액이라고는 생각되지 않는다. 고작 그만한 돈 때문에 아무런 죄가 없는 한 인간을 죽여 버린다는 것은 너무 지나치지 않은가?

그러나 그것은 다른 사람의 입장에서는 대단한 액수가 아니라도 가난한 후끼야로서는 충분히 만족할 수 있는 액수이다. 뿐만 아니라 그의 생각으로는 문제는 금액의 많고 적음이 아니라, 다만 범죄의 발각을 절대로 불가능하게 만드는 일이었다. 그것을 위해서라면 어떤 큰 희생을 치러도 상관이 없는 것이다.

얼핏 보기에 살인은 단순한 절도보다는 몇 배나 위험한 것처럼 생각된다. 하지만 그것은 일종의 착각에 지나지 않는 것이다. 하기는 발각당할 것을 예상하고 하는 일이라면 살인은 온갖 범죄 가운데에서 가장 위험할는지도 모른다. 그러나 만일 범죄의 경중보다도 발각을 불가능하게 만들 목적으로 생각한다면, 경우에 따라서는(가령 후끼야의 경우 같은 것은) 오히려 절도 쪽이 더 위험한 일인 것이다.

이에 비해 범죄의 발견자를 처치해버리는 방법은 잔학은 하지만 뒤에 근심이 없다. 예부터 뛰어난 악인은 태연히 살인을 하고 있다. 그들이 좀체로 잡히지 않는 것은 오히려 이 대담한 살인 덕분이 아닐까?

그렇다면 노파를 처치해버리기로 하자, 과연 그 경우 위험성이 없을까? 그는 이 문제에 부딪친 뒤로 몇 달 동안을 궁리했다. 이 사이에 그가 어떤 생각을 키워갔는지는 이야기가 진전됨에 따라 자연히 알게 되거니와, 어쨌든 그는 도저히 보통 사람이 생각조차 못할 정도로 빈틈없는 분석과 종합을 거친 결과 추호도 실수 없는, 절대로 안전한 방법을 마침내 생각해낸 것이다.
 이제는 다만 시기가 오기를 기다리는 일만이 남아 있었다. 그리고 그 시기는 의외로 빨리 왔다. 어느 날 사이또는 학교 관계의 일로, 그리고 가정부는 심부름을 나가 두 사람 모두 저녁 때까지는 귀가하지 않는다는 사실이 확인되었다.
 그것은 마침 후끼야가 마지막 준비를 끝낸 지 이틀 후였다. 마지막 준비라는 것은(이것만은 미리 설명해 둘 필요가 있다) 전에 사이또가 화분 속에 돈을 숨겨두었다는 말을 한 지 반년이나 지난 지금도 여전히 그 돈이 그대로 그 자리에 있는가를 확인하기 위한 어떤 행위였다.
 후끼야는 그날(즉 노파살해 이틀 전) 사이또를 만나러 간 김에 비로소 주인집 안방에 들어가 노파와 여러 이야기를 나누었다. 그는 그 이야기를 서서히 하나의 방향으로 압축시켜갔다. 그리고 이따금 노파의 재산에 대한 일과 돈을 그녀가 어딘가 깊숙한 곳에 숨기고 있다는 소문을 들었노라고 했다.
 그는 '숨긴다'는 말이 나올 때마다 은연중 노파의 눈을 주의했다. 그러나 노파의 눈은 그의 짐작대로 그때마다 다락쪽에 놓여진 화분으로 쏠리는 것이었다. 후끼야는 그 짓을 몇 번 되풀이해 본 다음 더 이상 그 사실을 의심할 여지가 없음을 확인할 수가 있었다.

2

 마침내 그날이었다. 그는 대학생 제복에 역시 모자를 쓰고, 학생 망토를 걸치고는 흔히 있는 장갑을 끼고 목적지로 향했다. 그는 궁리 끝에 결국 변장을 않기로 한 것이다. 만일 변장을 하게 되면, 재료의 구입, 갈아입는 장소, 그밖의 여러 점에서 자칫 범죄 발각의 단서를 남기기가 쉽다. 그것은 다만 일을 복잡하게 만들 뿐 조금도 효과가 없는 것이다.
 범죄의 방법은 발각의 염려가 없는 범위 내에서는 되도록 단순하고, 또한 있는 그대로 되어야 한다는 것이 그의 일종의 철학이었다. 요컨대 목적하는 집에 들어가는 것을 보이지만 않으면 되는 것이다. 만일 그집 앞을 지난 사실이 알려져도 그것은 조금도 지장이 없다. 그는 그 근처를 흔히 산책하는 일이 있으니까 그날도 산책을 했을 뿐이라고 우길 수가 있다.
 한편 그가 그집으로 가는 도중 아는 사람을 만나는 경우(이것은 아무래도 계산에 넣어두어야 한다) 이상한 변장을 하고 있는 편이 나은가, 평소대로 제복 제모 쪽이 나은가. 이는 생각해 볼 여지도 없는 것이다. 범죄의 시간만 해도 그렇다. 기다리기만 하면 안성맞춤인 밤이——사이또도 가정부도 집에 없는 밤이——있음을 알고 있는데, 그는 어째서 위험한 대낮을 선택했는가? 이 역시 옷차림의 경우와 마찬가지로 범죄에서 불필요한 비밀성을 제거하기 위해서였다.
 그러나 노파의 집 앞에 섰을 때만은 그런 그도 보통의 도둑처럼, 아니, 아마도 그들 이상으로 겁을 잔뜩 먹고 전후좌우를 둘러보았다. 노파의 집은 이웃집과는 생울타리를 사이에 둔 제법 떨어진 외딴집이었고, 건너편 쪽에는 어느 부잣집의 높은 콘크리트 담이 제법 길게 이어지고 있었다.
 쓸쓸한 주택가여서 대낮에도 이따금 인적이 끊기는 수가 있다. 후끼야가 그곳에 닿았을 때에도 안성맞춤으로 골목에는 강아지 한 마리도 보이지 않았다. 그는 제대로 열면 놀랄 정도로 금속성의 소리가 나는 대문을 소리나지 않게 살살 여닫았다. 그리고 현관에서 매우 낮은 목소리로(이웃집에 들리지 않게) 노파를 불렀다. 노파가 나오자 그는 사이또에 대해 은밀히 할 이야기가 있다는 핑계로 방안으로 들어갔다.

자리에 앉아 몇 마디 인사말을 하자
"마침 식모가 없어서요"
라고 노파는 말하며 차를 가지고 오려고 일어섰다. 후끼야는 그 순간 이제나 저제나 기다리고 있었던 것이다. 그는 노파가 방문을 열려 몸을 굽혔을 때 느닷없이 뒤에서 덤벼들어 두 팔로(장갑은 끼고 있었지만, 되도록 손톱자국이 나지 않도록) 힘껏 노인의 목을 조였다.

노파는 목께에서 이상한 소리를 냈을 뿐 별로 몸을 뒤틀지도 않았다. 다만 신음하면서 허공을 잡은 손가락 끝이 그곳에 세워져 있던 병풍에 닿아 약간 흠집을 냈을 뿐이었다. 그것은 두 장으로 접는 금병풍으로서 짙은 선의 육가선(六歌仙 : 일본 헤이안 초기의 와까의 명인 6인-역주)이 그려져 있었는데 그 한 인물의 얼굴께가 무참하게도 약간 찢어진 것이다.

노파의 숨이 끊어진 것을 확인하자 그는 시체를 놓아두고, 잠시 염려스러운 듯이 그 찢어진 병풍을 보았다. 그러나 한동안 생각해보니 조금도 근심할 필요가 없는 일이었다. 이런 서이 범죄의 증거가 될 까닭이 없는 것이다.

그는 다락 쪽으로 가서 그 소나무를 뿌리째 화분에서 뽑았다. 짐작대로 그 밑에는 기름종이에 싸인 것이 들어 있었다. 그는 차분히 그 꾸러미를 풀어 오른쪽 주머니에서 큰 새지갑을 꺼내 지폐를 절반쯤(충분히 5천 엔(지금의 2백만 엔)정도는 있었다) 그 안에 넣자 지갑을 다시 주머니에 넣고, 나머지 지폐는 기름종이에 싸서 먼저대로 화분 밑바닥에 감추었다. 물론 이것은 돈을 훔쳤다는 자취를 숨기기 위해서였다. 노파의 저금 액수는 노파 자신만이 알고 있을 뿐이니까 그것이 절반으로 줄었다고 해도 아무도 의심할 리가 없는 것이다.

그는 그리고는 곁에 있던 방석을 노파의 가슴에 대고(피가 튀는 것을 막기 위해) 주머니에서 한 자루의 잭나이프를 꺼내 칼날을 세우고 심장을 향해 푹 찌르고는 뽑았다. 그리고 그 방석에다 나이프의 피를 깨끗이 닦고는 다시 주머니에 넣었다. 조여죽인 것만으로는 소생할 염려가 있다고 생각한 것이다. 그렇다면 어째서 처음부터 칼을 이용하지 않았느냐 할 것 같으면, 그렇게 했다가는 자기의 옷에 피가 튈지도 모르기 때문이었던 것이다.

여기서 잠깐 그가 지폐를 넣은 지갑과 잭나이프에 대해 설명해 두어야 한다. 그는 그것을 이 목적만을 위해 어느 노점에서 산 것이다. 그는 가장 사람들이 붐비는 시간에 가장 손님이 많은 가게에서 물건을 사자 장사꾼은 물론 손님들도 그의 얼굴을 기억할 틈이 없었을 만큼 재빨리 모습을 감추었다.

그리고 이 물건은 두 가지 모두 흔히 있는 아무런 표지도 없는 그런 것이었다.

후끼야는 충분히 주의해서 조금도 단서가 남아 있지 않음을 확인한 후 방문을 닫고 천천히 현관으로 나왔다. 그는 그곳에서 구두끈을 매면서 발자국에 대해 생각해보았다. 그러나 그 점은 조금도 염려할 필요가 없었다. 현관의 바닥은 시멘트였고, 바깥땅은 날씨가 좋아 바짝 말라 있었다.

이제 남은 것은 대문을 열고 밖으로 나가는 일뿐이었다. 그러나 여기서 실수했다가는 십년 공부 나무아미타불이다. 그는 귀를 기울이고 참을성 있게 바깥의 발소리를 들었다. …… 조용한 것이 전혀 인기척이 없다. 어느 집에서인지 고도(거문고 비슷한 악기)를 튕기는 소리가 매우 태평스럽게 들려올 뿐이다. 그는 마음을 굳게 먹고 조용히 대문을 열었다. 그리고 골목으로 나왔다. 짐작한 대로 그곳에는 사람의 그림자도 없었다.

그 일대는 어느 골목이건 주택가였다. 후끼야는 아무도 없음을 확인한 다음 돌담의 틈에다 흉기인 잭나이프와 피묻은 장갑을 쑤셔넣었다. 그리고 산책 때에는 언제나 들르기로 하고 있는 근처의 공원을 향해 걸어갔다. 그는 공원 벤치에 앉아 아이들이 그네를 타고 놀고 있는 것을 바라보며 시간을 보냈다.

그는 돌아가는 길에 경찰서에 들렀다. 그리고
"방금 이 지갑을 주웠습니다. 백원짜리가 잔뜩 들어 있는 모양이니 신고합니다."
라고 말하고 그 지갑을 내놓았다. 그는 순경이 묻는 대로 주운 장소와 시간과(물론 그것은 가능성이 있는 엉터리였다) 자기의 주소성명(이것은 사실대로)을 댔다. 그리고 그의 이름이며 금액이 적힌 영수증 같은 것을 받았다.

생각해보면 매우 불편한 방법임이 분명하다. 그러나 안전한 점으로는 최상이다. 노파의 돈은(절반으로 준 것은 아무도 모른다) 그대로 제자리에 있으니까 이 지갑의 분실자는 절대로 나타날 리가 없다. 1년 뒤에는 틀림없이 후끼야에게로 돌아오는 것이다. 그리고 거리낌없이 쓸 수가 있는 것이다.

그는 궁리에 궁리를 거듭한 끝에 이 수단을 취했다. 만일 이것을 어디에 숨겨둔다면 우연한 일로 발견될 수도 있다. 직접 갖고 있자니 그것은 위험하기 짝이 없는 노릇이다. 뿐만 아니라 이 방법이면 최악의 경우, 만일 노파가 지폐의 번호를 적어 두었더라도 조금도 염려가 안 되는 것이다.

'설마하니 자기가 훔친 물건을 경찰에 신고하는 놈이 있으리라곤 꿈에도 생각 못할걸'
그는 웃음을 참으면서 속으로 중얼거렸다.
이튿날 후끼야는 하숙방에서 여느 때와 다름없이 잠에서 깨어나자 하품을 하면서 머리맡에 놓여진 신문을 펼쳐 사회란을 보았다.
그는 거기에서 뜻밖의 사실을 발견하고 놀랐다. 하지만 그것은 결코 근심스러운 일이 아니라 오히려 그를 위해서는 짐작 못한 다행이었다. 신문 기사에 의하면 친구인 사이또가 혐의자로 검거된 것이다. 혐의를 받은 이유는 그가 뜻밖의 큰 돈을 갖고 있었기 때문이라는 것이었다.
'나는 사이또의 가장 친한 친구니까 경찰에 가서 여로 모로 물어보는 것이 아무래도 자연스러울 거야.'
후끼야는 곧 옷을 입자 서둘러 경찰서로 뛰어갔다. 그곳은 그가 어제 지폐를 신고한 그 경찰서였다. 어째서 지갑을 다른 경찰서에 갖다 주지 않았는가? 그 역시 그의 무기교주의에 입각한 논법이었던 것이다.
그는 적당히 근심스러운 표정으로 사이또를 만나게 해달라고 부탁했다. 그러나 짐작대로 허용되지 않았다. 그리하여 그는 사이또가 혐의를 받은 까닭을 캐묻고는 어느 정도 사실을 짐작할 수 있었다. 후끼야는 이렇게 상상했다.
사이또는 어제 가정부보다 먼저 집으로 돌아왔다. 그것은 후끼야가 목적을 이루고 돌아간 지 얼마 안 되어서였다. 그리고 노파의 시체를 발견했다. 그러나 즉시 경찰에 신고하기 전에 그는 어떤 생각을 했음이 분명하다. 그것은 그 화분이다. 만일 도둑의 짓이라면 그 속의 돈이 그대로 있지 않을까? 분명 그것은 사소한 호기심에서였으리라.
그는 그곳을 조사해 보았다. 그런데 뜻밖에도 돈은 그대로 있었다.

그것을 보고 사이또가 나쁜 생각을 품은 것은 참으로 경솔한 생각이기는 했으나 무리도 아닌 일이다. 그곳은 아무도 모른다는 것, 노파를 죽인 범인이 훔쳐갔다고 생각할 것이라는 것, 이런 사정은 누구에게 있건 피할 수 없는 강한 유혹일 것이다.

그런 다음 그는 어떻게 했는가? 경찰의 이야기로는 시치미를 떼고 살인사건을 경찰에 신고했다는 것이다. 그런데 정말 어리석은 사나이다. 그는 훔친 돈을 배에 차고 있었던 것이다. 설마 그 자리에서 신체검사를 당하리라고는 짐작을 못했던 모양이다.

'가만 있자. 사이또는 어떤 식으로 변명할까? 자칫하면 위험해지지 않을까?'

후끼야는 여러 모로 생각해보았다.

'그는 그 돈을 자기 것이라고 우길지도 모른다. 딴은 노파가 재산을 숨긴 곳은 아무도 모르니까 그 변명도 일단은 성립될 테지. 그렇지만 너무 많다. 결국 그는 훔친 사실을 자백할 것이다. 그러나 재판소가 그것을 인정할까? 달리 혐의자가 나오면 모를까, 그를 무죄로 내놓지는 않을 테지. 잘하면 그가 살인죄를 뒤집어쓰는지도 모른다. 그렇게만 되면 십상인데…… 그런데 판사가 그를 추궁해가는 사이에 여러 사실이 드러날걸. 가령 화분 속에 돈이 들어 있다는 얘기를 나한테 했다든가, 노파가 살해되기 이틀 전에 내가 그 방에 들어가 노파를 만났다든가, 심지어 내가 가난하다는 사실이라든가…….'

그러나 그런 것들은 모두 그가 이 계획을 세우기 전에 이미 계산에 넣어 둔 그런 것들이었다. 그리고 아무리 나쁘게 생각해도 사이또의 입에서 그 이상 그에게 불리한 사실이 나올 것 같지는 않았다.

후끼야는 경찰서에서 돌아오자 늦은 조반을 먹고 여느 때처럼 학교에 갔다. 학교에서는 사이또의 이야기로 떠들썩했다. 그는 자랑스러운 듯이 그 이야기에 끼어들었다.

3

독자 여러분, 추리소설이라는 것의 성질을 잘 알고 있는 여러분은 이야기가 결코 이것으로 끝나지 않는다는 것을 너무나도 잘 아실 것이다. 과연 그러하다. 실은 이제까지는 이 이야기의 전제에 불과하고, 본격적 이야기는 이제부터인 것이다. 결국 이렇듯 빈틈없는 후끼야의 범죄가 어떻게 드러났는지 그 자초지종이 더욱 중요한 것이다.

이 사건을 담당한 판사는 유명한 가사모리 씨였다. 그는 보통 뜻으로 유명했을 뿐만 아니라 어떤 색다른 취미를 가지고 있는 것으로 더 한층 알려져 있었다.

그것은 그가 일종의 아마추어 심리학자였다는 점이었고, 그는 보통 방법으로는 판단을 내리기 힘든 사건에 대해서는 마지막으로 그 풍부한 심리학상의 지식을 이용해서 가끔 기막힌 효과를 올리고 있었다.

그의 경력은 비록 얼마 안 되고 나이는 젊었지만, 지방재판소의 판사로서는 아까울 정도의 수재였다. 이번 노파살해사건도 가사모리 판사가 맡은 이상 손쉽게 해결되리라고 모두들 생각하고 있었다. 당자인 가사모리 씨 자신도 그렇게 생각했다. 여느 때처럼 이 사건도 예심 때 모조리 조사해서 공판 때에는 깨끗이 처리할 작정이었다.

그런데 취조가 진행됨에 따라 사건의 어려움이 차츰 이해되었다. 경찰측은 단순하게 사이또의 유죄를 주장했다. 가사모리 판사 또한 그 주장에 일리가 있음을 인정치 않는 바는 아니었다. 그럴 것이 생전에 노파의 집을 드나든 자는 모조리 소환해서 면밀히 조사해 보았으나 한 사람도 의심스러운 자가 없었던 것이다(후끼야도 그 중의 한 사람이었다).

달리 용의자가 나타나지 않는 이상 가장 의심스러운 사이또를 범인으로 단정하는 수밖에 없었다. 게다가 사이또에게 있어 가장 불리했던 것은 그가 본디 마음이 약해, 취조실의 공기에 공포를 품게 되어 심문에 대해 제대로 답변을 못한다는 점이었다. 흥분해버린 그는 전의 진술을 취소하는가 하면, 마땅히 알고 있을 일도 잊어버려 도무지 갈피를 못잡는 바람에 초조해질수록 더한층 불리한 진술을 되풀이할 뿐이었다.

그것은 그에게 노파의 돈을 훔쳤다는 약점이 있었기 때문이었으며, 그것만 없었다면 제법 머리가 좋은 사이또였으니까 아무리 마음이 약하다고 해도 그런 실수는 저지르지 않았을 것이다. 그의 입장은 사실 동정할 만한 점이 있었다. 그러나 그렇다면 사이또를 살인범으로 인정할 것이냐 하는 단계에 이르면, 가사모리 판사에게는 도무지 자신이 없었다. 그곳에는 다만 의심이 있을 뿐인 것이다. 물론 본인은 자백을 않고 있고 달리 이렇다 할 어떤 확증도 없었다.

사건이 발생한 지 한 달이 지났다. 판사는 약간 초조해지기 시작했다. 마침 그때 노파살해사건의 관할 경찰서에서 하나의 색다른 보고가 올라왔다. 그것은 사건 당일 5천 2백 몇 십 엔이 들어 있는 지갑이 노파의 집에서 그리 멀지 않은 ××에서 습득되었는데, 그것을 신고한 사람이 혐의자의 친구인 후끼야 세이이찌로라는 학생이었음을 담당관의 소홀로 여지껏 모르고 있었고, 그 돈을 잃어버린 사람이 한 달이 지나도 나타나지 않는 것을 보면 아무래도 어떤 뜻이 있어 보여 뒤늦게나마 보고드린다는 내용이었다.

곤경에 빠져 있던 가사모리 판사는 이 보고를 받고 한 가닥 광명을 찾은 것 같은 느낌이 들었다. 당장 후끼야를 소환하는 수속이 취해졌다.

그런데 후끼야를 심문한 결과는 판사의 기대와 달리 별다른 소득이 없어 보였다. 어째서 사건 당시의 취조 때 그 돈을 습득한 사실을 말하지 않았느냐는 심문에 대해 그는 그것이 살인 사건에 관계가 있다고는 생각되지 않았기 때문이라고 답변했다. 이 답변에는 충분히 이유가 있었다. 노파의 돈은 사이또의 몸에서 발견되었으니까 그 이외의 돈이, 특히 길에 떨어져 있던 돈이 노파의 재산의 일부라고 어찌 짐작된단 말인가?

그러나 이것은 우연일까? 사건 당일 현장에서 그리 멀지 않은 곳에서, 게다가 가장 혐의가 짙은 사람의 친구가(사이또의 진술에 의하면 그는 화분 속의 돈을 알고 있다) 이 큰 돈을 주웠다는 것이 과연 우연일까?

판사는 거기에서 어떤 뜻을 찾아내려고 몸부림쳤다. 판사가 가장 안타깝게 생각한 것은 노파가 지폐의 번호를 적어두지 않았다는 사실이었다. 그것만 있다면, 이 의심스러운 돈이 사건에 관계가 있다는 사실도 즉각 판명될 터인데.

판사는 어떤 사소한 것이라도 확실히 단서가 될 만한 것을 잡고자 온 지능을 기울여 생각해보았다. 현장조사도 되풀이되었고 노파의 친족 관계도 다시금 조사했다. 그러나 아무런 소득이 없었다. 그리하여 다시금 반 달 가량이 헛되이 흘러갔다.

'단 하나의 가능성은' 하고 판사는 생각했다. 후끼야가 노파의 돈을 절반만 훔치고 나머지를 제자리에 다시금 숨겨 두고는 훔친 돈을 지갑에 넣어 길에서 주운 것처럼 보이려고 했다는 추정이었다. 그러나 그런 바보 같은 일이 있을 수 있을까?

그 지갑도 물론 조사해 보았지만 이렇다 할 단서도 없다. 게다가 후끼야는 태연히 그날 산책을 하느라고 노파의 집 앞을 지났다고 말하고 있지 않은가? 범인이 이런 대담한 말을 할 수 있단 말인가? 첫째로 가장 중요한 흉기의 행방을 모른다. 후끼야의 하숙을 수색해 보아도 아무것도 나오지를 않았던 것이다. 그러나 흉기에 대해서 말하자면 사이또 또한 마찬가지가 아닌가? 그러면 대체 누구를 의심해야 하는가?

그곳에는 확증이라는 것이 하나도 없었다. 경찰처럼 사이또를 의심하면 사이또 같기도 하다. 하지만 후끼야 또한 의심하자면 마찬가지다. 다만 알고 있는 것은 이 한 달 반 동안에 걸친 모든 수사 결과 그들 두 사람을 빼놓고는 단 한 사람의 용의자도 있을 수 없다는 사실이었다.

모든 방법에 막혀 버린 가사모리 판사는 이제 마지막 비장의 수를 쓰는 도리밖에 없다고 생각했다. 두 혐의자에 대해 이제까지 그가 수없이 성공을 거두어 왔던 그 특이한 심리시험을 해보기로 결심한 것이다.

4

후끼야 세이이찌로는 사건 발생 직후 첫 번째 소환을 받았을 때 담당판사가 유명한 아마추어 심리학자인 가사모리 씨라는 것을 알았다. 그리고 당시 이미 이 마지막 경우를 예상하고 적지않이 당황했다.

그렇듯 냉철하고 대담한 그도 일본에 한 개인의 취미라고는 하지만, 심리시험 같은 것이 행해지고 있으리라고는 짐작조차 못하고 있었다. 그는 여러 책으로 심리시험이라는 것이 어떤 것인가를 너무나도 잘 알고 있었던 것이다.

이 충격으로 도저히 태연한 체 학교에 계속 다닐 수 없게 된 그는 병이 났다고 하고는 하숙방에 틀어박혀 꼼짝을 하지 않았다. 그리고 다만 어떻게 이 난관을 헤쳐나갈 것인가를 생각했다. 마치 살인을 실행하기 전에 한 것과 같은, 아니 그 이상의 면밀함과 열심으로 온갖 지능을 기울여 생각에 생각을 거듭했다.

가사모리 판사는 과연 어떤 심리시험을 행할 것인가? 그것은 도저히 짐작 할 수가 없었다. 후끼야는 자기가 알고 있는 모든 방법을 생각해내어 그 하나하나에 대해 무슨 대책이 없을까 생각해 보았다. 그러나 본디 심리시험이라는 것이 허위의 진술을 폭로하기 위해 생긴 것이니까, 그것을 다시금 속인다는 것은 이론상 불가능해 보이기도 했다.

후끼야의 생각에 의하면, 심리시험은 그 성질에 따라 두 가지로 크게 나눌 수가 있었다. 하나는 순전히 생리상의 반응에 의한 것, 또 하나는 말을 통해 행해지는 것이다. 전자는 시험자가 범죄에 관련한 온갖 질문을 발하여 피험자의 신체상의 미세한 반응을 적당한 장치로 기록하여 보통의 심문으로는 도저히 알아낼 수 없는 진실을 잡으려는 방법이다.

그것은 인간은 설령 말로, 또는 안면 표정으로는 거짓을 꾸미고 있어도, 신경 자체의 흥분은 감출 수가 없으며, 그것이 미세한 신체상의 증세로 나타난다는 이론에 바탕을 두는 것으로서, 그 방법은 거짓말탐지기 같은 것의 힘으로 호흡이나 맥박을 재는 방법, 어떤 수단으로 안구의 움직임을 확인하는 방법, 또는 손바닥의 땀을 확인하는 방법 등이다.

예를 들면 갑자기 '너는 노파를 죽인 범인이지?' 이런 질문을 받은 경우, 그는 태연하게 '무슨 증거로 그런 말씀을 하십니까?' 이렇게 반박할 만한 자신은 있다. 그러나 그때 부자연하게 맥박이 뛴다거나 숨이 가빠지는 일은 없을까? 그것을 막는 것은 절대로 불가능한 것이 아닐까?

그는 여러 경우를 가정해서 그것을 실험해 보았다. 그런데 이상하게도 자기 자신이 던진 심문은 아무래도 육체상에 변화를 미치는 것 같지는 않았다. 물론 미세한 변화를 측정하는 도구가 있는 것은 아니니까 확실한 것은 말할 수 없었지만, 신경의 흥분 자체가 느껴지지 않는 이상, 그 결과인 육체상의 변화도 일어날 턱이 없을 것이다.

그렇게 여러 실험이나 추측을 계속하고 있는 사이에 후끼야는 문득 어떤 생각에 부딪쳤다. 그것은 연습이라는 것이 심리시험의 효과를 가로막지는 않는가, 바꾸어 말하면 같은 질문에 대해서도 첫 번째보다 두 번째가, 두 번째보다는 세 번째가 신경의 반응이 미약해지지는 않는가 하는 것이었다.

결국 익숙해진다는 것이다. 이것은 다른 여러 가지 경우를 생각해 보아도 알 수 있듯이 어지간히 가능성이 있다. 자기 자신의 심문에 대해서는 반응이 없는 것도 결국은 이와 마찬가지여서 심문이 행해지기 전에 이미 짐작이 있기 때문임이 분명하다.

그리하여 그는 사전 가운데의 몇 만이나 되는 낱말을 모조리 조사해서 조금이라도 심문당할 것 같은 말을 몽땅 베껴냈다. 그리고 1주일이나 걸려 그것에 대한 신경의 '연습'을 부지런히 했다.

다음은 말을 통해서 시험하는 방법이다. 이 역시 두려워할 것은 없다. 아니 그것이 말이기 때문에 속아넘기기가 쉽다고 할 수 있다. 이것에는 여러 가지 방법이 있지만, 가장 흔히 행해지는 것은 그 정신분석가가 환자를 볼 때에 사용하는 것과 같은 방법으로서 연상진단이라는 것이다. '책상'이라든가 '잉크'라든가 '펜'이라든가, 아무렇지 않은 용어를 몇 개씩 차례로 들려준 다음 생각할 여유를 주지 않고, 그들 단어에 대해 연상한 말을 지껄이게 하는 것이다.

가령 '장지문'이라는 용어에 대해서는 '창'이라든가 '문지방'이라든가 '종이'라든가 '문'이라든가 여러 연상이 있을 터이며 아무 것이라도 상관없이 그때 문득 떠오르는 말을 지껄이게 한다. 그리고 그런 뜻 없는 낱말 사이에 '나이프'니 '피'니 '돈'이니 '지갑'이니 어쨌든 범죄에 관계가 있는 낱말을 섞어 두고는 그것에 대한 연상을 조사하는 것이다.

우선 첫째로 가장 분별이 없는 자는 이 노파살해사건으로 말하자면 '화분'이라는 낱말에 대해 그만 '돈'이라고 대답할는지도 모른다. 즉

'화분' 밑에서 '돈'을 훔친 것이 가장 깊이 인상에 남아 있기 때문이다. 그는 죄를 자백한 것이 된다. 그러나 약간 신중한 자라면 가령 '돈'이라는 말이 떠오르더라도 그것을 눌러 버리고 엉뚱하게 '질그릇'이라고 대답할 수도 있는 것이다.

이런 거짓에 대해 두 방법이 있다. 하나는 일단 시험한 낱말을 잠시 후에 다시금 되풀이하는 것이다. 그러면 자연스럽게 나온 대답은 대개의 경우 앞뒤가 틀리지 않는데, 고의로 만든 대답은 십중팔구는 처음 때와는 달라진다. 가령 '화분'에 대해서 처음에는 '질그릇'이라고 대답하고 두 번째는 '흙'이라고 대답하게 된다.

또 하나의 방법은 문제를 내놓고 대답이 있을 때까지의 시간을 어떤 장치에 의해 정확하게 기록하고, 그 지속에 의해 가령 '장지문'에 대해 '문'이라고 대답한 시간이 1초였는데도 불구하고 '화분'에 대해 '질그릇'이라고 대답한 시간이 3초나 걸렸다고 한다면 그것은 '화분'에 대해 처음에 나타난 연상을 묵살하기 위해 시간이 걸린 것이니까 그자는 수상하다는 결론이 나오는 것이다. 이 시간의 지연은 당면한 낱말에 나타날 뿐만 아니라, 그 다음의 뜻이 없는 낱말에까지 영향을 끼치는 수도 있다.

또한 범죄 당시의 상황을 상세히 들려주고 그것을 암송시키는 방법도 있다. 그자가 범인이라면, 암송하는 경우에 미세한 점에서 자기도 모르게, 들려 받은 이야기와는 다른 진실을 지껄여 버리기 마련인 것이다.

이런 종류의 시험에 대해서는 앞의 경우와 마찬가지로 '연습'이 필요한 것은 두말할 여지가 없거니와, 그보다 더욱 중요한 것은 후끼야의 지론에 따르건대 순진해야 한다는 것이다. 쓸데없는 기교를 부리지 않는 일이다. 예컨대 '화분'에 대해서는 오히려 떳떳하게 '돈' 또는 '소나무'라고 대답하는 것이 가장 안전한 방법인 것이다.

그것은 후끼야는 가령 범인은 아니지만, 판사의 취조나 그밖의 사정으로 범죄 사실을 어느 정도 알고 있는 것이 당연하니까, 그리고 화분 밑바닥에 돈이 있었다는 사실은 최근의 또한 가장 심각한 인상임이 분명한 만큼 연상 작용이 그렇게 움직이는 것은 지극히 당연하지 않은가?

또한 이 수단에 의하면 현장의 모양을 암송당하는 경우에도 안전한 것이다. 다만 문제는 소요 시간이다. 이것에는 역시 '연습'이 필요하다. '화분'이라는 질문이 나오면 서슴없이 '돈' 또는 '소나무'라고 대답할 수 있도록 연습해 둘 필요가 있다. 그는 이 '연습' 때문에 또다시 며칠을 소비했다. 이리하여 만반의 준비가 끝났다.

그는 또한 한쪽으로는 어떤 하나의 유리한 사정을 계산에 넣고 있었다. 그것을 생각하면 설령 짐작 못할 심문을 받더라도, 나아가서 짐작하고 있던 심문에 대해 불리한 반응을 나타내도 조금도 두려워할 필요는 없었다. 그럴 것이 시험을 당하는 것은 후끼야 자기뿐만이 아닐 터이기 때문이다. 그 가뜩이나 신경 과민한 사이또가 아무리 자기로서는 모르는 일이라 하더라도 심문에 대해 과연 허심탄회할 수가 있을까? 그 역시 적어도 후끼야와 마찬가지 정도의 반응을 나타낼 것은 분명하지 않을까?

후끼야는 여러 모로 생각하게 됨에 따라 차츰 안심이 되었다. 어쩐지 콧노래라도 부르고 싶은 심정조차 들었다. 그는 이제는 가사모리 판사의 호출을 기다리게까지 되었다.

5

가사모리 판사의 심리시험이 어떻게 행해졌는가? 그것에 대해 신경 과민한 사이또가 어떤 반응을 나타냈으며, 후끼야가 그 얼마나 차분히 시험에 응했는가? 여기에서 그런 설명을 지루하게 늘어놓을 것이 아니라 즉시 그 결과에 대한 이야기를 하기로 하자.
 그것은 심리시험이 행해진 이튿날의 일이다. 가사모리 판사가 자기 집 서재에서 시험 결과를 메모한 서류를 앞에 놓고 고개를 갸웃거리고 있는데, 아마추어 탐정으로 소문난 아께찌 고고로가 찾아왔다.
 고고로는 보기 드문 추리와 통찰에 뛰어난 청년으로서, 그 동안 경찰이나 검찰이 해결 못한 여러 어려운 사건을 그 독특한 머리로 명쾌하게 해결해 보여, 이제는 아마추어 탐정으로서의 관록이 몸에 붙은 사람이었다. 가사모리 판사와는 어떤 사건으로 알게 되어 자주 왕래가 있었던 것이다.
 가정부의 안내를 받으며 판사의 서재에 고고로의 숭굴숭굴한 얼굴이 나타났다.
 "이것 도무지 이번엔 애를 먹는데요."
 판사가 고고로 쪽으로 몸을 돌리고 우울한 얼굴을 보였다.
 "그 노파 살해사건이군요? 어떻습니까, 심리시험 결과가?"
 고고로는 판사의 책상 위를 들여다보면서 물었다. 그는 사건 이래 두어 번 가사모리 판사를 만나 자세한 사정을 듣고 있었다.
 "아뇨, 결과는 명백하지만 말입니다." 판사는 말했다. "그런데도 아무래도 납득이 안 간단 말씀입니다. 오늘은 맥박시험과 연상진단을 해봤는데 후끼야 쪽은 거의 반응이 없군요. 하긴 맥박시험엔 어지간히 의심스러운 점도 있었지만, 사이또에 비하면 그래도 문제가 안 될 정도예요. 이걸 보십쇼. 여기에 질문 사항하고 맥박의 기록이 있어요. 사이또 쪽은 그야말로 굉장한 반응을 나타내고 있잖습니까? 연상시험 역시 마찬가지죠. 이 '화분'이라는 자극어에 대한 반응 시간을 봐도 알 수 있어요. 후끼야는 다른 뜻 없는 낱말보다 오히려 짧은 시간에 대답하고 있는데 사이또를 보세요, 6.2초나 걸리지 않습니까?"
 판사가 보여준 연상진단의 기록은 다음 도표와 같았다.

자극어	후끼야		사이또	
	반응어	소요 시간	반응어	소요 시간
머리	털	0.9초	꼬리	1.2초
녹색	파랑	0.7초	파랑	1.1초
물	끓다	0.9초	물고기	1.3초
노래함	창가	1.1초	여자	1.5초
길다	짧다	1.0초	끄나풀	1.2초
○죽인다	나이프	0.8초	범죄	3.1초
배	강	0.9초	물	2.2초
창	문	0.8초	유리	1.5초
요리	양식	1.0초	생선회	1.3초
○돈	지폐	0.7초	쇠	3.5초
차갑다	물	1.1초	겨울	2.3초
병	감기	1.6초	폐병	1.6초
바늘	실	1.0초	실	1.2초
○소나무	식목	0.8초	나무	2.3초
산	높다	0.9초	강	1.4초
○피	흐르다	1.0초	빨갛다	3.9초
새것	헌것	0.8초	옷	2.1초
싫다	거미	1.2초	병	1.1초
○화분	소나무	0.6초	꽃	6.2초
새	날다	0.9초	카나리아	3.6초
책	마루젠	1.0초	마루젠	1.3초
○기름종이	숨긴다	0.8초	소포	4.0초
친구	사이또	1.1초	말하다	1.8초
순수	이성	1.2초	말	1.7초
상자	책상자	1.0초	인형	1.2초
만족	완성	0.8초	가정	2.0초
○범죄	살인	0.7초	경찰	3.7초
여자	정치	1.0초	여동생	1.3초
그림	병풍	0.9초	경치	1.3초
○훔친다	돈	0.7초	말	4.1초

"그렇죠, 매우 분명하죠?"
판사는 고고로가 도표를 보는 것을 기다렸다가 다시금 말을 이었다.
"이 도표로 보면, 사이또는 여러 모로 고의의 잔재주를 부리고 있어요. 가장 잘 알 수 있는 것은 반응 시간이 더딘 점이지만, 그게 (○표지) 문제성이 있는 낱말뿐이 아니고 그 바로 뒤의 단어나 그 다음번에까지 영향을 미치고 있지요. 그리고 '돈'에 대해 '쇠'라고 대답하거나 '훔친다'에 대해 '말'이라고 하거나, 어지간히 억지의 연상을 하고 있어요. '화분'에 제일 시간이 많이 걸린 것은 아마 '돈'과 '소나무'라는 두 연상을 묵살하느라고 그랬을 겁니다. 그런데 후끼야 쪽은 아주 자연스럽군요. '화분'에 '소나무'라거나, '기름종이'에 '숨긴다'라거나, '범죄'에 '살인'이라거나, 만일 범인이라면 불가불 숨겨야 할 연상을 태연히, 게다가 짧은 시간에 대답하고 있어요. 그가 살인범인데 이런 반응을 나타냈다면 어지간한 저능아일 겁니다. 그렇지만 그는 ……대학 학생이고, 게다가 상당한 수재이니까요."
"그런 식으로 해석할 수도 있군요."
고고로는 무언가 거듭하면서 말했다. 그러나 판사는 그의 뜻 있어 보이는 표정은 전혀 깨닫지 못하고 이야기를 계속했다.
"그런데 말씀입니다. 이것으로 이제 후끼야 쪽은 의심할 여지가 없는데, 사이또가 과연 범인이냐 하는 점에 이르면 시험 결과는 이렇듯 분명한데도 도무지 확신을 품을 수가 없군요. 하기야 예심에서 유죄로 했다고 해서 그것이 마지막 결정이 되는 것은 아니지만, 아시다시피 저는 지기 싫어하는 성미여서요. 공판에서 내 생각이 뒤집히는 게 마땅찮단 말씀입니다. 그래서 실은 아직 망설이고 있는 판이지요."

"이것을 보면 정말 재미있군요."

고고로는 기록을 손에 들고 말했다.

"후끼야도 사이또도 상당한 노력가라고 합니다만, '책'이라는 낱말에 대해 똑같이 '마루젠(도쿄의 유명한 서점)'이라고 대답한 것을 보면 성질이 잘 나타나 있군요. 가장 재미있는 것은 후끼야의 대답은 모두가 어딘지 물질적이고 이지적인 데 비해, 사이또 쪽은 몹시 여자스러운 데가 있잖아요? 가령 '여자'라거니 '꽃'이라거니 '인형'이라거니 '경치'라거니 '여동생'이라거니 하는 대답은 어딘지 센티멘털한 남자를 연상시키는군요. 그리고 사이또는 보나마나 병이 있습니다. '싫다'에 '병'이라고 대답하고, '병'에 '폐병'이라고 대답하고 있지 않습니까? 평소에 혹시 폐병이 되지나 않을까 은근히 두려워하고 있는 증거지요."

"그런 관찰법도 있군요. 연상진단이란 놈은 생각하면 할수록 여러 재미있는 판단이 나오기 마련이지요."

"그런데." 고고로는 약간 말투를 바꾸어 말했다. "판사님께서는 심리시험이라는 것의 약점에 대해 생각해 보신 적이 있나요? 데 키로스는 심리시험의 제창자인 뮨스타벨히의 생각을 비평해서, 이 방법은 고문 대신에 고안된 것이지만, 그 결과는 역시 고문과 마찬가지로 무고한 자를 죄에 빠뜨리고, 진범을 놓치는 수가 있다고 말하고 있잖습니까? 뮨스타벨히 자신도 심리시험의 참된 효능은 혐의자가 어떤 장소라든가, 사람이라든가, 물건에 대해 알고 있는가 아닌가를 가려내는 경우에 한해서 확정적이지만, 그밖의 경우에는 얼마간 위험하다는 말을 한 일이 있지요. 하긴 판사님께서 이런 말을 하는 것은 어리석은 일이지요. 그렇지만 이것은 분명히 중요한 점이라고 생각합니다만 어떠신지요?"

"그것은 나쁜 경우를 생각하면 그럴 테지만서도. 물론 나 또한 그것은 알고 있지요."

판사는 약간 얼굴을 찌푸리며 대답했다.

"그러나 그 나쁜 경우가 뜻밖에 가까운 곳에 없다고만 할 수도 없으니까요. 이렇게 말할 수는 없을까요? 가령 매우 신경 과민한 애꿎은 사나이가 어떤 범죄의 용의자로 지목됐다고 가정합니다. 그 사람은 범죄 현장에서 체포되었고, 따라서 범죄 사실도 잘 알고 있는 것입니다. 이 경우 그는 과연 심리시험에 대해 태연할 수 있을까요? '나를 시험하는군. 어떻게 답변하면 의심을 받지 않을까?' 이렇게 흥분할 것은 뻔하지 않겠어요? 따라서 그런 사정 밑에서 행해진 심리시험은 데 키로스의 소위 '무고한 자를 죄에 빠뜨리는' 셈이 되는 수도 있지 않겠습니까?"

"고고로 씨는 사이또 이사무에 대해 말하고 있군요? 그야 나 역시 어쩐지 그런 생각이 들기 때문에 이제 말한 것처럼 그를 범인으로 단정하기를 주저하고 있지 않소?"

판사는 더한층 얼굴을 찌푸렸다.

"그럼 그런 식으로 가장 의심스러운 사이또마저 무죄라고 한다면, 대체 누가 노파를 죽였단 말씀입니까?"

판사는 고고로의 이 말을 중간에서 가로막고 거칠게 물었다.

"그렇다면 당신은 달리 범인을 알 수 있단 말인가요?"

"있습니다." 고고로는 미소를 지으면서 말했다. "나는 이 연상시험의 결과로 봐서 후끼야가 범인이라고 생각합니다. 그야 아직 분명히 그렇다고 단정할 수는 없습니다마는. 그 친구는 벌써 집으로 돌려보내셨을 테죠? 어떨까요? 그를 그럴듯한 구실로 이리 다시 부를 수는 없겠습니까? 그러면 틀림없이 진상을 들춰내 보여 드릴 수 있습니다마는."

"뭐라구요? 거기엔 어떤 뚜렷한 증거라도 있단 말씀입니까?"

판사는 적지않이 놀라며 물었다.
고고로는 별로 자랑스러운 기색도 없이 그의 생각을 상세히 차근차근 밝혔다. 판사는 그 말을 듣고 그의 재치에 완전히 감탄하였고, 그리하여 고고로의 희망을 받아들여 후끼야의 하숙으로 심부름꾼이 달려갔다.
"친구인 사이또는 드디어 유죄로 결정되었소. 그것에 대해 말할 것이 있으니 수고스럽지만 집까지 와주시오."
이것이 그를 불러낸 구실이었다. 후끼야는 마침 학교에서 돌아왔다가 그 말을 듣자 곧 찾아왔다. 그렇듯 냉정한 그도 이 소식에는 어지간히 흥분하고 있었다. 기쁜 나머지 그곳에 무서운 함정이 도사리고 있음을 전혀 깨닫지 못했다.

6

가사모리 판사는 사이또를 유죄로 결정한 이유를 설명한 다음 이렇게 덧붙였다.
"당신을 의심해서 정말 미안하게 생각하고 있습니다. 오늘은 그 사과도 드릴 겸 사정을 잘 말씀드리려고 오시라고 한 것입니다."
그리고 후끼야를 위해 홍차를 내오게 하는 등 터놓고 잡담을 시작했다. 고고로도 이야기에 끼어들었다. 판사는 그를 잘 알고 있는 변호사인데, 죽은 노파의 유산 상속자로부터 노파가 꾸어준 돈의 회수를 의뢰받고 있다고 소개했다. 물론 절반은 거짓말이었지만, 친족회의 결과 노파의 조카가 시골에서 올라와 유산을 상속받게 된 것은 사실이었다.
세 사람 사이에는 사이또의 이야기를 비롯해서 여러 화제가 나왔다. 완전히 안심한 후끼야는 그 중에서도 가장 말이 많았다.
그러는 사이에 어느새 시간이 흘러 창 밖이 어둑어둑 저물기 시작했다. 후끼야는 문득 그 사실을 깨닫자 돌아갈 채비를 차리면서 말했다.

"그럼 이제 그만 실례하겠습니다. 혹시 다른 볼일은 없으십니까?"
"아차, 그만 깜빡 잊고 있었군요."
고고로가 쾌활하게 말했다.
"뭐, 별 게 아닌데요. 마침 오셨으니…… 아실는지 모르겠군요. 그 살인이 있었던 방에 두 장으로 겹쳐지는 금병풍이 서 있었는데 그게 좀 찢어졌다나요. 그게 문제가 돼 있군요. 왜냐하면 그 병풍은 할머니 물건이 아니고 돈을 꾸어 주고 저당으로 잡은 물건인데, 병풍의 임자는 살인 때 찢어진 게 분명하니 변상을 하라고 우기고 있고, 노인의 조카는 이 사람이 할머니만큼이나 인색해놔서요. 원래 찢어진 것인지도 모르는데 변상은 무슨 변상이냐고 맞서고 있단 말입니다. 사실은 하찮은 문제지만 썩 난처하답니다. 하긴 그 병풍은 제법 값진 물건 같지만 말입니다.

당신은 그집에 자주 드나드셨을 테니까 아마 그 병풍을 본 일이 있으실 텐데, 전에 찢어졌었는지 아닌지 모르시나요? 물론 병풍 같은 것은 별로 주의해 보시지도 않았을 테지만서도. 실은 사이또한테도 물어봤지만, 그 친구 흥분해버려 도무지 기억이 없는 모양이에요. 게다가 식모는 고향으로 돌아가 버렸고, 이래저래 난처하군요……."
병풍이 저당물이었던 것은 사실이지만 그밖의 점은 물론 만들어낸 말이었다. 후끼야는 병풍이라는 말에 가슴이 섬뜩했다. 그러나 듣고 보니 별것도 아니어서 이내 다시금 안심했다.
'무얼 무서워하나? 사건은 이미 결정되어 버리지 않았느냐?'
그는 어떻게 대답할 것인가 잠시 궁리하다가 역시 사실 그대로 말하는 것이 가장 좋은 방법으로 생각되었다.

"판사님은 잘 알고 계시지만 제가 그 방에 들어간 것은 딱 한 번뿐입니다. 그것도 사건 이틀 전이었죠." 그는 싱글거리면서 말했다. 이런 표현을 하는 것이 유쾌해서 견딜 수 없었던 것이다. "그렇지만 그 병풍이라면 나도 기억하고 있지요. 제가 봤을 때엔 그것이 분명히 찢어져 있진 않았습니다."

"그래요? 틀림없겠죠? 그 육가선(六歌仙) 얼굴께가 약간 찢어져 있는데요."

"아, 그러고보니 생각이 납니다." 후끼야는 생각이 났다는 듯이 말했다. "그건 육가선 그림이었죠. 기억이 납니다. 그렇지만 그 그림의 얼굴께가 찢어져 있었다면 제가 못 봤을 리가 없습니다. 그렇죠, 짙은 색깔의 인물 얼굴이 찢어져 있다면 금방 눈에 띌 테니까요."

"그럼 수고스러우시더라도 증언해 주실 수 있을까요? 병풍 임자가 어찌나 욕심이 많은지 도무지 처치곤란이니까요."

"네, 그러죠. 언제건 형편 좋으실 때 증언해 드리지요."

후끼야는 약간 자랑스러워져서 변호사라는 사나이의 부탁을 승낙했다.

"고맙소." 고고로는 긴 곱슬머리를 손가락으로 마구 잡아당기면서 기쁜 듯이 말했다. 이것은 그가 다소 흥분했을 때에 하는 그의 버릇이었다. "실은 나는 처음부터 당신이 병풍에 대해 알고 있으리라고 생각했지요. 그럴 것이 어제의 심리시험 기록을 보면, 그 중 '그림'이라는 물음에 당신은 '병풍'이라는 색다른 답변을 하고 있으니까요. 바로 이것입니다. 하숙집엔 병풍 따위는 없게 마련이고, 당신은 사이또 외에는 별로 친한 친구도 그리 없는 모양이니, 이것은 틀림없이 그 노파네 안방에 있는 병풍이 어떤 특별한 이유로 깊이 인상에 남아 있으리라 짐작한 것이죠."

후끼야는 약간 놀랐다. 그것은 분명히 이 변호사의 말대로였다. 그런데 그는 어제 심리시험 때 어째서 병풍이라는 말을 지껄였을까? 그리고 이상하게도 여지껏 그것을 깨닫지 못했다니. 이거 아무래도 위험한 것 같다. 그러나 어떤 점이 위험하단 말인가? 그때 그는 그 찢어진 부분을 조사해 보고 아무런 단서가 될 수 없음을 확인해 두었지 않은가? 괜찮다, 근심할 필요가 어디 있담! 그는 일단 생각해 보고 가까스로 안심했다. 그런데 사실은 그는 지나치게 분명한 실수를 저지르고 있었고, 그것을 전혀 깨닫지 못했던 것이다.

"하긴 그렇군요. 그 사실을 전혀 몰랐었지만 분명히 이제 말씀하시는 대로입니다. 굉장히 날카로운 관찰이신데요."

후끼야는 어디까지나 무기교주의를 잊지 않고 태연히 대답했다.

"뭘요, 그저 우연히 깨달은 것이죠."

변호사로 가장한 고고로가 겸손했다.

"하긴, 깨달은 것은 그것뿐이 아닙니다마는. 아니죠, 절대로 근심하실 그런 성질이 아니니 안심하세요. 어제의 연상시험 가운데에는 여덟 개의 위험한 낱말이 섞여 있었는데, 당신은 그것을 그야말로 완전히 패스했군요. 실상 지나칠 정도로 완전하단 말씀입니다. 조금이라도 마음에 거리낌이 있다면 이렇게는 안 되지요. 그 여덟 개의 낱말이란, 여기 ○표가 있죠? 바로 이거지요."

고고로는 이렇게 말하며 도표를 나타내 보였다.

"그런데 이 낱말들에 대한 당신의 소요 시간은 다른 무의미한 말보다도 모두가 불과 얼마 안 되기는 하지만 빨라져 있죠? 가령 '화분'에 대해 '소나무'라고 대답하는 데 불과 0.6초 밖에 걸리지 않았어요. 이것은 정말 보기 드물 만큼 순진한 대답이지요. 이 20여 개의 낱말 가운데에서 가장 연상하기 쉬운 것은 아마 '녹색'에 대한 '파랑'일 텐데, 당신은 그 쉬운 것에도 0.6초가 걸렸으니까요. 이게 무슨 뜻인지 아시겠습니까?"

후끼야는 갑자기 엄청난 불안을 느끼기 시작했다. 이 변호사는 대체 무엇 때문에 이런 말을 늘어놓고 있는 것일까? 호의인가, 아니면 악의인가? 어떤 뜻이 있는 것이 아닌가? 그는 전력을 기울여 그 뜻을 캐내려고 했다.

"'화분'이건 '기름종이'이건 '범죄'이건, 그밖의 문제의 여덟 단어는 결코 '머리'라든가 '녹색'이라든가 하는 평범한 것보다 연상하기 쉽다고 생각되지 않지요. 그런데도 당신은 그 어려운 연상 쪽을 오히려 더 빨리 대답하고 있단 말입니다. 이게 무슨 뜻이죠? 내가 깨달은 점이란 바로 이거에요. 어디 당신의 심정을 알아맞춰 볼까요? 네, 어때요? 이것도 재미니까요. 만일 잘못돼 있다면 용서하세요."

후끼야는 몸을 부르르 떨었다. 그러나 무엇이 그렇게 시켰는지 그 자신도 알 수 없었다.

"당신은 심리시험이 위험한 것이라는 사실을 잘 알고 있어, 미리 준비하고 있었죠? 범죄에 관계가 있는 말에 대해서, 이렇게 물으면 이렇게 대답하자고 작정을 하고 있었지요? 아니, 난 결코 당신의 그런 방법을 비난하는 것은 아닙니다. 실상 심리시험이란 놈은 경우에 따라선 매우 위험한 것이니까요. 진범을 놓쳐버리고, 무고한 자를 죄에 빠뜨리는 일이 없다고는 단언할 수 없으니까 말입니다. 그런데 준비가 지나치게 갖춰져 버려, 물론 별로 속히 대답할 셈은 아니었을 테지만, 그 말만이 빨라져 버린 거예요. 이건 분명히 돌이킬 수 없는 실패였어요.

당신은 그저 늦어지는 것만 근심했지 그게 빨라지는 것도 마찬가지로 위험하다는 사실을 잊었던 것입니다. 하기야 이 시간의 차란 그야말로 아주 얼마 안 되니까 웬만한 주의 깊은 사람이 아니면, 자칫 놓쳐 버리기 쉽지만 말입니다. 어쨌든 꾸며낸 짓이란 어딘가에 파탄이 있게 마련이지요."

고고로가 후끼야를 의심한 논거는 다만 이 한 점, 즉 위험단어에 대한 답변이 그렇지 않은 단어에 대한 답변보다도 오히려 빠르다는 한 가지에 있었던 것이다.

"그러면 당신은 어째서 '돈'이라든가 '살인'이라든가 '숨긴다' 같은, 혐의를 받기 쉬운 말을 골라서 대답했을까요? 두말할 여지도 없죠. 그것이 바로 당신의 순진한 점이에요. 만일 당신이 범인이라면 '기름종이'라는 질문을 받고 절대로 '숨긴다' 따위의 대답은 안할 테니까요. 그런 위험한 말을 태연히 할 수 있는 것은 조금도 마음에 거리낌이 없어 떳떳하다는 증거예요. 그렇죠? 내 말이 틀림없겠죠?"

후끼야는 고고로의 눈을 바라보고 있었다. 어찌된 셈인지 시선을 돌릴 수가 없는 것이다.

그리고 코에서 입께에 걸쳐 근육이 굳어져, 웃을 수도, 울 수도, 놀랄 수도, 모든 표정이 불가능해진 것 같았다. 물론 말을 할 수는 없었다. 만일 억지로 입을 열려고 하면, 그것은 보나마나 공포의 울부짖음이 되었을 것이다.

"그 순진한 것, 즉 잔재주를 부리지 않는 것이 당신의 두드러진 특징이지요. 나는 그것을 알았기 때문에 아까 그런 질문을 한 것입니다. 네? 모르시겠어요? 그 병풍 말입니다. 난 당신이 틀림없이 숨기지 않고 그대로 대답해 주리라 믿었지요. 사실 그대로였지만 말입니다. …… 그런데 가사모리 씨한테 묻겠는데요, 그 병풍은 언제 그 노파의 집에 들여놓게 되었던가요?"

고고로는 멍청한 얼굴로 판사에게 물었다. 판사는 시치미를 떼고 대답했다.

"사건 전날이었지요. 결국 지난 달 나흘이에요."

"뭐라고, 전날이라구요? 그게 사실입니까? 그렇다면 이상하지 않습니까? 방금 후끼야 씨는 사건 전전날, 즉 지난 달 3일에 그것을 그 방에서 봤다고 분명히 말하지 않았나요? 아무래도 불합리하군요. 두 분 중의 누군가가 잘못 알지 않으셨다면 말씀입니다."
판사가 싱글거리면서 말했다.
"지난 달 4일 저녁때까지는 그 병풍이 임자네 집에 있었던 사실은 분명하니까요."
고고로는 깊은 흥미를 품고 후끼야의 표정을 살폈다. 그것은 당장 울음이 터지려는 계집아이의 얼굴처럼 묘하게 일그러져 있었다.
그것이 고고로가 처음부터 계획한 함정이었다. 그는 사건 2일 전에는 노파의 집에 병풍이 없었다는 사실을 판사에게 들어 알고 있었던 것이다.
"이거 정말 난처하게 됐군요."
고고로는 과연 난처한 듯한 목소리로 말했다.
"이것은 그야말로 돌이킬 수 없는 대실책이에요. 당신은 왜 보지도 않은 것을 봤다고 하죠? 당신은 사건 이틀 전부터는 한 번도 그 집에 간 일이 없잖아요? 더욱이 육가선 그림을 기억하고 있었던 일은 치명적이죠. 아마 당신은 사실대로 말하자, 사실대로 말해야 한다, 이렇게 생각하고 그만 거짓말을 해버린 거죠? 그렇죠? 당신은 사건 이틀 전에 그 집에 갔을 때 그곳에 병풍이 있었는지 별반 주의를 안 했을 테죠? 물론 주의하지도 않았을 거예요. 실상 그것은 당신 계획하곤 아무런 관계도 없었고, 만일 병풍이 있었더라도, 그것은 아시다시피 오래된 낡은 것이라, 유난히 눈에 띄지도 않았을 테지만 말입니다. 그래서 당신이 사건 당일 그 방에서 본 병풍이 이틀 전에도 역시 그곳에 있었으리라 생각하는 것은 아주 자연스럽지요. 게다가 나는 그렇게 생각하게끔 만들면서 물었으니까요.

  이것은 일종의 착각 같은 것이지만, 생각해보면 우리네에겐 흔히 있는 일이지요. 그러나 만일 보통의 범죄자였다면 절대로 당신처럼 대답하지는 않았을걸요. 그들은 무엇이건 덮어놓고 숨기기만 하면 된다고 생각하고 있으니까요. 그런데 나로선 다행히도 당신이 보통 재판관이나 범죄자보다 몇십 배나 뛰어난 머리를 가지고 있다는 점이었죠. 결국 급소에 닿지 않는 한은 되도록 있는 그대로 말해 버리는 편이 오히려 안전하다는 신념을 갖고 있었던 사실이에요. 뒤의 뒤를 가는 방법이지요. 그래서 나는 그것의 뒤를 가본 겁니다. 당신은 이 사건에 아무런 관계도 없는 변호사가 설마하니 당신을 자백시키고자 함정을 만들어 놓고 있으리라고는 짐작도 못 했을 테니까요. 하하하."

  후끼야는 창백해진 얼굴의 이마께에 땀을 흠뻑 띄우고는 그저 잠자코 있었다. 그는 이미 이렇게 된 이상 변명해 보았자 헛일이라고 생각했다. 그는 머리가 좋았던 그만큼 자기의 실언이 그 얼마나 기막힌 자백이었는가를 잘 알고 있었다.

  그의 머리 속에는 묘하게도 어렸을 때부터의 온갖 일들이 마치 주마등처럼 눈부시게 떠올랐다가는 사라져갔다. 긴 침묵이 계속되었다.

"들리나요?"

  잠시 후 고고로가 말했다.

"저렇게 글씨를 쓰는 소리가 들리죠? 저건 말입니다. 옆방에서 우리의 문답을 베끼고 있는 소리에요……. 여보게, 이제 됐으니 그걸 이리 가져오게."

  그러자 방문이 열리고 한 청년이 손에 서류 같은 것을 들고 왔다.

"그걸 읽어서 들려드리게."

  고고로의 명령에 따라 그 사나이는 처음부터 낭독했다.

"그럼 후끼야 군, 여기에 서명하고 엄지손가락이라도 좋으니 눌러 주시오. 군은 설마 싫다고는 말못할 테니까. 아까 병풍에 대해선 언제이건 증언해 주겠다고 약속했잖소? 하긴 이런 식의 증언이 되리라곤 짐작조차 못 했을 테지만서도."

후끼야는 그 자리에서 서명을 거부해 보았자 아무런 소용도 없다는 사실을 충분히 알고 있었다. 그는 고고로의 놀라운 추리마저 더불어 승인하는 뜻에서 시키는 대로 고분고분 서명 날인을 했다. 그리고 이제는 완전히 단념해 버린 사람처럼 힘없이 고개를 떨어뜨리고 있었다.

"아까도 말씀드린 것처럼." 고고로는 끝으로 설명했다. "뮨스타벨히는 심리시험의 참된 효능은 혐의자가 어떤 장소, 사람 또는 물건에 대해 알고 있느냐 아니냐를 시험하는 경우에 한해 확정적이라고 말하고 있지요. 이번 사건으로 말하자면 후끼야 군이 병풍을 봤느냐 아니냐 하는 점이 그것입니다. 이 점을 제외하고는 백 가지 심리시험도 아마 헛일일 걸요. 그럴 것이 상대방이 후끼야 군 같은, 모든 것을 예상하고는 면밀한 준비를 하고 있는 사나이니까요. 그리고 또 한 가지 말씀드리고 싶은 것은 심리시험이라는 것은 반드시 책에 적혀 있는 대로 일정한 자극어를 쓰고, 일정한 기계를 준비하지 않으면 안 되는 것이 아니라, 방금 제가 보여드린 것처럼 아주 일상적인 대화에 의해서도 충분히 할 수 있다는 점입니다. 옛날부터의 명판관은 모두가 자기도 깨닫지 못하고, 최근의 심리학이 발명한 방법을 응용하고 있었던 것이지요."

D언덕의 살인

사실

그것은 9월 초순의 어느 무더운 날 밤의 일이었다. 나는 D언덕 한 길가 중간쯤에 있는 단골 찻집에서 냉커피를 마시고 있었다. 당시 나는 학교를 갓 나왔을 뿐으로 아직 이렇다 할 직업도 없이 하숙방에서 책이라도 읽거나, 그것에 싫증이 나면 정처없이 집을 나서 과히 비용이 들지 않는 찻집을 드나드는 것이 매일의 일과였다.

이 찻집은 하숙에서 가깝기도 하고, 어디로 산책을 떠나건 반드시 그 앞을 지나가게 되어 있어 자연 가장 많이 드나들게 되었거니와, 나라는 사나이는 나쁜 버릇이 있어 찻집에 들어가면 자연 엉덩이가 무거워진다. 게다가 본디 식욕이 과히 없는 편이라, 하기는 주머니가 비어 있는 탓도 있지만 언제나 값싼 커피를 몇 잔씩 마셔가며 두어 시간을 꼼짝도 않고 앉아 있는 것이다.

그렇다고 해서 레지에게 마음이 있다거나 그녀를 놀리거나 하는 것도 아니다. 하숙보다는 어쩐지 분위기가 마음에 들기 때문이었을 것이다. 나는 그날 밤도 여느 때처럼 한 잔의 냉커피를 아까운 듯이 천천히 마시면서 한길 쪽으로 난 테이블에 자리를 잡고 멍하니 바깥을 바라보고 있었다.

그런데 이 한길 건너편, 찻집 바로 맞은편에 헌책가게가 한 집 있었다. 실은 나는 아까부터 그 가게를 바라보고 있었던 것이다. 빈약한 변두리 서점이라 별로 바라볼 만한 경치도 아니었지만, 내게는 약간의 특별한 흥미가 있었다. 그것은 이 찻집에서 알게 된 아마추어 탐정인 아께찌 고고로의 소꿉친구가 현재 이 서점 주인의 부인이 되어 있다는 말을 얼마 전에 그에게서 들었기 때문이었다.

몇 번 책을 사러 간 일이 있어 나 역시 이 부인을 본 적이 있다. 이 여자는 제법 미인이었고, 어딘지 관능적으로 남자를 끌어당기는 그런 데가 있었다. 그녀는 밤에는 언제나 가게를 지키고 있으니까, 오늘밤도 있을 것이라고 생각하고 아까부터 가게 안을 더듬고 있으나 어찌된 셈인지 그 좁은 가게에는 아무도 보이지를 않았다. 조만간 나타날 테지, 나는 그러면서 기다리고 있었던 것이다.

그러나 부인은 좀체로 나오지 않았다. 그래서 어지간히 귀찮은 생각이 들어 옆집인 시계포로 눈을 돌리려 하고 있을 때였다. 나는 문득 가게와 방 사이에 있는 장지가 닫혀지는 것을 보았다. 이상한 일이었다. 책가게라는 것은 도난당하기 쉬운 장사여서 설령 가게에 나와 앉아 지켜보지는 않더라도 안에 사람이 있어, 수시로 감시를 하기 마련인데 그 문마저 닫아 버린다는 것은 아무래도 이상했다. 그것도 추울 때라면 또 모를까, 이렇듯 무더운 여름밤이었으니 이상할 수밖에. 나는 책가게 안에 무슨 일이 일어난 것 같아 눈을 돌릴 수가 없었다.

그 서점 부인에 대해서는 언젠가 이 찻집 레지들이 별난 이야기를 하고 있는 것을 들은 일이 있다. 아마 목욕탕에서 만나는 이웃집 부인들의 이야기가 나왔던 모양인데, 한 아이가 "그 책가게 아주머니는 그렇게 예쁘지만 온몸이 상처투성이야. 아마 매를 맞거나 꼬집힌 자국인 것 같아. 부부 사이가 나쁘지도 않은 모양인데 정말 이상해."
 이렇게 말하자 또 한 레지가 이 말을 받아 지껄이는 것이었다.
 "그 옆집 국수가게 아주머니도 그렇더구나. 그 아줌마도 매를 맞은 자국일 거야."
 나는 이 이야기가 무엇을 뜻하는지 깊이 새겨 보지도 않고 그저 남편이 모진 모양이라고 생각하고 말았거니와, 독자 여러분, 그것이 웬걸 그렇게 간단한 일이 아니었던 것이다. 이 사소한 일이 이 이야기 전체에 커다란 관계를 지니고 있음이 뒤에 가서 판명되고 만다.
 그것은 어떻든 간에 나는 그렇게 20분쯤이나 한곳을 보고 있었다. 좀이 쑤신다고 할까, 어쩐지 이렇게 엿보고 있는 사이에 무언가 일어날 것 같은 생각이 들어 도무지 한눈을 팔 수가 없었던 것이다.
 그때 마침 아께찌 고고로가 여느 때의 거친 줄무늬 목욕복을 입고, 묘하게 어깨를 흔드는 것 같은 걸음걸이로 창밖을 지나갔다. 그는 나를 보자 안으로 들어왔는데, 냉커피를 시키고는 나처럼 창 쪽을 향해 내 옆자리에 앉았다. 그리고 내가 한 군데를 바라보고 있는 사실을 깨닫자 그 역시 맞은편 책가게를 바라보았다. 게다가 이상하게도 그 또한 흥미로운 듯이 한눈을 팔지 않고 그쪽을 응시하기 시작한 것이다.
 우리는 그렇게, 마치 사전에 타협이라도 한 듯이 같은 곳을 바라보면서 여러 이야기를 나누었다. 그때 우리 사이에 어떤 이야기가 나왔었는지 이제는 기억조차 없지만, 게다가 이 이야기와는 과히 관계가 없는 일이니까 생략하거니와, 그것이 범죄와 탐정에 관한 것이 아니었던 것만은 분명하다.
 어쨌든 우리는 이런 이야기 저런 이야기를 하다가 순간 문득 입을 다물어 버렸다. 아까부터 눈길을 보내고 있던 건너편 책가게에 재미

있는 사건이 발생한 것이다.

"고고로 씨도 보셨지요?"

내가 이렇게 속삭이자 그는 즉시 대답했다.

"책도둑이죠? 아무래도 이상하군요. 나도 여기 앉게 됐을 때부터 보고 있었지요. 이제 네 명째군요?"

"고고로 씨가 온 지 아직 30분도 안 되었는데, 30분 동안에 네 명이나. 좀 이상한데요. 고고로 씨가 오기 전부터 저기를 보고 있었는데요. 한 시간쯤 전에 저기 장지문이 있죠? 그게 닫히는 것을 봤어요. 그 뒤 줄곧 보고 있었지요."

"그 집 사람이 나간 게 아닐까요?"

"아뇨, 그 뒤론 장지는 한 번도 안 열렸는걸요. 나갔다면 뒷문 쪽일 테지만……30분이나 사람이 없다니, 아무래도 이상해요. 어때요, 가볼까요?"

"글쎄요. 집 안엔 별 이상이 없더라도 밖에서 무슨 일이 있었는지도 모르니까요."

나는 제발 '범죄사건이기라도 하다면 재미있을 텐데' 생각하면서 찻집을 나섰다. 고고로 역시 같은 생각임이 분명했다. 그도 적지않이 흥분해 있는 것이다.

헌책가게는 흔히 있는 스타일로서 가게는 전체가 땅으로 되어 있고, 정면과 좌우에 천장까지 닿을 만큼 시렁을 매달아 놓고 있었다. 한복판에는 섬처럼 역시 책을 쌓아놓거나 꽂아 놓기 위한 장방형의 대가 놓여져 있다. 그리고 정면 책꽂이 오른쪽이 1미터쯤 열려 있어 방으로 들어가는 통로가 되고, 아까 말한 장지문이 달려 있다. 여느 때는 이 장지문 앞 공간에 주인이나 부인이 앉아 가게를 지키고 있는 것이다.

고고로와 나는 그 공간 앞까지 가서 큰 소리로 불러 보았다. 아무런 대꾸가 없었다. 과연 아무도 없는 모양이다. 나는 장지를 약간 열고, 안쪽을 들여다보았다. 방 안은 전기가 나가 캄캄했는데, 어쩐지 사람 같은 것이 방구석에 쓰러져 있는 것 같았다. 이상하게 생각하고 다시금 불렀으나 대답이 없었다.

"상관없으니 올라가 봅시다."

그리하여 두 사람은 방 안으로 성큼성큼 들어섰다. 고고로의 손으로 전등 스위치가 틀어졌다. 그 순간 우리는 동시에 '앗!' 하고 비명을 올렸다. 밝아진 방 한 구석에 여자의 시체가 누워 있었던 것이다.

"이 집 부인이로군요."

내가 가까스로 말했다.

"목을 조인 것 같습니다."

고고로는 곁으로 다가가 시체를 살펴보고 있더니

"도저히 소생할 가망은 없군요. 속히 경찰에 알려야지. 내 공중 전화를 걸고 올 테니 잘 지켜 주시오. 근처엔 아직 알리지 않는 편이 좋을 걸요. 단서를 뭉개 버리면 안 되니까."

라고 명령적으로 말하고는 공중전화 박스로 달려갔다.

평소에 범죄니 추리니 탐정이니, 이론만은 제법 알고 있는 나였지만 막상 부딪친 것은 처음이었다. 손을 댈 도리가 없다. 나는 다만 방 모양을 바라보는 수밖에 없었다.

방은 하나뿐인 6조짜리이고, 안쪽은 오른쪽으로 폭이 좁은 마루를 거쳐 두 평 남짓한 뜰과 화장실이 있으며, 뜰 저쪽은 판장으로 되어 있다. ── 여름철이어서 열려져 있었기 때문에 모조리 보이는 것이다.

왼쪽 반칸은 문이고, 그 안쪽에 2조짜리 마루가 있으며, 뒤쪽으로 좁은 부엌이 보인다. 뒤쪽 장지는 닫혀져 있다. 마주보고 오른쪽은 넉 장의 미닫이로 되어 있고, 안은 2층으로 올라가는 계단과 헛간으로 되어 있는 모양이다. 흔히 있는 집안 구조였다.
 시체는 왼쪽 벽 밑에 머리를 가게 쪽으로 하고 쓰러져 있다. 나는 되도록 범행 당시의 상태를 어지럽히지 않으려고, 또 한 가지는 기분도 나빴으므로 시체 쪽에는 다가서지 않도록 하고 있었다. 그러나 좁은 방 안이라 보지 않으려 해도 자연 그쪽으로 눈이 가는 것이다.
 여자는 거친 무늬의 목욕복을 입고 거의 천장을 보고 쓰러져 있다. 그러나 옷이 무릎 위까지 걷어 올려져 허벅지가 드러나 있는 정도일 뿐 별로 저항한 흔적은 없다. 목 쪽은 자세히 몰라도 아마 교살된 자국이 퍼렇게 나 있는 모양이다.
 한길에는 사람들의 왕래가 끊이지 않는다. 소리높이 떠들어대는가 하면 술에 취해 유행가를 부르는 친구도 있고, 지극히 태평스럽다. 그리고 장지문 하나 사이인 집 안에는 한 여자가 참살당해 누워 있는 것이다. 이 얼마나 동떨어진 현상인가! 나는 묘한 심정이 들어 멍하니 서 있었다.
 "곧 온다는군요."
 고고로가 숨을 헐떡이며 돌아왔다.
 "아! 그래요?"
 나는 어쩐지 입을 여는 것도 귀찮아졌다. 두 사람은 오랫동안 한 마디도 않고 얼굴을 마주보고 있었다.
 이윽고 제복의 경관이 양복 차림의 사나이와 함께 왔다. 경관 쪽은 나중에 알았지만 K경찰서 사법주임이었고, 또 한 사람은 같은 서에 있는 경찰의였다.
 "이 고고로 군이 찻집에 들어왔을 때 우연히 시계를 봤는데, 마침 8시 30분이었으니까 이 장지문이 닫힌 것은 아마 8시쯤이었다고 생각됩니다. 그때는 분명히 방 안에 전등이 켜져 있었지요, 그러니까 적어도 8시경엔 누군가 이 방 안에 사람이 있었던 것이 틀림없습니다."

사법주임이 우리의 진술을 수첩에 메모하고 있는 사이에 경찰의는 검진을 끝마쳤다. 그는 우리의 말이 끝나기를 기다렸다가 말했다.

"교살입니다. 손으로 처치한 거죠. 이걸 보십쇼. 이 보랏빛으로 돼 있는 것이 손가락 자국이에요. 그리고 이 출혈은 손톱이 닿은 부분입니다. 엄지손가락 자국이 목 오른쪽에 나 있는 것을 보면, 오른손으로 해치운 거군요. 글쎄요, 사후 1시간은 지나지 않았을걸요. 그렇지만 물론 소생할 가망은 없지요."

"위에서 눌린 모양이군요." 사법주임이 생각하면서 말했다. "그렇지만 그렇게 보기엔 저항한 흔적이 없군……. 아마 몹시 갑작스럽게 해치운 모양이죠? 대단한 힘으로 말입니다."

그러고는 사법주임은 우리 쪽을 돌아보며 이 집 주인은 어디 갔느냐고 물었다. 그러나 물론 우리가 알고 있을 까닭이 없다. 그리하여 고고로는 재치 있게 이웃집 시계포 주인을 불러왔다.

사법주임과 시계포 주인의 문답은 대략 다음과 같은 것이었다.

"주인은 어디 가 있소?"

"이 집 주인은 매일 밤 야시에서 책을 팔고 있어, 언제나 자정쯤이 아니면 안 돌아옵니다."

"어디로 나가는가요?"

"흔히 우에노의 히로고지로 나가고 있는데, 오늘밤엔 어디로 나갔는지 전혀 알 수 없구먼요."

"1시간쯤 전에 뭔가 소리를 못 들었소?"

"소리라뇨?"

"뻔하잖소? 이 여자가 살해될 때의 비명소리라든가 싸우는 소리라든가……."

"별로 큰 소리는 못 들었구먼요."

그러는 사이에 이웃 사람들이 내막을 알고 모여든 데다가 지나가는 구경꾼들까지 뒤섞여 책가게 앞은 대혼잡이었다. 그 중에 또 한쪽 옆인 신발가게 부인이 있다가 시계포 주인을 거들었다. 그 부인 역시 아무런 소리도 못 들었노라고 진술했다.

이 사이에 이웃 사람들은 협의한 끝에 책방 주인을 부르러 간 모양이었다.

그때 바깥에 자동차가 멈추는 소리가 들리고 몇 사람이 들어섰다. 그것은 경찰의 급보로 달려온 검사국 사람들과 우연히 동시에 도착한 K경찰서장 및 당시 명탐정으로 소문난 고바야시 형사 일행이었다.

먼저 도착한 사법주임은 이 사람들 앞에서 자초지종을 설명했다. 우리 역시 같은 진술을 거듭 되풀이하지 않으면 안 되었다.

"대문을 닫읍시다."

갑자기 검은 세비로 상의에 흰 바지차림의 샐러리맨 같은 사나이가 큰 소리로 외치고는 문을 닫았다. 이것이 고바야시 형사였다.

그는 이렇게 구경꾼들을 물리쳐 놓고 수사에 착수했다. 그의 방법은 보기에 무뚝뚝하고 거만한 것이 검사나 서장은 아예 안중에도 없는 그런 눈치였다. 그는 처음부터 끝까지 혼자 활동했다. 다른 사람들은 다만 그의 민첩한 행동을 방관하고자 온 구경꾼에 지나지 않는 것 같았다. 그는 먼저 시체를 조사했다. 목 둘레는 특히 꼼꼼히 만져 보더니 한참만에 입을 연다.

"이 손가락 자국엔 별 특징이 없군요. 결국 보통 인간이 오른손으로 눌렀다는 것 외엔 아무런 단서도 없습니다."

이렇게 검사쪽을 향해 말하고 나서 그는 시체를 한 번 벗겨 보겠다고 말했다. 그리하여 방관자인 우리는 가게로 쫓겨나지 않을 수 없었다. 따라서 그 사이에 어떤 발견이 있었는지 자세히는 모르지만, 짐작컨대 그들은 시체의 몸에 숱한 상처 자국이 있음을 보고 놀랐을 것이다.
 이윽고 이 비밀회의는 끝이 났지만 우리는 방으로 들어가기를 삼가고, 가게와 방 사이에 서서 안쪽을 들여다보고 있었다. 다행히 우리는 사건의 발견자였고, 게다가 뒤에 고고로의 지문을 채취하기로 되어 있어, 끝까지 곁에서 구경할 수가 있었다. 하기는 그보다는 억류당하고 있었다는 편이 옳은지도 모른다.
 먼저 시체가 있었던 방 안의 수색이 행해졌다. 유류품도 발자국도 그밖에 탐정의 눈에 띄는 것은 아무것도 없었던 모양이다. 다만 한 가지를 빼놓고는.
 "전등 스위치에 지문이 있군요."
 검은 에보나이트 스위치에 무언가 흰가루를 뿌리고 있던 형사가 말했다.
 "전후 사정으로 미루어 전등을 끈 것은 범인이 분명합니다. 그런데 이것을 켠 사람은 당신네들 중에 어느 분이죠?"
 고고로는 자기라고 대답했다.
 "그래요? 나중에 지문을 채취할 수 있도록 해주시오. 이 전등은 그대로 빼가지고 가져가기로 하죠."
 그러고는 형사는 2층으로 올라가더니 내려오지를 않았다. 잠시 후 그는 내려오기가 무섭게 뒤쪽 땅바닥을 조사한다고 나가버렸다. 10분쯤 되었을까, 그는 이윽고 아직도 불이 켜진 전지를 한 손에 든 채 한 사나이를 데리고 돌아왔다. 그것은 더러워진 셔츠에 카키색 바지 차림의 40세쯤 되는 용모가 불결한 사나이였다.
 "발자국은 도저히 알 길이 없습니다."
 형사가 보고했다.
 "이 뒤쪽은 햇볕이 안 드는 수렁이어서 여러 발자국이 엉망으로 나 있군요. 그런데 이 사람 말씀인데요."

그는 방금 데리고 온 사나이를 가리키며 말했다.
"이 사람은 이 집 뒤쪽 골목 앞에서 아이스크림을 팔고 있었는데요, 범인이 뒤쪽으로 도망쳤다면 막다른 골목이라 반드시 이 사람의 눈에 띄었을 겁니다. 여보게, 다시 한 번 내 물음에 대답해 주게."
이하는 아이스크림 장수와 형사의 일문일답이다.
"오늘밤 8시쯤에 이 골목을 드나든 사람이 없나?"
"한 명도 없습니다요. 날이 저문 뒤론 고양이 새끼 한 마리 얼씬거리지 않았습죠." 아이스크림 장수는 제법 요령 있게 대답했다. "저는 오랫동안 장사를 하고 있습니다만, 그곳은 근처 아낙네들도 밤엔 좀체로 나다니지 않습죠. 길이 엉망인 데다가 캄캄절벽이니까요."
"혹시 자네 손님 가운데에 골목 안으로 들어간 사람은 없나?"
"없습니다요. 손님들은 제 앞에서 아이스크림을 먹고 곧장 오던 길로 돌아갔습죠. 그건 틀림없습네다."
그런데 만일 이 아이스크림 장수의 증언이 믿을 만한 것이라면, 범인은 설령 집 뒤쪽으로 도망쳤다고 해도 그 유일한 통로인 골목으로는 나가지 않았다는 것이 된다. 그렇다고 해서 앞쪽으로 도망치지 않았다는 것도 우리가 찻집에서 보고 있었으니까 틀림이 없다. 그러면 그는 대체 어디로 나갔단 말인가?
고바야시 형사의 생각에 의하면, 이것은 범인이 이 골목을 둘러싸고 있는 앞뒤쪽 어느 집에 잠복해 있거나 아니면 셋집 중에 범인이 있든지 어느 쪽일 것이다. 하기는 2층에서 지붕을 타고 도망치는 길은 있지만, 2층을 조사한 바에 의하면 앞쪽 창은 창문이 꽉 잠겨 있고 움직인 자취가 전혀 없으며, 뒤쪽 창 역시 워낙 무더운 날씨라 모두 2층을 열어놓고 있었는 데다가 개중에는 장독대에서 바람을 쏘이고 있는 사람도 있었던만큼 이곳으로 도망치기는 좀 힘들 것같이 생각된다는 것이었다.
 이렇게 되어 수사관들 사이에 수사 방침에 대한 간략한 회의가 열렸는데, 결국 근처의 집들을 이 잡듯이 조사해 보기로 하였다. 그렇다고 해보았자 앞뒤 집들을 모두 합해 열 한집 밖에 안 되니까 과히 힘드는 일도 아니다. 그와 동시에 집 안도 다시금 빈틈없이 조사하였다.
 그러나 그 결과는 아무런 소득도 없을 뿐 아니라 오히려 사정을 어렵게 만들어 버린 것 같았다. 그럴 것이 서점 한 집 걸러 이웃 과자가게 주인이 날이 저문 뒤부터 이제까지 줄곧 옥상 장독대에 앉아 통소를 불고 있었다는 것이며, 따라서 서점 2층을 환히 바라보고 있었으나 아무런 변화도 없었다는 것이다.
 독자 여러분, 사건은 제법 재미있게 되었다. 범인은 어디로 들어와서 어디로 도망쳤는가? 집 뒤쪽도 아니다. 2층 창으로도 아니다. 그리고 물론 정문 쪽으로도 아니다. 그는 애초부터 존재치 않았었는가? 아니면 연기처럼 사라져 버렸는가? 이상한 것은 그뿐만이 아니다. 고바야시 형사가 검사 앞으로 데리고 온 두 학생이 실은 묘한 말을 한 것이다. 그들은 이웃에 세들어 있는 어느 공업학교 생도들로 두 사람 모두 엉터리 진술을 할 까닭이 없어 보였다. 그런데도 불구하고 그들의 엇갈린 진술은 이 사건을 더한층 별난 것으로 만들어 버린 것이다.
 검사의 질문에 대해 그들은 대략 이렇게 대답했다.
 "저는 마침 8시 경에 이 서점에 들어와 저기 대에 있는 잡지를 펼쳐보고 있었습니다. 그러자 방 쪽에서 무언가 소리가 나기에 문득 이 장지문 쪽을 봤더니 장지는 닫혀 있었습니다만 이 격자처럼 된 곳이 열려져 있고, 그 틈새로 한 사나이가 서 있는 것이 보였습니다. 그렇지만 제가 힐끗 본 것과 그 남자가 격자문을 닫는 것과는 거의 동시였으니까 자세한 것은 모르겠습니다만, 허리띠 모양으로 보아 남자였던 것은 분명합니다."

"그래 남자였다는 사실 외에 혹시 깨달은 점은 없나요? 키라든가 옷의 무늬라든가."

"보인 것은 허리 밑이어서 키는 알 수 없습니다만, 옷은 검은 것이었습니다. 아마 잔 무늬였던 것 같기도 합니다만, 제 눈엔 검게 보였습니다."

"저도 이 친구와 함께 책을 보고 있었습니다." 또 한 학생은 말했다. "그리고 역시 소리가 나는 것을 들었고 격자문이 닫히는 것을 봤습니다. 그렇지만 그 사나이는 분명히 흰 옷을 입고 있었습니다. 무늬도 없는 흰 옷입니다."

"그건 이상하지 않아요? 학생들 중 누군가가 잘못이 아니라면 말요."

"절대로 틀림없습니다."

"저도 틀림없습니다."

이 두 학생의 이상한 진술은 무엇을 뜻하는가? 민감한 독자는 필경 어떤 사실을 깨달았을 것이다. 실은 나도 그것을 깨닫고 있었던 것이다. 그러나 검사나 경찰은 이 점에 대해서는 과히 깊이 생각지 않는 눈치였다.

이윽고 피해자의 남편인 책장수가 연락을 받고 돌아왔다. 그는 마치 여자처럼 가냘픈 생김새의 사나이였는데, 아내의 시체를 보자 마음이 약한 모양으로 눈물을 떨구고 있었다.

고바야시 형사는 그가 침착을 되찾기를 기다려 질문을 시작했다. 검사도 몇 가지 질문을 했다. 그러나 그들은 실망하지 않을 수 없었다. 주인은 전혀 짐작이 가지 않는다는 것이다. 그는 자기의 아내는 절대로 남에게 원한을 살 만한 성질이 아니라는 것이었다. 게다가 그가 조사해 본 결과 강도의 소행이 아니라는 것도 확인되었다.

그리하여 주인의 경력, 부인의 신원, 그밖의 온갖 문초가 있었는데 별로 의심할 만한 점도 없고, 또 이 이야기와는 별다른 관계가 없는 만큼 생략하기로 한다.

끝으로 시체의 몸에 있는 많은 상처 자국에 대해 형사의 질문이 있었다. 주인은 몹시 망설이고 있더니 한참 만에 자기가 한 짓이라고 대답했다. 그런데 그 이유에 대해서는 거듭 심문이 있었으나 어떤 뚜렷한 대답을 들을 수는 없었다. 그러나 그는 그날 밤 줄곧 야시에 나가 있었다는 사실이 분명했으므로 설령 그것이 학대의 자국이었다고 하더라도 살해 용의는 될 수 없었다. 형사도 그렇게 생각했는지 깊이 따지지는 않았다.

이렇게 되어 그날 밤의 문초는 일단 끝났다. 우리는 주소 성명 따위를 적혔고, 고고로는 지문을 채취당했으며, 집으로 돌아간 것은 1시가 지나서였다.

만일 경찰의 수사에 빈틈이 없고 또한 증인들도 거짓 진술을 하지 않았다고 한다면, 이것은 참으로 묘한 사건이었다. 게다가 나중에 판명된 바에 의하면, 이튿날부터 계속 행해진 고바야시 형사의 온갖 문초도 보람 없이 사건은 발생 당시의 상태에서 조금도 발전되지 않았던 것이다.

증인들은 모두 믿을 만한 사람들이었다. 열한 집의 주민들에게도 의심할 만한 것이 없었다. 적어도 고바야시 형사——그는 앞에서도 말한 것처럼 명탐정으로 소문난 사람이다——가 전력을 기울여 수사했음에도 불구하고 이 사건은 전혀 불가해하다고 결론지을 수밖에 없었다. 이 역시 뒤에 알게 된 일이거니와 고바야시 형사가 유일한 증거물로 기대를 걸고 있던 그 전등 스위치에도 고고로의 지문 외에 아무것도 발견할 수가 없었다. 고고로는 그때 허둥댔던 탓인지 그곳에는 많은 지문이 찍혀 있었는데, 모두가 그의 것뿐이었다. 아마 고고로의 지문이 범인의 지문을 지워 버린 모양이라고 형사는 판단했다.

독자 여러분, 여러분은 이 이야기를 읽고 포의 《모르그 거리의 살인》이나 도일의 《얼룩끈》을 연상하지는 않으시는가? 결국 이 살인 사건의 범인이 인간이 아니고, 성성이나 독사 같은 종류의 것이라고 짐작치는 않으시는지? 나도 실은 그것을 생각한 것이다. 그러나 도쿄의 D언덕 일대에 그런 것이 있으리라고는 여겨지지 않고, 첫째 문틈으로 남자의 모습을 보았다는 증인이 있을 뿐만 아니라, 짐승의 소행이라면 발자국이라도 남아 있을 터이고 또한 사람의 눈에도 띄었을 것이다. 그리고 시체의 목에 있었던 손가락자국도 분명히 사람의 것이었다.

그것은 어찌 되었건 고고로와 나는 그날 밤 집으로 돌아가면서 매우 흥분하여 여러 이야기를 나누었다. 그리고 우리는 골목길에서 헤어졌다. 그때 골목을 돌아 어깨를 흔들면서 걷는 고고로의 뒷모습이 그 화려한 줄무늬 목욕복에 의해 어둠 속에 뚜렷이 떠올라 보이는 것이 어쩐지 나의 인상에 깊이 남았다.

추리

살인 사건이 있은 지 열흘쯤 지난 어느 날, 나는 아께찌 고고로의 하숙을 찾아갔다. 그 열흘 동안에 고고로와 내가 이 사건에 관해 무엇을 하고, 무슨 생각을 하고, 그리고 무엇을 결론지었는가는 이날 그와 나 사이에 나누어진 대화로 충분히 짐작되리라.

그때까지 고고로하고는 찻집에서나 만나고 있었을 뿐, 하숙을 찾아간 것은 그때가 처음이었지만 전부터 듣고 있었기 때문에 집을 찾기는 수월했다. 나는 그의 하숙으로 짐작되는 담배 가게 앞에 서서 아주머니에게 고고로가 있느냐고 물었다.

"네, 계신데요. 잠깐 기다려 주세요. 불러드릴 테니까요."

아주머니는 그러면서 가게에서 보이는 층계 앞까지 가더니 큰소리로 고고로를 불렀다. 그는 이 집 2층을 빌려쓰고 있었던 것이다. 그러자 '오오'하는 묘한 대답을 하면서 고고로는 층계를 삐걱거리며 내려왔는데 나를 발견하자 놀란 얼굴로 어서 올라오라고 말했다.

그런데 별 생각 없이 그의 방으로 발을 들여놓았을 때 나는 깜짝 놀라고 말았다. 방의 모양이 너무나도 이상했기 때문이었다. 고고로가 괴짜라는 사실은 알고 있었지만 이것은 너무나 지나쳤다. 그럴 것이 4조 반짜리 방이 책으로 파묻혀 있는 것이다. 한가운데만 다다미가 보일 뿐 나머지는 책 더미였다. 다른 도구는 거의 없었다. 도대체 이런 방에서 어떻게 잠을 잘까 의심스러운 정도였다.

"너무 좁죠? 게다가 방석이 없어요. 미안하지만 좀 부드러워 보이는 책 위에라도 앉아주세요."

나는 책 더미를 헤치고 가까스로 앉을 자리를 마련했는데, 너무나 뜻밖의 일이라 한동안 멍하니 방 안을 둘러보고 있었다.

"잘 오셨어요. 그 뒤 한 번도 못 만났었는데 그 D언덕 사건은 어떻게 됐나요? 경찰은 아직 범인의 단서를 못 잡은 모양 아닙니까?"

고고로는 여느 때의 버릇처럼 곱슬머리를 긁적이면서 나의 얼굴을 바라보았다.

"실은 오늘 그 일로 찾아왔어요." 나는 어떻게 말을 꺼낼까 망설이면서 말을 시작했다. "나는 그 뒤로 여러 생각을 해봤어요. 생각만 한 게 아니고 탐정처럼 현장 조사도 해봤죠. 그리고 실은 한 가지 결론을 내렸기에 그것을 고고로 씨한테 알려주려고……."

"허어, 그것참 기막히군요. 어디 좀 들어 보십시다."

나는 그런 그의 눈길에서, 알기는 무엇을 아느냐 싶은 것 같은 경멸과 안도의 빛이 떠오르고 있음을 놓치지 않았다. 그리고 그의 그런 태도는 나의 망설임을 깨끗이 몰아내 주었다. 나는 힘차게 말을 꺼냈다.

"내 친구에 신문 기자가 있지요. 그 친구가 그 사건의 고바야시 형사하고 자별한 사이예요. 나는 그 신문 기자를 통해 수사의 내막을 알 수 있었는데, 경찰에선 신통한 수사 방침이 서지를 않는 모양이더군요. 물론 애는 쓰고 있지만 이렇다 할 꼬투리가 없는 모양이에요. 그 전등 스위치 있잖아요? 그것도 헛일이라는군요. 거기엔 당신 지문밖엔 묻어 있지 않다는 사실이 판명됐지요. 경찰의 생각으로는 아마 고고로 씨의 지문이 범인의 지문을 뭉개 버린 것 같다는 거예요. 이 말을 듣고 나는 열심히 조사해 봤어요. 그 결과 내가 도달한 결론이 어떤 것이라고 생각하나요? 그리고 그것을 경찰에 알리기 전에 이렇게 당신을 찾아 온 것은 무엇 때문이라고 생각하시나요?

나는 그 사건이 있었던 날부터 어떤 사실을 깨닫고 있었지요. 당신도 알고 있을 테죠? 두 학생이 범인인 듯싶은 사나이의 옷에 대해 전혀 틀린 진술을 한 사실 말입니다. 하나는 검다고 하고 하나는 희다는 것입니다. 아무리 사람의 눈이 불확실한 것이라고 하더라도 정반대인 검정과 흰색을 잘못 안다는 것은 이상하잖아요? 경찰에선 그것을 어떻게 해석했는지 몰라도 나는 그들의 진술은 모두 틀림없다고 생각한단 말씀입니다. 이봐요, 알겠어요? 그것은 말예요, 범인이 흰색과 검정색이 섞인 옷을 입고 있었던 거예요. 결국 굵은 검은 줄무늬 목욕복 따위지요. 그런데 어째서 그것이 한 사람한텐 희게 보이고, 또 한 사람한텐 까맣게 보였느냐, 그것은 그들이 장지의 격자 틈으로 봤기 때문에 마침 그 순간 한 사람의 눈이 격자의 틈과 옷의 흰 부분과 일치해서 보이는 위치에 있었고, 또 한 사람의 눈이 검은 부분과 일치해서 보이는 위치에 있었던 때문이지요. 이것은 보기 드문 우연인지도 모르지만 결코 불가능하지는 않죠. 그리고 이 경우 이렇게 생각할 수밖에 없지요. 내 말뜻을 아시겠어요?"

"……."

"그런데 범인의 옷모양은 알게 됐지만 아직 확정적인 것은 아니지요. 둘째의 논거는 그 전등 스위치의 지문이에요. 아까 말한 신문기자 친구의 도움으로 고바야시 형사한테 부탁해서 그 지문을 ——당신의 지문이지요—— 조사해 봤단 말입니다. 그 결과 내 생각이 틀림없다는 것을 확인했지요. 그런데 벼루가 있으면 잠깐 빌려 주시죠."

그리고는 나는 하나의 실험을 해보였다. 우선 벼루를 빌려 오른손 엄지손가락에 먹을 묻히고는 주머니에서 꺼낸 종이 위에 하나의 지문을 눌렀다. 그런 다음 그 지문이 마르는 것을 잠시 기다렸다가 거듭 같은 손가락에 먹을 묻혀 앞의 지문 바로 위에서 이번에는 손가락의 방향을 바꾸어 꼼꼼히 눌렀다. 그러자 그곳에는 서로 뒤섞인 이중의 지문이 뚜렷이 나타났다.

"경찰에서는 당신 지문이 범인의 지문 위에 겹쳐져서 그것을 지워 버렸다고 해석하고 있지만, 그러나 그것은 지금 실험으로 알 수 있듯이 불가능하지요. 아무리 힘껏 눌러 봤자 지문이라는 것이 선으로 이루어져 있는 이상, 선과 선 사이에 앞의 지문의 자취가 남게 마련이에요. 만일 앞뒤의 지문이 똑같은 것이고 눌린 방법마저 아주 같다면, 혹시 뒤의 지문이 앞의 지문을 숨겨 버릴 수도 있을 테지만, 그런 일은 거의 불가능하고 또 그렇다고 하더라도 이 경우 결론은 변함이 없지요.

그렇지만 그 전등을 끈 것이 범인이라면 스위치에 그 지문이 남아 있어야 하고. 나는 혹시 경찰이 당신 지문의 선과 선 사이에 남아 있는 범인의 지문을 못 본 것이나 아닐까 싶어 직접 조사해 봤지만, 그런 흔적이 없단 말입니다. 결국 그 스위치에는 당신 지문이 찍혀 있었을 뿐이에요. 어째서 그 집 사람들의 지문이 없었는지는 모르지만, 아마 그 방의 전등은 낮엔 불이 안 들어오니까 그대로 노상 켜져 있었던 것일 거예요.

이상의 사실은 대체 무엇을 말해 주죠? ──그 사나이는 아마 죽은 여자를 잘 알고 있었고 실연의 원한 같은 동기가 있었을 테지만서도 ── 책가게 주인이 야시에 나간다는 사실을 알고 있었고, 주인이 집을 비운 사이에 여자한테 덤벼든 거죠. 소리치거나 저항한 흔적이 없으니까 여자는 그 남자를 잘 알고 있었을 거란 말입니다. 보기좋게 목적을 이룬 그 친구는 시체 발견을 더디게 하느라고 전등을 끄고 도망친 거예요. 그러나 이 친구는 큰 실수를 저지르고 있지요. 그것은 그 장지문의 격자가 열려 있는 것을 몰랐다는 것, 그리고 놀라서 그것을 닫는 순간 우연히 가게에 있던 두 학생한테 자기의 모습을 보였다는 것이었어요.

그는 일단 밖으로 나갔었는데, 혹시 전등을 끌 때 스위치에 지문이 남았을지도 모른다는 사실을 깨달았지요. 어떤 일이 있어도 지문은 지워 버려야 합니다. 하지만 다시금 방 안으로 들어간다는 것은 위험한 일이었죠. 그래서 그는 하나의 묘안을 생각해낸 거예요. 그것은 자기가 살인 사건의 발견자가 되는 일이었죠. 그러면 자기 손으로 전등을 켤 수가 있고, 전의 지문에 대한 의심을 없애 버릴 수 있을뿐더러, 설마하니 발견자가 바로 범인이라고는 아무도 생각지 않을 테니까요. 그는 이렇게 해놓고는 시치미를 떼고 경찰들의 방법을 보고 있었던 거예요. 대담하게도 증언조차 했지요. 그리고 그 결과는 그의 뜻대로 됐어요. 열흘이 지나도 아무도 그를 잡으러 오는 자는 없었으니까요."

이 이야기를 고고로는 어떤 표정으로 듣고 있었는가? 나는 필경 말하는 도중에 어떤 다른 표정을 짓거나 이의를 말하리라 짐작하고 있었다. 그런데 놀랍게도 그의 얼굴에는 아무런 표정도 나타나지 않았다. 평소부터 감정을 겉에 나타내지 않는 성격이기는 했지만, 지나치게 태연하다. 그는 줄곧 그 머리카락을 긁적이면서 잠자코 있었다. 나는 어디까지나 뻔뻔한 녀석이라고 생각하면서 마지막 말을 했다.
 "당신은 보나마나 그렇다면 그 범인은 어디로 들어가서 어디로 도망쳤냐고 반문할 거예요. 하기야 그것이 밝혀지지 않고는 다른 모든 것을 알아도 소용이 없으니까요. 그러나 그 역시 내가 캐냈단 말입니다. 그날 밤 수사 결과로는 범인이 빠져나간 흔적이 전혀 없는 것 같아 보였지요. 그렇지만 살인이 있었던 이상, 범인이 드나들지 않았다는 것은 말이 안 되니까 형사의 수색에 어딘가 잘못이 있었다고 생각할 수밖에 없지요. 경찰에서도 몹시 고심한 모양이지만, 불행히도 그들은 제3삼자인 나라는 한 청년의 추리력을 따르지 못했던 거죠."
 "……."
 "뭐 매우 하찮은 일이지만 나는 이렇게 생각한 거예요. 이렇게 경찰이 조사하고 있으니까 이웃 사람들에게 의심스러운 점은 없을 게다. 그렇다면 범인은 남의 눈에 띄어도 그것이 범인이라고 생각되지 않는 방법으로 도망친 것이 아닐까? 그리하여 그것을 목격한 사람은 있어도 전혀 문제로 삼지 않는 것은 아닐까 하고 말입니다. 결국 인간의 주의력의 맹점――우리의 눈에 맹점이 있는 것처럼 주의력에도 그게 있지요――을 이용해서 자기 자신을 감췄는지도 모르니까요. 그 결과 내가 주의한 것은 그 서점 한 집 걸러 곁에 있는 아사히야라는 국수가게예요."
 서점 오른쪽에 시계포와 과자가게가 있고, 왼쪽에는 신발가게와 그리고 국수가게가 늘어서 있는 것이다.

"나는 그곳에 가서 사건이 있었던 날 밤 8시경에 화장실을 빌리러 온 남자가 없었느냐고 물어봤지요. 그 아사히야는 당신도 알고 있을 테지만, 가게에서 흙바닥으로 이어져 있고, 뒷문까지 갈 수 있게 되어 있으며 그 뒷문 바로 곁에 화장실이 있으니까 화장실을 빌리는 체하고 뒤쪽으로 나아가 다시 뒤쪽으로 돌아오는 것은 수월하지요. 그 아이스크림 장수는 골목 모퉁이에 있었으니까 발견될 리는 없지요. 게다가 국수가게라 화장실을 빌리러 오는 것은 문제가 없단 말입니다. 들어 보니 그날 밤엔 부인은 집에 없었고 주인만이 가게에 있었다니까 안성맞춤이지요. 어때요, 기막힌 아이디어죠?"

"……."

"그리고 과연 그 무렵 화장실을 빌린 사람이 있었단 말입니다. 다만 아깝게도 국수가게 주인은 그 남자의 얼굴이나 옷은 전혀 기억 못하고 있었지만서도, 나는 곧 이 사실을 그 친구를 통해 고바야시 형사한테 알려 줬지요. 형사는 직접 국수가게 주인을 조사한 모양입니다만 그 이상은 모르는 모양이더군요……."

나는 잠시 동안 말을 끊고 고고로에게 발언할 여유를 주었다. 그런데 그는 여전히 머리를 긁적이면서 시치미를 떼고 있는 것이 아닌가! 나는 이제까지 경의를 나타내는 뜻으로 간접법을 사용하던 것을 직접법으로 고치지 않을 수 없었다.

"이봐요, 고고로 씨, 내 뜻을 알 수 있을 테죠? 분명한 증거가 고고로 씨를 가리키고 있단 말입니다. 노골적으로 말해서 나는 아직 속으로는 고고로 씨를 의심할 생각은 들지 않지만 이렇게 증거가 갖춰져 있는 이상 어쩌는 수가 없죠. …… 나는 혹시 그 근처 사람들 가운데 굵은 막대기 무늬의 목욕복을 입고 있는 사람이 없을까

하고 어지간히 힘들여 조사해 봤지만, 하나도 없었죠. 그건 당연해요. 같은 막대기무늬의 목욕복이라도 그 격자에 일치하는 화려한 옷을 입는 사람은 드무니까. 게다가 지문의 트릭이건, 화장실을 빌리는 트릭이건 참으로 교묘한 것이 당신 같은 범죄학자가 아니고는 도저히 흉내낼 수 없는 짓이란 말입니다. 그리고 제일 우스운 것은 당신은 그 죽은 여자의 소꿉친구라면서도 그날 밤 부인의 신원조사가 있었을 때 곁에 있었으면서도 말 한 마디 없었잖아요?

그건 그렇고 이렇게 되면 유일한 무기는 알리바이지요. 그런데 그것 역시 이젠 틀렸지요. 당신 기억하고 있나요? 그날 밤 집으로 돌아가는 길에 찻집으로 올 때까지 당신이 어디 있었느냐고 물었었죠? 당신은 1시간 가량 근처를 산책하고 있었다고 대답했지 않았나요? 고고로 씨, 내 말이 틀립니까? 만일 할 수 있으면 변명해 보시오."

독자 여러분, 내가 이렇게 따지고 들었을 때 기인 아께찌 고고로가 어떤 태도를 나타냈다고 생각하나요? 부끄러워져 고개를 숙여 버렸다고 생각하나요? 천만에, 그는 전혀 다른 반응으로 나의 간담을 서늘케 한 것이다. 그럴 것이 그는 느닷없이 껄껄 웃음을 터뜨린 것이다.

"이거 미안, 미안합니다. 결코 웃을 셈은 아니었는데 당신이 너무나 진지하게 대드는 바람에 그만⋯⋯."

고고로는 변명하듯이 말했다.

"당신 생각은 제법 재미있어요. 나는 당신 같은 친구를 찾아낸 것을 정말 기쁘게 생각해요. 그렇지만 아깝게도 당신 추리는 너무나 외면적이고 그리고 물질적이군요. 가령 말입니다. 나와 그 여자와의 관계만 하더라도, 당신은 우리가 어떤 식의 친구였는지를 내면적으로 심리적으로 조사해 봤나요? 내가 전에 그녀하고 연애 관계가 있었는지 어떤지, 또 현재 그녀를 원망하고 있는지 어떤지? 당신은 그만한 것도 짐작을 못 했나요? 그날 밤 왜 그녀를 알고 있다는 말을 안 했느냐 그건 아주 간단해요. 나는 아무 것도 참고될 만한 것을 모르고 있었던 거죠. ······나는 아직 초등학교에도 들어가기 전인 옛날에 그녀와 헤어졌으니까요."

"그럼, 가령 지문은 어떻게 생각하란 말이죠?"

"당신은 내가 그 뒤로 아무것도 않고 있었다고 생각하나요? 나도 제법 일을 했답니다. D언덕은 매일같이 돌아다니며 조사해봤지요. 특히 서점엔 자주 갔죠. 그리고 주인을 잡고 여러 가지를 캐냈단 말입니다. ──부인을 알고 있다는 얘기는 그때 꺼냈는데, 다행히 여러 얘기를 듣는 데 도움이 됐지요── 당신이 신문기자를 통해 경찰의 내막을 안 것처럼 나는 그 서점 주인한테 그것을 알아낸 겁니다. 지문에 대한 것도 이상하다고 생각하고 조사해 봤는데, 하하하, 웃기는 얘기예요. 전구 줄이 끊어져 있었던 거예요. 아무도 끈 사람이라곤 없었죠. 내가 스위치를 틀었기 때문에 불이 들어온 것이라고 생각한 것은 잘못이고 그때 허둥지둥 전구를 만졌기 때문에 일단 끊어진 텅스텐이 연결된 거예요. 스위치에 내 지문밖에 없었던 것은 당연하죠. 그날 밤 당신은 장지문 틈으로 전등이 켜진 것을 봤다고 했죠? 그렇다면 전구가 끊어진 것은 그 뒤예요. 낡은 전구는 저절로 끊어지는 수가 있으니까요. 그리고 범인의 옷색깔인데, 이것은 내가 설명하느니보다는······."

그는 그러면서 그의 둘레의 책 더미 속을 여기저기 한동안 뒤지더니 한 권의 낡은 양서를 꺼내어 내 앞에 놓았다.

"이걸 읽어 본 적이 있나요? 뮨스타벨히의 《심리학과 범죄》라는 책인데, 이 '착각'이라는 장의 앞줄을 10줄쯤 읽어 보시죠."

나는 그의 자신 있어 보이는 논리를 듣고 있는 사이에 차츰 나 자신의 실패를 의식하기 시작하고 있었다. 그래서 순순히 그가 시키는 대로 책을 받아 읽어 보았다. 그곳에는 대략 다음 같은 것이 적혀 있었다.

　전에 한 가지 자동차 범죄사건이 있었다. 법정에서 진실을 말하겠다고 선서한 증인의 한 사람은 문제의 도로는 완전히 건조되어 있어 먼지 하나 없었다고 주장했고, 또 한 사람의 증인은 비가 온 뒤여서 도로는 젖어 있었다고 증언했다. 한 사람은 문제의 자동차는 서행하고 있었다고 말하고, 또 한 사람은 그렇게 속히 달리고 있는 차는 본 일이 없다고 진술했다. 또한 전자는 그 마을길에는 사람이 서너 명 밖에 없었다고 했고 후자는 숱한 통행인이 있었다고 진술했다. 이 두 증인은 더불어 존경할 만한 신사이며, 사실을 달리 말해 보았자 자기들에게 아무런 이익이 없는 사람들이었다.

내가 그것을 읽기를 마치자 고고로는 책의 다른 페이지를 펼치면서 말했다.
"이것은 실제로 있었던 일이고 이번에는 이 '증인의 기억'이라는 장이 있죠? 그 중간쯤에 미리 계획하고 실험한 얘기가 실려 있어요. 마침 옷색깔에 대한 것이 나와 있으니 귀찮더라도 잠깐 읽어 보시죠. 참고가 될 테니까."
그것은 다음과 같은 기사였다.

　(전략) 한 예를 든다면, 재작년 겟틴겐에서 법률가, 심리학자 및 물리학자로 이루어지는 어떤 학술상의 모임이 개최된 일이 있다. 따라서 그곳에 모인 것은 모두가 면밀한 관찰에 숙련된 사람들이었다. 그 고장에서는 마침 카니발이 있어 떠들썩했는데, 이 모임이

한창 무르익어갈 무렵 갑자기 문이 열리고, 짙은 색깔의 옷을 입은 한 어릿광대가 미친 듯이 뛰어 들어왔다. 보니 그 뒤에서 한 검둥이가 권총을 들고 쫓아오고 있었다. 홀 한가운데에서 그들은 맞붙었다. 그리고 권총소리가 났다. 그러자 그들은 순식간에 밖으로 사라져 버렸다. 이것은 20초밖에 안 되는 사이에 일어난 일이었다. 사람들은 모두들 놀랐다. 좌장 외에는 누구 한 사람 그들의 소동이 미리 짜여진 것이었다는 것, 그 광경이 사진으로 촬영된 사실을 아는 사람은 없었다.

좌장은 이것은 조만간 법정에 제출될 문제인만큼 회원 각자는 자기가 목격한 사실을 적어 달라고 부탁했다. 그런데 그들의 기록이라는 것이 도시 엉망이었다. 검둥이가 머리에 아무 것도 쓰지 않았다는 것을 알아 맞춘 것은 40명 중 단 4명뿐이었고, 제각기 중절모를 쓰고 있었다느니 실크해트를 쓰고 있었다느니 하는 판이었다. 옷에 대해서도 어떤 자는 빨갛다고 하고, 어떤 자는 다색이라고, 어떤 자는 무늬가 들어 있었다고 했으며, 어떤 자는 커피색이라고 하는 것이었다. 그런데 검둥이는 흰 바지에 검은 상의를 입고 커다란 빨간 넥타이를 매고 있었던 것이다. (후략)

"뮨스타벨히가 현명하게 말한 것처럼."
고고로는 말을 시작했다.
"인간의 관찰이나 기억이란 정말 한심할 정도지요. 이 책에 있듯이 학자들조차 옷색깔을 가려낼 능력이 없는 판이에요. 그러니 내가 그날 밤의 학생들이 옷색깔을 잘못 알았다고 생각하는 것이 무리일까요? 그들은 뭔가를 보기는 했을 겁니다. 그렇지만 범인은 줄무늬의 옷 같은 것은 입고 있지 않았지요. 물론 내가 아니었죠. 격자 틈으로 줄무늬의 목욕복을 생각해낸 당신의 착안은 어지간히 재미

있기는 하지만, 지나치게 안성맞춤 아닙니까?
 그리고 끝으로 국수가게 화장실을 빌린 남자의 일인데요. 이 점은 나 역시 당신과 같은 생각이었지요. 아무래도 그 아사히야 외엔 범인의 통로는 있을 수 없다고 생각한 겁니다. 그래서 나 역시 그곳엘 가서 조사해봤는데 그 결과 당신과는 정반대의 결론을 얻었지요. 실제로는 화장실을 빌린 사람은 없었습니다."
"그렇다면 당신은 범인이 누군지 알고 있단 말입니까?"
"물론 알고 있지요?"
그는 머리를 긁적이며 대답했다.
"내 방법은 당신하곤 좀 달라요. 물질적인 증거 따위는 해석하는 방법에 따라 얼마든지 달라질 수 있죠. 가장 좋은 추리법은 심리적으로 사람의 마음속을 꿰뚫는 일이지요. 그렇지만 이는 탐정 자신의 능력 문제니까요. 어쨌든 나는 이번엔 그런 방면에 중점을 두고 조사를 해봤지요.
 처음 내 주의를 끈 것은 책가게 부인의 몸에 상처자국이 있다는 점이었지요. 그리고 얼마 뒤 나는 국수가게 부인의 몸에도 역시 그런 상처가 있다는 말을 들었어요. 그런데 그녀들의 남편들은 그렇게 거칠어 보이지 않는단 말입니다. 책가게 주인이건 국수가게 주인이건 얌전하고 분별 있는 남자거든요. 나는 어쩐지 거기에 무언가 비밀이 숨겨져 있다고 생각했지요. 그래서 먼저 책가게 주인을 붙잡고, 그의 입에서 비밀을 캐내려 했어요. 내가 자기 아내를 알고 있다는 점이 그에게 얼마간 안심감을 주었던 모양이어서 비교적 손쉽게 알아낼 수 있었지요. 그런데 국수가게 주인은 그래봬도 제법 빈틈없는 남자라 좀 힘이 들었지요. 그래도 나는 모종의 방법으로 성공했어요.
 당신은 심리학상의 연상진단법이 범죄 수사에도 이용되고 있다는 것을 알고 있을 테죠? 숱한 간단한 자극어를 주고, 그것에 대한 용의자의 연상 단어를 기록 측정하는 그 방법 말입니다. 포의 《모르그 거리의 살인》에 뒤팽이 친구의 몸의 움직임을 보고 그 생각하는 바를 알아맞히는 대목이 있지요. 도일도 그것을 흉내내어 홈즈에게 같은 추리를 시키고 있지만, 이런 것은 모두 어떤 뜻의 연상진단이니까요. 어쨌든 나는 국수가게 주인한테 여러 가지 말을 시켜 봤지요. 그리고 그 결과 하나의 확신을 얻었지요. 결국 범인을 찾아낸 것입니다.

그렇지만 물질적인 증거란 하나도 없단 말씀입니다. 그러니까 경찰에 알릴 수도 없죠. 설령 고발해봤자 아마 받아들이지도 않을 걸요. 그리고 또 한 가지, 범인을 알고 있으면서도 그대로 놔두고 있는 것은 이 범죄엔 전혀 악의가 없었다는 점입니다. 좀 이상한 표현이지만, 이 살인 사건은 범인과 피해자와의 동의 끝에 행해진 거예요. 아마 피해자 자신의 희망으로 행해졌는지도 모르죠."

나는 여러 모로 생각해 보았으나 그의 생각을 이해할 길이 없었다. 나는 자신의 실패를 부끄러워하는 것도 잊고 고고로의 괴이한 추리에 귀를 기울였다.

"결국 살인자는 아사히야 주인이지요. 그는 범죄를 눈가림하느라고 화장실을 빌린 남자 얘기를 한 거예요. 그럼 그는 왜 살인죄를 범했느냐?…… 나는 이 사건으로 우리네 인생의 이면에 그 얼마나 음험한 비밀이 숨겨져 있는가를 새삼스럽게 깨달은 느낌이에요.

국수가게 주인은 마르키 드 사드(18세기 말 19세기 초의 프랑스 작가·사상가—역자주)의 흐름을 타고난 심한 변태성욕자였고, 이 무슨 운명의 장난인지 한 집 걸러 옆집에 여자 변태성욕자를 발견한 것입니다. 책가게 부인은 그에 못지않은 피학색정자(被虐色情者)였지요. 그들은 어느새 아무도 모르게 간통을 하고 있었던 겁니다. 내가 합의의 살인이라고 말한 뜻을 알 수 있겠죠? 그들은 최근까지 기회만 있으면 색다른 섹스를 만끽해 왔지요. 그러다가 차츰 그 도가 지나치게 된 것은 당연합니다. 마침내 그날 밤 그들로서는 생각지도 않은 사건을 저질러 버리고 만 거예요……."

나는 고고로의 이상한 결론을 듣고 나도 모르게 몸서리를 쳤다. 그렇다면 이 얼마나 묘한 사건인가!

그런데 이때 밑의 하숙집 아주머니가 석간 신문을 가져왔다. 고고로는 신문을 받아들고 사회면을 보더니 한숨을 쉬면서 말했다.

"마침내 견딜 수 없었는지 자수를 했군요. 묘한 우연인데요. 마침 그 얘기를 하고 난 판에 이런 보도가 나다니……."

나는 그가 손가락으로 가리키는 곳을 보았다. 그곳에는 작은 제목으로 10줄쯤, 국수가게 주인이 드디어 자수한 사실이 적혀 있었다.

천장 위의 산책자

1

 아마 그것은 일종의 정신병이었을 것입니다. 고다 사부로는 어떤 놀이도, 어떤 직업도, 무엇을 해보아도 도무지 이 세상이 재미가 없었습니다.
 학교를 나오고 난 뒤―― 그 학교 역시 1년에 며칠밖에는 출석을 안했습니다마는―― 할 만한 직업은 모조리 해보았지만 이거야말로 일생을 바칠 만한 것이라고 생각되는 것은 하나도 없었습니다.
 아마도 그를 만족시킬 만한 직업 같은 것은 이 세상에 존재치 않는지도 모릅니다. 길어도 1년, 짧은 것은 고작 한 달포 가량, 그는 이 직업, 저 직업 이렇게 연거푸 직업을 바꿔보았습니다. 그러다가 마침내 단념해버렸는지, 이제는 숫제 직업 따위는 찾으려 들지도 않고, 재미도 없는 그날그날을 보내고 있었습니다.
 놀이 역시 마찬가지였지요. 화투, 당구, 테니스, 수영, 등산, 바둑, 장기, 심지어 도박에 이르기까지, 레크리에이션이라는 것은 모조리, 《오락백과전서》라는 책마저 사들여 찾아 돌아다녔으나, 이 역시 직업과 마찬가지로 신통한 것이라곤 없었고 그는 번번이 실망만을 품는 것이었습니다.

그러나 이 세상에는 '여자'와 '술'이라는, 어떤 인간이건 평생 싫증을 느낄 줄 모르는 기막힌 쾌락이 있지 않느냐? 여러분은 아마 이렇게 말씀하실 겁니다. 그런데 우리 고다 사부로는 이상하게도 이 두 가지에 대해서도 별다른 흥미를 느낄 수가 없었습니다.

술은 체질에 맞지 않는지 숫제 한 잔도 못 마셨고, 여자 쪽은 물론 그런 욕망이 없는 것은 아니어서 어지간히 놀아 보기도 했지만, 그렇다고 해서 여자가 있기 때문에 사는 보람을 느낄 수는 도저히 없었던 것입니다.

'이렇게 재미도 없는 세상을 살아가느니 차라리 죽어버리는 게 났겠군.'

그는 툭하면 이런 생각을 하는 것이었습니다. 그러나 그도 목숨을 아끼는 본능만은 있었던지, 25세가 되는 오늘 이 시간까지 여전히 '죽어야겠다'고 하면서도 죽지를 못하고 살아 있는 형편이었습니다.

고향의 부모에게서 다달이 용돈을 타 쓸 수 있는 그는, 막상 직업이 없어도 생활에는 큰 지장이 없었습니다. 아마 그런 안심이 그를 이렇듯 무위도식하는 인간으로 만들어버렸는지도 모릅니다.

이러고 보니 그는 그 보내주는 돈으로 하다못해 다소라도 재미있게 살려고 애썼습니다. 가령 직업이나 레크리에이션처럼 하숙을 뻔질나게 바꿔 보는 것도 그 한 가지였습니다. 그는 좀 과장해서 말하자면, 도쿄 안의 하숙집을 모조리 알고 있을 정도였습니다. 달포나 심지어 반 달도 못 가서 이내 다른 하숙으로 옮기는 판이었습니다.

물론 그 사이에 방랑자처럼 떠돌아다닌 일도 있었고, 혹은 신선처럼 산 속으로 들어간 일도 있습니다. 하지만 워낙 도시에서 생활해 온 그로서는 도저히 쓸쓸한 시골에 오래 있을 수는 없었습니다. 그리하여 훌쩍 여행을 떠났는가 하면, 어느새 도시의 등불에 이끌리듯이 도쿄로 돌아오는 것이었습니다. 그리고 그가 그때마다 하숙을 옮겼음은 두말할 나위도 없습니다.

그런데 그가 이번에 옮긴 집은 도에이칸이라는, 새로 지은 지 얼마 안 되는 새 집이었으며 이곳에서 그는 한 가지 기막힌 즐거움을 찾아냈습니다. 그리고 이 한 편의 이야기는 그의 이 새로운 발견에 관련된 살인 사건을 테마로 하고 있습니다만, 이야기를 진행시키기 전에 주인공인 고다 사부로가 아마추어 탐정 아께찌 고고로를 알게 되어, 이제껏 전혀 모르고 있던 '범죄'라는 것에 새로운 흥미를 느끼게 된 자초지종에 대해 잠시 말해 두지 않으면 안 됩니다.

두 사람이 알게 된 동기는 어떤 카페에서 그들이 우연히 만나게 되었고, 그때 같이 간 친구가 고고로를 알고 있어 소개를 했기 때문이었는데 사부로는 고고로의 총명해 보이는 용모며, 이야기하는 화술이며, 제스처 따위에 완전히 매혹되어 그 뒤로는 자주 그를 찾아가게 되었고, 또한 때로는 그쪽에서 사부로의 하숙으로 놀러 오는 그런 자별한 사이가 된 것입니다.

고고로 쪽에서는 혹시 사부로의 병적인 성격에서(일종의 연구 재료로서) 흥미를 찾아냈는지 모르지만, 사부로는 고고로한테서 온갖 매력적인 범죄담을 듣는 것을 매우 기뻐하고 있었습니다.

동료를 살해해서 그 시체를 실험실 아궁이에 태워버린 웹스터 박사의 이야기, 언어학상의 대발견까지 한 유진 에어람의 살인죄, 소위 보험마(保險魔)이며 동시에 뛰어난 문예비평가였던 웨인라이트의 이야기, 어린이의 엉덩이 살을 구워서 양아버지의 문둥병을 고쳤다는 노구찌 이야기, 또한 숱한 여자와 결혼해가며 모조리 죽인 이른바 블루베어드의 란돌이니, 암스트롱의 잔학한 범죄담, 이런 것이 지루하기 짝이 없던 고다 사부로를 얼마나 기쁘게 해주었는지 모릅니다.

고고로의 능숙한 이야기를 듣고 있으면, 그런 범죄 이야기는 마치 짙은 극채색의 그림처럼 기막힌 매력을 던지며 사부로의 눈앞에 생생하게 떠오르는 것이었습니다.

고고로를 알고 난 뒤의 몇 달 동안은 사부로는 거의 이 세상의 지루함을 잊은 것 같았습니다. 그는 온갖 범죄에 관한 책을 사들여가지고는 매일같이 그것을 읽었습니다. 그 책 가운데에는 포니 호프만이니 가보리오니 그밖의 여러 추리소설도 있었습니다.

"아아, 세상엔 아직 이런 재미있는 것이 있었군."

그는 책을 다 보고 날 때마다 한숨을 쉬면서 이렇게 생각하는 것이었습니다. 그리고 할 수 있다면, 자기도 그런 범죄 이야기의 주인공처럼 눈부신, 기막힌 장난을 해보았으면 하고 끔찍스러운 생각을 품게 되었습니다.

그러나 아무리 그런 사부로도 법률상의 죄인이 되는 것은 싫었습니다. 그는 아직 부모나 형제나 친척, 친구들의 비탄이나 모욕을 무시해서까지 즐거움에 잠길 용기는 없었습니다. 그런 책들을 보니, 제아무리 교묘한 범죄라도 어딘가에 반드시 파탄이 있게 마련이어서 그것이 범죄 발각의 실마리가 되며, 평생 경찰의 눈을 피한다는 것은 그야말로 불가능해 보였습니다. 그로서는 그것이 두려웠던 것입니다.

그의 불행은 세상의 모든 일에 흥미를 느끼지 못하고 하필이면 '범죄'에만 이루 말할 수 없는 매력을 품게 되었다는 것이었습니다. 그리고 더한층의 불행은 발각을 두려워하는 나머지 그 '범죄'를 행할 수 없었다는 것이었습니다. 그리하여 그는 손에 넣을 수 있는 책을 모조리 읽어 버리자 이번에는 '범죄'의 흉내를 내기 시작했습니다. 흉내였으니까 물론 처벌을 두려워할 필요는 없었지요. 그것은 가령 이런 일이었습니다.

그는 이미 싫증을 내버린 그 아사쿠사에 다시금 흥미를 느끼게 되었습니다. 장난감 상자를 집어던져서 여러 가지 지저분한 그림 물감을 뿌려 놓은 듯한 아사쿠사의 유원지는 범죄 기호자에게 있어서는 다시 없는 무대였습니다.

그는 그곳으로 가서는 영화관과 영화관 사이의 사람이 한 사람 간신히 다닐 수 있을 만한 좁고 어두운 골목이나 공동 변소 뒤에 있는, 아사쿠사에도 이런 여유가 있는가 싶도록 묘하게 을씨년스러운 빈터를 즐겨 돌아다녔습니다. 그리고 범죄자가 일당과 통신이라도 하듯이 백묵을 가지고 그 근처의 벽에 화살표를 그리거나, 돈이 있어 보이는 사람을 보면 소매치기라도 된 듯이 어디까지나 그 뒤를 미행해 보거나, 묘한 암호문을 적은 종이 쪽지를 ——거기에는 언제나 무서운 살인에 관한 것 따위를 적어 놓는 것입니다—— 공원의 벤치에 끼워 놓고는 나무 그늘에 숨어 누군가가 그것을 발견하기를 기다리거나, 그밖에 이와 비슷한 온갖 장난을 하면서 혼자 즐기는 것이었습니다.

그는 또한 간혹 변장을 하고는 거리를 돌아다녔습니다. 노동자가 되기도 하고, 거지가 되기도 하고, 학생이 되어 보기도 하는 것이었는데, 그 중에서도 여장을 하는 것이 그를 가장 기쁘게 했습니다.

그 때문에 그는 옷이나 시계를 팔아 돈을 장만해 가지고, 값비싼 여자의 가발이니 옷이니 어쨌든 여자가 되는 데 필요한 것을 주워모아, 장시간 변장을 해가지고는 머리 위에서 오버를 덮어 쓰고 한밤중에 하숙을 나서는 것입니다. 그리고 적당한 곳에서 오버를 벗고는 일부러 쓸쓸한 공원을 돌아다녀 보기도 하고, 어떤 때는 얼마 안 있으면 끝날 극장에 들어가 일부러 남자석에 앉아 보기도 하고, 심지어는 남자로서는 할 수 없는 아슬아슬한 장난까지 해보는 것이었습니다.

그러나 이런 '범죄'의 흉내는 어느 정도까지 그의 욕망을 만족시켜 주기는 했지만, 흉내는 어디까지나 흉내여서 위험성이 없는 만큼——범죄의 매력은 실상 그 위험성에 있으니까——언제까지나 그를 즐겁게 해줄 힘은 없었습니다.
 한 서너 달쯤 지나자 그는 어느새 이 즐거움에서 멀어져갔습니다. 그리고 그렇듯 매력적이었던 고고로 탐정과의 교제도 차츰 시들해져 갔습니다.

2

 이상의 이야기로 고다 사부로와 고고로와의 교섭, 또는 사부로의 범죄 기호벽에 대해 독자의 이해를 얻은 다음, 이제 본래의 이야기로 돌아가 도에이칸이라는 새로 지은 하숙집에서 고다 사부로가 어떤 즐거움을 찾아냈는가에 대해 말하기로 하겠습니다.
 사부로가 도에이칸의 건물이 완성되자 제일 먼저 그곳으로 옮긴 것은 그가 고고로와 사귄 지 1년 이상 지나서였습니다. 따라서 그 '범죄놀이'에도 도무지 흥미를 느낄 수 없게 되었고, 그렇다고 해서 달리 신통한 일도 없고 해서 그는 여전히 매일 매일의 지루하고 따분한 시간을 보내고 있었습니다.
 도에이칸으로 옮긴 당초에는 그런 대로 새로운 친구도 생겨 얼마간 지루함은 잊고 있었지만, 인간이라는 것은 어쩌면 그렇게도 지루한 생물일까요. 어디를 가나 같은 사상을 같은 표정으로, 그리고 같은 말로 되풀이하고 있는 것에 지나지 않는 것입니다. 모처럼 하숙을 바꾸어 새 사람들을 사귀어 보아도 미처 1주일도 안 되어 그는 다시금 끝없는 권태 속에 가라앉아 버리는 것이었습니다.
 이렇게 도에이칸으로 옮긴 지 열흘쯤 지난 어느 날의 일이었습니다. 지루한 나머지 그는 문득 묘한 생각을 하게 되었습니다.
 그의 방에는──그것은 2층에 있었습니다마는──한 칸쯤 되는 다락이 있었고, 그것은 상하 두 단으로 나뉘어져 있습니다. 그는 그 아랫단에다 몇 개의 백을 넣고 윗단에는 이부자리를 넣아두고 있었는데, 일일이 이부자리를 꺼내 방 한가운데에 깔고 잘 것이 아니라 그 단 위에 침대처럼 요를 깔아 두었다가 졸리면 그곳으로 올라 잠을 자면 어떨까 하고 그는 생각을 하였습니다.

이것이 여느 때의 하숙이었다면, 설령 다락 안에 그런 단이 있더라도 벽이 몹시 지저분하거나 천장에 거미줄이 늘어져 있거나 해서 도저히 그 안에서 잠을 잘 꿈도 안 꾸었을 테지만, 이 다락은 갓 지은 건물이어서 매우 정갈하여 천장에도, 그리고 벽에도 얼룩점 하나 없는 데다가 전체의 느낌이 어쩐지 선실 침대 같은 것이 묘하게 한 번 자보고 싶은 유혹조차 느껴지는 것이었습니다.

그리하여 그는 당장 그날 밤부터 다락 안에서 자기로 했습니다. 이 하숙은 방마다 내부에서 문을 잠글 수 있게 되어 있어, 가정부 따위가 함부로 들어오는 일도 없는만큼 그는 안심하고 이 별난 짓을 계속할 수가 있었습니다.

그런데 막상 그곳에 누워 보니 짐작한 것 이상으로 느낌이 좋았습니다. 세 개의 요를 겹쳐 깔고 그 위에 벌렁 누워 눈 위 바로 두 자쯤 되는 곳에 널려 있는 천장을 쳐다보는 심정은 좀 야릇한 것이 있었습니다.

다락문을 꼭 닫고 틈새로 흘러들어오는 실낱 같은 전깃불을 보고 있자니 어쩐지 자기가 탐정소설의 주인공이라도 된 기분이 들어 유쾌했고, 또한 문을 조금 열고 그곳에서 자기 자신의 방을 도둑이 남의 방을 들여다보는 것 같은 기분으로 여러 격정적인 장면을 상상하면서 바라보는 것도 매우 흥미로웠습니다.

어떤 때는 그는 대낮에도 다락으로 올라가, 마치 장방형의 궤짝 같은 속에서 좋아하는 담배를 뻑뻑 피우면서 끝없는 망상에 잠기는 수도 있었습니다. 그런 때에는 닫혀진 문 틈으로 다락 안에서 불이라도 일어난 것처럼 연기가 새어나오는 것이었습니다.

그런데 이 별난 짓을 2, 3일 계속하고 있는 사이에 그는 다시금 묘한 것을 알게 되었습니다. 싫증이 잘 나는 그는 사흘째쯤 되자 벌써 다락방의 침대에도 흥미가 없어지게 되어, 할일 없이 그곳 벽이니 누워서 손이 닿는 천장에 낙서 따위를 하고 있었는데, 문득 보니 마침 머리 위의 한 장의 천장 판자가 못을 잊고 안 쳤는지 움직이는 것 같았습니다.

웬일인가 하고 손으로 누르고 들어올려보니 어쩐지 위쪽으로 밀어올려지기는 하지만, 묘하게도 손을 놓자 못을 친 곳은 전혀 없는데, 마치 용수철 장치라도 되어 있는 것처럼 먼저대로의 상태가 되는 것입니다. 아무래도 위에서 누군가가 눌러대고 있는 것 같은 그런 느낌이었습니다.

이상한데, 혹시 이 천장 판자 위에 생물, 가령 커다란 구렁이라도 있는 것이 아닐까 생각하니 몹시 기분이 언짢아졌지만, 그대로 도망치기도 아까워 다시 손으로 밀어올리자 무거운 반응을 느낄 수가 있었고, 판자를 움직일 때마다 그 위에서 무언가 데굴데굴 구르는 소리가 나는 것이 아닙니까!

그는 마침내 힘껏 그 판자를 밀어올려 보았습니다. 그러자 그 순간 요란한 소리와 함께 위에서 무엇이 떨어졌습니다. 그가 재빠르게 몸을 피했으니 망정이지 그렇지 않았더라면 그 물체에 맞아 부상을 입을 판이었지요.

"난 또 뭐라구."

그는 그 떨어져내린 물체를 보자 한동안 멍하니 있었습니다. 그것은 짐작과는 달리 커다란 돌멩이였습니다. 그러나 생각해 보면 별로 이상할 것도 없었습니다. 전기 가설자가 천장으로 나가는 통로를 판자 한 장만 우선 떼어냈던 것이었는데, 그곳에서 다락으로 먼지 따위가 들어가지 않도록 돌로 눌러 두고 있었던 것입니다.

그는 잠시 머리 위에 열려 있는, 동굴의 아가리 같은 느낌의 그 천장을 쳐다보고 있다가, 문득 타고난 호기심에서 대체 다락 위라는 것은 어떤 모양으로 되어 있을까 싶어 살며시 그 구멍에 머리를 넣고는 사방을 둘러보았습니다.

그것은 마침 아침 나절이어서 지붕 위에는 벌써 햇빛이 내려쬐고 있는지, 사방의 틈에서 숱한 가는 광선이 흡사 서치라이트를 비추고 있듯이 공동으로 스며들어 생각보다는 뜻밖으로 밝았습니다.

우선 눈에 띄는 것은 가로로 길게 누워 있는, 굵고 구부러진 뱀 같은 서까래였습니다. 밝다고는 해도 역시 천장 안이라 멀리까지는 보이지 않는데다가 길쭉한 건물이어서 저편은 어렴풋이 보일 정도로 아득한 느낌이 들었습니다. 그리고 그 서까래와 직각으로 이것은 뱀의 갈비뼈에 해당하는 숱한 각목이 양쪽으로, 지붕의 경사에 따라 들쑥날쑥 튀어나와 있는 것입니다. 이것만으로도 어지간히 웅대한 경치였는데, 게다가 천장을 받치는 가는 막대기가 숱하게 뻗쳐 있는 품이 마치 종유동 안을 보는 것 같은 장관을 이루고 있었습니다.

"이것 정말 기막히군."

일단 천장을 둘러본 사부로는 이렇게 혼잣말을 했습니다. 병적인 그는 보통 사람에게는 하찮게 보이는 이런 것에 오히려 말할 수 없는 매력을 느끼는 것입니다.

그날부터 그의 '다락방의 산책'이 시작되었습니다. 그는 밤낮 없이 틈만 있으면 도둑고양이처럼 발소리를 죽여가며 대들보나 마룻대 밑을 돌아다니는 것이었습니다. 다행히 갓 지은 집이어서 다락방에 흔히 있는 거미줄도 없었거니와, 먼지 따위도 전혀 없었고, 쥐똥도 없었습니다. 따라서 옷이나 손발이 더러워질 염려는 없었던 것입니다.

그는 셔츠만 입고 마음대로 다락방을 돌아다녔습니다. 마침 계절도 봄철이어서 다락방이라고 해서 과히 덥지도, 춥지도 않았습니다.

3

 도에이칸의 건물은 하숙집에 흔히 있듯이 한가운데에 뜰을 둘러싸고 그 둘레에 됫박 모양으로 방이 죽 늘어서 있었던만큼, 다락방도 줄곧 그 형태로 이어져 있어 막힐 데가 없었습니다. 따라서 그의 방 다락에서 떠나 천천히 한 바퀴를 돌고나면 다시금 제자리인 자기 방 위로 오게 되어 있었지요.

 밑의 각 방에는 엄중하게 벽이 막혀 있고 그 출입구에는 문을 잠그기 위해 자물쇠까지 장치되어 있는데, 일단 다락방으로 올라가 보면 그 개방적인 품에 놀라자빠질 정도였습니다. 누구의 방 위를 돌아다니건 자유자재인 것입니다. 만일 생각만 있다면 사부로의 방과 똑같은, 돌멩이를 덮어 둔 곳이 군데군데 있었으니까 그곳으로 소리없이 들어가서 도둑질을 할 수도 있습니다.

 또한 이곳에서는 남의 비밀을 훔쳐보는 것도 제멋대로입니다. 새로 지은 집이라고는 해도 워낙 하숙집의 싸구려 건물이라, 천장에는 곳곳에 틈이 있습니다. ──방 안에서는 좀체로 모르지만 어두운 다락방에서 보면, 그 틈이 의외로 많은 데 놀랄 정도였습니다. 더러는 구멍조차 있었습니다.

 이 다락방이라는 기막힌 무대를 발견하자 고다 사부로의 머리에는 어느새 잊혀져 있던 그 범죄 기호벽이 다시금 고개를 드는 것이었습니다. 이곳이라면 그 당시 해본 것보다 더욱 자극성이 있는 범죄의 흉내를 낼 수 있을 것이다, 이렇게 생각하니 그는 기뻐서 어쩔 줄 몰랐습니다.

 어째서 이렇게 가까운 곳에 이런 재미있는 흥미가 있는 것을 모르고 있었단 말인가? 마물처럼 암흑의 세계를 돌아다니며 스무 명 가까이 되는 하숙인들의 비밀을 차례차례 훔쳐보며 다닌다는 사실만으로도 사부로는 충분히 유쾌했던 것입니다. 그리고 참으로 오래간만에 사는 보람을 느끼는 것이었습니다.

　그는 또한 이 '다락방의 산책'을 보다 흥미 깊게 하고자 우선 옷차림부터 진짜 범죄인처럼 꾸미는 것을 잊지 않았습니다. 몸에 착 달라붙는 짙은 갈색의 모직 셔츠, 같은 바지——가능하면 새까만 셔츠를 입고 싶었지만 그런 옷은 없기 때문에 참기로 하고——장갑을 끼고——다락방은 모두 거칠게 다듬은 목재뿐이어서 지문이 남을 염려는 거의 없습니다마는——그리고 손에는 권총이……그것이 없어 회중전등, 즉 전지를 들기로 했습니다.

　한밤중 같은 때는 낮과 달라 새어나오는 광선이 매우 적기 때문에 한 치 앞도 분간 못 할 어둠 속을 발소리 하나 내지 않고 조심하면서 어슬렁어슬렁 천장 위를 기어다니고 있느라면, 자기가 마치 뱀이라도 된 것 같은 생각이 들어 묘하게 무서워지기도 했습니다. 그 두려움이 무슨 인과인지 그에게는 몸이 으쓱으쓱하도록 기쁜 것이었습니다.

　이리하여 그는 며칠 동안 기쁨에 들떠 '다락방의 산책'을 계속했습니다. 그동안 예기치 못한 여러 가지 기쁜 일들이 있어서 그것만 기록해도 충분히 소설 한 편쯤은 만들어질 정도입니다만 이 이야기와는 직접 관계가 없으므로 아쉽지만 접어 두기로 하고 아주 짤막한 두어 가지 이야기만 소개해 드리지요. 천장에서 내려다본다는 것이 그 얼마나 흥미로운 것인가는 실제로 해본 사람이 아니면, 아마 짐작조차 하지 못할 것입니다. 설령 그 밑에서 별다른 사건이 일어나지 않더라도, 아무도 보고 있는 사람이 없다고 믿고 그 본성을 드러내는 인간들을 관찰하는 것만으로도 기막히게 재미가 있는 것입니다.

　주의해 보니 어떤 사람들은, 그 곁에 남이 있을 때와 자기 혼자뿐일 때는 거동은 말할 것도 없고 그 얼굴 가짐새마저도 전혀 다르다는 사실을 발견하고는 그는 적지않이 놀랐습니다. 게다가 평소 옆으로, 또는 수평으로 보는 것과는 달리 바로 위에서 내려다보는만큼, 이 눈의 각도의 상위에 따라 실상은 아무렇지도 않은 방이 별나게 이상하게 느껴지는 것입니다.

사람은 머리 꼭대기나 두 어깨가, 책꽂이나 책상, 옷장이나 화로 따위는 그 위쪽의 면 만이 주로 눈에 비칩니다. 그리고 벽이라고는 거의 보이지 않고, 그 대신 모든 물건의 배경에는 다다미가 가득 펴져 있습니다.

아무 일이 없어도 이런 흥미가 있는데다가 그곳에는 간혹 익살맞거나 비참하거나, 또는 기막힌 광경이 전개되고 있습니다. 평소에는 과격한 반자본주의 주장을 토로하던 회사원이 아무도 없는 곳에서는 갓 받은 승급 사령장을 가방에서 꺼냈다가 넣었다가 하다가는 마치 신주라도 모시듯이 깊숙이 간직하는 광경, 값진 옷을 걸치는 것으로 자신의 호사스러움을 과시하고 있던 관상쟁이가 잠자리에 들 때는, 낮에는 아무렇지 않게 입고 있던 옷을 여자처럼 소중히 접어 요 밑에 깔 뿐만 아니라, 얼룩이라도 묻었는지 그것을 입으로 핥아 일종의 크리닝을 하고 있는 광경, 모대학의 야구 선수라는 여드름투성이의 청년이 스포츠맨답지도 않게, 여자 종업원에게 보내는 연애 편지 쪽지를 먹고난 저녁 밥상 위에 놓았다가는 이내 집어넣고 집어넣었다가는 도로 올려놓는 광경, 개중에는 대담하게도 매춘부를 끌어들여 도저히 형용할 수 없는 기막힌 짓을 하고 있는 광경조차 전장 위에서는 추호의 거리낌없이 볼 수가 있는 것입니다.

만일 이런 재미있는 광경 외에 남의 방 천장 판자를 들어내어 방으로 스며들어가서 여러 가지 장난을 할 수 있다면 더한층 재미있을 테지만, 사부로에게는 그럴 만한 용기가 없었습니다. 몰래 들어가는 것은 문제가 아니나 언제 방의 임자가 돌아올는지도 모르고, 게다가 재빨리 다락으로 기어올라 천장 위로 돌아간다는 것도 위험천만한 일이었기 때문입니다.

그런데 어느 날 한밤중의 일이었습니다. 사부로는 한 바퀴 '산책'을 마치고 자기 방으로 돌아가려고 대들보를 타고 있었습니다. 그때 그의 방과는 뜰을 사이에 두고 있는 맞은편 채의 한쪽 천장에 이제껏 모르고 있던 틈이 있는 것을 발견했습니다. 직경 6센티미터쯤 되는 구름 모양으로 실보다도 더 가는 광선이 새어나오고 있었습니다. 무엇일까 싶어 손전등으로 비쳐보니 그것은 제법 큰 나무의 옹이로서 손톱으로 비집기만 해도 떨어져 나올 것 같았습니다.

그래서 사부로는 다른 틈으로 그 방의 임자가 이미 잠든 사실을 확인하고는 소리 나지 않도록 조심하면서 마침내 그것을 들어냈습니다. 안성맞춤으로 들어낸 뒤의 옹이 구멍이 술잔 모양으로 아래쪽이 좁아져 있어, 그 옹이를 다시 끼워 두면 밑으로 떨어질 염려도 없었습니다. 따라서 밑에서는 그곳에 이런 커다란 구멍이 있는 것을 아무도 눈치챌 까닭이 없었던 것입니다.

이것 참 십상이라고 생각하면서 그 구멍으로 밑을 내려다보았습니다. 다른 틈과는 달리 아래쪽의 좁은 쪽이라도 직경 한 치 이상은 되어 방의 전경이 손쉽게 보였습니다. 그리하여 사부로는 자기도 모르게 한동안 그 방을 내려다보게 되었는데, 그것은 공교롭게도 그 하숙집에 들어 있는 사람 중에서 사부로가 제일 싫어하는, 엔토라는 치과대학을 나와 요즈음 치과 병원에서 조수 노릇을 하고 있는 사나이의 방이었습니다. 그 엔토가 보기만 해도 밥맛이 떨어지는 긴 얼굴을 더한층 보기싫게 헤벌리고 바로 눈 밑에 누워 있는 것이었습니다.

아주 꼼꼼한 성격인지 방 안은 다른 하숙인보다도 정갈하게 정리가 되어 있습니다. 책상 위의 문방구의 위치, 책꽂이 안의 책이 정돈되어 있는 상태, 이부자리를 깔아 놓은 모양 하며 머리맡에 정연하게 놓여 있는 외국산으로 보이는 낯선 자명종 시계, 담배 케이스, 색유리로 된 재떨이, 이 모든 것을 보면 그 물건의 임자가 보기드물 만큼 정갈한 것을 좋아하는 인물임을 알 수 있었습니다.
 또한 엔토 자신의 잠자는 모습도 참으로 차분했습니다. 다만 이런 광경에 맞지 않는 것은 그가 커다란 입을 벌리고 우레 같은 소리로 코를 골고 있다는 점이었습니다.
 사부로는 마치 더러운 것이라도 보는 것처럼 눈살을 찌푸리고 엔토의 잠든 얼굴을 내려다보았습니다. 그의 얼굴은 깨끗하다면 깨끗합니다. 딴은 그가 자랑하듯이 여자에게는 인기가 있는 얼굴인지도 모릅니다. 하지만 어쩌면 저렇게도 얼굴이 긴지 모르겠습니다. 진한 머리카락, 긴 얼굴과는 걸맞지 않는 좁은 이마, 짧은 눈썹, 가는 눈, 노상 웃고 있는 것 같은 눈꼬리의 주름, 긴 코, 그리고 야릇할 만큼 큰 입.
 사부로는 이 입이 도무지 마음에 안 드는 것이었습니다. 코 밑 쪽에서 단을 이루어 위턱이 앞쪽으로 튀어나왔고, 그 부분에서 창백한 얼굴과 묘한 대조를 이루며 큰 보라색 입술이 열려 있었습니다. 그리고 비후성 비염인지 노상 코가 막힌 것 같고, 그 커다란 입을 바보스럽게 벌리고 숨을 쉬었습니다. 코를 몹시 고는 것도 역시 콧병 탓이었던 모양입니다.
 사부로는 언제이건 엔토의 얼굴을 보기만 하면, 어쩐지 등이 근질근질해져 그의 긴 얼굴을 한대 보기좋게 후려갈기고 싶은 심정이 드는 것을 어쩌는 수가 없었습니다.

4

 그렇게 엔토의 잠든 얼굴을 내려다보고 있는 사이에 사부로는 문득 묘한 생각이 떠올랐습니다. 그것은 그 천장 구멍에서 침을 뱉으면, 영락없이 엔토가 벌리고 있는 입 속으로 들어가지 않을까 하는 생각이었습니다. 그럴 것이 그의 입은 마치 안성맞춤처럼 구멍 바로 밑에 있었던 것입니다.

사부로는 극성스럽게도 바지 끈을 풀어 그것을 천장 구멍 위에서 곧바로 늘어뜨리고는 한쪽 눈을 끈에 대고 마치 총을 조준하듯이 시험해 보았습니다. 그러자 기막힌 우연입니다. 끈과 천장 구멍과 엔토의 입이 그야말로 한 점으로 보이는 것입니다. 결국 그 구멍으로 침을 뱉으면, 그의 입에 떨어진다는 사실이 확인된 것입니다.

그러나 그렇다고는 해도 정말 침을 뱉을 수는 없는 노릇이라 사부로는 구멍을 먼저대로 막아 놓고 돌아가려고 했는데, 그때 문득 어떤 무서운 생각이 머리에 떠올랐습니다. 그는 자기도 모르게 다락방 어둠 속에서 새파래져 부들부들 떨었습니다. 그것은 실로 아무런 원한도 없는 엔토를 살해한다는 생각이었던 것입니다.

그는 엔토에 대해 아무런 원한도 없었을 뿐만 아니라, 알게 된 지 아직 반 달도 안 되는 사이였습니다. 그것도 두 사람이 도에이칸으로 하숙을 옮긴 것이 우연히도 같은 날이었기 때문에 그것이 인연이 되어 몇 번 피차의 방을 찾아 이야기를 나누었을 뿐, 별다른 깊은 교섭이 있었던 것도 아니었습니다.

그렇다면 어째서 그런 엔토를 죽일 생각을 품었느냐 할 것 같으면, 그의 용모나 언동이 참을 수 없을 정도로 보기 싫다는 사실도 다소 있었지만, 사부로가 이렇게 생각한 동기는 상대방 인물에게 있는 것이 아니고, 다만 살인행위 그 자체의 흥미에 있었던 것입니다.

사부로의 정신 상태는 매우 변태적이고 병적이었으며, 범죄에 별난 매력을 느끼고 있었는 데다가 가장 매력적인 것은 살인이었던만큼 이런 당찮은 생각이 일어나는 것도 결코 우연은 아닌 것입니다. 다만 이제까지는 설령 이따금 살의를 느끼는 일이 있어도 그 발각이 두려워 실행을 못하고 있었던 것입니다.

그런데 현재의 경우는 전혀 의심을 받지 않고 발각될 염려 없이 살인이 가능해진 것입니다. 그렇다면 어째서 엔토를 죽여도 살인죄가 발각되지 않는가? ──적어도 사부로가 그렇게 믿고 있었는가── 거기에는 다음 같은 사정이 있었던 것입니다.

도에이칸으로 옮긴 지 4, 5일 지나서였습니다. 사부로는 친해진 같은 여관의 어떤 사람과 근처의 카페에 간 일이 있습니다. 그때 그 카페에 엔토가 와 있었기 때문에 세 사람이 같은 테이블에 모여 술을 ──하기는 술을 싫어하는 사부로는 커피였지만──마시고는 거나해져 하숙으로 돌아왔는데, 약간 마신 술에 얼큰해진 엔토는 자기 방으로 가자면서 억지로 두 사람을 그의 방으로 끌어들였습니다.

엔토는 혼자 지껄여대며 밤이 새는 줄도 모르고 종업원을 불러 차를 내오게 하는 등, 카페에서 하던 자신의 여성 편력담을 늘어놓는 것이었습니다. 사부로가 그를 싫어하기 시작한 것은 그날밤부터입니다. 그때 엔토는 빨갛게 충혈된 입술을 연상 핥아가며 자랑스러운 듯이 이런 말을 하는 것이었습니다.

"그 여자하고 말입니다. 난 언젠가 정사를 계획한 일이 있지요. 아직 학교에 다니고 있었을 때였는데 난 의과가 아닙니까? 약을 입수하기란 그야말로 수월하지요. 그래서 둘이 편히 잠들 수 있는 모르히네를 준비해 가지고, 글쎄 이것 보세요. 아, 온천으로 갔지 뭡니까!"

그는 비틀거리며 일어서더니 다락 쪽으로 가서 그 안에 있던 가방에서 새끼손가락만한 갈색의 작은 병을 찾아내어 두 사람 쪽으로 내미는 것이었습니다. 병 안에는 밑바닥 쪽에 약간 흰 것이 들어 있었습니다.

"바로 이거예요. 요것으로 충분히 두 인간이 죽을 수 있으니까요. …… 그렇지만 이런 얘기를 다른 사람한테 지껄이면 안 됩니다."

그리고 그의 이야기는 끝없이 계속되었던 것인데, 사부로는 이제 그때의 독약 생각이 문득 머리에 떠올랐던 것입니다.
'천장 구멍에서 독약을 떨어뜨려 살인을 한다? 이것 참 기상천외의 기막힌 범죄란 말야!'
그는 이 묘안에 그만 정신없이 기뻐졌습니다. 그 방법은 과연 드라마틱한 그만큼 가능성이 빈약한 것이었지만, 그리고 또한 굳이 이런 잔손이 가는 짓을 않고도 달리 얼마든지 간단한 살인 방법이 있었을 터인데도, 이상한 아이디어에 완전히 매혹된 그는 아무것도 생각할 여유조차 없었던 것입니다. 그리고 그의 머리에는 다만 그 계획에 대한 형편 좋은 이론만이 연거푸 떠오르는 것이었습니다.
먼저 약을 훔쳐낼 필요가 있었습니다. 하지만 그것은 간단한 일입니다. 엔토의 방을 찾아가 말을 나누고 있으면, 그 사이에는 변소에 간다든가, 그밖에 그가 자리를 비울 수도 있을 테니까 그 틈에 그 가방에서 약병을 꺼내기만 하면 되는 것입니다.
엔토가 노상 그 가방 속을 조사해 보는 것은 아니니까 며칠쯤은 약이 없어진 사실을 모를 터이고, 설령 알게 되더라도 그 독약을 입수한 자체가 위법이니까 떠들어 댈 까닭도 없으며, 게다가 누가 훔쳐갔는지 알 도리도 없습니다.
어쨌든 이렇게 입수한 가루약을 물에 타, 콧병 때문에 노상 벌어져 있는 엔토의 입으로 흘려넣으면 되는 것입니다. 한 가지 염려는 과연 제대로 삼켜 줄 것이냐 하는 점이었는데, 뭐 그것도 염려 없습니다. 그럴 것이 약이 매우 분량이 적은 데다가 좀 진하게 타두면 불과 몇 방울이면 족하니까, 곤히 잠들어 있을 때라면 전혀 모를 것입니다. 또한 알았더라도 아마 토해낼 여가 따위는 없을 것입니다.
그리고 모르핀이 쓴 약이라는 것도 사부로는 잘 알고 있었습니다마는 워낙 분량이 적으니까 설탕이라도 섞어 두면 거의 실패할 염려는 없습니다. 설마하니 천장에서 독약이 내려오리라고는 아무도 짐작조차 못 할 것이니까 엔토가 갑작스러운 순간 그 사실을 깨달을 리는 만무한 것입니다.

그러나 약이 제대로 들을지, 엔토의 체질에 비해 너무 많다든가, 또는 적다든가 해서 그저 고민만 할 뿐 절명을 안 하는 수는 없을까? 이것이 문제입니다. 그러나 만약의 경우 그렇더라도 사부로의 몸에 위험을 미칠 염려는 없는 것입니다. 구멍을 원래대로 막아버리면 되며, 다락방에는 아무런 흔적이 남지 않습니다. 지문은 장갑으로 넉넉히 방지가 됩니다. 설령 천장에서 독약이 내려왔다는 사실이 판명되더라도 실상 누구의 짓인지 전혀 알 까닭이 없습니다.

특히 사부로와 엔토는 사귄 지 얼마 안 되기 때문에 그에게 혐의가 돌아올 리가 없습니다. 아니, 그렇게까지 생각지 않아도 흠뻑 잠들어 있는 엔토에게 약이 떨어져내린 방향 따위를 식별할 능력은 없습니다.

이것이 사부로가 천장 위를 지나 다시금 방으로 돌아가서 생각한 이론이었습니다. 독자는 이미 설령 이상의 여러 일이 제대로 된다고 하더라도 그밖에 하나의 중대한 착오가 있음을 깨달으셨으리라 생각합니다. 그런데도 그는 마침내 실행으로 옮길 때까지 이상하게도 그것을 감쪽같이 모르고 있었던 것입니다.

5

사부로가 마침 좋은 기회에 계획대로 엔토의 방을 찾은 것은 그로부터 한 댓새가 지난 무렵이었습니다.

물론 그 사이에는 그는 이 계획에 대해 거듭 생각한 끝에 절대로 위험하지 않다는 결론을 내릴 수가 있었습니다. 뿐만 아니라 여러 가지 새로운 연구를 거듭했습니다. 가령 독약이 들어 있는 병의 처치에 대한 고안만 해도 그렇습니다.

만일 뜻대로 엔토를 살해할 수 있으면 그는 그 병을 천장 구멍에서 밑으로 떨어뜨려 두기로 정했습니다. 그렇게 하는 것으로 그는 이중의 이익을 얻을 수 있습니다. 한편으로는 만일 발견되면 중대한 단서가 되는 그 약병을 숨겨 둘 필요가 없게 된다는 것, 또 한편으로는 죽은 사람 곁에 약병이 있으면 누구나가 엔토가 자살한 것이라고 생각할 것이 분명하다는 것, 그리고 그 병이 엔토의 물건이라는 사실은 언젠가 사부로와 함께 그의 여자 이야기를 들은 하숙인이 증명해 줄 것이 틀림없습니다.

게다가 또 한 가지 안성맞춤은 엔토는 매일 밤 문단속을 철저히 하고 자고 있었다는 점입니다. 방문은 물론이고 창도 반드시 잠그고 자기 때문에 외부 사람으로서는 절대로 들어갈 수 없었습니다.

어쨌든 그날 사부로는 비상한 인내력으로 얼굴만 보아도 구역질이 나는 엔토와 장시간 잡담을 나누었습니다.

'조만간 증거가 남지 않는 방법대로 너를 죽여 줄 테다. 네가 그렇게 여자처럼 지껄여대는 것도 이제 얼마 남지 않았다. 그 동안에 실컷 지껄여 두려무나'

사부로는 상대방의 끝없이 움직이는 커다란 입술을 바라보면서 속으로는 이런 말을 되풀이하고 있었습니다. 이 사나이가 불원 퉁퉁 부은 시퍼런 시체가 될 것이라고 생각하니 그는 도무지 유쾌해서 견딜 수 없었습니다.

그렇게 잡담을 하고 있는 사이에 짐작대로 엔토가 화장실에 가느라고 일어섰습니다. 그것은 이미 밤 10시가 지나서였지요. 사부로는 빈틈없이 둘러본 다음, 소리없이 다락을 열고 그 가방에서 재빨리 약병을 꺼냈습니다. 언젠가 그 장소를 잘 보아두었기 때문에 찾아내는 것은 수월했습니다. 그래도 가슴이 마구 방망이질을 하고, 겨드랑 밑에서는 식은땀이 죽 흘렀습니다.

실상 그의 이번 계획 중에서 가장 위험한 것은 이 독약을 훔쳐내는 일이었습니다. 자칫 엔토에게 발견될 위험이 있고, 누가 유리창 너머로 들여다볼지도 모르는 것입니다. 그러나 그것에 대해서는 그 나름대로 이렇게 생각하고 있었습니다. 만일 발견되면, 또는 발견되지 않아도 엔토가 약병이 없어진 사실을 알아차리면——그것은 주의해 보고 있으면 즉시 알 수 있었지요——살해를 중지하면 되는 것입니다. 그저 독약을 훔쳤다는 것만으로는 대단한 죄는 되지 않으니까요.

그것은 어찌 되었건 결국 그는 아무에게도 발견되지 않고 손쉽게 약병을 입수할 수 있었던 것입니다. 그리하여 엔토가 화장실에서 돌아오자 그는 이야기를 마무리하고는 자기 방으로 돌아갔습니다. 그리고 창에 커튼을 치고 방문을 단단히 잠근 다음 책상 앞에 앉아, 가슴을 두근거리면서 그 약병을 꺼내 싫증을 모르고 들여다보는 것이었습니다.

그는 전에 독물학(毒物學)에 관한 책을 읽어 모르핀에 대해서는 다소 알고 있었지만 실물을 보기는 처음이었습니다. 병을 전등 밑으로 가져가서 비쳐 보니 작은 수저에 절반이나 담길까말까한 아주 적은 하얀 것이 아름답게 보였습니다. 대체 이런 것으로 사람이 죽을 수 있을까 싶게 생각될 정도였습니다.

사부로는 물론 그 약을 저울에 달아서 잴 수는 없었으므로 약의 분량은 엔토의 말을 믿어 두는 수밖에 없었습니다. 그때의 엔토의 말투는 비록 술에 취해 있었다고는 해도 결코 엉터리라고는 생각되지 않습니다.

그리하여 그는 병을 책상 위에 놓고 곁에 설탕이니 알코올 병을 늘어놓고는 약제사 같은 면밀함으로 열심히 조합을 시작했습니다. 사람들은 모두 잠든 모양으로 둘레는 조용하기 이를 데 없습니다. 그 속에서 성냥에 적신 알코올을 조심스럽게 한 방울 한 방울 병 안에 떨어뜨리고 있노라니, 자기의 호흡이 악마의 한숨처럼 묘하게 무섭게 울리는 것입니다. 그것이 그 얼마나 사부로의 변태적인 즐거움을 만족시켜 주었는지 모릅니다.

그러나 한 편으로는 이제껏 전혀 예기치 않던 어떤 공포와 같은 감정이 그의 마음 한 귀퉁이를 차지하기 시작하고 있었습니다. 그리고 시간이 지남에 따라 조금씩 그것이 확대되어 가는 것이었습니다. 이 계획에 절대로 파탄이 없다고 믿으면서도 시시각각 늘어나는 불안을 그는 어쩌는 수가 없었습니다.

아무런 원한도 없는 인간을 다만 살인하는 재미로 죽여버리다니, 이게 도대체 될 말이냐? 너는 악마에게 홀리기라도 했느냐? 너는 미쳤느냐? 대체 너는 자신의 마음을 무섭다고 생각지 않느냐?

그는 조제해 버린 약병을 앞에 놓고 밤이 깊어가는 줄도 모르고 생각에 잠겨 있었습니다. 차라리 이 계획을 집어 치우기로 하자. 몇 번 이렇게 결심했는지 모릅니다. 하지만 결국은 그 살인의 매력을 단념할 수는 없었습니다.

그런데 그렇게 생각에 잠겨 있는 사이에 어떤 치명적인 사실이 번개처럼 그의 머리에 떠올랐습니다.

"우후후⋯⋯."

사부로는 갑자기 우스워서 못견딘다는 듯이, 그러나 주위에 신경을 쓰면서 웃음을 터뜨리는 것이었습니다.

"바보 같으니! 넌 정말 기막힌 어릿광대야! 진지하게 이런 계획을 꿈꾸다니. 너의 마비된 머리는 이제 우연과 필연의 구별마저 안 되게 되었단 말이냐? 그 엔토의 크게 벌린 입이 한 번 천장 구멍 바로 밑에 있었다고 해서 다음번에도 같은 자리에 있다고 생각하다니! 그런 일은 다시는 일어날 수 없지 않으냐?"

그것은 참으로 우습기 짝이 없는 착오였습니다. 그의 계획은 이미 출발점에서 일대 실망에 빠져 있었던 것입니다. 그러나 그렇다고는 해도 그는 어째서 이런 뻔한 사실을 여지껏 모르고 있었던 것일까요? 참으로 이상한 일이라고 하지 않을 수 없습니다. 그것은 어쨌든 그는 이 발견에 의해 한편으로는 몹시 실망했지만, 동시에 또 한편으로는 야릇한 마음편함을 느끼는 것이었습니다.

'덕분으로 무서운 살인죄를 저지르지 않아도 되는 것이다. 휴우, 살았다'

그러나 그 이튿날도 '다락방의 산책'을 계속할 때마다 그는 미련을 버릴 수 없어, 그 구멍을 후벼내어 엔토의 동정을 살피는 짓을 게을리하지 않았습니다. 그것은 독약을 훔쳐낸 사실을 엔토가 깨닫지는 않을까 하는 염려 때문이기도 했지만, 그러나 또한 먼저처럼 그의 입이 구멍 바로 밑에 오지 않을까 하는, 그 우연을 기다리는 심정이 곁들여 있었던 것입니다. 그럴 것이 그는 '산책' 때마다 주머니에 그 독약병을 넣고 다니고 있었으니까요.

6

어느 날 밤──그것은 사부로가 '산책'을 시작한 지 벌써 열흘이나 지나서였습니다. 10일 동안이나 매일 몇 번씩 다락방을 기어다니고 있던 그의 고생은 보통이 아니었습니다.

사부로는 다시금 엔토의 방 천장 위를 돌아다니고 있었습니다. 그리고 마치 제비라도 뽑듯이 길이냐, 흉이냐, 오늘은 혹시 운수대통해서 길이 나오게 해 주소서, 이렇게 신에게조차 빌면서 그 구멍을 열어 보았습니다.

그러자 아아, 그의 눈이 잘못 본 것은 아닐 테죠? 언젠가 보았을 때와 전혀 다름없는 모양으로, 코를 골고 있는 엔토의 입이 구멍 바로 밑에 와 있는 것이 아니겠습니까!

사부로는 수없이 눈을 비비고 거듭 보고 나서 다시금 바지 끈을 풀어 늘어뜨려 보았는데, 이제 틀림이 없습니다. 끈과 구멍과 입이 그야말로 일직선상에 있는 것입니다. 그는 자기도 모르게 외마디 소리가 나오는 것을 가까스로 참았습니다. 마침내 그때가 온 기쁨과 말할 수 없는 공포와 그 두 가지가 뒤섞인 일종의 야릇한 흥분으로 그는 어둠 속에서 한 동안 창백하게 질려 버렸습니다.

그는 주머니에서 약병을 꺼내자 저절로 떨리는 손을 지그시 가라앉히면서 그 마개를 뽑아 끈으로 짐작을 해놓고——오오, 그때의 이루 형용할 수조차 없는 심정!——뚝 뚝 뚝, 십 여 방울. 그것을 가까스로 마치고는 곧 눈을 감아 버린 것입니다.

'정신이 들었을까? 아마 지금쯤 깨어났을 거야. 그리고 당장에라도, 오오, 떠나갈 듯이 큰소리로 외쳐댈 테지.'

만일 두 손이 비어 있다면 그는 귀를 가리고 싶어졌습니다.

그런데 그의 이런 비장한 염려에도 불구하고 밑의 엔토는 아무런 기척도 없는 것입니다. 독약이 입안으로 떨어지는 것은 분명히 보았으니까 그것은 틀림없습니다. 그런데 이렇듯 조용하다니 대체 어찌된 일일까요?

사부로는 겁을 잔뜩 집어먹고 눈을 뜨고는 구멍을 들여다보았습니다. 그러자 엔토는 입을 우물우물하고, 두 손으로 입술을 비비듯이 하더니 다시금 잠이 들어 버리는 것이었습니다. 염려하기보다는 낳는 것이 쉽다는 말은 과연 그럴 듯합니다. 잠에 취한 엔토는 무서운 독약을 삼킨 사실을 전혀 깨닫지 못하는 것이었습니다.

사부로는 가엾은 피해자의 얼굴을 꼼짝도 않고 내려다보고 있었습니다. 그것이 얼마나 길게 느껴졌는지, 사실은 20분도 지나지 않았지만 그에게는 두세 시간이나 지난 것처럼 생각되었습니다. 그때 엔토는 갑자기 눈을 떴습니다. 그리고 반신을 일으켜 자못 이상한 듯이 방 안을 두리번거리는 것이었습니다. 현기증이라도 나는지 목을 가로 흔들기도 하고, 눈을 비벼보기도 하고, 잠꼬대처럼 뜻 없는 말을 중얼중얼 지껄여보기도 하더니, 한참 만에 다시 자리에 누웠는데 이번에는 몸을 뒤척이는 것입니다.

이윽고 몸을 뒤척이는 힘이 차츰 약해가고 이제는 꼼짝을 않는가 했더니 그대신 천둥 같은 코고는 소리가 들려왔습니다. 보니 얼굴빛이 마치 술에 취한 것처럼 벌개지고, 콧잔등이며 이마에는 구슬땀이 숭얼숭얼 솟아나는 것이었습니다. 잠들어 있는 그의 몸 안에서 세상에도 무서운 생사의 투쟁이 일어나고 있는지도 모릅니다. 그것을 생각하니 소름이 죽 끼쳤습니다.

그런데 잠시 후 그렇듯 빨갛던 얼굴빛이 서서히 가시고, 종잇장처럼 하얗게 되더니 이내 푸른 빛으로 변해갔습니다. 그리고 어느새 코고는 소리가 그치고 숨소리가 차츰 줄어들게 되었습니다. …… 문득 가슴께가 움직이지 않게 되기에 드디어 마지막인가 보다 생각하고 있으려니, 잠시 후 생각난 듯이 다시금 입술이 삐끗삐끗하며 둔한 숨소리가 들려왔습니다.

그런 짓이 두세 번 되풀이되었지요. 그러더니 그것으로 끝이었습니다. 이제 그는 움직이지 않았습니다.

숨을 죽이고 손에 땀을 쥐고 그 모양을 지켜보던 사부로는 비로소 안도의 한숨을 쉬었습니다. 드디어 그는 살인자가 되어 버린 것입니다. 그것은 그렇고 어쩌면 그렇게도 편한 죽음입니까! 그의 희생자는 비명 한 마디 없이 고민의 표정조차 짓지 않고 코를 골면서 죽어 간 것입니다.

'난 또 뭐라구. 살인이란 이렇게 간단한 것이란 말인가?'

사부로는 어쩐지 실망스러웠습니다. 상상의 세계에서는 다시 없는 매력이었던 살인이라는 것이 막상 해보니 다른 일상사와 아무런 변화가 없는 지극히 간단한 일이었던 것입니다. 이런 정도라면 아직 얼마든지 살인을 할 수 있겠군. 이렇게 생각하는 한편으로는 맥이 빠진 그의 마음에 무어라 말할 수 없는 두려움이 엄습하기 시작했습니다.

천장 구멍에서 시체를 지켜보고 있는 자기의 모습이 사부로는 느닷없이 기분나쁘게 느껴졌습니다. 묘하게 목줄기께가 으시시한 것이 귀를 기울이니 어딘선가 자기의 이름을 천천히 부르고 있는 것 같은 생각조차 들었습니다.

그러나 그는 최초 계획한 것만은 틀림없이 실행했습니다. 천장 구멍에서 약병——그 안에는 아직 십여 방울의 독약이 남아 있었습니다——을 떨어뜨리는 것, 천장 구멍을 막는 것, 혹시 천장 바닥에 어떤 흔적이 남아 있지 않나 손전등으로 확인하는 것, 그리고 이제 추호도 실수가 없음을 알자 그는 서둘러 대들보를 타고 자기의 방으로 돌아왔습니다.

'이제 마침내 끝났다'

머리도 몸도 묘하게 마비되어, 무언가 잊은 것 같은 불안한 심정을 애써 가라앉히면서 그는 다락 안에서 옷을 갈아입었습니다. 그런데 그때 문득 눈어림으로 사용한 바지 끈을 어떻게 했는가 하는 생각이 들었습니다. 혹시 그곳에 잊고 온 것은 아닐까? 그는 허둥지둥 허리께를 더듬었습니다. 어쩐지 없는 것 같았습니다.

그는 더욱 허둥대며 온몸을 뒤졌습니다. 어째서 이런 것을 잊고 있었을까요? 그것은 분명히 주머니 안에 들어 있지를 않겠습니까. 안심을 하고 주머니 안에서 그 끈과 전지를 꺼내려고 하다가 그는 거듭 깜짝 놀랐습니다. 그럴 것이 그 안에 다른 물건이 들어 있었던 것입니다. 독약병의 작은 코르크 마개가 들어 있었던 것입니다.

그는 조금 전에 독약을 떨어뜨렸을 때 그 마개를 주머니에 넣어두고 있었는데, 그만 깜빡 잊어버리고 병만 밑에다 떨어뜨린 모양입니다. 작은 물건이지만 그대로 두었다가는 범죄 발각의 원인이 됩니다. 그는 공포심을 억누르고 다시금 현장으로 가서 그것을 구멍에서 떨어뜨리고 오지 않으면 안되었습니다.

그날 밤 사부로가 잠자리에 든 것은——그때는 이미 조심 때문에 다락에서 자는 짓은 그만두고 있었습니다마는——새벽 3시경이었습니다. 흥분이 가라앉지 않은 그는 좀체로 잠을 이루지 못했습니다. 그런 중요한 마개를 그대로 가지고 온 것을 보면, 아직 무슨 실수가 있는지도 모른다, 이렇게 생각하니 정신이 아찔해지는 것이었습니다.

그리하여 그날 밤의 행동을 좇아 하나하나 생각해가며, 혹시 어딘가에 실수가 없었는가 하고 조사해 보았습니다. 그러나 아무것도 발견할 수가 없었습니다.

그는 아침녘까지 생각에 생각을 거듭하고 있었는데, 이윽고 하숙인들이 세수를 하느라고 복도를 걷는 소리가 들리기 시작하자 그는 갑자기 외출 준비를 시작했습니다. 그는 엔토의 시체가 발견될 때를 두려워하고 있었던 것입니다. 그때 어떤 태도를 취하느냐, 자칫 나중에 의심받을 묘한 거동이라도 했다가는 그야말로 큰일입니다.

그래서 그는 그 사이 외출하는 것이 가장 안전하다고 생각한 것인데, 그러나 조반도 먹지 않고 외출하는 것은 더한층 수상한 일입니다.

'아차, 그렇지!'

그 사실을 깨닫자 그는 다시금 잠자리 안으로 들어갔습니다. 그로부터 아침식사 시간까지의 두 시간쯤을 그는 조마조마하게 보냈습니다. 하지만 다행히도 그가 급히 조반을 마치고 하숙집에서 도망쳐나올 때까지는 아무 일도 일어나지 않았습니다.

7

결국 그의 살인 계획은 뜻대로 보기좋게 성공했습니다.

그가 점심 때쯤 돌아왔을 때에는 이미 엔토의 시체는 깨끗이 치워지고 경찰의 검시도 끝난 뒤였는데, 들어보니 누구 한 사람 엔토의 자살을 의심하는 자가 없었고 경찰도 형식적인 조사를 끝내자 즉시 돌아갔다는 것이었습니다.

엔토가 어째서 자살을 했는지 그 원인은 전혀 알 수 없었지만, 그의 평소의 소행으로 미루어 필경 치정 결과이리라는 사실에 여러 사람의 의견이 일치했습니다. 실제로 최근 어떤 여자에게 실연당하고 있었다는 사실조차 나타난 것입니다.

실상 실연했다고 떠벌이는 것은 그 같은 사나이로서는 일종의 입버릇 같은 것이어서 대단한 뜻이 있는 것은 아니었지만, 그렇다고 달리 원인이 없으므로 결국 그것으로 낙착이 되고 만 것입니다.

뿐만 아니라 원인이 있건 없건 간에 그가 자살한 것은 의심할 여지가 없는 일이었습니다. 입구의 문도, 창도 내부에서 완전히 잠겨져 있었고, 독약이 든 용기가 머리맡에 뒹굴고 있고, 그것이 그의 소지품이라는 사실도 드러나 있으니 달리 의심할 여지가 없는 것입니다. 설마하니 천장에서 독약을 흘렸다고는, 그런 바보 같은 의심을 일으키는 사람은 하나도 없었지요.

그래도 어쩐지 안심할 수가 없어 사부로는 그날 종일 겁을 먹고 있었습니다마는, 이윽고 하루 이틀 날짜가 지남에 따라 그는 차츰 침착을 되찾게 되었고, 마침내는 자신의 솜씨를 자랑스럽게 여기는 여유마저 생기게 되었습니다.

'어때? 과연 기막히지? 보라구, 누구 한 사람 여기에, 같은 울타리 안에 무서운 살인범이 있다는 것을 꿈도 못 꾸고 있잖아?'

그는 이런 식이라면 세상에 그 얼마나 숨겨진, 처벌되지 않은 범죄가 있는지 알 게 무어냐고 생각하는 것이었습니다. 하기는 밤에는 엔토의 죽은 얼굴이 눈앞에 어른거리는 것 같아 어쩐지 기분이 언짢아졌고 그날 밤 이후 그의 '산책'도 중지되어 있는 형편이었지만, 그런 것은 이윽고는 잊어버릴 수도 있을 것입니다. 실상 죄가 드러나지만 않으면 그것으로 충분하니까요.

그러나 엔토가 죽은 지 사흘째 되는 날의 일이었습니다. 저녁식사를 마치고 이쑤시개를 쓰면서 콧노래를 부르고 있으려니 난데없이 아께찌 고고로가 찾아왔습니다.

"여어."

"오래간만이오."

그들은 허물없이 이런 인사를 나누었는데, 사부로는 때가 때인만큼 이 아마추어 탐정의 방문을 약간 기분나쁘게 생각지 않을 수 없었습니다.

"이 하숙에서 독약을 먹고 죽은 사람이 있다면서?"

고고로는 자리에 앉자 곧 사부로가 피하고 싶은 이야기를 꺼내는 것이었습니다. 아마 그는 누군가에게 자살자 이야기를 듣고, 마침 같은 하숙에 사부로가 있기 때문에 타고난 탐정 취미에서 찾아온 모양입니다.

"아아, 모르핀으로 죽었지. 난 마침 그 소동 때 없었기 때문에 자세한 내막은 모르지만 아마 치정 때문인 것 같더군."

사부로는 그 화제를 피하고 싶어한다는 것을 깨닫지 않게 하려고 자신도 그것에 흥미가 있는 것처럼 대답했습니다.

"대체 어떤 사나이지?"

고고로는 곧 이렇게 물었습니다. 그로부터 잠시 동안 그들은 엔토의 사람됨에 대해, 사인에 대해, 자살 방법에 대해 문답을 계속했습니다. 사부로는 처음 얼마 동안은 조마조마해하면서 고고로의 물음에 대답하고 있었으나, 이야기가 익어감에 따라 차츰 재미있는 생각마저 들어 마침내는 고고로를 놀려 주고 싶은 심정조차 드는 것이었습니다.
"자네는 어떻게 생각하나? 혹시 타살은 아닐까? 별로 근거가 있는 것은 아니지만, 자살이라고 믿고 있었는데 실은 타살이었던 수가 가끔 있으니까 말야."
아무리 명탐정이라도 이 사건만은 모를 것이라고 속으로 비웃으면서 사부로는 이런 말까지 해보았습니다. 그것이 그로서는 유쾌하기 짝이 없는 것입니다.
"글쎄, 현장을 보기 전엔 뭐라고 말할 수 없군. 나 역시 실은 어떤 친구한테 이 얘기를 들었을 때 사인이 좀 이상하다는 생각이 들었어. 어떨까, 그 엔토라는 사람의 방을 좀 볼 수 없을까?"
"그야 문제 없지."
사부로는 오히려 자랑스러운 듯이 대답했습니다.
"이웃방에 엔토의 고향 친구가 있어. 그 친구가 엔토의 아버지한테 짐의 보관을 부탁받고 있거든. 자네 얘기를 하면 아마 기꺼이 보여줄걸."
두 사람은 엔토의 방으로 가보기로 했습니다. 그때 복도를 앞서 걸어가면서 사부로는 문득 야릇한 기분이 들었습니다.
'범인 자신이 탐정을 살인 현장으로 안내하다니, 정말 이런 일은 없었을걸'
그는 저절로 웃음이 나오는 것을 가까스로 참았습니다.
엔토의 친구――그는 기타무라라고 하며, 엔토가 실연당했다고 증언을 한 사나이입니다――는 고고로의 이름을 잘 알고 있어, 기분 좋게 엔토의 방을 열어 주었습니다. 방 안에는 그의 물건이 아직도 그대로 놓여 있었습니다.
엔토의 변사가 발견된 것은 기타무라가 회사에 출근한 뒤였기 때문에 발견 당시의 정황은 잘 모르고 있었지만, 그는 남들에게 들은 이야기들을 종합해서 제법 상세한 설명을 해주었습니다. 사부로도 그것에 대해 여러 가지 이야기를 늘어놓았습니다.

고고로는 두 사람의 설명을 들으면서 방 안을 여기저기 훑어보고 있더니, 문득 책상 위에 놓여 있는 자명종 시계를 보자 무슨 생각을 하는지 정신없이 한동안 그것을 들여다보고 있었습니다.

"이것은 자명종 시계군요?"

기타무라가 대답했습니다.

"엔토가 자랑하던 물건이었지요. 그 친구는 꼼꼼한 사나이였어요. 아침 여섯 시에 울리도록 매일 밤 빼놓지 않고 태엽을 감아 뒀습니다. 나는 노상 이웃방의 벨소리에 잠을 깨곤 했지요. 엔토가 죽은 날 역시 마찬가지였습니다. 그날 아침에도 역시 그놈이 울리고 있었기 때문에 설마 그런 끔찍한 일이 일어나 있으리라곤 꿈에도 생각지 않았지요."

이 말을 듣자 고고로는 흥분한 듯 긴 곱슬머리를 손가락으로 벅벅 긁어대며 묘하게 열심스러운 표정을 지었습니다.

"그날 아침 이 시계가 울렸던 것은 틀림없을 테죠?"

"네, 그것은 틀림없습니다."

"기타무라 씨는 그 얘기를 경찰관에게 말씀하셨나요?"

"아뇨, ……그런데 왜 그런 것을 물으십니까?"

"왜라니, 이상하지 않습니까? 그날 밤 자살하려고 결심한 사람이 이튿날 아침에 울리도록 시계를 감아 둔다는 것이 말입니다."

"딴은 그러고 보니 좀 이상하군요."

기타무라는 어리석게도 이제까지 전혀 그 사실을 모르고 있었던 모양입니다. 그리고 고고로의 말이 무엇을 뜻하는지도 아직 이해되지 않는 모양이었습니다. 하지만 그것도 결코 무리는 아닙니다. 방문이 잠겨 있었고 독약 그릇이 곁에 있었으며, 그밖의 모든 사정이 엔토의 자살을 여지없이 보여 주고 있었으니까요.

　그러나 이 문답을 들은 사부로는 마치 발 언저리의 지반이 갑자기 무너져 내리는 것 같은 놀라움을 느꼈습니다. 그리고 무엇 때문에 이런 곳으로 고고로를 데리고 왔을까 하고 자신의 어리석음을 뉘우치지 않을 수 없었습니다.

　고고로는 더한층 면밀하게 방 안을 조사하기 시작했습니다. 물론 천장도 놓칠 리가 없었습니다. 그는 천장 판자를 하나하나 두드려 보고, 인간이 드나든 자취가 없나를 조사한 것입니다. 그러나 사부로가 근심한 것처럼 고고로도 설마 하니 천장 구멍에서 독약을 떨어뜨리고 그곳을 다시금 덮어 둔다는 방법은 미처 깨닫지 못했는지, 천장 판자가 한 장도 벗겨져 있지 않음을 확인하자 그 이상의 추궁은 하지 않았습니다.

　결국 그날은 별다른 발견도 없이 끝이 났습니다. 고고로는 엔토의 방을 보고 나자 다시금 사부로의 방으로 돌아가서 잠시 잡담을 나눈 뒤 별일 없이 돌아갔습니다. 그런데 그 잡담 사이에 다음과 같은 문답이 있었던 것을 빼놓을 수 없습니다. 그럴 것이 이것은 보기에 대수롭지 않은 것 같지만, 이 이야기의 결말에 중대한 관계를 지니고 있으니까요.

　그때 고고로는 주머니에서 담배를 꺼내 불을 당기면서 문득 깨달은 듯이 사부로에게 이렇게 물었던 것입니다.

　"자네는 아까부터 통 담배를 안 피우는데 끊어 버렸나?"

　그러고 보니 사부로는 이 2, 3일 동안 그렇게 좋아하던 담배를 한 대도 피우고 있지 않았던 것입니다.

　"이상하군. 깜빡 잊고 있었어. 게다가 자네가 그렇게 피우는 것을 봐도, 도무지 피고 싶은 생각이 없단 말야."

　"언제부터 그런가?"

"가만 있자, 그러고 보니 벌써 2, 3일 되는 모양이야. 그렇군, 지금 갖고 있는 담배를 산 것이 일요일일 테니까, 꼬박 사흘 동안 한 대도 안 피운 셈이군. 왜 그럴까?"

"그렇다면 마침 엔토 군이 죽은 날부터군?"

이 말을 듣자 사부로는 자기도 모르게 깜짝 놀랐습니다. 그러나 설마 엔토의 죽음과 자기가 담배를 안 피우는 것 사이에 인과 관계가 있으리라고는 생각되지 않으므로, 그 자리에서는 그저 웃어버리는 것으로 끝냈습니다마는, 뒤에 가서 생각해 보니 그것은 결코 웃어버리는 것으로 끝낼 일이 아니었던 것입니다.——그리고 그 사부로의 금연은 이상하게도 그후까지 줄곧 계속되었습니다.

8

사부로는 그 뒤 며칠간은 그 자명종 시계의 일이 어쩐지 마음에 걸려 밤에도 제대로 잠을 이루지 못했습니다. 설령 엔토가 자살한 것이 아니라는 사실이 알려지더라도 그가 범인이라고 지목될 증거는 하나도 없을 터이니까 그렇게 근심을 안 해도 될 것 같았지만, 그것을 알고 있는 것이 그 고고로라고 생각하니 좀체로 안심할 수가 없었던 것입니다.

그런데 그로부터 반 달 가량은 아무 일도 없이 지나가 버렸습니다. 염려하고 있던 고고로도 그후 한 번도 찾아오지를 않았습니다.

'휴우, 이젠 근심하지 않아도 되겠군.'

그리하여 사부로는 마음을 푹 놓게 되었습니다. 그리고 이따금 무서운 꿈을 꾸고 가위에 눌리는 일은 있어도 대체로 유쾌한 나날을 보낼 수가 있었던 것입니다.

더욱이 그를 기쁘게 만든 것은 그 살인죄를 범한 뒤로는 이제껏 전혀 흥미를 느낄 수 없었던 여러 가지 오락이 이상스럽게도 재미있어진 사실입니다. 그래서 요즈음에는 매일같이 놀러 돌아다니게 되었습니다.

어느 날 사부로는 그날도 밖에서 재미있게 놀다가 10시경에 하숙으로 돌아왔는데, 잠을 자려고 이부자리를 꺼낼 셈으로 다락을 열었습니다.

"앗!"

그는 느닷없이 비명을 올리며 뒷걸음질 쳤습니다.

이것은 꿈일까요? 아니면 갑자기 정신이 돈 것일까요? 그곳에는, 다락 안에는 그 죽은 엔토의 목이 머리를 산발하고 어두운 천장에 거꾸로 매달려 있지 않겠습니까.

사부로는 일단 도망치려고 방문 앞까지 갔다가 혹시 잘못 본 것이 아닐까 하는 생각이 나서 다시금 겁을 잔뜩 집어먹은 채 살며시 다락 안을 들여다보았습니다. 그런데 잘못보기는커녕 이번에는 그 목이 갑자기 싱긋 웃지를 않겠습니까!

사부로는 재차 외마디 소리를 지르며 한달음에 문 앞으로 허둥지둥 달려가서 밖으로 도망치려고 했습니다.

"고다 군, 고다 군."

그러자 다락 안에서는 연거푸 사부로의 이름을 불러댔습니다.

"나야, 나라니까. 도망치지 말라구."

그것이 엔토의 목소리가 아니라 어쩐지 귀에 익은 다른 사람의 목소리여서, 사부로는 가까스로 멈춰서서 뒤를 돌아보았습니다.

"미안, 미안."

이렇게 말하면서 전에 사부로 자신이 흔히 한 것처럼 다락 안 천장에서 내려온 것은 뜻밖에도 그 고고로 탐정이었습니다.

"놀라게 해서 미안하구먼."

다락에서 나온 고고로는 싱글싱글 웃으면서 말했습니다.

"잠깐 자네 흉내를 내본 거야."

그것은 참으로 유령 따위보다는 훨씬 현실적이고 훨씬 무서운 사실이었습니다. 고고로는 보나마나 모든 것을 알아 버린 것이 분명합니다.

그때의 사부로의 심정은 무어라 형용할 수 없는 그런 것이었습니다. 모든 일이 머리 속에서 바람개비처럼 돌면서 오히려 아무것도 생각지 않을 때처럼 다만 멍청히 고고로의 얼굴을 바라보고만 있었습니다.

"이것이 자네 셔츠 단추겠지?"

고고로는 사무적인 투로 말을 꺼냈습니다. 손에는 검은 단추를 들고 있었는데, 그것을 사부로에게 내밀면서 이렇게 말하는 것이었습니다.

"다른 하숙인들도 조사해 보았지만 이런 단추를 잃은 사람은 없더군. 아아, 그 셔츠군. 보라구, 두 번째 단추가 떨어져 있잖나?"

깜짝 놀라 가슴을 보니 단추가 하나 떨어져 나가고 없습니다. 사부로는 그것이 언제 떨어져 나갔는지 전혀 모르고 있었던 것입니다.

"셔츠 단추로선 좀 색다른 모양이니까 이것은 자네 것이 틀림없을 걸. 그런데 이 단추를 어디서 주웠는지 아나? 다락방이야. 바로 엔토 군의 방 위 천장 말일세."

사부로는 어째서 단추 같은 것을 떨어뜨리고도 그 사실을 모르고 있었을까요? 그때 전지로 틀림없이 조사해 보았는데 말입니다.

"자네가 죽인 것은 아닌가? 엔토 군을 말야."

고고로는 싱글거리면서 사부로의 울상이 된 얼굴을 들여다보며 비수를 찌르듯이 말하는 것이었습니다.

사부로는 이제는 틀렸다고 생각했습니다. 설령 고고로가 제아무리 교묘한 추리를 내세우더라도, 다만 추리뿐이라면 얼마든지 변명할 여지가 있습니다. 그러나 이런 예기치 않은 증거물을 들이대는 데에야 어쩌는 수가 없습니다.

사부로는 당장 울음이 터지려는 어린애 같은 표정으로 언제까지나 입을 다문 채 서 있었습니다. 이따금 어렴풋하게 먼 옛날의, 가령 초등학교 시절의 일들이 마치 환영처럼 연거푸 아련히 떠오르는 것이었습니다.

그로부터 2시간쯤 지나 그들은 여전히 똑같은 자세로 사부로의 방에 마주 대하고 앉아 있었습니다.

"고맙군. 사실대로 알려 줘서 정말 고마웠네." 마지막으로 고고로는 말하는 것이었습니다. "나는 절대로 자네를 경찰에 알리진 않겠어. 다만 내 판단이 맞았는지 아닌지, 그걸 확인하고 싶었던 거야. 자네도 알고 있듯이 내 흥미는 오직 '진실'을 아는 점에 있으니까. 게다가 이 범죄엔 증거라는 게 하나도 없단 말야. 셔츠 단추? 하하하, 그것은 내 트릭이야. 뭔가 증거품이 없어선 자네가 자백을 안 할 테니까. 전에 자네를 찾아왔을 때 두 번째 단추가 떨어져나간 것을 봤기 때문에 잠깐 이용해 본 거지. 이것 말인가? 옷가게에서 산 물건이야. 단추가 언제 떨어져 나갔는지는 대개 잘 모르는 데다가 자네는 흥분하고 있을 때니까 제대로 들어맞을 줄 알았지. 내가 엔토 군의 자살에 의심을 품기 시작한 것은 그 자명종 시계 때문이지. 곧 관할 경찰서장을 찾아가 시체를 임검한 형사한테 자세히 내용을 들었는데, 모르핀 병이 담배 케이스 안에 굴러 있고, 약이 담배에 흘러 있었다는군. 엔토는 꼼꼼한 성격이고 잠자리에 들어 죽을 준비까지 하고 있는 사람이 독약병을 담배 케이스 안에 놓았다는 것도 이상한데, 게다가 약이 엎질러져 있다면 아무래도 부자연스럽잖나? 그래서 나는 더 한층 의심을 품게 된 셈인데, 그러다가 자네가 엔토가 죽은 날부터 담배를 안 피우게 됐다는 사실을 깨달았지. 이 두 가지 사실은 우연의 일치로서는 좀 이상하지 않은가? 그러자 나는 자네가 전에 범죄의 흉내를 내고 있었다는 생각을 했어. 자네에겐 좀 변태적인 범죄 취미가 있었지. 나는 자주 이 하숙집에 와서 자네 모르게 엔토 군의 방을 조사하고 있었던 거야. 그리고 범인의 통로는 천장 외에 있을 수 없다는 사실을 알게 됐고, 자네는 소위 '다락방의 산책'으로 하숙인들의 동정을 살피기도 했지. 특히 자네 방 위에선 언제나 오랫동안 있었네. 그리고 자네의 불안해하는 모습을 모조리 훔쳐봤지.

캐낼수록 모든 사실은 자네를 지목하고 있단 말야. 하지만 확증이라는 게 하나도 없었어. 그래서 그런 쇼를 생각해낸 걸세. 하하하, 그럼 이만 실례하겠네. 아마 이제 만나보긴 힘들걸. 그럴 것이 자네는 자수할 결심을 하고 있잖나?"

사부로는 이 고고로의 트릭에 대해서도 이제는 아무런 감정도 일어나지 않았습니다. 그는 고고로가 밖으로 나가는 것도 모르고

'사형당할 때의 심정은 대체 어떤 것일까?'

다만 그런 것을 멍하니 생각하고 있었습니다.

그는 독약병을 천장 구멍에서 떨어뜨렸을 때, 그것이 어디로 떨어졌는지를 보지 못한 것같이 생각하고 있었지만, 그 실은 담배에 독약이 엎질러진 것까지 보고 있었던 것입니다. 그리고 그것이 의식하에 집어넣어져 심리적으로 그로 하여금 자기도 모르게 담배를 끊게 만들어 버린 것이었습니다.

두 폐인

1

두 사람은 탕(湯)에서 나와 바둑을 한 판 두고 담배를 피우고 떨떠름한 차를 마시면서 여느때처럼 이런 이야기 저런 이야기를 나누고 있었다. 부드러운 겨울 햇살이 장지문 가득히 퍼져 팔조짜리 방 안을 따스하게 녹이고 있었다.

커다란 오동나무 화로에는 주전자가 졸음을 이끄는 것 같은 소리를 내며 계속해서 끓고 있었다. 꿈처럼 한가로운 겨울 온천(溫泉)의 오후였다.

무의미한 이야기가 어느덧 옛날을 돌아보게 하는 이야기로 옮아갔다. 손님인 사이또 씨는 전쟁터에서의 실전담을 말하기 시작했다. 그 방의 주인인 이하라 씨는 화롯불을 쬐면서 잠자코 피비린내 나는 이야기에 귀를 기울이고 있었다. 어딘선가 꾀꼬리 소리가 간간이 들려온다. 옛일을 말하기에는 알맞은 주위 정경이었다.

사이또 씨가 보기에도 무참한, 상처난 얼굴은 그런 무용담을 말하는 사람으로서는 아주 어울렸다. 그는 포탄의 파편에 맞았을 때 생겼다는, 얼굴 오른쪽 절반의 뒤틀린 케맨 자국을 가리키면서 당시의 상황을 말하는 것이었다. 그밖에도 온 몸에 몇 군데의 칼 자국이 있었다. 그것이 겨울철이면 아프기 때문에 이렇게 온천으로 요양을 오는 것이라면서 옷을 벗고 옛상처를 보이기도 했다.
"이래봬도 젊었을 적엔 큰 야심을 품었었지요. 이런 꼴이 되고 보니 그것도 끝장이 나버렸단 말입니다."
사이또 씨는 이렇게 말하고 긴 실전담을 끝냈다. 이하라 씨는 이야기의 여운을 감상하듯 잠시 침묵을 지키고 있었다.
'이 사나이는 전쟁 때문에 일생을 망쳐 버렸어. 이 사람이나 나나 모두 폐인이란 말야……. 그렇지만 이 사람에게는 명예라는 위안이라도 있다. 그러나 내게는…….'
이하라 씨는 다시금 묵은 상처에 닿아 간담이 서늘해졌다. 그리고 몸에 있는 옛상처를 괴로워하고 있는 사이또 씨 같은 사람은, 자신에 비한다면 그래도 아직은 행복한 사람이라고 생각했다.
"이번엔 어디 제 참회담을 들어보실까요? 하긴 용감한 실전담 뒤에 이런 이야기는 좀 음산하고 구질구질합니다만서도."
차를 따라 한 모금 마시고 나서 이하라 씨는 이런 말을 불쑥 꺼냈다.
"꼭좀 듣고 싶군요."
사이또 씨는 곧바로 대답했다. 그리고 무엇을 기다리는 듯이 힐끗 이하라 씨 쪽을 보니, 이내 그는 고개를 돌리고 눈을 내려감는다. 이하라 씨는 그 순간 아차 하고 생각했다. 그는 방금 자기 쪽을 힐끗 본 사이또 씨의 표정을 어디선가 본 기억이 있다고 생각한 것이다. 그는 사이또 씨와 처음 만났을 적부터──그렇다고 하더라도 불과 열흘 전의 일이지만──두 사람 사이에는 흔히들 하는 말대로 전생의 인연이라고나 할까, 그런 알 수 없는 뭔가가 있는 것 같다는 생각을 품고 있었다. 그리고 하루하루 날이 지나면서 그 느낌은 차츰 짙어져가고 있었다. 그렇지 않고서야 묵고 있는 여관도 다르고, 신분도 다른 두 사람이 며칠 지나지도 않았는데 이렇게 다정한 사이가 될 까닭이 없다고 생각했다.

'아무래도 이상하단 말이야. 이 사나이의 얼굴은 분명히 어디선가 본 적이 있어.'

그러나 아무리 생각해 보아도 생각이 나지 않았다.

'혹시 이 사나이와 나는 훨씬 옛날의, 가령 철이 들지 않은 어렸을 적의 동무였던 것은 아닐까?'

그렇게 생각하면, 그렇다고도 생각되는 것이었다.

"아마 틀림없이 재미 있는 말씀을 듣게 될 걸요. 그리고 보니 오늘은 어쩐지 옛일이 생각나는 그런 날씨가 아닙니까?"

사이또 씨는 한참만에 재촉을 하듯이 말했다.

2

이하라 씨는 부끄러운 자기의 신상을 이제까지 남에게 말한 적이 없었다. 말하기는커녕 오히려 숨기려고 했었다. 자기 스스로도 잊으려고 애쓰고 있었다. 그런데 오늘은 어찌된 영문인지 갑자기 말해 보고 싶은 생각이 드는 것이었다.

"글쎄올시다, 어떤 식으로 얘기를 하면 좋을지. ……나는 ××에서 제법 오래된 큰 상인 집안의 맏이로 태어났는데, 부모가 금이야 옥이야 하고 키웠던 탓인지 어렸을 적부터 몸이 허약해서 학교도 그 때문에 두 해나 늦게 들어갔지요. 그밖엔 이렇다 할 일도 없어, 초등학교에서 중학교, 그리고 도꾜의 ○○대학 이렇게 순조롭게 커갔어요. 도꾜로 나온 뒤로는 그런대로 건강했고, 게다가 학과가 전문이 됨에 따라 흥미가 생겼고, 새 친구들도 생기는 판이라 불편한 하숙 생활도 오히려 즐거워져 재미있는 학창 생활을 보내게 되었지요. 이제와서 생각하면 그 무렵이 내 일생에서 가장 좋았던 때였지요. 그런데 도쿄로 나온 지 한 해도 안 되어서였지요. 어떤 무서운 사실을 알게 되었단 말입니다.”
여기까지 이야기하자 이하라 씨는 왜 그런지 몸을 부르르 떨었다.
“어느 날 아침이었어요. 학교에 가려고 준비를 하고 있는데, 같은 하숙에 있는 친구가 내 방으로 들어오더군요. 그리고 내가 옷을 갈아입는 것을 기다렸다가 ‘어젯밤에 정말 대단한 열변이던데.’ 이렇게 놀리는 것이 아니겠어요? 그렇지만 나로선 도무지 영문을 모르는 일이었지요. ‘대단하다니? 내가 어젯밤 열변이라도 토했단 말이야?’ 내가 이상한 듯이 묻자 친구는 갑자기 배를 움켜쥐고 웃음을 터뜨리면서 ‘아직 세수도 안 한 모양이군?’ 이러면서 놀리는 거예요. 그래서 자세히 알아 보니 전날밤 늦게 내가 친구가 자고 있는 방으로 들어가서 친구를 두드려깨워가지곤 느닷없이 논쟁을 벌이더랍니다. 플라톤과 아리스토텔레스의 부인관(婦人觀) 비교론 따위를 한 바탕 늘어놓더니, 친구의 의견은 들을 생각도 않고 되돌아 가버렸다는군요. 도무지 여우에게 홀린 것 같은 심정이었지요. ‘너야말로 아마 꿈을 꾼 모양이지. 난 어젯밤에 일찍부터 잠이 들었고, 조금 전까지 흠뻑 잠들어 있었단 말이야. 그럴 리가 없어.’ 이렇게 말했더니 친구는 ‘하도 황당하다는 생각이 들어서 난 네가 돌아간 뒤 잠을 이룰 수 없어 한동안 책을 보고 있었어. 무엇보다도 분명한 증거는 이 엽서, 그 때 네가 쓴 이 엽서를 보라고, 꿈 속에서 엽서를 쓰는 놈도 있나?’ 이러면서 따지는 거예요.
그런 식으로 실랑이를 하면서 결국 긴가민가 생각하며 그날은 학교에 갔는데, 교실에 들어가서 강사가 오기를 기다리고 있는 사이에 그 친구가 '너 혹시 잠꼬대를 심하게 한다거나, 자다가 일어나서 한 일을 모르거나 하는 그런 버릇은 없어?' 이렇게 묻더군요. 나는 그 말을 듣자 어쩐지 무서운 것에 부딪친 것처럼 오싹했어요. 내겐 그런 버릇이 있었던 것입니다. 나는 어렸을 적부터 잠꼬대를 잘 했다는데, 누군가 그 잠꼬대를 듣고 놀리기라도 하면, 잠을 자고 있으면서도 분명히 문답을 했다는 것입니다. 그런데다 아침이 되면 그것을 전혀 기억하지 못했지요. 이상하다고 해서 이웃에 소문이 났을 정도였으니까요. 그렇지만 그것은 초등학교 때였고 크고 난 다음에는 전혀 그런 일이 없었지만, 이제 친구의 질문을 받고 보니 아무래도 어렸을 적의 버릇과 전날밤의 일이 관계가 있어 보이더군요. 그래서 그 이야기를 했더니 '그렇다면 그게 다시 나타난 거야. 결국 몽유병의 한 종류이지.' 친구는 딱한 듯이 이렇게 말하는 것이었습니다.

이렇게 되자 나는 근심스러워졌지요. 몽유병이 어떤 것인지 상세한 것은 몰랐지만 몽중유행증(夢中遊行症), 이혼병(離魂病) (두 가지 모두 몽유병의 다른 이름), 꿈 속의 범죄 따위의 숙어가 기분나쁘게 떠오르는 것이었어요. 무엇보다 젊은 나로서는 잠에 취해 엉뚱한 짓을 한다는 사실이 부끄러워 참을 수 없었지요. 만일 이런 일이 자주 일어나면 어쩌나 싶어 도무지 견딜 수가 없었단 말입니다. 그래서 며칠 뒤 용기를 내어 아는 의사를 찾아가 상의해봤어요. 그런데 의사의 말은 '아무래도 몽중유행증 같은데, 그렇지만 한 번쯤 발작한 것을 가지고 그렇게 근심할 필요야 없지. 오히려 그렇게 신경을 쓰는 것이 병을 덧나게 하는 원인이 된단 말야. 되도록 마음을 가라앉히고, 태평스럽게 규칙적으로 생활을 하면서 몸을 튼튼히 하게나. 그러면 그런 병도 자연스럽게 나을 테니까.' 의사는 아주 태평이었지요. 그래도 나도 단념하고 돌아왔는데, 불행히도 나라는 인간은 원래 신경질적인 편이기 때문이에요. 한 번 그런 일이 있고 난 다음부터는 도무지 근심스러워 공부도 손에 잡히지 않았지요.

제발 다시는 그런 일이 일어나지 말아야 할 텐데, 이런 마음으로 겁을 잔뜩 집어먹고 있었지요. 다행히 한 달포쯤은 별 탈 없이 지나가더군요. 이제 살았다고 생각하고 있는데 웬걸요. 이번에는 전보다 심한 발작이 일어나, 글쎄 꿈 속에서 남의 물건을 훔쳐 버렸지 뭡니까? 어느날 아침 눈을 떠보니 머리맡에 낯선 몸시계가 놓여 있었어요. 이상한 일도 다 보겠다 생각하고 있는데, 같은 하숙에 있는 회사원이 시계가 없어졌다고 떠들어대는 것이었어요. 나는 곧 깨달았지만 도무지 부끄러워서 사과를 하러 갈 수가 없었지요. 하는 수 없이 전의 그 친구에게 부탁해서 내가 몽유병자라는 사실을 증명해 받고는 시계를 돌려주고 그 일은 마무리를 지었습니다. 그런데 그 다음부터는 내가 몽유병자라는 소문이 퍼져 버려, 학교에서조차 화제 거리가 되는 판이었지요.

나는 이 부끄러운 병을 고쳐 보려고 그 방면의 책을 사서 읽어 보기도 하고, 의사한테 지도를 받는 등 별의별 짓을 다 해봤지요. 그런데 낫기는커녕 점점 더 나빠질 뿐이었습니다. 한 달에 한 번, 심할 적에는 두 번 정도씩 틀림없이 그 발작이 일어나, 조금씩 몽중유행의 범위가 넓어져가는 판국이었지요. 그리고 그 때마다 남의 물건을 가져오거나, 내 물건을 떨어뜨리고 오는 것이었어요. 그런 것이라도 없으면 남에게 알려지지도 않고 끝날 수도 있었을 텐데, 거의 어떤 증거품이 남는단 말입니다. 그 밖에도 종종 발작이 있어났지만, 증거품이 없기 때문에 알려지지 않았는지도 모르지요. 어쨌든 나 자신이 생각해도 머리털이 쭈뼛해지는 얘기였지요. 언젠가는 한밤중에 하숙집을 빠져나와 근처에 있는 절간 묘지를 돌아다닌

적도 있었어요. 하필이면 그 때 묘지 밖을 같은 하숙에 있는 사람이 지나가다가 낮은 울타리 너머로 내 모습을 보고는 유령이 나타났다고 떠들어댔는데, 그게 바로 나였다는 사실이 알려지자 사람들 사이에 이런 저런 꽤나 많은 말들이 오고 갔지요.

이렇게 되니 그야말로 좋은 놀림감이 됐어요. 놀리는 사람들이야 재미로 그러는지는 몰라도, 당하는 사람으로서는 정말 기가 막힐 노릇이지요. 그런 마음은 당해 본 사람이 아니면 알 수 없지요. 처음 얼마 동안은 오늘밤도 실수를 하지 않을까 싶어 근심이 되고 잠을 잔다는 것이 차츰 두려워지더군요. 아니, 숫제 밤이 온다는 것 자체가 무서워졌지요. 나중엔 이부자리만 봐도 몸서리가 쳐지는 판이었습니다. 다른 사람들에겐 가장 편안하고 즐거운 휴식 시간이 내게는 가장 괴로운 시간이 된 거지요. 정말 불행한 일이었습니다. 게다가 내게는 이 발작이 일어나기 시작했을 때부터 한 가지 무서운 근심이 있었답니다. 그것은 노상 이런 웃음 거리가 되는 것으로 그치면 그나마 다행이지만, 혹시 이러다가 돌이킬 수 없는 비극이 일어나지나 않을까 하는 점이었지요.

아까도 말씀드린 것처럼 몽유병에 관한 책들을 모조리 읽어 봤을 정도여서 몽유병자가 저지르는 범죄에 대해서도 잘 알고 있었단 말입니다. 그 가운데엔 소름끼치는 끔찍한 살인 사건도 있었지요. 마음 약한 내가 얼마나 근심을 했겠는지 짐작이 가실 것입니다. 그러다가 나는 도저히 이러고 있을 수 없는 노릇이라고 생각하게 되었지요. 차라리 공부를 걷어치우고 고향으로 돌아가야겠다고 마음을 먹은 것입니다. 그래서 어느날, 그것은 첫 발작이 일어난 지 그럭저럭 여섯 달쯤 지난 무렵이었습니다마는, 부모님에게 편지를 보내 상의를 했지요. 그리고 그 답장을 기다리고 있으려니 웬걸요, 내가 그렇게 두려워한 일이 마침내 일어나고 말았습니다. 내 일생을 엉망으로 만든, 돌이킬 수 없는 비극이 말입니다."
 사이또 씨는 꼼짝도 않고 이야기를 듣고 있었다. 그리고 그의 눈은 이야기의 흥미에 이끌리고 있는 이상으로 무엇인가를 말하고 있는 것 같았다. 정월이 지난 온천은 손님이 적어 주위는 조용하기 이를 데 없었다. 새의 울음소리도 들려오지 않았다. 세상과 멀리 떨어진 세계에 두 폐인은 이상한 긴장감 속에서 마주 대하고 있었다.

3

 "그것은 잊혀지지도 않는, 지금부터 꼭 20년 전 가을의 일이었지요. 어지간히 오래된 이야기입니다마는. 어느 날 아침 잠을 깨니 집 안이 어쩐지 떠들썩하더군요. 자라 보고 놀란 사람이 솥뚜껑 보고 놀란다는 식으로 나는 또 무슨 실수를 저지른 것은 아닐까 은근히 겁을 집어먹었지요. 잠시 누워서 생각하고 있는데 집 안이 술렁거리는 품이 아무래도 심상치가 않은 것 같더군요. 무어라 말할 수 없는 무서운 예감이 등줄기를 타고 달렸습니다. 나는 겁을 잔뜩 먹고 방 안을 둘러봤지요. 그러자 어쩐지 이상했어요. 그래서 잠자리에서 일어나 조사를 해봤더니 역시 이상한 것이 눈에 들어왔지요. 방문 쪽에 낯선 작은 보따리가 놓여 있는 것이었어요. 그것을 본 나는 한달음에 뛰어가서 그것을 다락에다 처넣어 버렸습니다. 그때 마침 방문을 열고 한 친구가 얼굴을 디미는 것이었어요. 그리고는 낮은 소리로 '이봐, 큰 일이 일어났어.' 이렇게 속삭이는 것이 아닙니까! 나는 방금 한 내 행동을 눈치채지나 않았나 싶어 대답도 못하고 있으려니 '노인이 살해됐어. 어젯밤에 도둑이 들어온 모양이야. 지금 난리가 났어.' 친구는 이렇게 말하고 가버리는 것이었어요. 나는 그 말을 듣자 숨이 막힌 것처럼 되어 한동안 꼼짝 못하고 있다가 가까스로 정신을 차리고는 동정을 살피러 방을 나섰지요.

거기서 나는 무엇을 보고 무슨 말을 들었을까요? …… 그 때의 무어라 말할 수 없는 야릇한 마음이란 20년이 지난 지금도 어제의 일인양 뚜렷이 생각납니다. 더욱이 그 노인의 소름끼치는 죽은 얼굴은 자나 깨나 눈 앞에서 떠날 날이 없군요."
이하라 씨는 두려워서 견딜 수 없다는 듯이 둘레를 돌아 보았다.
"어쨌든 그 사건을 대충 말씀드리자면, 그날밤 마침 아들 내외가 친척집에 가서 묵게 되어, 하숙집 노인은 혼자 현관 옆방에서 자고 있었다는군요. 그런데 언제나 새벽이면 일어나는 주인이 그날엔 어찌된 셈인지 일어나지를 않기에 가정부 한 사람이 이상히 여기고 그 방을 들여다봤더니, 노인은 잠자리 안에 누운 채 언제나 두르고 있던 플란넬 목도리로 교살된 채 죽어 있더라는 것입니다.
조사 결과 범인은 노인을 죽여 놓고 노인의 허리춤에서 열쇠를 빼내어 장롱 서랍을 열고는 그 속의 금고에서 숱한 채권이니 주권(株券)을 훔쳐낸 사실이 밝혀졌지요. 그 하숙집은 밤늦게 돌아오는 손님들을 위해서 대문을 잠그지 않기 때문에 도둑이 쉽게 들어올 수 있었어요. 그렇지만 죽음을 당한 노인이 기막히게도 잠귀가 밝아, 모두들 마음놓고 있었던 것입니다. 현장에는 이렇다 할 단서도 없었던 모양인데, 다만 한 가지 노인의 머리맡에 더러워진 손수건 한 장이 떨어져 있었고, 그것을 경찰에서 가지고 갔다더군요.
얼마 뒤 나는 내 방으로 돌아와 있었는데, 그 방 안 다락 속에는 그 보따리가 있었지요. 그것을 풀어 보고 만일 살해된 노인의 물건이 그 속에서 나온다면…… 그 때의 내 심정을 짐작해 보십시오. 그야말로 결사적인 판국이었지요. 나는 오랫동안 망설이기만 할 뿐 다락 문을 열 수가 없었지요. 한동안 그러고 있다가 마침내 마음을 다부지게 먹고 다락 문을 열고 보따리를 꺼내어 풀어서 살펴보았는데…… 그 순간 나는 눈 앞이 캄캄해져서 잠시 기절한 것처럼 서 있었지요. 그 보따리 속에 채권과 주권이 들어 있었습니다. 그리고 현장에 떨어져 있던 손수건도 내것이었음이 나중에 드러났지요.

　결국 나는 그날로 자수를 했지요. 그리고 경찰이니 검찰에서 수없이 조사를 받은 끝에 생각만 해도 끔찍한 교도소 미결감으로 들어가게 되었습니다. 나는 마치 대낮의 악몽에 가위눌리고 있는 심정이었어요. 몽유병자의 범죄라는 것이 좀처럼 없는 일이다 보니 전문의 감정이니, 하숙인들 증언이니, 번잡하고 까다로운 숱한 조사가 있었지요. 내가 있는 집안의 자식이고, 돈 때문에 사람을 죽일 까닭이 없다는 것도 알려졌고, 또 내가 몽유병자라는 것은 친구들의 증언으로 분명하게 밝혀졌는데다가, 고향에 계시는 아버님께서 상경하시어 변호사를 두 사람이나 대주었고, 처음 내가 몽유병이라는 것을 발견한 친구――그는 기무라는 사나이였습니다만 ―― 그 친구가 학우들을 대표해서 열심히 운동해 주는 등, 이밖에도 내게 유리한 사정이 드러나 오랜 미결감 생활 끝에 마침내 무죄 판결이 내려졌지요. 그렇지만 무죄는 밝혀졌어도 사람을 죽인 사실은 그대로 남아 있단 말입니다. 이 얼마나 기막힌 일입니까? 나는 무죄판결을 기뻐할 힘조차 없을 만큼 지쳐 버렸지요.

　나는 풀려나자마자 곧 아버지와 함께 고향으로 내려갔지요. 그런데 집으로 돌아가기가 무섭게 가뜩이나 거의 환자처럼 되어 버렸던 나는 아주 진짜 환자가 되어 여섯 달이나 누워서 지냈습니다. ……이렇게 되자 나는 마침내 일생을 어이없게 망쳐 버리고 만 것입니다. 아버님의 뒤는 동생에게 넘겨주고, 그 뒤로 20년이라는 오랜 세월을 이렇게 하는 일 없이 빈둥빈둥 놀고 먹는 팔자가 된 것이지요. 하지만 워낙 오래된 일이라 이제는 고민조차 않게 되었답니다. 하하하.”

이하라 씨는 힘없는 웃음소리로 긴 신상 이야기를 끝냈다. 그리고

"하찮은 이야기를 들려드려 지루하셨을 것입니다. 자, 뜨거운 차 한 잔 더 드시겠어요?"
이렇게 말하면서 다기(茶器)를 끌어당기는 것이었다.
"그랬었군요. 얼핏 보기엔 무척 행복해 보이시는데도, 듣고 보니 노인장 또한 불행한 분이십니다."
사이또 씨는 뜻 있어 보이는 한숨을 쉬고 나서 물었다.
"그런데 그 몽유병 쪽은 완전히 나으셨는가요?"
"묘하게도 살인 소동 뒤로는 한 번도 일어나지를 않았지요. 아마 그 때 너무 심한 충격을 받은 탓일 거라고 의사는 말하고 있어요."
"노인장의 친구였던 그 분…… 기무라 씨라고 하셨던가요? …… 그 분이 제일 처음 노인장의 발작을 본 거군요? 그리고 시계 사건과, 또 묘지의 유령 사건과……그 밖의 경우는 어떠했었나요? 기억하고 있으시면 말씀해 주십시오."
사이또 씨는 갑자기 약간 더듬거리며 이런 말을 꺼냈다. 그의 외눈이 묘하게도 빛나고 있었다.
"글쎄요, 모두 그저 비슷비슷한 일이었고, 살인 사건을 빼놓고는 그저 공동 묘지를 돌아다녔을 적이 가장 색달랐다고 할 수 있을 테지요. 그 나머지는 대개 같은 하숙인들의 방엘 들어갔다는 정도였지요."
"그런데 언제나 남의 물건을 가져온다거나, 이쪽의 물건을 떨어뜨리고 온다거나 하는 바람에 발견된 셈이군요?"
"그렇죠. 하긴 그렇지 않은 경우도 있었을지도 모르지요. 또 혹시 묘지 근처뿐만 아니라 더 먼 곳을 돌아다닌 일이 있었는지도 모를 일이구요."
"처음 기무라라는 친구와 논쟁을 벌이셨을 때와, 묘지에서 같은 하숙인을 봤다는 때와 그밖에 다른 사람이 본 적은 없었던가요?"

"아뇨, 많이 있었던 모양이에요. 한밤중에 하숙집 복도를 돌아다니는 발소리를 들은 사람도 있고, 남의 방으로 들어가는 것을 봤다는 사람들도 있었던 모양이더군요. 그런데 노인께서 왜 그런 것을 물으시나요? 어쩐지 내가 조사받고 있는 것 같잖습니까?"

이하라 씨는 너그럽게 웃어 보였으나, 사실 기분이 좀 나빴던 것이다.

4

"이거 정말 미안합니다. 결코 그런 뜻으로 물어본 게 아니지요. 노인장 같은 분이 설령 꿈 속이라고 해도, 그런 무서운 짓을 하시리라곤 생각되지를 않아서요. 게다가 한 가지 미심쩍은 점이 있단 말입니다. 부디 노여워하시지 말고 들어 주시지요. 이렇게 불편한 몸이 되어 세상을 등지고 살다 보니, 그저 모든 일에 의심부터 품게 되더군요. 그렇지만 노인장께서는 이런 점을 생각해 보신 적이 있으신가요? 몽유병이라는 것은 그 증세를 당사자는 절대로 모른다, 밤중에 돌아다니거나 지껄이거나 해도 아침이 되면 모조리 잊고 있다, 결국 남의 말을 듣고서야 비로소 '나는 몽유병자일까?' 이렇게 생각하는 그런 것이 아닙니까? 의사의 말대로 하면, 몸에서 나타나는 증세도 여러 가지가 있는 것 같지만, 그 또한 참으로 막연한 것이어서, 발작이 일어나야 비로소 결정될 정도가 아니겠습니까? 나는 워낙 의심이 많아 그런지 몰라도, 당신은 너무 간단히 그 병을 믿으셨다고 생각되는군요."

이하라 씨는 무엇인가 정체를 알 수 없는 불안을 느끼기 시작하고 있었다. 그것은 사이또 씨의 이야기에서 왔다기보다는 오히려 보기에도 끔찍스럽게 생긴 그의 얼굴 모습에서, 그 음모 뒤에 숨은 무엇인가로부터 오는 불안이었다. 그러나 그는 애써 그런 감정을 억누르면서 말했다.
 "딴은 나 또한 첫 발작 때는 그런 식으로 의심해 봤었지요. 그리고 제발 그런 의심이 얼토당토않은 것이기를 빌었을 정도였지요. 그렇지만 그렇게 오랫동안 노상 발작이 일어나고 보니, 그런 요행만 바라고 있을 수도 없는 노릇 아닙니까?"
 "그런데 당신은 한 가지 중대한 사실을 깨닫지 못하고 계신 것 같다는 말씀입니다. 그것은 당신의 발작을 목격한 사람이 적다, 아니 따지고 보면 딱 한 사람뿐이었다는 점이지요."
 이하라 씨는 사이또 씨가 그야말로 터무니없는 것을 공상하고 있음을 깨달았다. 그것은 실로 보통 사람으로는 생각조차 못할 무서운 일이었다.
 "딱 한 사람이라구요? 천만에요, 그렇지 않아요. 아까도 말씀드린 것처럼, 내가 남의 방으로 들어가는 뒷모습을 본 사람도 있고, 복도의 발소리를 들은 사람은 헤아릴 수 없이 많단 말입니다. 그리고 묘지의 경우는 지금은 그 이름을 잊었지만, 같은 하숙에 있었던 봉급 생활자가 분명히 목격했다가 나에게 그 이야기를 해줬을 정도였지요. 그렇지 않아도 발작이 일어날 때마다 남의 물건이 내 방에 있거나, 내 물건이 엉뚱한 곳에 떨어져 있었으니까 의심할 여지가 없는 거지요. 물건이 뭐 손이나 발, 날개가 달려서 혼자 돌아닐 까닭은 없을 테니까요."
 "아니죠, 그런 식으로 발작이 있을 때마다 증거물이 남아 있었다는 점이 오히려 이상하지요. 생각해 보십시오. 그런 물건들이야 꼭 당신의 손을 거치지 않더라도 다른 사람이 얼마든지 바꿔 놓을 수 있는 게 아닐까요?
 그리고 본 사람이 많다고 말씀하셨지만 묘지의 경우나 그 밖의 뒷모습을 보았다는 경우나 모두 모호한 데가 있지요. 당신이 아닌

다른 사람을 보아도, 당신이 몽유병자라는 선입견 때문에 밤늦게 수상한 사람 그림자라도 보면, 모두 당신이라고 생각해 버렸는지도 모를 일 아닌가요? 자, 이렇게 생각해 보면 당신의 발작을 보았다는 몇 사람도, 숱한 증거물도 모두가 어떤 사람의 조작으로 생겨났다고 말할 수 있겠지요. 그것은 하긴 기막힌 조작임에는 틀림없지요. 그렇지만 아무리 능수능란해도 조작은 분명히 조작이니까요."
이하라 씨는 넋이 빠진 것처럼 멍하니 사이또 씨의 얼굴을 바라보고 있었다. 그는 너무나 기막힌 일이라, 생각을 간추릴 힘조차 없는 사람 같았다.
"결국 내 생각을 말씀드리자면, 이것은 그 기무라라는 친구가 철저하게 조작한 것일지도 모른다는 것이지요. 어떤 깊은 이유에서 그 하숙집 주인을 죽여야겠다, 아무도 모르게 죽여 버리고 싶다, 그렇지만 제아무리 교묘한 방법으로 죽여도 일단 사람을 죽였기 때문에 범인이 나타나지 않는다고 해서 사건이 있는 듯 없는 듯 흐지부지 처리될 수 없으니까 누군가 다른 사람을 자신 대신 범인으로 한다, 게다가 그 사람에게는 큰 피해가 돌아가지 않는 방법으로…… 만일, 만약에 말입니다. 그 기무라라는 사람이 이런 처지에 있었다고 가정한다면, 노인장같이 남의 말을 잘 믿는 마음 약한 사람을 몽유병자로 만들어 연극을 꾸민다는 것은 있을 수 있는 일이 아니겠습니까?
이런 가정을 먼저 세워 놓고, 그것이 이론상 이루어질 수 있는지 알아 봅시다. 기무라라는 사람은 기회를 보아 당신에게 있지도 않은 이야기를 만들어서 들려 줍니다. 그러자 안성맞춤으로 당신이 어렸을 적 잠에 취해 평소처럼 행동하는 버릇이 있었다는 사실이 도움이 되어 그 시도가 뜻밖으로 효과를 거두었다고 합시다. 이렇게 되자 기무라라는 친구는 다른 사람 방에서 시계나 그밖의 물건을 훔쳐내어 당신이 자고 있는 곳에 떨어뜨린다거나, 당신 모르게 당신 물건을 훔쳐내어 다른 곳에 놓아 둔다거나, 당신인 척 꾸미고 묘지나 하숙집 복도를 돌아다닌다거나, 어쨌든 온갖 수단을 다 써서 더한층 당신 스스로 몽유병자라는 확신을 가지게 하면서, 주위 사람들에게도 그것을 믿도록 세뇌를 합니다.

이렇게 당신이 몽유병자라는 사실을 당신과 주위 사람들이 완전히 믿게 해놓고 있다가 가장 좋은 기회를 보아 기무라 씨가 원수로 여기고 있는 노인을 죽여버리는 것입니다. 그리고 노인의 금고에서 채권과 주권을 꺼내어 당신 방에 놓고, 미리 훔쳐 둔 당신의 손수건을 현장에 놓아 둔다, 이렇게 짐작하는 것이 이론적이라고 생각하지 않으시나요? 이 이야기 내용에서 어느 한 군데 이치에 닿지 않는 점은 없습니다.

그리고 그 결과는 당신은 자수하게 되고, 하기사 당신에게는 아주 괴로운 일일 테지만 범죄라는 점에서는 무죄까지는 안 되더라도 비교적 가볍게 끝나리라는 것은 뻔한 일이지요. 설사 어느 정도 형벌을 받더라도 당신은 병 때문에서 비롯된 것이니까 큰 고뇌는 없을 거란 말씀입니다. 적어도 기무라 씨는 그렇게 믿고 있었을 것입니다. 그렇다고 해서 당신을 해칠 뜻이 있었던 것은 아니었으니까요. 그렇지만 만일 그가 당신이 방금 하신 고백을 들었다면 아마 뉘우쳤을 거예요.

이거, 난데 없는 말씀을 드렸군요. 부디 언짢게 생각하진 마십시오. 이것도 당신 이야기를 듣고 너무 딱한 생각이 들어, 그만 묘한 생각을 하게 된 것입니다. 하지만 당신 마음을 20년 동안 괴롭혀 온 일도 이런 식으로 생각하면 마음편해지지 않습니까? 물론 내가 말씀드린 것이 짐작일지도 모르지요. 그렇지만 설사 그것이 짐작이라 하더라도 그렇게 생각하는 쪽이 이론상으로도 맞고, 당신의 마음도 누그러진다면 그 이상 좋은 것은 없겠지요. 기무라 씨가 왜 노인을 죽여야 했었는지, 그거야 내가 기무라 씨가 아닌 이상 알 도리는 없지만, 아마 말 못할 사연이 있었겠지요."

두 사람은 그렇게 오랫동안 마주앉아 있었다. 겨울해는 빨리 지다 보니 장지에 비치는 햇살도 어느새 약해져서 방 안에는 서늘한 공기가 떠돌기 시작했다. 이윽고, 사이또 씨는 힘없이 일어나 겁먹은 듯이 인사를 하고는 도망치듯이 돌아갔다. 이하라 씨는 그를 전송하려고도 하지 않았다. 그는 그 자리에 앉은 채 치밀어오르는 분노를 지그시 누르고 있었다. 뜻밖의 발견에 이성을 잃지 않으려고 안간힘을 쓰고 있었다.

그러나 시간이 흘러가면서 얼굴빛은 차츰 예전처럼 평온을 되찾았다. 그리고 마침내 쓰디쓴 웃음을 입가에 떠올렸다.

"얼굴 생김은 전혀 달라져 있지만 그놈은, 그놈은…… 그렇지만 설사 그놈이 기무라였다고 하더라도 나는 무엇을 증거로 놈에게 복수를 하겠다는 건가? 나라는 바보는 꼼짝도 못하고 그놈의 터무니없는 동정을 고맙게 받을 수밖에 없지 않은가?"

이하라 씨는 새삼스럽게 자신의 어리석음을 깨달았다. 그리고 동시에 아주 기막힌 기무라의 머리를 미워한다기보다는 찬미할 수밖에 없었다.

인간의자

1

요시꼬는 매일 아침 남편을 출근시키고 나면——그것은 언제나 10시가 넘게 마련이었다—— 그제서야 홀가분한 마음으로 양관(洋館) 쪽에 지어진 서재에 들어박히는 것이었다. 그녀는 그곳에서 요즈음 K라는 잡지의 이번 여름 특대호(特大號)에 싣기 위한 긴 창작을 쓰고 있었다.

아름다운 여류 작가로서의 그녀는 근래에는 외무성 서기관인 남편의 존재마저 희미해질 정도로 유명해져 있었다. 그리하여 그녀에게는 매일같이 누군지 알지 못하는 숭배자들이 쓴 편지가 몇 통씩 오고 있었다.

오늘 아침에도 요시꼬는 서재의 책상 앞에 앉자, 일을 시작하기 전에 먼저 그들 누군지 알지 못하는 사람들에게서 온 편지를 뜯어 보았다. 그것은 하나같이 틀에 박힌 것처럼 하찮은 글들이었으나, 그녀는 귀찮은 내색 없이 어떤 편지이건 자기에게 온 것은 읽어 보기로 하고 있었다.

간단한 것부터 먼저 보기로 하여 두 통의 편지와 한 장의 엽서를 읽고 나니 이제 남은 것은 제법 두꺼운 원고 같은 것이었다. 별다른 통보도 없이 이렇게 원고를 불쑥 보내오는 일은 이전에도 흔히 있었다. 그것은 대개의 경우 지루하기 짝이 없는 내용이었지만, 그녀는 보내온 것이니 그 정성을 생각해서 제목만이라도 봐야겠다고 생각하고는 겉봉을 뜯었다.

그것은 짐작대로 원고 용지를 한데 꿰매어 놓은 것이었다. 그런데 어찌된 일인지 제목도 서명(署名)도 없이, 갑자기 '부인'이라는 호칭으로 시작되어 있는 것이었다. 이상한데, 그렇다면 이것 또한 편지인가? 이렇게 생각하고 몇 줄을 읽어나가는 사이에 요시꼬는 그 글에서 무어라 말할 수 없는 이상한, 별나게 기분나쁜 것을 예감했다. 그러나 그것이 오히려 호기심을 불러 일으켰고, 그녀는 그 글에 푹 빠져서 정신없이 읽어 내려갔다.

2

부인

부인께서는 생판 알지도 못하는 사나이가 난데없이 이런 염치 없는 편지를 보내드리는 잘못을 거듭 용서해 주십시오.

이런 말씀을 드리면, 부인께서는 아마도 깜짝 놀라시리라 믿습니다만 저는 제가 당신에게 저질러온, 세상에서도 보기 드문 죄악을 이제 고백하고자 합니다.

저는 지난 몇 달 동안 이 사람 사는 세상에서 종적을 감추어 말 그대로 악마 같은 생활을 계속해왔습니다. 물론 이 넓은 세상에서 어느 누구도 저의 이런 기막힌 행동을 아는 자는 없습니다. 만일 아무 일도 없었다면, 저는 그대로 영원히 사람 사는 세상으로 되돌아오지는 않았을는지도 모릅니다.

그런데 근래에 이르러 제 마음에 어떤 이상한 변화가 일어났습니다. 그리고 저의 이 기막힌 신상에 대한 참회를 하게 되었습니다. 다만 이런 말씀만 드려서는 영문을 모르실 테지만, 어쨌든 이 편지를 끝까지 읽어 주십시오. 그러면 제가 왜 그런 마음을 먹게 되었는지, 또한 왜 이런 고백을 특히 부인에게 해야만 하는지를 모두 알게 되시리리 믿습니다.

먼저 무슨 말부터 드려야 할 것인지, 사람사는 세상의 눈으로 보면 정말 기괴한 사실이어서 이러한 사람사는 세상에서 주고 받는 편지로는 묘하게도 얼굴이 뜨겁고 답답하여 그저 당황할 뿐입니다. 그러나 망설이고 있을 수도 없습니다. 어쨌든 이제부터 처음부터 끝까지 차례대로 말씀드리기로 하지요.

저는 본래 세상에서도 보기 드문, 아주 추하게 생긴 사나이입니다. 이 사실을 부디 기억해 두십시오. 그렇지 않으면 만일 부인께서 이 염치 없고 예의를 모르는 저의 바람을 받아들여 저를 만나주실 때 가뜩이나 보기 흉한 제 얼굴이 오랜 세월 동안의 건강하지 못한 생활로 도저히 눈 뜨고는 볼 수 없는 참혹한 모습이 되어 버린 것을, 아무런 예비 지식도 없는 부인께 보여드린다는 것은 저로서는 도지 견딜 수 없는 일이니까요.

저는 어째서 이런 사람으로 태어났을까요? 그렇게 추하게 생겼으면서도 가슴 속으로는 남모르게 기막힌 정열을 불태우고 있었던 것입니다. 저는 도깨비 같은 얼굴의, 게다가 찢어지게 가난한 한 직공에 지나지 않는 저의 현실을 잊고서, 당치않은, 달콤하고 호사스러운 갖가지 '꿈'을 그리고 있었던 것입니다.

제가 만일 좀더 있는 집안에서 태어났더라면, 여러 가지 장난에 빠져 하다못해 추한 생김새 때문에 느끼는 안타까운 마음을 조금이나마

달랠 수도 있었을 것입니다. 아니면 좀더 예술적으로 타고난 재질이 있었더라면, 하다못해 아름다운 시나 노래로 이 세상의 허무함을 잊을 수도 있었을 것입니다. 그러나 불행히도 저는 어떠한 혜택도 받지 못하고, 한 가구 직공의 아들로 태어나 아버님이 물려준 일을 하면서 그날 그날의 생계를 꾸려날 수밖에 없었던 것입니다.

저는 갖가지 의자 만드는 일을 전문으로 하고 있습니다. 제가 만든 의자는 제아무리 까다로운 사람의 마음에도 꼭 든다는 소문이 나 있어, 큰 가게에서도 저에게는 특별히 상품(上品)에 준하는 일거리를 보내 주었습니다. 이번 상품은 기대앉는 부분이나 팔걸이의 조각(彫刻)에 대한 주문이 꽤나 까다로운데다, 쿠션은 이렇게 만들어 달란다거나 하는 등으로 사람마다 사이즈에 미묘한 기호(嗜好)의 차이가 있어서 그것을 만드는 사람에게는 보통 사람으로서는 짐작조차 못할 까다로운 일이 있게 마련이지요. 하지만 고생을 한 만큼 완성되었을 적의 즐거움이란 이루 다 말로 나타낼 수 없습니다. 건방진 말 같지만, 그 마음은 예술가가 훌륭한 작품을 완성했을 때의 기쁨 따위와는 비교도 되지 않을 것입니다.

하나의 의자가 완성되면 먼저 제가 직접 걸터앉아 봅니다. 그리고 지루한 직공 생활 가운데에도 그 때만은 이루 다 말로 나타낼 수 없는 자부심을 느낍니다. 이 의자에는 어떤 높고 귀한 분이, 또는 어떤 아름다운 분이 앉게 될까? 이런 훌륭한 의자를 주문하시는 분의 저택이니 아마 그곳에는 이 의자에 걸맞는 사치스러운 방이 있을 것이다. 벽에는 이름난 화가의 그림이 걸려 있을 것이고, 천장에는 보석으로 화려하게 꾸민 샹들리에가 늘어져 있을 것이다. 마루에는 값진 양탄자가 깔려 있겠지. 그리고 이 의자 앞의 테이블에는 눈부신 외국 화초가 달콤한 내음을 내뿜으며 피어 있을 것이다. 이런 망상에 잠겨 있느라면, 어쩐지 제 스스로가 그 훌륭한 방의 주인이라도 된 것 같은 착각을 하게 되어 순간적이나마 이루 다 말로 나타낼 수 없는 즐거운 마음이 드는 것입니다. 저의 덧없는 망상은 끝없이 펼쳐집니다. 이런 제가, 가난하고 흉물스러운 직공에 지나지 않는 제가 망상의 세계에서는 기품 있는 귀공자가 되어 제가 만든 훌륭한 의자에 앉아 있는 것입니다. 그리고 그 곁에는 언제나 저의 꿈에 나타나는 아름다운 저의 애인이 꽃다운 웃음을 지으면서 제 이야기에 귀를 기울이고 있습니다. 그뿐이 아닙니다. 저는 망상 속에서 그 애인과 손을 마주 잡고서 달콤한 사랑의 말을 속삭이기조차 하는 것입니다.

그런데 저의 보랏빛 꿈은 언제나 순식간에 이웃 아낙네의 시끄러운 이야기 소리나 히스테리처럼 울부짖는 이웃집 아이들의 울음소리에 방해되어 제 앞에는 다시금 추한 현실이, 그 잿빛 알몸을 드러내는 것입니다. 현실로 돌아온 저는 그곳에 꿈속의 귀공자와는 너무나도 동떨어진 가엾도록 추한 자신의 모습을 봅니다. 그리고 방금 내게 미소를 보여준 그 아름다운 사람은……! 그런 것이 어디에도 없습니다. 길거리에서 흙투성이가 되어 놀고 있는 지저분한 식모애조차도 저 따위는 거들떠보지도 않습니다. 다만 하나, 제가 만든 의자만이 꿈의 여운처럼 그곳에 을씨년스럽게 남아 있지요. 하지만 그나마 그 의자 또한 머지않아 어디인지도 모르는, 저와는 인연이 없는 딴 세상으로 보내야 하는 것입니다.

저는 하나하나의 의자를 만들어낼 때마다 말할 수 없는 허무감을 느끼는 것입니다. 그 무어라 말로 나타내기 힘든 마음은 세월이 가면서 차츰 견딜 수 없는 것이 되고 말았습니다.

저는 진지하게 이런 생각을 합니다.

'이 따위 구더기 같은 삶을 구차하게 이어나가느니 차라리 죽는 쪽이 낫지 않을까?'

일터에서 열심히 끌질을 하면서, 못을 박으면서, 또는 자극이 강한 도료를 뒤섞으면서 이런 생각을 되풀이하는 것입니다.

'그렇지만 가만 있자, 죽어 버릴 작정이라면, 그만한 결심이 있다면, 좀더 달리, 뭔가 좋은 방법이 있을 텐데. 가령……'

그리하여 제 생각은 차츰 무서운 방향으로 기울어져가는 것이었습니다.

마침 그 무렵 저는 일찍이 손대 본 일이 없는, 커다란 가죽 달린 팔걸이의자를 만들어달라는 부탁을 받고 있었습니다. 이 의자는 같은 Y시에서 외국인이 경영하는 어떤 호텔에 납품하기로 한 물건으로서, 본래 그 외국인의 본국에서 들여오기로 되어 있던 것인데, 저의 단골 가게에서 우리 나라에도 그 나라 물건 못지않게 의자를 만들 수 있는 기술자가 있다고 우겨, 가까스로 주문을 따냈던 것입니다. 그런만큼 저로서도 먹고 자는 것을 잊은 채 그 의자 만드는 일에만 매달렸고, 그야말로 온갖 정성을 기울여 정신없이 만들었습니다.

그리고 완성된 의자를 보자 저는 일찍이 느껴 본 적이 없는 만족을 느꼈습니다. 그것은 저 자신이 보아도 기막힐 정도의 성과였습니다. 저는 여느때처럼 네 개의 의자 가운데 하나를 양지바른 방으로 가지고가서 걸터앉았습니다. 이루 말할 수 없을 만큼 아늑한 느낌이 들더군요. 푹신푹신한, 그리 딱딱하지도 않고 무르지도 않은 쿠션 상태, 일부러 염색을 피해 잿빛 원단을 그대로 갖다붙인 가죽의 감촉, 적당히 비스듬하며 풍만한 느낌을 주는 등받이, 우아한 곡선을 그리며 통통하니 솟아오른 팔걸이. 이 모든 것이 야릇하게 조화를 이루어 흔연히 '안락'이라는 말을 그대로 나타내 주는 것이었습니다.

저는 그곳에 깊숙이 몸을 파묻고는 두 손으로 둥근 팔걸이를 어루만지면서 황홀감에 잠겨 있었습니다. 그러자 다시금 끝없는 망상이 여러 가지 빛깔의 무지개처럼 연달아 펼쳐지는 것이었습니다.

그러고 있는 사이에 문득 기막힌 생각이 떠올랐습니다. 악마의 속삭임이란 결국 그런 것을 가리키는 것이 아닐까요? 그것은 꿈처럼 황당무계하고 기분나쁜 일이었습니다. 하지만 그 소름끼치는 음산함이 말할 수 없는 매력이 되어 충동질하는 것입니다.

처음에는 다만 내가 정성을 들여 만든 아름다운 의자를 내놓고 싶지 않다, 할 수만 있다면 그 의자와 함께 어디까지이건 따라가고 싶다, 그런 단순한 바람이었지요. 그런데 그것이 어느던 그 무렵 언제나 머리에 떠오르고 있던 어떤 무서운 생각과 맺어져 버리고 만 것입니다. 그리고 저는 이 무슨 미치광이 짓이란 말입니까! 그 기괴하기 짝이 없는 망상을 실제로 행동으로 옮기자고 생각한 것입니다.

저는 서둘러 네 개 가운데 가장 잘 만들어졌다고 생각되는 안락의자를 모조리 뜯어 버렸습니다. 그리고 그것을 저의 묘한 계획에 알맞게 다시 고쳤습니다. 그것은 매우 커다란 안락의자여서 걸터앉는 부분은 바닥에 거의 닿을 만큼 가죽으로 싸여져 있고, 그 밖에 팔걸이도 아주 두껍게 되어 있어, 그 안쪽에는 사람 하나가 숨어 있어도 결코 알 수 없을 정도의 큰 빈 구멍이 있습니다. 물론 거기에는 튼튼한 나무 테두리와 용수철이 장치되어 있습니다마는 저는 거기에 적당한 장치를 만들어 사람이 걸터앉는 부분에 무릎을 넣고, 의자가 늘어지는 부분에는 목과 허리를 넣어 의자의 모양대로 앉으면, 그 속에서 그런대로 견딜 수 있을 만큼의 여유 공간을 만든 것입니다.

그런 솜씨는 원래 타고난만큼 저는 그야말로 기막히도록 편리하게 만들었습니다. 가령 숨을 쉬거나 바깥의 소리를 듣기 위해 가죽 일부에 밖에서는 전혀 알 수 없는 틈을 만들었고, 늘어지는 부분 안쪽, 바로 머리가 오는 곳에는 작은 시렁을 만들어 물건을 넣어 둘 수 있게 만들었으며(이곳에 물통과 건빵을 넣었습니다), 어떤 용도를 위해 커다란 고무 주머니를 갖추었고, 그밖의 온갖 궁리를 짜내어 식량만 있으면 그 속에서 2, 3일을 지낼 수 있도록 만들었습니다. 말하자면 그 의자가 한 사람의 방이 된 셈입니다. 저는 셔츠만 걸치고는 밑바닥에 장치한 출입구 뚜껑을 열고 의자 속으로 기어들어갔습니다. 그것은 참으로 묘한 마음을 느끼게 했습니다. 캄캄하고 답답한, 마치 무덤 속으로 들어간 것 같은 이상한 느낌이 드는 것입니다. 하기야 무덤과 다를 게 없지요.

이윽고 가게에서 네 개의 안락의자를 가지러 심부름꾼이 큰 차를 가지고 왔습니다. 저의 제자가(저는 그 녀석과 단 둘이 살고 있었지요) 아무 것도 모르고 심부름꾼을 상대하더군요. 차에 실을 때 막벌이꾼 한 사람이 굉장히 무겁다고 소리치는 바람에 의자 속의 저는 깜짝 놀랐습니다마는, 그는 안락의자 자체가 대단히 무거웠던만큼 별다른 의심없이 그대로 짐차에 실었습니다.

매우 걱정했으나 결국 아무 일도 없이 그날 오후에는 제가 들어간 안락의자도 벌써 호텔의 한 방에 놓여졌습니다. 나중에 안 일이지만 그것은 사실(私室)이 아니라 여러 사람이 쉬는 휴게실 같은 방이었습니다.

이미 깨달으셨으리라 믿습니다마는 저의 이 기묘한 행동의 첫째의 목적은 사람들이 없는 틈을 타서 의자 속에서 빠져나와 호텔 안을 돌아다니며 물건을 훔치는 일이었습니다. 의자 속에 사람이 들었으리라 짐작이나 하겠습니까! 저는 그림자처럼 자유롭게 이 방 저 방 돌아다닐 수 있었습니다. 그리고 사람들이 소란을 피우기 시작할 무렵에는 재빨리 의자 속으로 돌아와 숨을 죽이고 그들의 얼간이 같은 수색을 흥미롭게 지켜보고만 있으면 되는 것입니다.

그런데 저의 이 엉뚱한 계획은 그것이 엉뚱한만큼 사람들의 의표(意表)를 찔러 보기좋게 성공했습니다. 호텔에 들어간 지 사흘째에는 이미 한 탕 잘 털었을 정도였지요. 막상 도둑질을 할 때의 무섭고도 즐거운 심정, 뜻대로 성공했을 적의 이루 말로 다 할 수 없는 기쁨,

그리고 사람들이 제 바로 코 앞에서 법석을 떨며 도둑을 찾고 있는 것을 보고 있는 즐거움, 그런 것이 그 얼마나 야릇한 매력으로 저를 기쁘게 해주었는지 모릅니다.

하지만 저는 지금 그것을 더 이상 말씀드리고 있을 여유가 없습니다. 저는 그곳에서 그따위 도둑질보다 열 배, 스무 배나 저를 기쁘게 해준 기괴한 쾌락을 발견한 것입니다. 그리고 그것에 대해 고백하는 것이 실은 이 편지의 참된 목적인 것입니다.

이야기를 다시금 돌려, 제 의자가 호텔의 휴게실에 놓여졌을 적의 일부터 시작하겠습니다. 의자가 닿자 한동안 호텔 사람들이 앉아 보기도 하고, 칭찬을 하기도 하더니 이내 조용해지는 것이었습니다. 아마 방에는 아무도 없는 모양이었습니다. 저는 아주 오랫동안(저 혼자 그렇게 느꼈는지도 모를 일입니다만) 모든 신경을 기울여 주위의 움직임을 엿보고 있었습니다.

그렇게 잠시 있으려니 아마 복도 쪽일 것입니다. 뚜벅뚜벅 무거운 발소리가 울려왔습니다. 그것이 바로 가까이까지 들리더니 방에 깔린 양탄자 때문에 거의 알아들 수 없을 만큼 소리가 작아졌습니다. 이내 사나이의 거친 숨소리가 들리고, 깜짝 놀라는 사이에 외국인인 듯싶은 큰 몸뚱어리가 제 무릎 위에 털썩 떨어지더니 깊숙이 서너 번 흔들거렸습니다. 저의 허벅지와 그 사나이의 단단하고 위대한 엉덩이는 가죽 한 장을 사이에 두고서 따뜻함을 느낄 만큼 가까워져 있었습니다. 폭이 넓은 그의 어깨는 마침 제 가슴에 기대어지고, 무거운 두 손은 가죽을 사이에 두고서 제 손과 겹쳐졌습니다. 그리고 사나이가 담배를 피우고 있는 모양이지요. 남성적인 풍요로운 내음이 가죽 틈을 통해 풍겨왔습니다.

부인, 만일 당신이 제 자리에 있다고 하고 그 자리의 모양을 상상해 보십시오. 이 얼마나 야릇한 감각이겠습니까? 저는 너무나도 무서운 심정에서 의자 속 어둠 가운데에 몸을 움츠린 채, 겨드랑 아래에서는 식은땀을 줄줄 흘리면서 사고력(思考力)도 잃고는 그저 멍하니 있었습니다.

그 사나이가 처음 제 무릎 위에 걸터앉은 뒤로 그날 하루 동안 여러 사람이 연거푸 걸터앉았습니다. 그리고 그 누구도 제가 그곳에 있다는 것을——그들이 부드러운 쿠션이라고 믿고 있는 것이 실은 사람의 피가 통하는 허벅지라는 사실을—— 전혀 깨닫지 못했던 것입니다.

캄캄절벽이고, 옴짝달싹 할 수 없는 가죽 속의 천지. 그것이 그 얼마나 야릇한 매력이 있는 세계이겠습니까! 그곳에서는 사람이라는 것이 평소 눈으로 보고 있는 그런 사람과는 전혀 다른 생물로 느껴집니다. 그들은 목소리와 콧소리, 발소리와 옷이 스치는 소리, 그리고 몇 개의 둥글둥글한 탄력 있는 살덩이에 지나지 않는 것입니다. 저는 그들 한 사람 한 사람을 그 용모 대신 살갗의 감촉으로 식별할 수 있습니다. 어떤 사람은 징그러울 정도로 살이 쪄 썩은 생선 같은 감촉을 줍니다. 거꾸로 어떤 사람은 비쩍 말라비틀어져 해골 같은 느낌이 듭니다. 그밖에 어깨뼈의 상태, 팔의 길이, 허벅지의 탄력 따위를 종합해 보면, 제 아무리 비슷한 키의 사람이라도 어딘가 다른 점이 있습니다. 사람이라는 것은 용모나 지문(指紋) 외에 이러한 몸 전체의 감촉에 의해서도 완전히 가려낼 수 있을 것입니다.

이성(異性)에 대해서도 마찬가지로 말씀드릴 수 있습니다. 보통은 주로 용모의 아름다움과 추함으로 그것을 비판하겠지만, 그 의자 속의 세계에서는 그런 것은 전혀 문제가 되지 않습니다. 그곳에는 벌거벗은 육체와 목소리의 모양과 냄새가 있을 뿐입니다.

부인, 저의 지나치게 노골적인 기술(記述)에 역정을 내시지 마십시오. 저는 그곳에서 여성의 육체에(그것은 제 의자에 앉은 첫 번째 여성이었습니다) 열렬한 애착을 느끼게 된 것입니다.

　목소리로 헤아려보건대 그녀는 아직 젊디젊은 이국(異國)의 처녀였습니다. 마침 그 때 방 안에는 아무도 없었는데, 그녀는 무언가 기쁜 일이라도 있었던 듯, 낮은 소리로 이상한 노래를 부르며 춤을 추는 것 같은 발걸음으로 들어오는 것이었습니다. 그리고 제가 숨어 있는 의자 앞까지 왔나 싶자 느닷없이 풍만한, 그러면서 매우 탄력이 있는 야들야들한 육체를 제 위에 던졌습니다. 게다가 그녀는 무엇이 우스운지 갑자기 웃음을 터뜨리며 손발을 버둥대면서 그물 안의 물고기처럼 뛰어다녔습니다.

　그리고는 거의 30분 동안 제 무릎 위에서 이따금 노래를 부르면서 그 노래에 박자를 맞추기라고 하듯이 무거운 몸을 움직이고 있었지요.

　이것은 정말 저로서는 생각조차 못했던 놀라운 사건이었습니다. 여자는 신성한 것, 아니 오히려 무서운 것으로서 얼굴을 보는 것조차 멀리해왔던 저입니다. 그런 제가 이제 본 일조차도 없는 이국의 처녀와 같은 방에, 같은 의자에, 그뿐만이 아닙니다. 엷은 가죽 한 장을 사이에 두고서 살갗의 따뜻함마저 느껴질 정도로 서로 밀착해 있는 것입니다. 그럼에도 불구하고 그녀는 아무런 불안도 느끼지 않는 듯 온 몸의 무게를 제 위에 맡기고, 제멋대로의 자태를 뽐내고 있었습니다. 저는 의자 안에서 그녀를 끌어안는 흉내를 낼 수 있었습니다. 가죽 뒤에서 그 풍만한 목덜미에 입맞춤을 할 수도 있었습니다. 그리고 그밖에 무슨 짓을 하건 자유인 것입니다.

　이 놀라운 사실을 알아낸 뒤로는 저는 처음의 목적이었던 도둑질 따위는 젖혀놓고 다만 그 야릇한 감촉의 세계에 빠져 버린 것입니다. 저는 생각했습니다. 이 의자 속의 세계야말로 내게 주어진 참된 안식처라고. 저 같은 추한 모습의 마음 약한 사나이는 광명의 세계에서는 언제나 패배감을 느끼면서 부끄럽고 비참한 생활을 해나갈 수 밖에 없습니다. 그런데 일단 사는 세계를 바꾸어, 이렇게 의자 안에서 답답한 것만 참고 있으면, 밝은 세계에서는 말을 거는 것은 고사하고 곁으로 다가설 수조차 없었던 아름다운 사람에게 가까이 다가가서 그 목소리를 듣고, 또한 살갗에 닿을 수 있는 것입니다.

3

 의자 속의 사랑! 그것은 그 얼마나 야릇한, 도취적인 매력을 지닌 것인지는 실제로 의자 안에 들어가 본 사람이 아니면 알 수 없습니다. 그것은 오직 감각과 청각, 그리고 얼마 되지 않는 후각만의 사랑인 것입니다. 어둠 속 세계의 사랑입니다. 결코 이 세상의 것이 아닙니다. 그야말로 악마 나라의 애욕이 아니겠습니까?
 물론 애초의 예정으로는 도둑질의 목적을 이루는 대로 곧바로 호텔에서 도망칠 작정이었지만, 이 세상에도 기괴한 기쁨에 열중해버린 저는 도망치기는커녕 언제까지나 의자 안을 영원히 살고 싶은 안식처로 삼아 그 생활을 이어나가기로 한 것입니다.
 밤이 되어 바깥 나들이를 할 때는 물론 만반의 주의를 기울여 소리를 내지 않고, 또한 남의 눈에 띄지 않도록 조심하고 있었기에 위험은 느끼지 않았습니다. 그렇다고 해도 몇 달 동안이라는 그 시간을 발각되지도 않고 의자 안에서 살아왔다는 것은 제가 생각해도 정말 놀라운 일이었습니다.
 거의 하루를 아주 답답한 의자 안에서 팔을 구부리고 무릎을 겹치고 있어, 온 몸이 마비된 것같이 되어 완전히 일어설 수 없어서 나중에는 주방이나 화장실에 갈 때에 앉은뱅이처럼 기어다녔을 정도입니다. 저라는 사나이는 정말 미치광이, 아니 변태인 모양입니다. 그런 괴로움을 견디면서까지 야릇한 감촉의 세계를 버리고 싶지는 않았으니까요.

　그 가운데에는 몇 달씩 그 곳에 묵고 있는 사람들도 있었습니다마는 본래 호텔에는 시도 때도 없이 손님이 드나들고 있습니다. 따라서 저의 기묘한 사랑도 그 상대가 바뀌어가는 것은 어쩌면 자연스러운 일이었습니다. 그리고 그 많은, 야릇한 연인의 기억은 여느때의 경우처럼 그 용모에 의해서가 아니라, 몸의 모습에 의해 제 마음에 새겨져 있는 것입니다.

　어떤 것은 망아지처럼 늘씬하고, 어떤 것은 뱀처럼 요염하며, 어떤 것은 고무공처럼 살이 단단하고, 어떤 것은 그리스의 조각처럼 우람하고 원만하게 발달된 육체를 지니고 있었지요. 그밖에 어떤 여자의 육체에도 저마다의 특징이 있고 매력이 있었던 것입니다.

　그렇듯 한 여자에게서 다른 여자에게로 옮아가는 사이에 저는 그것과는 다른, 이상한 경험도 맛보았습니다. 그 하나는 어느날 위대한 체구를 가진 유럽의 어느 강대국의 대사——일본인 종업원의 이야기로 알았습니다만——가 의자에 앉았다는 사실입니다. 그는 정치가로서보다는 세계적인 시인으로서 더한층 알려져 있는 사람이었는데, 그만큼 저는 그 위인의 살갗을 안 것이 몸이 으쓱으쓱할 정도로 자랑스럽게 생각된 것입니다. 그는 제 위에서 몇 명의 자기 나라 사람과 마주 앉아 10분쯤 이야기를 하더니 그대로 가버렸습니다. 물론 무슨 이야기를 했는지는 전혀 알 수 없었습니다마는 몸짓을 할 때마다 꿈틀거리는, 여느 사람보다도 따스하게 느껴지는 육체의 간지러운 감촉이 저에게 무어라 말할 수 없는 자극을 준 것입니다.

　그 때 저는 문득 이런 생각을 했습니다. 만일 이 가죽 뒤에서 날카로운 칼로 그의 심장을 향해 푹 찌른다고 한다면 어떤 결과가 일어날 것인가? 물론 그것은 그의 목숨을 위협할 정도의 상처를 입힐 것은 분명하다, 그의 본국은 물론 우리 나라의 정계는 그 때문에 큰 소동이 일어날 것이다, 신문은 앞다투어 충격적인 기사를 실을 것이다, 그것이 우리 나라와 그의 본국과의 외교 관계에도 나쁜 영향을 미칠 것이고 또한 예술을 사랑하는 관점에서 보더라도 그의 죽음은 세계적으로 크나큰 손실이 될 것이다, 그런 큰 사건이 나의 손동작 한번으로 손쉽게 이루어지는 것이다. 그렇게 생각하니 야릇한, 자랑 비슷한 그런 느낌이 들었습니다.

다른 하나는 유명한 외국의 춤꾼이 우리 나라에 왔을 때, 그녀가 우연히 그 호텔에 묵게 되어 딱 한번이었지만 제 의자에 앉은 일입니다. 그 때도 저는 대사의 경우와 비슷한 감명을 받았습니다마는, 게다가 그녀는 저에게 일찍이 겪어보지 못했던 이상적인 육체의 아름다움에서 느낄 수 있는 감명을 주었습니다. 저는 너무나도 아름다워 천한 생각 따위는 품어 볼 여지도 없이, 오직 예술품을 대할 때와 같은 경건한 마음으로 그녀를 찬미한 것입니다.

그밖에 저는 여러 가지 보기드문, 이상한, 또는 기분나쁜 갖가지 경험을 했습니다만 그런 것을 여기에 하나하나 설명한다는 것이 이 편지의 목적이 아닌 데다가 생각보다 길어졌기에 이 즈음에서 서둘러 저의 이야기를 끝내고자 합니다.

제가 호텔에 닿은 지 몇 달 후에 제 신상에 하나의 변화가 일어났습니다. 그것은 호텔 경영자가 갑자기 귀국하면서, 그 호텔을 우리 나라의 어느 회사에 넘긴 것입니다. 그러자 그 회사는 그때까지 이어져온 사치스러운 영업 방침을 바꾸어 좀더 일반적인, 여관으로서 유리한 경영 계획을 세우게 되었습니다. 그 때문에 필요가 없어진 가구 따위는 어느 가구상에 맡겨서 경매에 붙였는데, 그 목록 가운데 제가 숨어 있는 의자도 들어 있었던 것입니다.

저는 그 사실을 알고서 한 때는 낙심을 했었습니다. 그리고 그것을 계기로 다시금 사바세계로 돌아가 새로운 삶을 꾸려나가겠다고 생각했을 정도입니다. 그 무렵에는 훔쳐모은 돈은 제법 있었기에 설사 다시 세상으로 나오더라도 예전처럼 비참하게 살 필요는 없었던 것입니다. 그러나 다시금 생각해보니 외국인 호텔을 떠난다는 것은 한편으로는 큰 실망이었지만 다른 한편으로는 새로운 희망을 뜻하기도 했습니다. 그럴 것이 저는 몇 달 동안 그렇게 많은 이성을 사랑했음에도 불구하고 저쪽은 모두 외국 사람이었기에 그것이 제아무리 훌륭한 육체를 가진 여성이더라도 정신적으로 묘한 아쉬움을 느낄 수밖에 없었습니다. 일본 사람은 역시 같은 일본 사람이라야만 참된 사랑을 느낄 수가 있는 것일까? 저는 차츰 그렇게 생각하게 된 것입니다. 그러던 판에 마침 제 의자가 경매에 붙여지게 된 것입니다. 이번에는 혹시나 우리 나라 사람이 사게 될는지도 모른다, 그리고 우리 나라 가정에 놓여질지도 모른다, 그것이 저의 새 바람이었습니다. 저는 어쨌든 의자 속 생활을 좀더 해보기로 했습니다.

가구 가게에서 2, 3일 동안 아주 답답한 생활을 했습니다마는 그러나 다행히도 경매가 시작되자마자 제 의자를 사겠다는 사람이 나타났습니다. 좀 낡았기는 해도 아직은 충분히 눈길을 끌 수 있는 훌륭한 의자였기 때문일 것입니다. 그 사람은 Y시에서 그리 멀지 않은 도시에 살고 있는 어느 공무원이었습니다. 가구 가게에서 그 사람의 집까지는 몇 십리나 되는 길이어서 진동이 아주 심한 트럭에 실려 운반될 적에는 저는 의자 속에서 죽을 고생을 했습니다마는 그런 것은, 산 사람이 제가 바라는 대로 우리 나라 사람이었다는 기쁨에 비하면 사실상 아무것도 아니었지요.

의자를 사 간 사람은 시간 관리가 제법 훌륭한 저택의 주인이었으며 제 의자는 그곳 양실(洋室)의 넓은 서재에 놓여졌습니다. 저로서 아주 만족스러웠던 것은 그 서재의 주인보다는 그 집의 젊고 아름다운 부인이 더 많이 쓰기 때문이었습니다. 그 뒤로 약 달포 동안은 저는 언제나 부인과 함께 있었습니다. 부인의 식사와 잠자는 시간을 빼고는 부인의 탄력 있는 나긋나긋한 몸은 언제나 제 위에 있었습니다. 그것은 부인이 한 달 내내 서재에 들어박혀 어떤 저작(著作)에 몰두하고 있었기 때문입니다.

  제가 얼마나 그녀를 사랑했는지, 그것을 이 자리에서 구차스럽게 말씀드릴 필요는 없습니다. 그녀는 제가 처음으로 접한 일본 사람이며, 게다가 그녀의 몸매 또한 아주 아름다웠습니다. 저는 그곳에서 비로소 참된 사랑을 느꼈습니다. 그것에 비한다면 호텔에서의 갖가지 경험 따위는 결코 사랑이라는 이름을 붙일 값어치조차도 없는 것이었습니다. 그 증거로는 여지껏 단 한 번도 그런 것을 느끼지 못했는데, 그 부인에 대해서만은 다만 비밀 애무를 즐기는 것만으로는 마음에 차지않아, 어떻게 해서든지 저의 존재를 알리려고 여러 모로 고생한 사실만으로도 분명할 것입니다.

  저는 될 수 있다면 부인 쪽에서도 의자 속의 저를 의식해 주기를 바라게 된 것입니다. 그리고 염치없는 말씀입니다마는 저를 사랑해 주셨으면 하는 것입니다. 하지만 그것을 어떻게 알리겠습니까? 만일 그곳에 사람이 숨어 있다는 사실을 알린다면, 그녀는 아마 놀란 나머지 당장 남편이나 심부름꾼에게 분명히 그것을 알릴 것입니다. 그렇게 되면 모든 것이 엉망이 되고, 저는 무서운 죄명을 뒤집어쓰고 법률상의 형벌을 받아야 할 것입니다.

  그리하여 저는 하다못해 부인에게 제 의자를 보다 기분 좋게 느끼게 하고, 그것에 애착을 가지게 하려고 노력했습니다. 예술가인 부인은 여느 사람 이상의 미묘한 감각을 갖추고 있을 것이 분명합니다. 따라서 만일 그녀가 제 뜻대로 의자에 생명을 불어넣어 준다면, 다만 물질로서뿐만 아니라 하나의 생물체로서 애착을 가져 준다면 그것만으로도 저는 만족스러운 것입니다.

저는 부인이 제 위에 몸을 던졌을 적에는 되도록 푹신하게 부드럽게 받아들이도록 애를 썼습니다. 그녀가 피로해질 무렵에는 눈치채지 못하게 무릎을 움직여 그녀의 몸의 위치를 바꾸도록 했습니다. 그리고 그녀가 꾸벅꾸벅 졸기 시작하는 경우에는 아주 살며시 무릎을 흔들며 요람 역할을 했습니다.

그 마음씨가 받아들여졌는지, 아니면 단순히 제가 착각을 한 것인지, 어쨌든 근래에는 부인은 어쩐지 제 의자를 사랑하고 있는 것같이 생각됩니다. 그녀는 마치 갓난아기가 어머니 품에 안길 때처럼, 또는 처녀가 애인의 포옹을 받아들일 때처럼, 달콤하면서도 상냥한 태도로 제 의자에 몸을 맡깁니다. 그리고 제 무릎 위에서 몸을 움직이는 모양마저 아주 정다운 것같이 보이는 것입니다.

이리하여 저의 정열은 나날이 불타올랐습니다. 그리고 마침내는 아, 부인, 용서하십시오. 저는 당치도 않은 기막힌 바람을 품게 된 것입니다. 단 한번만이라도 내 사랑하는 사람의 얼굴을 보고, 그리고 말을 나눌 수 있다면 당장 죽어도 한이 없다고까지 생각하게 된 것입니다.

부인, 당신은 물론 벌써 깨달으셨을 테지요? 그 애인은 바로──너무나 지나친 실례를 용서하십시오──당신입니다. 당신의 남편이 Y시의 가구 가게에서 제 의자를 사들이신 이래 저는 당신에게 이루지 못할 사랑을 바쳐 온 가엾은 사나이입니다.

부인, 일생의 바람입니다. 한 번만이라도 저를 만나 주시기 바랍니다. 그리고 딱 한 마디라도 좋으니 이 가엾고 추한 사나이에게 위로의 말씀을 해주시기 바랍니다. 저는 결코 그 이상의 것은 바라지도 않습니다. 그런 것을 바라기에는 저는 너무나도 보기에 흉하고 더럽습니다. 부디 이 불행한 사나이의 안타까운 바람을 들어 주십시오.

저는 어젯밤 이 편지를 쓰기 위해 댁에서 빠져나왔습니다. 맞대고 부인께 이런 부탁을 드리는 것은 너무나도 위험한 일이고, 또한 저로서는 도저히 할 수 없는 일입니다.

그리고 이제 당신이 이 편지를 읽으실 무렵에는 저는 근심스러운 나머지 창백한 얼굴로 댁의 근처를 서성거리고 있을 것입니다.

만일 이 세상에서도 보기 드문, 염치 없는 저의 바람을 들어 주신다면 부디 서재의 창가에 놓인 패랭이꽃 화분에 당신의 손수건을 걸어 놓아 주십시오. 그것을 신호로 저는 한 사람의, 아무렇지도 않은 방문자로서 댁의 현관을 찾아들 것입니다.

4

그리고 이상한 편지는 어떤 열렬한 기도의 말로 맺어져 있었다. 요시꼬는 편지를 절반쯤 읽었을 때 이미 무서운 예감으로 창백하게 질려 버렸다. 무의식적으로 자리에서 일어나서는 기분 나쁜 안락의자가 놓여진 서재에서 도망쳐나와 일본식 거실 쪽으로 갔다. 편지의 나머지 부분은 차라리 읽지 말고 찢어 버리려고 생각했으나 어쩐지 마음에 걸려 거실 작은 책상 앞에서 끝까지 읽었다.

그녀의 예감은 역시 들어맞고 있었다. 이것이 대체 웬일인가? 이 얼마나 끔찍스럽고 소름끼치는 사실인가? 그녀가 매일 걸터앉아 있던 그 아늑한 안락의자 속에 낯선 사나이가 들어 있었다니!

"오, 무서워라!"

그녀는 등줄기에 찬물을 끼얹은 것 같은 오한을 느꼈다. 그리고 갖가지 기분 나쁜 생각으로 언제까지나 몸을 떨고 있었다.

그녀는 너무나도 기막힌 사실에 멍청해져서, 그 일을 처리할 방도가 떠오르지 않았다. 의자를 조사해봐? 감히 어떻게 그런 나쁜 짓을 한단 말인가? 그 곳에는 설사 사람은 없어도, 그 추한 인간이 먹다 남은 음식 찌꺼기나 그밖의 더러운 것이 아직도 남아 있을 것이 분명하다.

"주인 마님, 편지 왔습니다."

깜짝 놀라 뒤돌아보니 언제 들어왔는지 한 가정부가 방금 배달된 듯싶은, 봉투의 부리를 붙인 편지를 들고 서 있었다.

요시꼬는 무의식적으로 그것을 받아 겉봉을 뜯으려다가 문득 그 봉투의 필적을 보자 자기도 모르게 깜짝 놀랐다. 거기에는 아까 본 기분 나쁜 편지와 똑같은 필적으로 그녀의 이름이 적혀 있었다. 그녀는 오랫동안 그것을 뜯어 볼까 말까 망설이고 있었다. 그러나 마침내 그것을 뜯었고, 겁을 잔뜩 집어먹은 상태에서 내용을 읽어갔다. 편지는 아주 짤막한 것이었는데 그 내용은 그녀를 다시 한번 놀라게 한, 다음 같은 기묘한 글이 적혀 있었다.

5

갑자기 편지를 드리는 무례함을 거듭 용서해 주십시오. 저는 평소에 선생님의 작품을 애독하고 있는 사람입니다. 앞서 보내드린 것은 저의 서투른 창작 작품입니다. 보신 다음 비평을 해주신다면 정말 고맙겠습니다. 욕심이 앞선 나머지 원고는 이 편지를 쓰기 전에 보내드린 만큼 이미 읽어보셨으리라 믿습니다. 만일 저의 보잘것없는 작품이 선생님께 조금이나마 감명을 줄 수 있었다면 그 이상의 기쁨은 없겠습니다만. 원고에는 일부러 쓰지 않았습니다만 제목은 〈인간의자〉라고 붙이고 싶습니다.

빨강 방

1

 이상한 흥분을 찾아 모여든 7명의 의젓한 사나이들이(나 역시 그 중의 한 사람이었다) 일부러 그것을 위해 특별히 만든 '빨강 방'의 주홍빛 비로드로 싼 푹신한 안락의자에 저마다 기대앉아, 오늘밤의 주인공이 무언가 색다르고도 괴이한 이야기를 꺼내는 것을 이제나 저제나 기다리고 있었다.

 7명의 사나이들의 한복판에는, 이 역시 주홍빛 비로드로 덮인 하나의 크고 둥근 테이블 위에 옛 조각이 새겨진 촛대에 받쳐진 세 자루의 굵은 촛불이 하늘하늘 흔들리면서 타오르고 있었다.

 방의 둘레에는 창이나 입구의 출입문조차 남김없이 천장에서 마루바닥까지 새빨갛고 무거운 휘장이 풍부한 주름을 이루며 쳐져 있었다. 로맨틱한 촛불 빛이 정맥에서 갓 흘러나온 피처럼 거무스레한 휘장 표면에 우리들 7명의 별나게 큰 그림자를 던지고 있었다. 그리고 그 그림자는 촛불의 흔들림에 따라 몇 개의 거대한 곤충이기라도 한 듯이 휘장 주름의 곡선 위를 펴졌다가 오무라들었다 하면서 기어다니고 있었다.
 항상 그렇거니와 그 방은 나로 하여금 마치 기막히게 큰 생물의 심장 안에 앉아 있는 것 같은 착각을 일으키게 하는 것이었다. 내게는 그 심장이 크기에 알맞는 둔중함으로 덜컹덜컹 뛰노는 소리마저 들리는 것같이 느껴졌다.
 아무도 입을 열지 않았다. 나는 촛불을 통해 건너편에 앉은 사람들의 검붉게 보이는, 그림자가 많은 얼굴을 시름없이 바라보고 있었다. 그 얼굴들은 이상하게도 가면처럼 무표정한 채 꼼짝달싹도 안 하는 것 같아 보였다.
 이윽고 오늘밤 이야기를 하기로 되어 있는 신입 회원 T씨는 앉은 채로 촛불을 바라보면서 다음같이 이야기를 시작했다. 나는 음영의 상태 때문에 해골처럼 보이는 그의 턱이 말을 할 때마다 덜덜 마주치는 모양을 마치 기괴한 꼭두각시라도 바라보는 것 같은 심정으로 응시하고 있었다.

2

 나는 내 자신의 생각으로는 틀림없이 멀쩡한 정신이라고 믿고 있고, 사람들도 그렇게 대해주고 있습니다. 그러나 정말 멀쩡한 정신인지 어떤지 알 수가 없습니다. 미치광이인지도 모릅니다. 그렇지는 않다고 해도 일종의 정신 병자 같은 것인지도 모릅니다.
 어쨌든 나라는 인간은 이상할 만큼 이 세상이 하찮은 것입니다. 살아 있다는 것이 도무지 지루해서 견딜 수가 없는 것입니다.
 그래도 처음 얼마 동안은 여느 사람들처럼 여러 가지 도락에 잠긴 시절도 있었지만, 그런 것이 무엇이고 간에 나의 타고난 지루함을 위로해 주기는 고사하고 오히려 이제 이것으로 이 세상의 재미있는 일은 그만인가, 정말 형편없군, 이런 실망만이 남을 뿐이었습니다. 그래서 나는 차츰 무엇을 하는 것이 숫제 귀찮아졌습니다. 가령 이러이러한 오락은 재미있다, 아마 너를 기쁘게 해줄 게다, 이런 얘기를 듣게 되면 오오, 그런 것이 있었는가, 그렇다면 당장 해봐야지, 이렇게 벼르는 대신 먼저 머리 속으로 그 재미있는 일을 이모저모 상상해 보는 것입니다. 그리고 온갖 상상을 되풀이한 결과는 언제나 '뭐 대단한 것이 못된다' 이렇게 생각해 버리는 것입니다.

이런 판이라 나는 어떤 기간을 문자 그대로 아무것도 않고 그저 먹고 잠자는 생활만 했었지요. 그리고 머리 속에서만 여러 공상을 하면서 이것도 신통치 않다, 저것도 지루하다, 이렇게 깡그리 밀쳐내면서 죽는 것보다도 괴로운, 그러면서도 남이 보기엔 팔자 좋은 안이한 생활을 보내고 있었던 것입니다.

만일 내가 차라리 그날 그날 입에 풀칠을 하기가 힘든 환경이었다면 이렇게는 안 되었을 겁니다. 하다못해 강제된 노동이라도 어쨌든 무언가 할 일이 있으면 행복하죠. 아니면 내가 기막힌 부자였다면 나았을지도 모릅니다. 나는 아마 그 돈의 힘으로 역사상의 폭군들처럼 기막힌 사치나 피비린내나는 유희나 그밖의 내가 꿈꾸고 있는 온갖 즐거움에 잠길 수가 있었을 테지요.

이렇게 말씀드리면 여러분은 보나마나 '그야 그렇지. 그렇지만 이 세상 일에 진력이 나 있는 점으로는 우리 역시 네게 뒤지지 않지. 그래서 이런 클럽을 만들어, 색다른 흥분을 찾으려 하고 있는 것이 아니냐? 너 역시 어지간히 지루하니까 우리 회원이 된 것이겠지.' 이렇게 말씀하실 겁니다. 사실 그렇지요. 나는 굳이 지루하게 그 따위 설명을 늘어놓을 필요는 없었던 게지요. 그리고 당신들이 지루하다는 것이 어떤 것인가를 잘 알고 계시리라 생각했기 때문에 오늘 밤 이 자리에 참석해서 세상에서도 보기드문 별난 신상 이야기를 하려고 결심한 것이니까요.

나는 이 아래층 레스토랑에는 노상 드나들고 있어, 자연 여기 계시는 주인 양반하고도 자별한 사이가 되어, 훨씬 전부터 이 '빨강 방'의 모임에 대한 얘기를 들었고 수차 입회하라는 권고조차 듣고 있었지요. 그런데도 내가 여지껏 입회를 안 한 것은 내가 실례의 말씀인지는 몰라도 여러분과는 비교가 안될 만큼 지루해져 있었기 때문입니다.
 범죄와 탐정 놀음 말씀인가요? 강령술이나 심령상의 실험 말씀인가요? 형무소나 간질 병원이나 해부학 교실 따위 참관 말씀인가요? 아직도 그런 것에 다소라도 흥미를 품으실 수 있는 여러분은 그래도 행복한 편입니다. 나는 여러분이 사형 집행을 엿볼 계획을 세우고 있다는 얘기를 들었을 때조차 전혀 놀라지 않았지요. 그럴 것이 나는 주인께서 그런 말씀을 하실 때엔 이미 그런 흔해빠진 자극에는 질려 있었을 뿐만 아니라 어떤 기막힌 유희, 이렇게 말해선 약간 무서운 생각도 듭니다마는 나로서는 유희라고 할 수 있는 것을 발견해서 그 즐거움에 정신이 없었기 때문입니다.
 그 유희, 즉 장난이란 느닷없이 말씀드리면, 여러분은 놀라실지도 모릅니다마는…… 살인입니다. 진짜 살인 말씀입니다. 게다가 나는 그 장난을 발견한 뒤로 이제까지 다만 지루함을 덜고자 백 명에 가까운 남녀나 어린애의 목숨을 빼앗아 온 것입니다. 여러분은 그러면 내가 이제 그 무서운 죄악을 뉘우치고 참회를 하기 위해 이런 얘기를 꺼내는 모양이라고 짐작하실지도 모르지만, 결코 그렇지는 않지요. 나는 조금도 후회 따위는 하지 않습니다. 저지른 죄를 두려워하고 있지도 않습니다. 그뿐만 아니라 아아, 기막힌 일입니다. 나는 근래에 와서 그 살인이라는 자극에조차 싫증이 나버린 것입니다.
 그리고 이번엔 남이 아니라 자신을 죽이는 일에, 그 아편에 빠져 버리기 시작한 것입니다. 물론 나 역시 목숨은 아까웠던지 이것만은 손에 대지 않으려고 했지만, 살인에도 싫증을 느끼게 된 판국이니 이제 자살이라도 뜻하기 전엔 달리 자극을 구할 길이 없잖겠습니까? 나는 이제 조만간 아편으로 목숨을 잃게 될 겁니다. 그렇게 생각하니 하다못해 정신이 말짱한 사이에 누군가에게 내가 해온 것을 말해 두고 싶은 것입니다. 그러기엔 이 '빨강 방'의 분들이 가장 안성맞춤이 아니겠습니까?

그런 까닭에 나는 실은 여러분의 동료가 되고 싶어서가 아니라, 다만 나의 이 별난 신상 이야기를 말씀드리고 싶어 회원이 된 것입니다. 그리고 다행히 신입 회원만은 반드시 첫날 밤 이 모임의 뜻에 알맞은 얘기를 하기로 되어 있어, 이렇게 오늘밤 그 동안의 소원을 이룰 수 있는 기회를 잡게 된 것입니다.

그것은 지금부터 한 3년쯤 전의 일이었지요. 그 무렵은 방금 말씀드린 것처럼 온갖 자극에 지쳐 버려 아무런 보람도 없이, 마치 한 마리의 지루함이라는 이름을 지닌 동물처럼 하는 일 없이 살고 있었는데, 그해 봄, 봄이라고는 해도 아직 추울 때였으니까 아마 2월 말이나 3월 초순쯤 되었을 겁니다. 어느 날 밤 나는 묘한 일을 겪게 된 것입니다. 내가 백 명이나 되는 사람의 목숨을 빼앗게 된 것은 그날 밤의 일이 동기가 되었지요.

어딘가에서 밤이 이슥하도록 보낸 나는 아마 1시쯤 되었을까요, 약간 얼큰해 있었습니다. 추운 밤인데 어슬렁어슬렁 차도 타지 않고 집쪽으로 걷고 있었지요. 골목 하나만 돌면 바로 우리집인 그 골목길을 돌아가려니, 웬 사나이가 몹시 허둥지둥 뛰어오고 있더군요. 우리는 서로 부딪칠 뻔했지요. 사나이는 더한층 놀라더니 어렴풋한 가로등 불빛으로 내 모습을 확인하자 갑자기 "이 근처에 병원이 없나요?" 이렇게 묻는 게 아닙니까. 말을 들어 보니 그 사나이는 택시 운전기사인데 방금 한 노인(그런 밤중에 혼자 돌아다니고 있었던 것으로 미

루어 보아 아마 부랑자였을 겁니다)을 치어 대단한 상처를 입혔다는
것입니다. 딴은 그러고 보니 바로 앞쪽에 한 대의 택시가 서 있고,
그 곁에 사람 같은 것이 쓰러져 신음하고 있더군요. 파출소는 멀고,
게다가 부상자의 고통이 심해서 운전 기사는 우선 병원부터 찾으려고
허둥대며 달려온 모양이에요.

나는 그 근처의 지리는 훤했기 때문에 병원도 잘 알고 있었지요.
그래서 곧 이렇게 가르쳐 줬습니다.

"왼쪽으로 조금 가면 또 왼쪽에 빨간 등불이 달려 있는 집이 있소.
M의원이라고 하죠. 그곳으로 가서 깨워 보시구려."

그러자 운전 기사는 곧 부상자를 업고 M의원으로 달려갔지요. 나
는 그의 뒷모습이 어둠 속으로 사라질 때까지 보고 있다가 집으로 돌
아와——나는 독신입니다——노파가 깔아 준 이부자리로 들어가 곧
잠들어 버렸습니다.

실상 아무것도 아닌 일이었지요. 만일 내가 그대로 그 사건을 잊어
버리기만 했더라면, 그것으로 끝나버릴 일이었지요. 그런데 이튿날
잠이 깼을 때 나는 전날 밤의 그 일을 아직 기억하고 있었습니다. 그
리고 그 부상자는 살았을까, 이런 필요치 않은 생각을 시작했지요.
그러다가 나는 문득 이상한 사실을 깨달았습니다.

"가만 있자, 이거 큰 실수를 저질렀는걸."

나는 깜짝 놀랐습니다. 아무리 술이 취했다고는 하지만, 그렇다고
정신마저 잃고 있었던 거도 아닌데 대체 무슨 생각으로 그 부상자를
M의원으로 보낸 것일까요?

"왼쪽으로 조금 가면, 왼쪽에 빨간 등불이 달려 있는 집이 있소……
……"

이렇게 한 말도 모두 기억하고 있습니다. 어째서 그 대신
"오른쪽으로 조금 가면 K라는 외과 전문 병원이 있소."

이렇게 말하지 않았단 말입니까? 내가 가르쳐 준 것은 소문난 엉터리 의사였고, 게다가 외과 쪽은 제대로 기술이나 있는지도 의심스러웠던 것입니다. 그런데 M의원과는 반대쪽이고, M의원보다 가까운 곳에 훌륭한 설비가 갖추어진 K라는 외과 병원이 있는 것입니다. 물론 나는 그것을 잘 알고 있었지요. 알고 있었는데 어째서 잘못 가르쳐 주었는지, 그때의 야릇한 심리 상태는 지금도 역시 알 길이 없습니다만, 아마 순간적으로 깜빡 잊고 착각을 했던 모양입니다.

나는 적지않이 염려가 되기에 가정부 노파를 시켜 알아 보았더니, 부상자는 M의원 진찰실에서 숨을 거둔 모양입니다. 어디 의사건 그런 부상자를 싫어할 것은 당연합니다. 하물며 밤중 1시였으니까 무리도 아니었지요. 한동안 기다리게 해놓고 간신히 부상자를 받아들였을 때에는 이미 늦어 있었는지도 모릅니다. 그래도 그때 만일 의사가 "나는 전문이 아니니까 K병원으로 데려가시오." 이렇게라도 했다면 혹시 부상자는 살았을지도 모릅니다. 그런데 그는 터무니없이 자기 분수도 잊고 그 환자를 처리하려고 한 모양입니다. 그리고는 마침내 실패한 것입니다. 소문을 듣자니 M의사는 당황해 굉장히 오랫동안 환자를 주물러댄 모양입니다.

나는 그 말을 듣고 어쩐지 이상한 생각이 들었습니다. 이 경우 가엾은 노인을 죽인 것은 과연 누구일까요? 운저사와 M의사에게도 각기 책임이 있음은 물론입니다. 그리고 법률상의 처벌이 있다면, 아마 운전 기사의 과실에 대해 행해질 터이지만, 사실상 가장 중대한 책임자는 이 내가 아닐까요? 만일 그때 내가 M의원 말고 K병원을 가르쳐 줬다면 부상자는 살았을지도 모르는 것입니다. 운전 기사는 다만 부상을 입혔을 뿐입니다. 죽인 것은 아니지요. M의사는 기술 부족으로 실패한 것이니까 이 역시 별것이 아닙니다.

이것은 나의 가리킴이 전혀 우연의 과실이었다고 생각한 경우지만,

만일 그것이 과실이 아니라, 그 노인을 죽여 버리자는 나의 고의에서 나온 것이었다면, 대체 어떻게 되는 것일까요? 나는 사실상 살인죄를 범한 것이 아닙니까? 그러나 법률은 운전 기사를 벌하는 일은 있어도 사실상의 살인자인 나에 대해서는 아마 의심조차 품지 않을 겁니다. 그럴 것이 나하고 죽은 노인하고는 안면조차 없는 판이니 전혀 관계가 없다는 사실이 드러날 것은 자명하니까요. 그리고 설령 의심을 받더라도 나는 그저 병원이 있는 것을 깜빡 잊고 있었다고 대답만 하면 되지 않겠습니까? 안 그래요?

여러분, 여러분은 이런 살인법에 대해 생각해 보신 일이 있으신가요? 나는 이 자동차 사건으로 비로소 그 점을 깨달았지만, 생각해 보면 이 세상은 얼마나 무서운 곳인지 모릅니다. 그 어느 때 나 같은 인간이 아무런 이해 관계도 없이 고의로 틀린 의사를 가르쳐 주거나 해서 그렇지 않으면 건질 수 있었을 목숨을 부당하게 잃어버리게 되는지 모르는 것입니다.

이것은 그후 내가 실제로 해보고 성공한 일이지만, 시골 노파가 한 길을 건너려고 막 한 발을 내딛었을 때, 물론 그곳에는 전차니 버스니 택시니 마차 따위가 쉴새없이 달리고 있으니까 노파의 머리는 보나마나 혼란을 일으키고 있을 겁니다. 그때 차가 쏜살같이 달려와 노파의 바로 뒤까지 이르렀다고 가정합시다. 그때 노파가 그 사실을 전혀 모르고 그대로 건너가면 별것이 아니지만, 누구나가 큰소리로 '할머니, 위험해요!' 이렇게 외치기라도 한다면, 그만 허둥거리게 되어 잠시 꾸물댈 게 분명합니다. 만일 차가 급정거를 할 수 없는 경우라면 '할머니 위험해요!'라고 외친 한 마디가 노파를 죽이게 만들 수도 있지요. 아까도 말씀드린 것처럼 나는 언젠가 이런 방법으로 시골 사람 한 사람을 보기좋게 죽여버린 일이 있어요.

'T씨는 여기서 잠시 말을 끊고 우리를 둘러보고 싱긋 웃었다.'

3

 이 경우 '위험해요!' 이렇게 외친 나는 틀림없는 살인자입니다. 그러나 누가 나의 살의를 의심할 것입니까? 아무런 원한도 없는 낯선 인간을 다만 살인의 흥미 때문에 죽이려는 사람이 있으리라 짐작할 사람이 있을까요? 게다가 '위험해요!'라는 주의의 말은 아무리 해석해도 호의에서 나온 말입니다. 표면상 감사는 받을지언정 결코 원망을 들을 까닭이 없는 것입니다. 여러분, 이 얼마나 안전한 살인법입니까?
 세상 사람들은 나쁜 짓은 반드시 법률에 저촉되어 그에 상당한 처벌을 받는 것이라고 믿고 어리석게도 안심하고 있습니다. 누구이건 간에 법률이 살인을 그대로 두리라는 생각은 꿈에도 않고 있지요. 그런데 이제 말한 두 가지 실례에서 유추할 수 있는 전혀 법률에 저촉될 염려가 없는 살인법이 생각해 보면 얼마든지 있지 않습니까? 나는 그것을 깨달았을 때, 세상이라는 것의 두려움에 소름이 끼치기보다는 오히려 그런 죄악의 여지를 남겨 준 조물주의 여유를 다시없이 유쾌하게 생각했지요. 나는 그야말로 이 발견에 미쳐날뛰었습니다. 실상 이 얼마나 기막힌 일입니까?
 그리하여 나는 이런 종류의 살인으로 그 죽을 것같이 못견디던 지루함을 잊기로 했습니다. 절대로 법률에 저촉되지 않는 살인, 어떤 셜록 홈즈라도 알아낼 수 없는 살인, 아아, 이 얼마나 기막힌 일입니까! 그 뒤로 나는 3년 동안에 사람을 죽이는 즐거움에 잠겨 어느새 그 지루함을 거의 잊어버리고 있었습니다. 여러분, 웃지 마십시오. 나는 백 명의 목숨을 빼앗을 때까지는 절대로 중간에서 이 살인을 그만두지 않겠다고 다짐한 것입니다.
 지금부터 석 달 전입니다. 나는 마침 99명만을 끝냈지요. 그리고 이제 한 명이 남게 되었을 때 아까도 말씀드린 것처럼, 나는 그 살인에도 싫증이 나버린 것입니다. 그것은 어찌됐건 그 99명을 어떤 식으로 죽였느냐? 물론 99명 중 단 한 사람에게도 원한 따위는 없었고, 다만 남이 모르는 방법과 그 결과에 흥미를 품고 한 짓이니까, 나는 한 번도 같은 방법을 되풀이하는 짓은 안 했지요. 한 사람을 죽이고 나면 이번에는 어떤 방법으로 해치울까, 그것을 생각하는 것이 또한 하나의 낙이었던 것입니다.

그렇지만 이 자리에서 내가 한 99명의 제각기 다른 살인법을 모조리 말씀드릴 여가도 없고, 게다가 오늘밤 내가 이 자리에 참석한 것은 그런 개개의 살인법을 고백하기 위해서가 아니라, 그런 극악무도한 죄악을 범해가면서까지 무료함을 잊으려고 한, 그리고 또한 마침내는 그 죄악에조차 싫증이 나버려 이번엔 나 자신을 망치려 하고 있는 이 묘한 나의 심정을 말씀드려, 여러분의 판단을 바라기 위해서였으니까 그 살인방법에 대해서는 그저 몇 가지 예만 들기로 하겠습니다.

이 발견을 한 지 얼마 안 되어서였는데 이런 일도 있었습니다. 우리집 근처에 한 안마사가 있는데 이 친구는 불구자에게 흔히 있는 아주 심한 고집쟁이였지요. 남들이 여러 가지로 주의해 주면 오히려 그 반대를 취해 눈이 안 보인다고 바보 취급 말아라, 그만한 것은 나 역시 알고 있어. 이런 식으로 반드시 상대방의 말에 거슬리는 짓을 하는 거예요. 정말 대단한 고집쟁이지요.

어느 날 내가 한 길을 지나가려니 저쪽에서 그 고집쟁이 안마사가 오더군요. 그는 건방지게도 지팡이를 어깨에 얹고 콧노래를 부르면서 오고 있는 거예요. 마침 그때 그 거리에는 전날부터 하수도 공사가 시작되어서 한길 한쪽에는 깊은 구덩이가 파헤쳐져 있었습니다. 그는 장님이라 길거리의 푯말 같은 것은 안 보이니까 아무것도 모르고 그 구덩이 곁을 태평스럽게 걷고 있었던 것입니다. 그것을 보자 나는 문

득 하나의 묘안을 생각해냈습니다. 그래서 다정하게
 "여보게."
라고 안마사의 이름을 부르고(흔히 안마를 부탁했기 때문에 잘 아는 사이였지요)
 "위험해. 왼쪽으로 비키게."
라고 외쳤지요. 이 말은 일부러 농담 투로 한 것입니다. 그럴 것이 이렇게 하면 그는 평소의 성질로 보나마나 놀리는 줄 짐작하고는 왼쪽으로 비키지 않고 오른쪽으로 비켜날 것이 틀림없다고 생각했기 때문입니다. 과연 그는
 "에헤헤……농담도 좋아하셔."
어쩌고 말대답을 하면서 다짜고짜 반대 방향인 오른쪽으로 물러섰으니 견딜 재간이 있습니까. 순식간에 하수도 공사 구덩이 속으로 한쪽 발이 빠지면서 족히 2백여 미터나 되는 밑바닥으로 떨어져 버리고 말았습니다. 나는 놀란 듯이 구덩이 언저리로 달려가서 뜻대로 되었나 하고 들여다보았습니다.

 그는 머리라도 부딪혔는지 구덩이 속에 늘어져 있고, 구덩이 언저리에 온통 튀어나온 날카로운 돌에라도 찍혔는지, 머리에 빨간 피가 흐르고 있었습니다. 그리고 혀라고 깨물었던 모양으로 입이나 코에서도 역시 출혈을 하고 있더군요. 얼굴빛은 창백하고 미처 신음소리를 낼 기운조차 없었습니다.

 이리하여 이 안마사는 몇 시간은 그래도 목숨이 붙어 있었지만 드디어 절명해 버렸지요. 내 계획은 보기좋게 성공했습니다. 누가 나를 의심하겠습니까? 나는 이 안마사를 평소 단골로 삼고 있었고, 결코 살인의 동기가 될 만한 원한이 있었던 것도 아니며, 게다가 표면상은 오른쪽에 구덩이가 있는 것을 알고 피하라고 일러 준 것이니까 나의 호의를 인정하는 사람은 있어도, 그 친절한 말에 무서운 살의가 있었

다고 짐작할 사람이 도시 있을 까닭이 없는 것입니다.
 아아, 그 얼마나 무섭고도 즐거운 장난입니까! 교묘한 트릭을 생각해냈을 때의 필경 예술가의 그것과도 맞먹는 환희, 그 트릭을 실행할 때의 으쓱으쓱한 긴장, 그리고 목적을 이루었을 때의 말할 수 없는 만족, 게다가 또한 나의 희생이 된 남녀가 살인자가 눈앞에 있는 줄도 모르고 피투성이가 되어 신음하는 단말마의 광경, 이런 것들이 그 얼마나 나를 미쳐날뛰게 해주었는지도 모릅니다.
 어떤 때는 이런 일도 있었습니다. 그것은 여름철의 몹시 흐린 날의 일이었는데, 나는 어느 교외의 양옥집이 듬성듬성 서 있는 한적한 동리를 걷고 있었지요. 그리고 마침 그 중에서도 가장 훌륭한 콘크리트 건물 뒤쪽을 지나갈 때였습니다. 문득 묘한 것이 눈에 띄더군요. 그것은 그때 내 코끝을 스치고 날쌔게 날아가던 한 마리의 참새가 그 집의 지붕에서 땅으로 처져 있는 굵은 철사에 앉기가 무섭게 어찌된 영문인지 갑자기 튕긴 것처럼 밑으로 굴러떨어져 그대로 죽어버린 것입니다.
 묘한 일도 있다고 생각하고 자세히 보니, 그 철사는 양옥집 지붕 꼭대기에 있는 피뢰침에서 나온 것임을 알게 되었습니다. 물론 철사에는 껍데기가 덮어져 있었지만, 방금 참새가 앉았던 부분은 어찌된 셈인지 그것이 벗겨져 있었던 것입니다. 나는 전기에 대해서는 잘 모르지만, 어쩌다가 공중 전기의 작용인가 무언가로 피뢰침의 철사에 강한 전류가 흐르는 수가 있다는 말을 들은 일이 있어, 그게 바로 이것이었구나 생각했지요. 이런 일을 보기는 처음이라, 나는 어지간히 신기하게 생각하고 잠시 그곳에 서서 철사를 바라보고 있었습니다.
 그러자 병정놀이라도 하고 있었던지 아이들의 한 떼가 왁자지껄 골목에서 나왔고, 그 중의 대여섯 살쯤 되는 사내아이가 다른 아이들은 모두 저쪽으로 가버렸는데 혼자 남기에 무엇을 하나 보고 있자, 그 피뢰침 철사 앞 둔덕에 서서 앞단추를 풀고 소변을 보기 시작하는 것이었어요. 그것을 본 나는 다시금 하나의 아이디어가 떠올랐습니다. 중학시절에 물이 전기의 도체라는 것을 배운 일이 있습니다. 꼬마가 서 있는 둔덕에서 그 철사의 벗겨진 부분에다 소변을 누는 것은 손쉬운 일입니다. 소변은 물이니까 역시 도체임이 틀림없습니다. 그래서 나는 그 꼬마한테 이렇게 말했습니다.

"꼬마야, 그 철사에 오줌을 눠봐, 닿을 수 있니?"

그러자 어린아이는 "그까짓 것 문제 없어. 보라구요."

그러더니 자세를 바꾸어 철사가 드러나 있는 부분을 향해 힘차게 오줌 줄기를 뻗치는 것이었습니다. 그리고 그것이 철사에 닿기가 무섭게 정말 무섭더군요. 꼬마는 깡총 춤추듯이 뛰어오르는가 싶더니 털썩 쓰러져 버리고 말았습니다. 나중에 들으니 피뢰침에 이렇게 강한 전류가 흐르는 것은 매우 드문 일이라는 것이었는데, 어쨌든 이렇게 해서 나는 난생 처음으로 인간이 감전해서 죽는 것을 본 것입니다.

이 경우는 물론 제삼자인 나는 조금도 의심을 받지 않았습니다. 다만 소식을 듣고 달려 나와 어린아이의 시체에 매달려 울부짖고 있는 모친에게 정중한 애도의 말을 남기고 그 자리를 떠나기만 하면 되었던 것입니다.

이 역시 어느 여름날의 일이었습니다. 나는 희생시키려고 벼르고 있던 어떤 친구, 그렇다고는 해도 결코 그 사나이한테 손톱만큼도 원한이 있었던 것은 아니며, 오랫동안 다시 없는 친구로 사귀고 있었던 사나이였습니다마는, 내게는 오히려 그런 사이좋은 친구를 말 한 마디 없이 웃으면서 순식간에 죽여 버리고 싶다는 이상한 소망이 있었던 것입니다. 그 친구와 같이 보슈〔房州〕의 몹시 두메진 바닷가로 피서를 간 일이 있습니다. 물론 해수욕장이라고 할 만한 곳은 못되었고, 도시에서 온 손님이라고는 우리 두 사람 말고는 미술 학도인 듯 싶은 사람이 몇 명, 그것도 바다에 들어간다기보다는 그 근처의 바닷가를 스케치북을 들고 돌아다니고 있을 정도였지요.

이름난 해수욕장처럼 도시 처녀들의 풍만한 알몸을 볼 수 있는 것도 아니고, 여관이라고는 싸구려 여인숙 같은 곳인 데다가 음식도 신통치 않아 몹시 쓸쓸하고 불편한 곳이었지만, 내 친구라는 게 나와는 달리 그런 한적한 장소에서 고독을 즐기는 편이었고, 나는 나대로 어떻게 해서든 이 친구를 처치할 기회를 잡으려고 하고 있었던 판이라, 그런 두메에 며칠씩 묵고 있었던 것입니다.

어느 날 나는 그 친구를 바닷가 마을에서 훨씬 떨어진 곳에 있는 얼핏 보면 단애처럼 되어 있는 곳으로 데리고 갔습니다. 그리고 다이빙을 하기엔 안성맞춤인 곳이라고 하면서 옷을 훌훌 벗었습니다. 친구도 얼마간 수영 기술은 있었던만큼 아무것도 모르고 정말 십상이라면서 나를 따라 옷을 벗더군요.

그리하여 나는 그 낭떠러지 끝에 서서 두 손을 곧장 머리 위로 뻗치고 하나 둘 셋, 이렇게 큰 소리로 외치고 기막힌 곡선을 그으면서 거꾸로 해면으로 뛰어들었습니다. 텀벙하고 몸에 물이 닿는 순간 가슴과 배의 호흡으로 재빨리 물을 가르고, 두세 척 물 속으로 들어갔다가 날으는 물고기처럼 저쪽 수면에 몸을 나타내는 것이 다이빙의 요령입니다마는, 나는 어렸을 때부터 수영에 능숙하여 이 다이빙 따위도 식은 죽먹기였던 것입니다. 그렇게 기슭에서 얼마만큼 떨어진 수면에 목을 내놓은 나는 선헤엄을 하면서 큰소리로

"이봐, 어서 뛰어들어."

라고 친구에게 말했지요. 그러자 그는 물론 아무것도 모르고 좋다면서 힘차게 물 속으로 뛰어들었습니다.

그런데 물보라를 일으키며 바다 속으로 들어간 채 그는 다시는 모

습을 나타내지 않았지요……. 나는 그것을 짐작하고 있었어요. 그 바다 밑에는 수면에서 얼마 안 되는 곳에 큰 바위가 있었던 것입니다. 나는 미리 그것을 알아 두었고, 친구의 솜씨로는 다이빙을 하면 반드시 깊숙이 들어갈 것이며, 따라서 이 바위에 머리를 부딪칠 것이 뻔하다고 짐작하고 한 일이었던 것입니다. 잘 아실 테지만 다이빙의 기술은 능숙한 사람일수록 이 물 밑에 가라앉는 율이 적게 마련이고, 나는 그것에 익숙했기 때문에 바위에 부딪치기 전에 저쪽으로 떠오를 수가 있었지만, 그 친구는 다이빙 솜씨가 아직 서툴러 영락 없이 머리를 바위에 부딪친 것입니다.

과연 잠시 있으려니 그는 다랑어의 시체처럼 해면에 떠오르더군요. 그리고 파도에 밀려 떠돌고 있는 것입니다. 그는 기절해 있었던 것이지요. 나는 그를 안고 기슭으로 헤엄쳐 가 그대로 마을로 달려가서 여관 사람에게 사태를 알렸습니다. 그러자 어부들이 달려와서 친구를 간호해 주었지만, 뇌를 심하게 다쳐 소생할 가망은 없었지요. 보니 머리끝이 15, 6센티미터나 갈라지고, 그 머리가 놓여진 땅에는 숱한 피가 엉겨붙어 있더군요.

내가 경찰의 문초를 받은 것은 그 동안 단 두 번뿐이었는데 그 하나가 이때였습니다. 그럴 것이 아무도 없는 곳에서 일어난 사건이었으니까 일단 문초를 받는 것은 당연합니다. 그러나 나하고 그 친구와는 친한 사이이고 다툼질 한 번 없었다는 사실이 알려져 있는 데다가 당시의 사정으로는 나 역시 그 바다 밑에 바위가 있는 것을 몰랐고, 다행히 나는 수영이 능숙하여 위기를 모면했지만 그는 서투른 나머지 이런 불상사가 일어났다는 사실이 명백한 만큼 나에 대한 의심은 금세 풀렸고, 나는 되레 경찰관에게 친구를 잃으셔서 안됐다는 위로의 말조차 들었지요.

아니, 이런 식으로 일일이 예를 들고 있다간 한이 없습니다. 이쯤 말씀드리면 여러분은 나의 이른바 절대로 법률에 저촉되지 않는 살인법을 대충 이해하셨으리라 생각합니다. 모두가 이런 식이었지요. 어떤 때는 서커스를 보는 구경꾼 틈에 섞여 있다가 여기서는 말씀드리기는 부끄러운 야릇한 자세를 보여 높은 곳에서 밧줄을 타고 있던 처녀애를 추락시켜 보기도 하고, 불이 난 곳에서 아이를 찾아 미친 듯이 울부짖는 아낙네에게 아이는 집안에 누워 있다, 우는 소리가 들리지 않느냐, 이런 암시를 주어 그 여인을 불 속에 뛰어들게 만들어 태워죽이기도 하고, 또는 난간에 기대어 뛰어들려는 처녀의 등 뒤에서 '잠깐!' 이런 소리를 질러, 그렇지 않으면 자살을 단념했을지도 모르는 그 처녀를 순간적으로 물 속으로 뛰어들게 만드는 등, 말하자면 끝이 없습니다만 벌써 밤도 이슥한 데다가 여러분도 이런 참혹한 얘기는 더 듣고 싶지도 않으실 테니, 끝으로 한 가지 색다른 이야기를 하고 마무리짓기로 하십시다.

이제까지 얘기한 것은 번번이 한 번에 한 사람을 죽인 그런 것이지만 그렇지 않은 경우도 많았던 것입니다. 그렇지 않고서야 불과 3년 남짓한 사이에 99명이나 죽일 수야 있겠습니까? 그중에서도 한꺼번에 많은 사람을 죽인 것은, 그렇지요, 작년 봄의 일이었습니다. 여러분도 그때 신문을 보셨으리라 생각합니다마는 중앙선 열차가 뒤집혀 많은 사망자와 부상자를 낸 일이 있었죠? 바로 그것입니다.

4

뭐 방법이란 누워서 떡먹기였지요. 오직 그것을 실행하는 고장을 찾느라고 시간이 걸렸을 뿐입니다. 다만 처음부터 중앙선 연선이어야 한다고 생각하고 있었지요. 그럴 것이 이 선은 계획에 가장 편리한 산 속을 지나고 있을 뿐만 아니라, 열차가 전복한 경우에도 중앙선에는 평소 사고가 많으니까 또 일어났구나 이렇게 대수롭지 않게 생각해 버리기 쉽기 때문입니다.

　그렇기는 해도 그런 곳을 찾아내느라 어지간히 힘이 들었지요. 결국 M역 근처의 벼랑을 사용하기로 결심할 때까지는 1주일 이상은 걸렸지요. M역에는 온천이 있었고, 나는 그곳 여관에 묵으면서 매일같이 온천 물에 잠기기도 하고 근처를 돌아다니는 등 온천객을 가장했습니다. 그 때문에 열흘이나 묵고 있어야 했지요. 나는 기회를 엿보다가 어느 날 여느 때처럼 그 근처의 산 속을 산책했습니다.

　그리고 여관에서 5리쯤 떨어진 어느 언덕 꼭대기에 올라 어둠이 깃들기를 기다리고 있었습니다. 그 언덕 바로 밑에는 기차의 선로가 커브를 그리며 달리고 있고, 선로 저쪽에는 이곳과는 반대로 험준한 골짜기가 펴져 있고, 그 밑에 개울이 흐르고 있는 것이 아물아물 보일 만큼 떨어져 있었지요.

　잠시 있자 미리 정해 놓은 시간이 되더군요. 나는 아무도 보고 있는 사람은 없었지만, 그래도 발을 헛디뎌 넘어지는 체하며 이 역시 미리 찾아 놓은 커다란 돌멩이를 발길로 찼습니다. 그것은 좀 차기만 하면 틀림없이 언덕에서 마침 선로 위쯤 되는 곳으로 굴러 떨어질 위치에 있었던 것입니다. 나는 만일 실패하면 몇 번이건 다른 돌을 걷어찰 작정이었는데, 보니 그 돌은 안성맞춤으로 한 가닥 레일 위에 얹혀 있더군요.

　반 시간 뒤에는 하행 열차가 그 레일을 지나는 것입니다. 그리고 그때쯤엔 벌써 어두워질 터이고, 그 돌이 있는 곳은 커브 저쪽이니까 운전 기사가 깨달을 까닭이 없지요. 그것을 확인하자 나는 급히 M역으로 달려가서(5리쯤 되는 산길이어서 족히 30분 이상이 걸렸지요) 역장실로 헐레벌떡 뛰어들어 외쳤습니다.

　"큰일 났습니다! 저는 이곳 온천에 와 있는 사람인데, 방금 5리쯤 떨어진 선로 위쪽 언덕으로 산책을 나갔다가 언덕에서 달려 내려오는 길에 돌을 언덕 밑 선로 위로 차버렸어요. 만일 그곳을 열차가 지나면 틀림없이 탈선될 거예요. 자칫하면 골짜기로 떨어질지도 모릅니다. 이거 야단났는데요. 그 돌을 주우려고 길을 찾았지만, 지리도 잘 모르는 데다가 그 벼랑을 내릴 방도가 없어 하는 수 없이 이리 달려왔는데, 어떻게 하면 좋죠? 속히 그것을 주워낼 수 없을까요?"

그러자 역장은 깜짝 놀라면서

"이거 큰일 났군. 방금 하행 열차가 통과하고 있는 중이에요. 다른 때 같으면 지금쯤 그곳을 훨씬 지났을 텐데요……."

라고 말하는 것이었습니다. 그것이 내가 바라던 바였지요. 그런 당황한 문답을 되풀이하고 있는 사이에 열차 전복, 사상자 불명이라는 보고가 간신히 위기를 모면하고 달려온 열차의 차장에 의해 들어왔습니다.

나는 당연히 하룻밤 M경찰서로 끌려가서 문초를 받았는데, 이것은 이미 계획에 들어 있는 일입니다. 실수가 있을 리 없었지요. 물론 나는 매우 꾸지람을 들었지만 이렇다 할 처벌은 받지 않았습니다. 나중에 듣자니 그때의 내 행위는 형법 120조라나요, 그것에조차 해당되지 않았다더군요. 그 120조라는 것도 벌금형에 지나지 않았지만 말씀입니다. 어쨌든 이렇게 해서 나는 돌멩이 하나로, 그게 아마 17명이었지요. 17명의 목숨을 단숨에 빼앗는 일에 성공한 것입니다.

여러분, 나는 이런 식으로 99명의 인명을 빼앗은 사나이입니다. 그런데도 뉘우치기는커녕 이런 피비린내나는 자극에조차 싫증이 나버려, 이번엔 자신의 목숨을 희생하려 하고 있는 것입니다. 여러분은 너무나 잔학한 내 소행에, 저것 보세요, 그렇게들 눈살을 잔뜩 찌푸리고 계십니다. 그래요, 이것은 보통 사람으로는 상상조차 못할 극악무도한 행동이 분명합니다. 그렇지만 그런 끔찍한 범죄를 저질러가면서까지 이 못견디도록 무료함을 느껴야 했던 내 심정도 좀 살펴달라는 겁니다. 나라는 인간은 그런 짓이라도 꿈꾸는 것 외에는 달리 이 인생에 손톱만큼도 보람을 찾아낼 수가 없었던 것입니다. 여러분, 부디 판단해 주십시오. 나는 미치광이일까요? 그 살인광이라는 것일까요?

5

이리하여 오늘밤 주인공의 기막히도록 야릇한 신상 이야기는 끝났다. 그는 얼마간 핏발이 선, 그리고 미치광이 같은 희멀건 눈으로 우리의 얼굴을 하나하나 둘러보는 것이었다. 그러나 누구 한 사람 그의 말에 대꾸하여 비평하는 사람이 없었다. 그곳에는 다만 무의미하게 춤을 추는 촛불에 비추어진 6명의 긴장한 얼굴이 꼼짝도 않고 늘어서 있을 뿐이었다.

문득 출입문 근처의 휘장에 번쩍 빛나는 것이 있었다. 보고 있으려니 그 은빛으로 빛나는 것이 차츰 커졌다. 그것은 은빛의 둥근 물체로서 마치 보름달이 숱한 구름을 헤치고 나타나듯이 빨간 휘장 사이에서 서서히 원형을 그리면서 나타나는 것이었다.

나는 처음부터 그것이 웨이트리스의 두 손에 받쳐진 음료를 나르는 커다란 은쟁반임을 알고 있었다. 그러나 이상하게도 어떤 사물이든지 몽환화하지 않고는 못배기는 이 '빨강 방'의 공기는 그 흔하디 흔한 은쟁반을 마치 살로메극의 노예가 내미는 그 예언자의 목이 올려진 은쟁반을 연상케 하는 것이었다.

하지만 그곳에서는 입술이 두꺼운 반라의 노예 대신에 여느 때의 아름다운 웨이트리스가 나타났다. 그리고 그녀가 쾌활하게 7명의 사나이들 사이를 돌아다니며 음료를 나르기 시작하자 그 세상과는 동떨어진 환상의 방에 세상의 바람이 불어들어온 것 같은 것이 어쩐지 조화되지 않는 느낌이 들었다.

"이봐, 쏠 테야."

갑자기 T가 이제까지의 이야기 소리와 조금도 다름이 없는 차분한 억양으로 이렇게 말하며 주머니에서 하나의 번쩍거리는 물체를 꺼내 웨이트리스 쪽으로 불쑥 내밀었다.

깜짝 놀라는 우리의 목소리와 탕!…… 하는 권총 소리와 꺅하고 까무러치는 여자의 비명과 그것이 거의 동시에 일어난 일이었다. 물론 우리는 일제히 자리에서 일어섰다. 그러나 천만뜻밖에도 권총에 맞은 여자는 아무 일도 없고, 다만 무참하게 깨진 그릇을 들고 멍하니 서 있는 것이 아닌가!

"왓하하하."

T가 미치광이처럼 웃음을 터뜨렸다.

"장난감이야. 장난감이라구. 하하하…… 하나(花) 양, 보기좋게 넘어갔지? 하하하하."

그렇다면 아직도 T의 오른손에서 흰 연기를 내뿜고 있는 것은 정말 장난감 권총에 지나지 않았단 말인가?

"어머나, 깜짝 놀랐어요……. 그거 장난감이에요?"

T와는 전부터 잘 아는 사이로 짐작되는 웨이트리스는 그러나 아직 입술이 파랗게 질려 있었거니와, 그렇게 말하면서 T쪽으로 다가갔다.

"어디 좀 봐요. 어머 영락없이 진짜 같군요."

그녀는 수줍음을 감추듯이 그 장난감이라는 6연발을 손에 들고 한동안 들여다보고 있더니 이윽고

"속상해 죽겠으니까 나도 한 방 쏴줄 테야."

그러더니 왼팔을 구부리고, 그 위에 권총 자루를 올려놓고는 건방진 자세로 장난삼아 T의 가슴을 겨누는 것이었다.

"네가 쏠 수 있어? 어디 쏴보라구."

T는 싱글거리면서 놀리듯이 말했다.

"못 쏠 것 같아요?"

탕! ……전보다도 더한층 날카로운 총소리가 방 안에 울렸다.

"으으으……."

이루 말할 수 없는 기분 나쁜 신음소리가 들리더니 T씨가 의자에서 불쑥 일어났다가 털썩 하고 마루 바닥으로 쓰러졌다. 그리고 수족을 버둥거리면서 고민하기 시작했다.

농담인가? 농담치고는 너무나도 생생한 신음이 아닌가!

우리는 모두들 그의 곁으로 달려들었다. 이웃자리에 있던 한 사람이 촛대를 들어 고민하는 사람 위를 비추었다. 보니 T는 창백한 얼굴을 간질병자처럼 경련시키고 마치 상처받은 지렁이가 꾸불텅거리듯 온몸을 뒤틀며 신음하고 있었다. 그리고 풀어헤쳐진 그 가슴의 검은 상처에서는 그가 움직일 때마다 시뻘건 피가 흰 피부를 따라 흘러내리고 있었다.

장난감이라고 말한 6연발 권총의 두 번째에는 실탄이 장전되어 있었던 것이다.

6

우리는 오랫동안 멍하니 자리에 우뚝 선 채 꼼짝도 안 했다. 괴이한 이야기 뒤에 일어난 이 사건은 우리에게는 너무나도 심한 쇼크였다. 그것은 시간으로 따지자면 불과 얼마 안 되는 사이였는지도 모른다. 그러나 적어도 그때의 내게는 우리가 그렇게 멍청하게 서 있던 사이가 굉장히 긴 것처럼 생각되었다. 그럴 것이 그 순간적인 경우에 고민하고 있는 부상자를 앞에 두고 내 머리에는 다음 같은 추리가 작용할 만한 여유가 충분히 있었으니까.

'뜻밖의 사건임은 분명하다. 하지만 잘 생각해 보면, 이것은 처음부터 T의 오늘밤 프로그램에 적혀 있었던 일은 아닐까? 그는 99명까지는 남을 죽였지만 마지막 백 명째만은 자신을 위해 남겨 둔 것이 아닐까? 그리고 그런 일을 하기에는 가장 알맞은 이 '빨강 방'을 최후의 장소로 선택한 것은 아닐까? 이는 이 사나이의 괴이한 성질로 미루어 당치않은 짐작은 아닌 것이다. 그렇지, 그 권총을 장난감이라고 믿게 해놓고 웨이트리스에게 발포케 하는 기교 따위는 다른 살인의 경우와 공통되는 그 독특한 방법이 아닌가? 이렇게 해놓으면 웨이트리스는 절대로 벌을 받을 염려는 없다. 그곳에는 우리들 여섯 명이나 되는 증인이 있는 것이다. 결국 T는 그가 남에게 한 것과 같은 방법을, 가해자는 조금도 벌을 받지 않는 방법을 그 자신의 경우에 응용한 것이 아닐까?'

나 이외의 사람들도 모두 각기의 감상에 잠겨 있는 것 같았다. 그것은 아마 나와 똑같은 것이었는지 모른다. 실상 이 경우 그렇게 밖에는 달리 생각할 방도가 없었으니까.

무서운 침묵이 방 안을 지배하고 있었다. 그곳에는 엎드린 웨이트리스의 슬픈 듯이 흐느끼는 울음소리가 들려오고 있을 뿐이었다. '빨강 방'의 촛불빛에 비추어진 이 비극의 장면은 이 세상의 사건으로서는 너무나도 몽환적으로 보였다.

"키, 키, 킥, 킥……."

느닷없이 여자의 흐느낌 외에 또하나의 이상한 목소리가 들려왔다. 그리고 그것은 이미 신음을 그치고 죽은 듯이 늘어져 있던 T의 입에서 새어나오는 것 같았다. 얼음 같은 전율이 등줄기를 달렸다.

"킥, 킥 킥."

그 소리는 더한층 커져갔다. 그리고 눈 깜짝할 사이에 빈사 상태의 T의 몸이 휘청휘청 일어섰다. 일어서고 나서도 여전히 '킥킥킥' 하는 묘한 소리는 그치지 않았다. 그것은 가슴 속에서 짜여내지는 고통의 신음소리 같기고 했다. 그러나…… 혹시…… 오오, 역시 그랬었는가? 그는 뜻밖에도 아까부터 견디기 힘든 웃음을 짓누르고 있었던 것이다.

"여러분."

그는 큰소리로 웃으면서 외쳤다.

"여러분, 이게 뭔지 아시겠습니까?"

그러자 아아, 이게 대체 어찌된 영문인가? 이제껏 그렇듯 흐느끼고 있던 웨이트리스가 갑자기 쾌활하게 일어서는가 싶자, 더 이상 참을 수 없다는 듯이 몸을 비비꼬며 이 역시 미친 듯이 웃어젖히는 것이었다.

"이것은 말씀이에요."

이윽고 T는 멍청해진 우리 앞에 하나의 작은 원통형의 물건을 손바닥에 얹어 놓으면서 설명했다.

"쇠불알로 만든 탄환이란 말입니다. 안에 빨간 잉크가 잔뜩 들어 있어서 명중하면 그게 터지게 돼 있지요. 그리고 말입니다. 이 총알이 가짜인 것과 마찬가지로 아까부터의 내 신상 이야기라는 것도 모조리 엉터리란 말씀이죠. 그래도 연극이 제법 그럴듯하죠?…… 그래 지루하신 여러분, 이런 것으로는 여러분이 찾고 계시는 그 자극이라는 것이 안 될까요?"

그가 이렇게 트릭풀이를 하고 있는 사이에 이제껏 그의 조수 노릇을 하고 있던 웨이트리스에 의해 스위치가 젖혀진 모양이다. 갑자기 ……대낮 같은 전등빛이 우리의 눈을 부시게 만들었다. 그리고 그 희고 밝은 광선은 순식간에 방 안에 떠돌고 있던 그 몽환적인 공기를 일소해 버렸다.

그곳에는 폭로된 마술의 트릭이 추한 시체를 드러내고 있었다. 주홍빛 휘장이건, 빨간 카펫이건, 같은 테이블 클로스며, 안락의자, 심지어는 그 유서 깊어 보이는 은촛대마저 어쩌면 그렇게도 빈약해 보였는지. '빨강 방' 안에는 이제 어느 구석을 뒤져 보아도 꿈도, 환영도 그림자조차 보이지 않는 것이었다.

거울지옥

"이상한 얘기를 해달라는 말씀이군요? 그렇다면 이런 얘기는 어떨까요?"

어느 날 너덧 명이 모여 무서운 이야기니, 진기한 이야기를 차례로 나누고 있었을 때 친구인 K는 마지막으로 이렇게 이야기를 시작했다.

실제로 있었던 것인지, 아니면 K가 그럴 듯하게 만들어낸 이야기인지, 그후 물어본 일조차 없어 나로서는 알 수가 없지만, 여러 가지 이상한 이야기를 들은 뒤였는데다가 마침 그날의 날씨가 봄도 거의 다 가버릴 무렵의 묘하게 흐리터분한 날이어서 공기가 마치 깊은 바다 밑처럼 무겁게 내려앉아 있어 말하는 사람도, 듣는 사람도 어쩐지 미칠 것 같은 기분이 들어서 그랬던지, 어쨌든 그 이야기는 이상하게 나의 마음을 친 것이다.

그 친구는 이렇게 말을 시작했다.

내게 한 불행한 친구가 있지요. 이름은 그저 그라고 해둘까요? 그에게는 언제부터인지 세상에도 드문 이상한 병이 있었습니다. 아마 조상에 그런 병을 지닌 사람이 있어 그것이 유전된 것인지도 모르겠군요.

그럴 것이 그의 집에는 그의 할아버지인지, 증조할아버지인지가 그리스도교를 몰래 믿고 있었던 탓으로 낡은 외국의 책이니 마리아의 상이니 그리스도가 십자가에 못박힌 그림 따위가 고리짝 밑바닥에 잔뜩 쌓여 있었는데, 그런 것들과 함께 일세기나 지난 망원경이니, 야릇한 생김의 자석이니, 아름다운 유리 그릇 따위가 역시 같은 고리짝에 들어 있었고, 그는 어릴 때부터 심심하면 흔히 그런 것을 꺼내가지고는 혼자 즐기고 있었던 것입니다.

생각해 보니 그는 그런 어린 시절부터 물체의 모습이 비치는 물건, 가령 유리라든가, 렌즈라든가, 거울 같은 것에 이상한 취미를 지니고 있었던 것 같습니다. 그럴 수밖에 없는 것이 그의 장난감이라면 환등기계니, 확대경이니, 그밖에 그런 종류의 만화경, 눈에 대면 인물이나 물체가 갸름해지거나, 판판해지거나 하는 프리즘의 장난감 따위였지요.

그리고 역시 그의 소년 시절이지만 이런 일이 있었던 것을 기억하고 있습니다. 어느 날 그의 방으로 들어가자 책상 위에 오래된 오동나무 상자가 놓여 있고, 필시 그 속에 들어 있었을 겁니다. 그는 손에 옛날 금속의 거울을 들고는 그것을 햇살에 대어 어두운 벽에 그림자를 비추고 있는 것이었습니다.

"어때, 재미있지? 저걸 보라구. 이런 판판한 거울이 저기 비치면 묘한 글씨가 나오지?"

그의 말을 듣고 벽을 보니, 놀랍게도 희고 둥근 모양 속에 약간 형태가 뭉개지기는 했지만, 수(壽)라는 글씨가 백금 같은 강한 빛으로 나타나 있지를 않겠습니까!

"이상하군. 대체 웬일일까?"
어쩐지 귀신의 장난 같은 생각이 들어 어린 내게는 이상하기도 했고 두렵기도 하여 나는 이렇게 물었지요
"아마 모를걸. 이치를 설명해 줄까? 설명을 듣고 나면 아무 것도 아니라구. 자, 여기를 봐. 이 거울 뒤를 말야. 수(壽)라는 글자가 새겨져 있지? 이게 겉에 나타나는 거야."
그러고 보니 그의 말대로 청동 같은 빛깔의 거울 뒤에는 훌륭한 조각이 있었습니다. 그러나 그것이 어째서 겉으로 퍼져나와 그런 그림자를 만드는 것일까요?
거울의 표면은 어느 방향으로 비추어 보건, 편편한 평면이어서 얼굴이 울퉁불퉁하게 비치는 것도 아닌데, 반사만이 이상한 그림자를 만드는 것입니다. 마치 마법 같은 생각이 드는 것이었지요.
"이건 마법도 아무것도 아냐."
그는 나의 이상스러워하는 얼굴을 보고 설명을 시작하는 것이었습니다.
"우리 아버지한테 들었는데 말야. 금속 거울이란 놈은 유리하고는 달라, 이따금 닦아 두지 않으면 흐려져서 보이지 않게 되지. 이 거울은 아주 옛날부터 우리집에 대대로 내려오는 물건이어서 수없이 닦아 두었었지. 그런데 말야, 닦아낼 때마다 뒤의 조각이 새겨진 곳과 그렇지 않은 얇은 곳과는 금속이 닳는 게 눈에 띄지 않을 정도로 조금씩 달라지는 거야. 두꺼운 부분은 만져 보면 좀 두툼하고 얇은 부분은 그렇질 않지. 그 눈에 띄지 않게 닳는 차이가 반사를 시키면 저렇게 다르게 나타난단 말야. 이제 알았겠지?"
그 설명을 들으니 일단 이유는 알게 되었지만, 이번에는 얼굴에 비추어도 전혀 울퉁불퉁하게 보이지 않는 부드러운 표면이 반사를 시키면 기막히게 요철이 되어 나타나는 이 기막힌 사실이 가령 현미경으

로 무엇을 들여다볼 때에 느끼는 미세한 것의 야릇함, 그와 비슷한 느낌으로 나로 하여금 소름이 끼치게 만드는 것이었습니다.

이 거울에 대해서는 너무나 이상하여 특별히 잘 기억하고 있지만, 이것은 그저 한 가지 예에 지나지 않으며, 그의 소년 시절의 장난이라는 것은 거의 그런 일만으로 채워져 있었던 것입니다. 참으로 묘한 것이어서 나조차 그의 감화를 받아, 지금도 렌즈 같은 것에 남다른 호기심을 품고 있답니다.

그러나 소년 시절은 그런 대로 별것이 아니었지만 중학 상급생이 되어 물리학을 배우게 되었습니다. 아시다시피 물리학에는 렌즈니 거울의 이론이 있지 않습니까? 나는 그만 그것에 미쳐 버려 그 무렵부터 거의 병이라고 할 정도의, 말하자면 렌즈광으로 변해버린 것입니다.

그러고 보니 생각이 나는군요. 교실에서 오목거울에 대한 강의를 받는 시간이었는데, 작은 오목거울의 견본을 생도들이 차례로 돌려가며 자기의 얼굴에 비쳐보고 있었지요. 나는 그 무렵 여드름이 몹시 나 있어, 그것이 어쩐지 성욕적인 일과 관련되어 있는 것 같은 생각이 들어 부끄러워 견딜 수가 없었는데, 문득 오목거울을 들여다보자 나는 깜짝 놀라고 말았습니다. 기막히게도 내 얼굴 하나하나의 여드름이 마치 망원경으로 들여다 본 달의 표면처럼 무서울 정도의 크기로 확대되어 비치고 있었던 것입니다.

작은 산이라고도 할 수 있는 여드름 끝이 석류처럼 터져, 그곳에서 시커먼 피가 연극의 살인 장면의 간판 그림처럼 스며나오고 있었지요. 여드름이라는 부끄러움 탓도 있었을 테지만, 오목거울에 비친 내 얼굴이 그 얼마나 무섭고 기분나쁜 것이었던지, 그 뒤로는 오목거울을 보기만 하면——그런 것은 유흥장에 흔히 있습니다마는——나는 걸음아 나 살려라고 도망치게 되었을 정도입니다.

그런데 그는 그때 역시 교실에서 오목거울을 들여다보고 있었는데, 나하고는 정반대로 무섭게 생각하기보다는 굉장한 매력을 느낀 모양인지 교실 전체에 울려퍼질 정도의 목소리로 "허어!" 하고 감탄의 외침을 올린 것입니다. 그 소리가 너무나 우스워 그때는 모두들 그를 보고 웃어댔습니다만 자, 그 뒤로는 그는 오목거울에 완전히 미쳐 버렸어요.

크고 작은 온갖 오목거울을 사들여가지고는 철사니 마분지 따위로 복잡한 장치를 만들어서는 혼자 기뻐하고 만족해하고 있는 판이었습니다.

과연 남달리 취미가 있었던 만큼 그는 여느 사람은 짐작조차 못할 묘한 장치를 고안하는 재능을 지니고 있어, 하기는 마술에 관한 책 같은 것을 외국에서 사들였습니다만, 지금도 도무지 이상한 것은 이 역시 어느 날 그를 찾아가 보고 놀란 것이지만, 마법의 지폐라는 별난 장치였습니다.

그것은 사방 두 자쯤 되는 네모난 마분지 상자로서 앞쪽에 건물의 대문 같은 구멍이 뚫려 있고, 그곳에 일 원짜리 지폐가 대여섯 장 마치 엽서처럼 꽂혀 있었던 것입니다.

"이 돈을 잡아 보라구."

그 상자를 내 앞에 내보이고는 그는 시치미를 떼고 지폐를 잡아 보라는 것이었습니다. 그래서 나는 시키는 대로 손을 뻗쳐 그 지폐를 잡으려고 했는데, 글쎄 놀랍게도 분명히 눈에 뚜렷이 보이던 그 지폐가 손으로 만져 보니 연기처럼 사라져 버리는 게 아니겠어요. 정말 그렇게 놀란 적은 없었지요.

"아니 이게 어찌된 영문이야?"

멍청해진 내 얼굴을 보고 그는 재미있다는 듯이 손뼉을 치며 웃으면서 그 까닭을 자랑스럽게 설명하는 것이었습니다.

그것은 영국인지 어딘지의 물리학자가 고안한 일종의 마술로서 까닭은 역시 오목거울에 있었던 것입니다. 상세한 이론은 기억하고 있지 않지만, 진짜 종이돈은 상자 밑 옆에다 놓아 두고, 그 위에 비스듬히 오목거울을 장치하고는 전등을 상자 내부로 끌어들여 광선이 지폐에 닿도록 하면 오목거울의 초점에서 얼마 만한 거리에 있는 물체는 어떤 각도에서 어느 곳에 그 상을 연결하게 된다는 이론에 따라 상자 구멍으로 지폐가 나타난다는 것입니다.

보통의 거울 같으면 절대로 진짜가 그곳에 있는 것 같이는 보이지 않지만, 오목거울로는 이상하게도 그런 실상을 연결짓는다는 것이지요. 실상 그의 말대로 분명히 그곳에 나타나 보이니까요.

이리하여 그의 렌즈나 거울에 대한 이상한 취미는 차츰 심해져 갈 뿐이었는데, 이윽고 중학교를 졸업하자 그는 상급 학교에 들어갈 생각도 않고, 하기는 부모들도 좀 지나치게 무관심했지요. 아들의 말이라면 거의 그대로 들어 주었던 것입니다.

그는 학교를 나오자 마치 어른이라도 된 듯이 마당 한구석에 작은 실험실을 신축해 가지고는 그 속에서 그 이상한 도락을 시작한 것입니다.

이제까지는 그래도 학교라는 것이 있어 약간의 시간을 속박당하고 있었기 때문에 그렇게 대단하지는 않았지만, 자, 이렇게 아침부터 밤까지 실험실에 들어박히게 되자 그의 병세는 갑자기 무서운 가속도로 덧나갔지요. 원래 친구가 적은 그였는데, 졸업한 뒤로는 그의 세계는 좁은 실험실 속에 한정되어 버려 어디로 놀러나가는 일이라고는 없었고, 그의 방을 찾는 것은 가족들을 빼놓고는 고작 나 한 사람뿐이었습니다.

그것도 매우 이따금이었지만, 나는 그를 방문할 때마다 그의 병이 점점 심해져가 이제는 오히려 걷잡을 수 없는 미치광이에 가까운 상태에 이르렀음을 보고 나도 모르게 전율을 느끼는 것이었어요.

그의 이 병은 그렇지 않아도 늘어만 가는 판이었는데, 게다가 어느해 유행성 감기로 불행하게도 부모가 거의 동시에 죽어 버리자 이제는 걷잡을 수 없게 되어 버렸습니다.

그는 막대한 재산을 물려받은 데다가 이제는 아무에게도 거리낌 없이 하고 싶은 그 별난 실험을 마음대로 할 수 있게 되었고, 또 한 가지 그도 스무 살이 넘어 여자라는 것에 흥미를 품기 시작하자, 그런 묘한 취미를 지닐 정도의 그였던만큼 과연 정욕 역시 매우 변태적이어서 그것이 타고난 렌즈광과 뒤얽혀 양쪽 모두 형용조차 할 수 없는 대단한 모양을 띠기 시작한 것입니다.

이제 내가 말하려는 이야기란 그 결과 마침내 무서운 파국을 불러 일으키게 된 어떤 사건입니다마는, 그것을 말하기 전에 그의 병세가 얼마나 심해져 있었는가를 몇 가지 예를 들어 말하고 싶습니다.

그의 집은 산 밑의 제법 높은 지대에 있었고, 그 실험실은 그곳의 널따란 마당 한구석의 거리를 내려다보는 위치에 세워졌는데, 그곳에서 그가 맨 먼저 시작한 것은 실험실의 지붕을 천문대 같은 모양으로 만들고, 그곳에 어지간히 커다란 천체관측경을 장치하고는 별의 세계에 탐닉하는 일이었습니다.

그 무렵에는 그는 독학으로 제나름의 천문학에 대한 지식을 갖추고 있었던 것입니다. 그렇지만 이런 흔히 있는 도락으로 만족할 그가 아니었습니다.

여자와 놀아나는 한편으로는 도수가 강한 망원경을 실제로 설치해 놓고 그것을 온갖 각도로 움직이면서 눈 아래에 보이는 인가의 열어젖뜨린 실내를 훔쳐본다는 죄많은 비밀의 즐거움을 맛보는 것이었습니다.

그것이 설령 담장 안이거나 다른 집의 뒷채로 향해 있거나 해서 본인들은 아무 데서도 안 보이는 것으로 믿고, 설마 그런 먼 산 위에서 망원경으로 들여다보고 있으리라고는 꿈에도 생각지 않고는 온갖 비밀의 행위를 멋대로 하고 있으며, 그것이 그에게는 마치 바로 눈앞의 일처럼 똑똑히 바라볼 수 있었던 것입니다.

"이것만은 그만둘 수가 없구먼."

그는 이런 말을 해가면서 그 창가의 망원경을 들여다보는 것을 다시 없는 낙으로 삼고 있었어요, 딴은 몹시 재미있는 장난임은 분명하지요. 나는 어쩌다가 들여다볼 기회가 있었는데, 묘한 장면을 우연히 발견하는 바람에 얼굴이 붉어지는 수가 한두 번이 아니었습니다. 그 밖에 가령 서브마린 텔레스코프라고 할까요, 잠수함 속에서 바다 위를 바라보는 그 장치를 만들어 놓고는 자기 방에 앉아 고용인들의, 특히 젊은 가정부 따위의 사실을 전혀 상대방에게 들키지 않게 들여다보거나, 그런가 하면 현미경이나 확대경으로 미생물의 생활을 관찰하거나 했습니다. 그런데 그중에서도 가장 기발한 것은 그가 벼룩을 키우고 있었던 사실로서, 그것을 확대경이나 도수가 강한 현미경 밑에서 기게 해보기도 하고, 자기의 피를 빨아당기는 장면이나 벌레들을 한군데에 놓아두고 싸우거나 정답게 구는 것을 보거나 했지요.

그중에서도 기분 나쁜 것은 나는 언젠가 한 번 그것을 들여다본 뒤로는 이제까지 아무렇지 않게 생각했던 그 벌레가 묘하게 무서워진 정도입니다마는, 벼룩을 반쯤 죽여놓고 그 고통으로 뒤트는 모양을 엄청나게 확대시켜 보는 일이었습니다. 50배의 현미경으로 들여다본 느낌으로는 한 마리의 벼룩이 안계 가득히 펴져 입에서 발톱, 몸에 나 있는 작은 터럭마저 뚜렷이 드러나 묘한 비유이지만 마치 산돼지처럼 엄청나게 무서운 크기로 보이는 것입니다.

그것이 거무스레한 피바다 속에서 (불과 한 방울의 피가 그렇게 보이는 것입니다) 등의 절반이 짓뭉개진 채 수족으로 허공을 잡고 주둥이를 뻗칠 수 있을 만큼 뻗치고는 구불텅거리는 것이었어요. 그 단말마의 무서운 형상은 말로는 도저히 표현할 길이 없군요. 무언가 그 입에서 무서운 비명이 들리고 있는 것처럼 느껴지기도 했지요.

그런 자질구레한 얘기를 이 자리에서 일일이 하고 있다가는 한이 없을 테니까 대충만 말씀드리기로 하지요. 실험실이 세워진 당초의 이런 도락은 이렇듯 나날이 더해가는 것이었는데 어떤 때는 이런 일도 있었던 것입니다.

어느 날 그를 찾아가 아무런 생각 없이 실험실의 문을 열자 왜 그런지 블라인드가 내려져 방 안이 어두워져 있었어요. 그 정면의 벽 가득히, 그렇죠, 사방 한 칸쯤은 될 겁니다. 무언가 꿈틀거리고 있는 것이 있었어요. 혹시 내가 잘못 본 것이 아닐까 생각하고 눈을 비비고 봤지만 역시 무엇인지 움직이고 있는 것입니다.

나는 문간에 서서 숨을 죽이고 그 괴물을 보았지요. 그러자 차츰 안개 같은 것이 뚜렷해지면서 바늘을 심은 것 같은 검은 풀밭, 그 밑에 번쩍이고 있는 양푼 같은 눈, 갈색 비슷한 홍채에서 흰동자 속의 혈관조차 희미하면서도 묘하게 뚜렷이 보이는 것입니다.

그리고 종려 같은 콧수염이 번쩍이는 동굴 같은 콧구멍, 족히 방석을 두 장쯤 겹친 것처럼 보이는 기막히게 빨간 입술, 그 사이에서 번쩍이는 기와처럼 흰 이빨이 드러나 있는 것입니다. 결국 방 가득히 사람의 얼굴이 살아서 꿈틀거리고 있는 것입니다.

영화 따위가 아니라는 것은 그 움직임이 조용한 것과 사람의 모습 그대로의 빛깔로 분명했지요. 기분나쁜 것보다도, 두려움보다도 나는 내가 미친 것이나 아닐까 생각하고 나도 모르게 외마디 소리를 질렀을 정도였습니다. 그러자

"놀랐나? 나야, 나라니까."

이렇게 다른 방향에서 그의 목소리가 들리고, 소스라치게 놀란 것

은 그 목소리대로 벽의 괴물의 입술과 혀가 움직이며, 양푼 같은 눈이 싱긋 웃었던 것입니다.

"하하하——어때, 이 장난은?"

갑자기 방이 환해지면서 한쪽 암실에서 그의 모습이 나타났습니다. 그와 동시에 벽의 괴물은 온데간데 없이 사라진 것은 두말할 나위가 없지요.

여러분도 대충 짐작을 하셨을 테지만, 이것은 결국 실물환등——거울과 렌즈의 강렬한 빛의 작용으로 실물 그대로를 환등에 비치는 어린애들 장난감에도 있습니다마는 그것을 그 독특한 연구에 의해 이상하게 크게 비치는 장치를 만든 것입니다. 그리고는 거기에 자기의 얼굴을 비친 것이지요.

이유를 듣고 보면 아무것도 아닌 일이지만, 느닷없이 이런 몰골을 대하고 보면 적지않이 놀라게 마련이지요. 어쨌든 이런 것들이 그의 취미란 말씀입니다.

비슷한 것이지만, 더한층 이상하게 생각된 것은 이번에는 방이 별로 어두운 것도 아니고 그의 얼굴도 보이고 있는데, 거기에 별난 거울을 세워 놓은 기계를 놓기가 무섭게 그의 눈이면 눈, 코면 코만이 이 역시 양푼 같은 엄청난 크기로 내 눈 앞의 공간에 뛰어나오도록 만든 야릇한 장치였지요.

실상 그놈을 멋모르고 봤을 때는 악몽이라도 꾸고 있는 것처럼 몸이 움츠러들어 거의 쥐죽은 듯이 숨만 시근거렸을 정도였어요. 하지만 까닭을 듣고 보면, 이 역시 아까 말씀드린 마법의 종이돈과 마찬가지 이치여서, 다만 오목거울을 잔뜩 사용해서 상을 확대한 것에 지나지 않았던 것입니다.

그러나 이론상으로는 가능하다는 사실을 알고 있어도, 매우 많은 비용과 시간이 걸리는 일인 데다가 그런 바보스러운 짓을 해본 사람도 없었던만큼 말하자면 그의 발명이라고 해도 좋습니다. 그것은 그렇다치고 연거푸 그런 것을 보게 되니, 어쩐지 그가 무서운 마물처럼 보이기조차 하는 것이었어요.

그런 일이 있은 지 2, 3개월 뒤의 일로서, 그는 이번에는 무슨 생각을 했는지 실험실을 작게 나누어 상하좌우를 거울로 장치한, 흔히 말하는 거울의 방을 만들었습니다. 심지어 문도 그밖의 모든 것이 거울인 것입니다.

그는 그 속으로 초를 한 자루 들고 들어가서 혼자 오랫동안 있다가 나온다는 것입니다. 대체 무엇 때문에 그런 짓을 하는지 아무도 모릅니다. 그러나 그 속에서 그가 볼 광경은 대략 짐작할 수가 있습니다.

육방을 거울로 깔아놓은 방 안 한가운데에 서면, 그곳에는 그의 몸의 온갖 부분이 거울과 거울이 서로 반사하는 통에 무한의 상으로 비칠 것이 분명합니다. 그의 상하좌우에 그와 똑같은 숱한 인간이 우글거리고 있을 것이 틀림없습니다.

생각만 해도 소름이 끼칠 노릇이지요. 나는 어렸을 때 물론 모양만 그랬지만 거울의 방을 본 일이 있습니다. 그 불완전한 물건으로 봤을 때조차 기막힐 정도로 무서웠으니, 정밀한 장치 속이라면 그 얼마나 무섭겠습니까? 그것을 알고 있었던만큼 나는 언젠가 그가 그 방으로 들어오라고 권했을 때에도 굳이 사양하고 들어가지 않았었지요.

그 사이에 거울의 방으로 들어가는 것은 그 혼자만이 아니라는 사실을 알게 됐지요. 그 외의 다른 사람이란 그의 마음에 든 심부름꾼인 동시에 그의 유일한 애인이기도 했던 당시 18살의 아름다운 처녀였습니다. 그가 입버릇처럼

"그 애의 단 한 가지 특징은 온몸에 수없이 매우 깊고 짙은 음영이 있다는 거야. 살갗도 나쁘지 않고, 살피듬도 바다짐승처럼 탄력이 있어서 좋지만, 그 어느 것보다도 그 여자의 아름다움은 음영의 깊

이에 있지."
라고 말하고 있던 그 처녀아이와 함께 그는 거울의 나라에서 노는 것
이었어요. 꽉 닫혀진 실험실 안의, 그것을 다시금 칸으로 막은 거울
방 속이니까 물론 바깥에서는 들여다볼 재간이 없지요.

그들은 때로는 한 시간 이상이나 그곳에 들어박혀 있다는 소문을
들었습니다. 물론 그 혼자만 있는 경우도 자주 있었는데, 어떤 때는
거울방으로 들어간 채 너무나 오랫동안 나오지를 않아 심부름꾼이 염
려스러워 문을 두드린 일이 있다는군요. 그러자 갑자기 문이 열리고
벌거벗은 알몸의 그가 그 안에서 나오더니 말 한 마디 없이 훌쩍 안
채 쪽으로 가버린 일도 있다는 것입니다.

그 무렵부터 본시 과히 좋지 않았던 그의 건강이 나날이 악화되어
가는 것 같았지요. 그러나 육체가 쇠약해지는 것과 반비례로 그의 이
상한 병은 더한층 밑도 끝도 없이 늘어만 갈 뿐이었습니다.

그는 막대한 비용을 들여 온갖 형태의 거울을 모조리 사들였습니
다. 평면, 요면(凹面), 철면(凸面), 파도형, 통형(筒形), 이런 식으
로 잘도 모은 것입니다. 넓은 실험실 안은 매일같이 들어오는 변형경
으로 파묻혀 버릴 정도였지요.

그런데 그것만이 아니었습니다. 놀랍게도 그는 넓은 정원 한복판에
유리로 된 공장을 짓기 시작한 것입니다. 그것은 독특한 설계로 된
것이었으며, 특수한 제품에 있어서는 일본에서는 보기드물 정도의 훌
륭한 것이었지요. 기사나 직공도 그야말로 고르고 골라서 채용했는
데, 그것을 위해서는 남은 재산을 모조리 내던져도 아깝지 않게 생각
할 정도로 그 의욕이란 참으로 대단했습니다.

불행히도 그에게는 그런 행위를 꾸짖거나 타이를 만한 친척이 하나
도 없었던 것입니다. 심부름꾼 중에 보다못해 충고 비슷한 말을 하는
사람이 더러 있었지만, 그렇게 되면 즉시 목을 자르는 바람에 남아

있는 자들은 그저 기막히게 많은 월급만을 바라고 시키는 대로 복종하는 무리들뿐이었지요.

물론 그에게 있어 이 넓은 천지에서 단 하나뿐인 친구인 나로서는 어떻게 해서든 그런 무모한 짓을 말려야 했습니다만 또 실제로 수없이 말리기도 했지만, 거의 미치다시피 한 그의 귀에는 내 말도 별다른 자극을 주지 못했던 것입니다.

게다가 그 일이라는 것이 그렇다고 해서 두드러지게 나쁜 일도 아니었고, 그 자신의 재산을 그가 마음대로 쓰고 있는 것이니, 제삼자로서 심한 말을 더 이상 할 수도 없는 노릇이었지요. 나는 그저 불안 속에서 나날이 사라져가는 그의 막대한 재산과 그의 쇠잔한 목숨을 바라보고 있는 수밖에는 없었습니다.

그런 까닭에 나는 그 무렵에는 매우 빈번히 그의 집을 드나들게 되었지요. 하다못해 그의 행동이나마 감시하고 있자는 심정에서였음은 두말할 여지가 없습니다.

그렇게 되고 보니 나는 자연 그의 실험실 속에서 눈부시게 변화하는 그의 마술을 보지 않을 수 없었지요. 그것은 참으로 놀라운 괴기와 환상의 세계였습니다. 그의 병이 클라이막스에 이름과 더불어 그의 이상한 천재도 빈틈없이 발휘된 것입니다.

마치 주마등처럼 싱그럽게 변해가는, 그것이 모조리 이 세상의 것이 아닌 야릇하고도 아름다운 광경, 나는 그 당시 내가 본 그 갖가지 놀라운 일들을 이 자리에서 도저히 말로 나타낼 재간이 없습니다.

외부에서 사들인 거울과 그것으로는 부족한 것은 그 자신의 공장에서 만든 거울로 보충해가며 그의 몽상은 연거푸 실현되어 갔습니다.

어떤 때는 그의 목만이, 허리만이, 또는 다리만이 실험실의 공중을 떠돌고 있는 광경입니다. 그것은 말할 것도 없이 거대한 평면경을 방 안 가득히 끼우고는 그 일부에 구멍을 뚫어 그곳에서 목이나 손발을 내놓고 있는 그 마술사의 방법에 지나지 않지만, 그것을 하는 사람이 마술사가 아니라 병적인 착실한 내 친구이고 보니 나로서는 야릇한 감회를 품지 않을 수 없었지요.

어떤 때는 방 전체가 요면경(凹面鏡), 철면경(凸面鏡), 통면경의 홍수입니다. 그 한가운데에서 미쳐날뛰는 그의 모습은 혹은 거대하게, 혹은 미소하게, 혹은 갸름하게, 때로는 판판하게, 혹은 구불텅거리고, 때로는 허리만이, 아니면 목 밑에 목이 이어지며, 혹은 하나의 얼굴에 눈이 네 개 생기는가 하면, 입술이 위아래로 무한히 퍼지거나, 오무라들거나 그 그림자가 또한 서로 반복하고 교착하는 등 영락없이 미치광이의 환상이거나 지옥의 잔치라고 할 수밖에 없습니다.

어떤 때는 방 전체가 하나의 거대한 요지경이 됩니다. 특수한 장치로 덜커덩거리며 돌아가는 수십 척의 거울의 삼각통 안에 꽃집에서 사모은 오색이 영롱한 갖가지 꽃들이 아편의 꿈처럼 꽃술 하나의 크기가 다다미 한 장 크기만큼 비추어 그것이 몇 천, 몇 만의 오색의 무지개가 되는가 싶으면 오로라가 되어 보는 사람의 세계를 온통 뒤집어 놓습니다그려. 그 속에서 그의 벌거벗은 알몸이 마치 달의 표면 같은 거대한 털구멍을 보이며 미쳐 날뛴 듯이 춤을 추는 것입니다.

그밖에 갖가지 야릇한, 무서운 마술, 그것을 본 순간 인간은 기절하고 장님이 되었을 마계(魔界)의 아름다움, 나로서는 도저히 그것을 입으로 옮길 능력도 없거니와, 설사 말해 보았자 아마 믿어주지도 않을 겁니다.

그리고 그런 미치광이 같은 짓이 되풀이된 나머지 마침내 슬픈 파멸이 오고만 것입니다. 나의 가장 친한 친구였던 그는 드디어 진짜 미치광이가 되어 버린 것입니다.

이제까지도 그의 갖가지 소행은 결코 정신이 멀쩡한 사람의 짓으로는 생각되지 않았지요. 그렇지만 그런 광태를 연출하면서도 그는 하루의 많은 시간을 여느 사람처럼 보냈던 것입니다. 독서도 할뿐더러 그 말라빠진 육체로 유리 공장의 감독 지휘도 했고, 나를 만나면 그의 야릇한 유미(唯美) 사상을 여전히 질서 정연하게 말했던 것입니다.

그런데 그런 그가 그렇듯 무참한 종말을 이루리라고야 어찌 짐작이나 했겠습니까. 아마 이것은 그의 몸 안에 파들어가 있던 악마의 소행이거나, 아니면 너무나도 마계의 아름다움에 빠져 버린 그에 대한 신의 노여움 탓이 아닐까요?

어느 날 아침 나는 그의 집에서 온 하인이 두드려 깨우는 바람에 놀라서 일어났습니다.

"큰일 났습니다. 아씨께서 곧 와줍시라는 분부십니다."

하인은 입에 거품을 품으며 허둥거렸습니다.

"큰일? 대체 왜 그러나?"

"저희는 모르겠습니다요, 어쨌든 속히 와주실 수 없겠습니까?"

하인과 나는 이런 말을 얼굴이 파랗게 질려서 허둥지둥 뇌까리다가 어쨌든 그 길로 그의 집으로 달려갔습니다.

장소는 역시 실험실이었습니다. 뛰어들 듯이 안으로 들어가니, 그 곳에는 이제는 아씨라고 불리고 있는, 그가 사랑한 심부름꾼 여자애를 비롯해서 몇 명의 하인들이 멍청히 선 채 하나의 묘한 물체를 바라보고 있었지요.

그 물체란 서커스단의 소녀가 타는 커다란 구슬을 더한층 크게 한 것 같은 것으로, 겉에는 헝겊이 덮여 있었지요. 그것이 널따란 실험실 안을 마치 살아 있는 생물처럼 굴러다니고 있는 것입니다. 그리고 더욱 기분 나쁜 것은 아마 그 안에서 일겁니다. 짐승이라고도, 사람이라고도 할 수 없는 웃음소리 같은 것이 울려퍼지고 있었습니다.

"대체 이게 어떻게 된 노릇이죠?"

나는 그 여자를 붙잡고 우선 이렇게 묻는 수밖에 없었습니다.
"도무지 영문을 모르겠어요. 어쩐지 저 안에 있는 것이 나리가 아닐까 생각되기는 합니다만, 이런 큰 구슬이 언제 만들어졌는지 뜻밖의 일이고, 게다가 손을 쓰려 해도 무서워서…… 아까부터 몇 번 불러 봤지만, 안에서는 이상한 웃음소리밖에 안 들리는군요."

나는 이 말을 듣고 구슬로 급히 다가가서 목소리가 새어나오는 곳을 조사해 보았지요. 그리고 굴러다니는 구슬 표면에 두어 개의 작은 공기통으로 보이는 구멍을 손쉽게 찾아냈습니다. 그래서 그 구멍에 눈을 대고 구슬 안을 들여다보았는데, 그 안에는 무언지 눈부신 빛이 번쩍이고 있을 뿐, 사람이 꿈틀거리는 기척과 기분 나쁜 미치광이의 웃음소리가 들려올 뿐 전혀 내막을 알 길이 없었어요. 그래서 그 구멍으로 수없이 그의 이름을 불러 보았으나 전혀 반응이 없었습니다.

그런데 그렇게 잠시 굴러다니는 구슬을 바라보고 있는 사이에 문득 그 표면의 한 군데에 이상한 네모난 문짝 같은 것을 발견했습니다. 그것이 아마 구슬 안으로 드나드는 문이었던 모양으로, 누르면 덜커덩거리는 소리가 나지만, 손잡이가 없어 열 수도 없더군요.

다시금 자세히 보니 손잡이를 붙였던 흔적인지 쇠붙이의 구멍이 남아 있는 것이었어요. 그렇다면 혹시 사람이 안으로 들어간 뒤에 어쩌다가 잘못되어 손잡이가 떨어져나가 안에서도 밖에서도 문이 열리지 않게 된 것이 아닐까? 만일 그렇다면 이 사나이는 밤새 구슬 안에 갇혀 있었던 것이 됩니다.

그래서 혹시 그 근처에 손잡이가 떨어져 있지 않나 하고 살펴보니, 내 짐작대로 방 한구석 귀퉁이에 둥근 쇠붙이가 떨어져 있더군요. 옳다구나 싶어, 그것을 구멍에 대보니 영락없이 딱 맞는 것이었어요. 그러나 난처하게도 자루가 부러져나가 구멍에 끼워 보았자 문이 열릴 까닭이 없었지요.

그런데 그렇다고 해도 이상한 것은 안에 갇힌 사람이 도움을 청하지 않고, 그저 낄낄거리며 웃고만 있는 사실이었습니다.
'혹시?'
나는 어떤 사실을 깨닫고 그만 파랗게 질려 버렸습니다. 이제는 더이상 우물쭈물할 여유가 없었습니다. 오직 이 거대한 구슬을 때려부수는 길밖에 없었지요. 어쨌든 안에 갇힌 사람을 살려내는 수밖에 없습니다.
나는 한달음에 공장으로 뛰어가서 망치를 찾아내자 그 실험실로 되돌아가 구슬을 향해 힘껏 내려쳤습니다. 그러자 놀랍게도 내부는 두꺼운 유리로 되어 있었던 모양으로 쨍그렁 소리와 함께 숱한 파편으로 깨어져 버리더군요.
그리고 그 속에서 기어나온 것은 틀림없는 내 친구인 그였던 것입니다. 혹시나 했었는데 역시 그랬던 것입니다. 그렇다고 해도 사람의 모습이 불과 하루 사이에 그렇게 변할 수가 있을까요? 어제까지는 비록 쇠약해져 있기는 해도 그래도 어느 편인가 하면 신경질적으로 긴장된 얼굴로서 자칫 냉엄해 보이는 것이었는데, 이제는 마치 죽은 사람의 몰골처럼 안면의 모든 근육이 늘어지고, 뒤엉킨 머리카락, 핏발이 선 야릇한 눈, 그리고 입을 헤버리고 낄낄거리고 있는 모습은 도저히 볼 수 없을 정도였습니다.
그것은 그렇듯 그의 사랑을 받고 있던 그 계집아이조차도 겁을 집어먹고 물러섰을 정도로 기막힌 것이었지요.
말할 것도 없이 그는 미쳐 버린 것입니다. 그렇지만 무엇이 그를 발광케 한 것일까요? 구슬 안에 갇힌 정도로 미칠 그런 사나이는 아닌데 말입니다. 게다가 그 야릇한 구슬은 대체 무슨 도구인지, 어째서 그가 그 속으로 들어갔는지? 구슬에 대해서는 아무도 모른다니까, 필경 그가 공장에 명해서 비밀로 만든 것일 테지만, 그는 이 유리 구슬을 대체 어떻게 할 작정이었을까요?

 방 안을 서성거리며 여전히 웃어젖히는 그를 간신히 정신을 차린 애인이 눈물을 흘리며 잡고 있는데, 모습을 나타낸 것은 유리 공장의 기사였습니다. 나는 그 기사를 잡고 연거푸 질문을 퍼부었습니다. 그리고 그가 대답한 것을 요약하자면 결국 이런 것이었지요.

 기사는 훨씬 전부터 1미터에 1센티미터쯤의 두께를 지닌, 속이 빈 구슬을 만들라는 명령을 받고는 비밀리에 작업을 서둘러 어젯밤 비로소 완성을 시켰다는 것입니다. 기사들은 물론 그 용도를 알 까닭이 없었지만, 구슬 바깥쪽에 수은을 칠해 그 안쪽을 일면의 거울로 할 것, 내부에는 몇 군데에 강한 전등을 장치하고, 구슬 한 군데에 사람이 드나들 수 있는 문을 만들라는 이상한 명령에 따라 그대로 만든 것입니다.

 그들은 그것이 완성이 되자 밤중에 그것을 실험실로 운반하고, 작은 전등 코드에는 실내의 전등의 선을 연결해 놓고는 그것을 주인한테 넘겨주고 집으로 돌아갔다는 것입니다. 그 이상의 것은 기사로서는 모르는 일이었지요.

 나는 기사를 돌려보내고, 미쳐버린 친구는 심부름꾼들한테 간호를 부탁한 다음 그 일대에 흩어져 있는 유리 조각을 바라보면서 어떻게 해서든 이 이상한 일의 수수께끼를 풀려고 했습니다. 나는 오랫동안 유리알과 씨름을 했지요. 그러다가 문득 깨달은 것은 그는 그의 지력이 미치는 한의 거울 장치를 시험해 본 나머지 마지막으로 이 유리 구슬을 고안한 것이 아닐까? 그리고 스스로 그 속으로 들어가 그곳에 비치는 이상한 영상을 바라보려고 한 것이 아닐까 하는 것이었습니다.

 그러나 그가 어째서 발광해야 했던가? 아니, 그보다도 그는 유리 구슬 내부에서 무엇을 보았는가? 도대체 무엇을 보았는지? 거기까지 생각한 나는 그 순간 등골이 오싹해져 그 기막힌 공포로 심장조차 얼어붙는 것 같은 전율을 느꼈습니다.

그는 유리 구슬 안으로 들어가 번쩍이는 작은 전등빛으로 그 자신의 영상을 보자마자 미쳤는지, 아니면 구슬 안에서 도망쳐 나오려다가 잘못하여 문의 손잡이를 부러뜨리는 바람에 나올래야 나올 수가 없어 좁은 구체 안에서 신음하다가 마침내 미쳤는지, 그 어느 쪽이 아니었을까요? 그럼 무엇이 그토록 그를 공포에 떨게 했는가?

그것은 도저히 인간의 상상을 초월한 것입니다. 구체의 거울의 중심으로 들어간 사람이 이 세상에 단 한 사람이라도 있었을까요? 그 구벽에 어떤 영상이 비치는지 물리학자라도 이것을 산출해내기는 불가능할 것입니다.

그것은 아마 우리로서는 상상조차 못할 공포와 전율의 인외경(人外鏡)이 아닐까요? 세상에도 무서운 악마의 세계가 아니었을까요? 거기에는 그의 모습이 그로서 비치지 않고, 좀더 다른 것, 그것이 어떤 몰골인지는 상상조차 할 수 없지만서도, 어쨌든 인간을 발광시키지 않고는 못배기는 어떤 것이 그의 안계와 그의 우주를 덮고 어마어마하게 무섭게 비추어진 것이 아닐까요?

다만 우리로서 가능한 것은 구체의 일부인 요면경의 공포를 구체로까지 연장시켜 보는 수밖에 없습니다. 여러분들은 아마 요면경의 공포라면 아실 겁니다. 그 자기 자신을 현미경에 대고 들여다보는 것 같은 악몽의 세계, 구체의 거울은 그 요면경이 끝없이 이어져 우리의 온몸을 둘러싸는 것과 마찬가지일 것입니다.

그것만해도 단순한 요면경의 공포의 몇 배, 몇 십 배에 해당합니다. 이렇게 짐작만 해도 우리는 소름이 오싹 끼치지 않습니까? 그것은 말하자면 요면경에 싸여진 작은 우주인 것입니다. 결코 우리가 살고 있는 이 세계는 아닌 것입니다. 더욱 다른, 아마도 엄청난 미치광이의 나라가 분명합니다.

  나의 불행한 친구는 이렇게 하여 그의 렌즈광, 거울광의 진면목을 살려 극단을 달리려다가 신의 노여움을 받았던지, 아니면 악마의 유혹에 졌던지, 마침내 자기 자신을 망치지 않을 수 없었던 것입니다.

  그는 그후 미친 채로 이 세상을 떠나 버렸기 때문에 그 진상을 확인할 방도조차 없습니다만, 그러나 적어도 나만은 그는 거울의 내부를 모독한 탓으로 드디어 신세를 망치게 된 것이라는 상상을 이제껏 버리지 못하고 있는 것입니다.

배추벌레

　도키코는 안채 주인에게 그만 가보겠노라 말하고 벌써 어둑어둑해진 잡초가 무성한 황폐한 넓은 정원을 지나 자신의 거처인 별채 쪽으로 걸어갔다. 방금 안채 주인인 예비역 소장의 상투적인 칭찬의 말을, 자기가 가장 싫어하는 가지무침을 씹는 물컹한 뒷맛처럼 느끼면서 그녀는 다시 되씹고 있었다.
　"스나가(須永) 중위(예비역 소장은 지금도 사람인지 뭔지도 모를 폐병(廢兵)을 우스꽝스럽게도 옛날의 당당한 직함으로 불렀다), 스나가 중위의 충성은 더 말할 것없이 우리 육군의 자랑이며 그것은 벌써 세상에 잘 알려진 일이야. 그런데 네 정절, 저 폐인을 3년이란 세월 동안 조금도 싫은 내색 않고, 자기 욕심을 모두 버리고 친절히 돌보고 있다니, 아내로서는 당연한 일이라고 말해버리면 그만이겠지만 그건 아무나 할 수 없는 일이야. 나는 아주 감동하고 있어. 오늘날 드문 미담이라고 생각한다. 하지만 아직 수고하려면 멀었어. 아무쪼록 변심하지 말고 돌봐 주어라."
　늙은 와시오 소장은 얼굴을 대할 때마다 이런 말을 하지 않으면 미안하다는 듯이 여전히 그의 옛 부하였던, 그리고 지금은 그의 보호자인 쓸모없는 인간으로 전락한 스나가 중위와 그의 아내를 아낌없이 칭찬하는 것이었다. 도키코는 그 말을 듣는 것이 방금 말한 것처럼 가지무침을 씹는 맛이었기 때문에 되도록이면 주인인 늙은 소장을 만나지 않도록 그가 없을 때를 이용해서, 주인아주머니나 딸들이 있는 곳에 말을 나누려고 드나드는 것이었다. 종일 말도 할 수 없는 불구자와 마주 대하고 있을 수는 없었으니까.

　사실 이 칭찬의 말도 처음 얼마동안은 그녀의 희생적 정신, 그녀의 드문 정절에 어울리게 더할 바 없는 자랑스러운 느낌으로 도키코의 심장을 간질러주었으나 요즘은 그것을 전처럼 솔직히 받아들일 수 없었다. 왜냐하면 그 칭찬의 말이 무섭게 여겨졌기 때문이다. 그런 말을 들을 때마다 그녀는 '너는 정절의 미명 아래 숨어서 세상에서도 무서운 죄악을 범하고 있다'고 곧장 손가락질하는 책망을 듣는 듯하여 소름끼치게 무서워졌다.

　생각해보면 자기 스스로도 사람의 기분이란 게 이런 식으로 변하는 것인가 하고 생각할 만큼 심하게 변했다. 처음에는 세상을 모르고 내성적이고 글자 그대로 정숙한 아내였던 그녀가 지금은 겉모양은 어떻든 간에 마음속으로는 소름이 끼칠 듯한 정욕의 귀신이 소굴을 틀고, 가엾은 불구자(불구자란 말로는 불충분할 정도로 무참한 불구자였다)인 남편을, 전에는 나라의 충성스런 군인이었던 인물을, 뭔가 그녀의 정욕을 채우기 위해서만 사육하는 짐승처럼 또는 일종의 도구처럼 생각할 정도로 달라졌다.

　이 추잡한 귀신은 대체 어디서 온 것일까. 그 노란 살덩어리의 불가사의한 매력이 시키는 장난일까(사실, 그녀의 남편인 스나가 중위는 노란 고깃덩어리에 불과했다. 그리고 그것은 기형 팽이처럼 그녀의 정욕을 자극하는 것에 지나지 않았다). 아니면 30살의 그녀 육체에 가득한 정체 모를 업인지도 모른다. 또는 그 양쪽 다인지도 모른다.

와시오 노인으로부터 뭔가 말을 들을 때마다 도키코는 요즘 무척 살이 오른 자신의 육체와 남도 아마 느끼리라고 생각되는 그녀의 체취 등을 몹시 꺼림칙하게 생각하지 않을 수 없었다.

"나는 왜 이렇게 바보나 뭐처럼 투실투실 살찌는 것일까?"

그러면서도 얼굴빛은 다소 창백했다. 늙은 소장은 정해진 것처럼 칭찬의 말을 하면서 언제나 다소 수상쩍게 그녀의 투실투실한 기름진 몸매를 보았다. 어쩌면 도키코가 늙은 소장을 꺼리는 최대의 원인은 이 점이었는지도 모른다.

벽촌이었기 때문에 안채와 별채 사이는 50m 가량 떨어져 있었다. 그 사이는 길도 없는 거친 풀밭이었는데 걸핏하면 부시럭부시럭 소리를 내며 구렁이가 기어 나오거나 발을 잘못 디디면 풀에 덮인 옛 우물에 빠질 위험도 있었다. 넓은 저택 둘레에는 형식뿐인 엉성한 생울타리가 쳐져 있고 그 바깥은 논밭이 이어졌고 멀리 야하타 신사(八幡神社)의 숲을 배경으로 그녀의 거처인 2층 별채가 거기에 검게 홀로 서 있었다.

하늘에는 별이 한둘 반짝이기 시작했다. 벌써 방안은 캄캄해졌으리라. 그녀가 해주지 않으면 그녀의 남편에겐 램프 불을 붙일 힘도 없으니까 그 고깃덩어리는 어둠 속에서 소파에 기대어 있든지 아니면 소파에서 떨어져 바닥에 뒹굴면서 눈만 깜박거리고 있을 것이다. 불쌍하게 그걸 생각하면 속상함과 비참함과 슬픔이, 그러나 어딘지 육욕의 감정이 섞여서 한순간 그녀의 등골을 스쳐 지나갔다.

가까이 갈수록 2층 창문이 뭔가를 상징하듯 뻥하니 검은 입을 벌리고 있는 것이 보이고 거기에서 탕탕탕 하고 방바닥을 두드리는 둔중한 소리가 들려왔다.

'아아, 또 저러고 있구나' 하고 생각하니 그녀는 눈꺼풀이 뜨거워질 만큼 가엾은 생각이 들었다. 보통 사람이라면 손으로 두드려 사람을 부를 텐데, 몸이 자유롭지 못한 남편은 천장을 쳐다보고 뒹굴며, 머리로 탕탕탕 하고 바닥을 찧어서 그의 유일한 반려인 도키코를 급히 부르고 있는 것이었다.

"지금 가요, 시장하신가 보군요."

도키코는 상대방이 듣지 못한다는 걸 알고 있었으나 여느 때의 버릇대로 이렇게 말하면서 당황하며 부엌문으로 뛰어 들어갔을 때, 허울뿐인 도코노마(객실 한편을 높여놓은 곳)의 구석엔 호롱과 성냥이 놓여 있었다. 그녀는 마치 어머니가 젖먹이에게 말하듯이 늘 '오래 기다렸지요, 미안해요'라든가 '빨리, 빨리, 라고 말해도 캄캄해서 어떻게 할 수도 없어요. 지금 호롱불을 켜겠어요. 조금만, 더 조금만……' 이렇게 온갖 혼잣말을 하면서(그녀의 남편은 조금도 귀가 들리지 않기 때문이다), 호롱불을 켜고 그것을 방 한쪽 책상 옆으로 운반했다.

그 책상 앞에는 모슬린 방석을 동여맨 신안 특허를 받은 소파가 놓여 있는데 그 위는 텅 비어 있었고, 거기서 훨씬 떨어진 바닥 위엔 이상한 물체가 뒹굴고 있거나 싸여 있는 것 같기도 했는데, 그보다는 오시마 메이센제(製)의 큰 보자기 꾸러미가 동댕이쳐져 있는 것 같은 참으로 이상야릇한 물건이 있었다. 그리고 그 보따리 구석에서 불쑥 사람 머리가 나와 있었는데 그것은 마치 메뚜기처럼, 또는 기묘한 자동기계처럼 탕탕, 탕탕하고 바닥을 두들기고 있었다. 그럴 때마다 커다란 보따리는 그 반동으로 조금씩 위치를 바꾸고 있었다.

"그렇게 신경질 부리지 말아요. 뭣하는 거예요? 그건?"

도키코는 그렇게 말하고 손으로 밥을 먹는 시늉을 해보였다.

"그것도 아니라구요? 그럼 이것?"

그녀는 또 다른 시늉을 해보였다. 그러나 말을 못하는 그녀의 남편은 일일이 고개를 옆으로 저으며 다시 신경질적으로 탕탕탕탕 하고 바닥에 머리를 찧었다. 포탄 파편 때문에 얼굴 전체가 볼품없이 망가져 있었다. 왼쪽 귓불은 아예 날아가 버렸고 그 자리엔 조그만 검은 구멍만 겨우 귀의 흔적을 남기고 있을 뿐이고, 그에 못지않게 왼쪽 입가에서 볼 위로 눈 아래까지 비스듬히 꿰맨 큰 흉터가 나 있었다. 오른쪽 관자놀이에서 머리에 걸쳐 보기 흉한 상처가 기어 올라가 있었다. 목 부분은 푹 도려낸 것처럼 패여 있었고 코도 목도 본디 모양 그대로가 아니다. 귀신 같은 얼굴 중에서도 그나마 완전한 것은 맑은 두 눈이었는데, 주위의 추한 모습과는 달리 이것만은 순진무구한 어린 아이처럼 동그랗고 귀여웠다. 지금 그것은 반짝반짝 초조한 듯 깜박이고 있었다.

"할 이야기가 있군요, 기다리고 있어요."

그녀는 책상 서랍에서 노트와 연필을 꺼내 불구자의 비뚜름한 입에 연필을 물린 다음 그 옆에 펼친 노트를 갖고 갔다. 그녀의 남편은 말도 할 수 없었고 붓을 들 수 있는 손이나 발도 없었기 때문이다.

"내가 싫어졌어?"

폐인은 마치 전생의 나쁜 업보를 받은 불운한 사람처럼 아내가 내미는 노트 위에 입으로 글을 썼다. 오랜 시간을 들여 제대로 알아볼 수도 없을 것 같은 가타카나(일본 문자의 하나. 외래어 표기나 전보문 등에 사용)를 썼다.

"호호호, 또 질투하고 있군요, 그렇지 않아요, 그렇지 않아요."

그녀는 웃으며 고개를 세게 옆으로 저어 보였다.

그러나 폐인은 또 성급히 머리를 바닥에 찧기 시작했기 때문에 도키코는 남편의 뜻을 짐작하여 다시 한번 노트를 상대의 입쪽으로 가져갔다. 그러자 연필이 어설프게 움직이더니

"어디 있었어?"라고 적었다. 그것을 보자마자 도키코는 쌀쌀맞게 폐인의 입에서 연필을 낚아채고 노트의 여백에 '와시오 씨 댁'이라 쓰고 남편 눈앞에 내밀었다.

"알고 있잖아요. 다른 데 어디 갈 곳이 있어요?"

폐인은 다시 노트를 달라더니 "세 시간"이라고 썼다.

"세 시간이나 혼자 기다렸다고 말하는 거죠. 내가 잘못했어요." 그녀는 그때에야 미안하다는 표정을 지어서 고개를 숙여 보이며 "이젠 가지 않겠어요. 이젠 가지 않겠어요"라고 말하면서 손을 저어 보였다. 보따리 같은 스나가 중위는 아직 이야기를 다하지 못한 것 같았으나 입으로 글씨를 쓰는 것이 귀찮은 듯 고개를 힘없이 떨어뜨리고 움직이지 않았다. 그 대신 커다란 두 눈에 온갖 의미를 담아 도키코의 얼굴을 찬찬히 바라보았다.

도키코는 이럴 경우 남편의 기분을 고치는 하나뿐인 방법을 알고 있었다. 말이 통하지 않았으므로 자질구레하게 변명할 수도 없었고 말 이외에 가장 뚜렷하게 마음속을 표현하는 미묘한 눈빛 따위는 다소 머리가 둔해진 남편에게는 통하지 않았다. 그래서 언제나 이런 기묘한 어리석은 말싸움 끝에는 서로 답답해서 더 손쉬운 화해 방법을 구하기 마련이었다.

그녀는 갑자기 남편 위에 몸을 굽히더니 비뚜름한 입의 미끌미끌 광택나는 바늘로 꿰맨 커다란 상처 위에 키스를 퍼부었다. 그러면 폐인의 눈에 겨우 안도의 빛이 떠오르고 비뚜름한 입가에 마치 우는 것 같은 추한 미소가 떠오른다. 도키코는 그것을 보고도 여느 때의 버릇대로 그녀의 미친 듯한 키스를 그만두지 않았다. 그 까닭은 첫째로 상대의 추악함을 잊고 그녀 자신을 내치지 않는 일에서 달콤한 흥분으로 유인하기 위해서였고, 또 다른 하나는 일상생활을 하는 데 필요한 몸놀림의 자유를 아예 잃은 이 가엾은 불구자를 제 마음대로 괴롭히고 싶은 불가사의한 기분도 작용하고 있었다.
 그러나 폐인 쪽에서는 그녀의 과분한 호의에 당황하여 숨도 쉴 수 없는 괴로움에 몸을 비틀고 추한 얼굴을 불가사의하게 찡그리고 궁싯거렸다. 그것을 보면 여느 때처럼 어떤 감정이 뭉클뭉클 몸속에 솟구치는 것을 느꼈다.
 그녀는 미친 듯이 폐인에게 달려들어 오시마 메이센제 보자기를 마치 찢는 것처럼 벗겨버렸다. 그러자 그 안에서 뭐라고 표현할 수 없는 육체 덩어리가 굴러 나왔다.
 그의 몸이 그렇게 된 것은 참으로 무참한 일이었으나 이해할 수 없을 정도로 영양 상태가 좋았고 불구자인데도 나름대로 건강을 유지하고 있었다(와시오 소장은 그것을 도키코가 잘 돌본 덕분이라고 하면서 그 칭찬의 말 중에서도 그 말을 덧붙이는 걸 잊지 않았다). 다른 즐거움이란 없었고 식욕이 강한 탓인지 복부가 번들번들 터질 듯이 뚱뚱했고 그저 덩어리일 뿐인 몸뚱이 중에서도 특히 그 부분만 눈에 두드러져 보였다.
 그것은 마치 커다랗고 누런 배추벌레 같았다. 또는 도키코가 언제나 마음속으로 빗대었던 것처럼 그것은 퍽이나 기괴한 기형의 육체 팽이 같았다. 그것은 어떤 경우에는 팔다리의 잔재인 네 개의 살덩어리(그것들의 끝부분에는 마치 물건 주머니처럼 사방에서 표피가 당겨 조여져서 깊은 주름을 만들고 그 중심에 동그마하게 기분 나쁜 작은 홈이 생겨 있었다)를, 그 살덩어리 돌기물을 마치 배추벌레의 발처럼 이상하게 떨면서 엉덩이 부분을 중심으로 하여 머리와 어깨로 진짜 팽이같이 바닥에서 뱅뱅 도는 것이었다.
 지금 도키코에 의해 벌거숭이가 된 폐인은 그 일에는 별로 저항하지도 않고 마치 무슨 일을 미리 기대하고 있는 것처럼 치켜뜬 눈짓으로, 자기 머리 쪽에 웅크리고 있는 아내의 마치 사냥감을 노리는 짐승같이 이상하게 가늘게 뜬 눈과 다소 굳어진 부드러운 이중턱을 바라보고 있었다.
 도키코는 불구자의 그 눈빛의 뜻을 읽을 수 있었다. 그 눈빛은 이럴 경우 그녀가 한 발 더 앞으로 나가면 사라지는 것이었다. 그러나 그녀가 남편 옆에서 바느질을 하고 있으면 이 불구자는 한가하고 무료해서 물끄러미 한 공간을 바라보며 그 눈빛은 더 깊어지고 어떤 고뇌를 나타내었다.
 시각과 촉각 외에 오관을 모두 상실한 이 폐인은 원래 책을 읽고 싶은 맘 따위는 갖고 있지 않았던 멧돼지 같은 군인이었고, 전쟁에서 입은 부상으로 머리가 둔해진 뒤로는 더욱 글과는 인연을 끊어버리고 지금은 오로지 동물처럼 물질적인 욕망 외에는 아무 위안도 얻을 수 없는 몸이 되었다. 그러나 마치 지옥 같은 진흙투성이의 생활 속에서도 정상인이었을 때 배웠던 군대식 윤리관이 그의 둔한 머리를 문득 스쳐지나갈 때가 있었다. 게다가 불구자이기 때문에 더욱 민감해진 정욕이 그의 마음속에서 싸우고 그의 눈에 불가사의한 고민의 그림자를 심어주는 것 같았다. 도키코는 이런 식으로 이해하고 있었다.
 도키코는 무력한 자의 눈에 떠오른 겁먹은 고뇌의 표정을 보는 것이 그렇게 싫지는 않았다. 그녀는 어쩔 땐 굉장한 울보이기도 했지만 묘하게 약한 자를 괴롭히는 취미를 갖고 있었다. 게다가 이 가엾은 불구자의 고민은 그녀의 싫증나지 않는 자극물이기도 했다. 지금도 그녀는 상대방의 마음을 위로하는 것이 아니라 반대로 도전하듯 이상하게 민감해진 불구자의 정욕에 육박해 가고 있었다.

 정체 모를 악몽에 가위눌려서 심한 외마디 소리를 지르더니 도키코는 흠뻑 땀을 흘리고 잠에서 깨어났다.
 베개 맡의 호롱불 갓에 이상한 모양의 기름연기가 쌓여서 가늘게 줄인 심지가 지지직하고 울었다. 방안이 천장도 벽도 등빛으로 흐려져 보였고 옆에서 자고 있는 남편 얼굴의 꿰맨 상처 자리가 호롱불빛에 반사되어 역시 등의 색깔을 띠고 번들번들 빛나고 있었다. 방금 외친 소리를 들었을 리가 없는데도 남편의 두 눈은 뚜렷이 떠 있었고 물끄러미 천장을 보고 있었다. 책상 위 자명종시계를 보니 1시가 조금 지나 있었다.

도키코는 잠이 깨자 몸에서 악몽의 원인이 된 듯한 어떤 불쾌감을 느꼈는데, 다소 잠이 덜 깬 상태였으므로 그 불쾌감을 아직은 확실히 느낄 수 없었고, 뭔가 분명 이상하기는 하다는 느낌이 들면서도 문득 다른 일을, 조금 전의 이상한 장난 같은 모양을 환상처럼 눈에 떠올리고 있었다. 거기에는 빙글빙글 도는 살아 있는 팽이 같은 고깃덩어리가 있었다. 그리고 살쪄서 지방분이 오른 30세 여자의 흉한 모습이 보였다. 그것이 마치 지옥 그림처럼 엉클어져 있었다. 얼마나 흉하고 추한 꼴인가. 그러나 그 흉함과 추함이 다른 어떤 대상보다도 마약처럼 그녀의 정욕을 불러일으키고 그녀의 신경을 마비시키는 힘을 갖고 있으리라고는 30년이란 반생을 통하여 전에는 그녀가 상상조차 못했던 일이었다.

"아아, 아아."

도키코는 자신의 가슴을 조용히 안으면서 한탄인지 신음인지 모를 소리를 웅얼거리면서 망가진 인형 같은 남편의 잠자는 모습을 바라보았다.

이때 그녀는 처음으로 잠이 깬 뒤부터 느꼈던 육체적 불쾌감의 원인을 깨달았다. 그리고는 '여느 때보다는 조금 이른 것 같아'라고 생각하면서 잠자리에서 일어나 계단을 내려갔다.

다시 잠자리에 들어서 남편의 얼굴을 보자 그는 여전히 아내 쪽을 거들떠보지도 않고 천장만 바라보고 있었다.

'아직 생각하고 있는 모양인가 봐.'
　눈밖에는 의사를 표현할 아무런 기관도 갖고 있지 않는 한 인간이 물끄러미 한 곳을 보고 있는 모양은 이런 한밤중에는 그녀에게 얼핏 기분 나쁜 느낌을 주었다. 그나마 둔해진 머리라고 생각하면서도 이와 같이 극단적인 불구자의 머리 속에는 성한 사람과는 다른 별세계가 펼쳐지고 있는지도 모른다. 그는 지금 그런 별세계를 헤매어 다니고 있는지 모른다. 그렇게 생각하니 소름이 끼쳤다.
　그녀는 눈이 말똥해져 잠잘 수가 없었다. 머릿속은 윙윙거리며 불길이 소용돌이치고 있는 것 같았다. 그리고 뭔지 모르게 온갖 망상이 떠올랐다가는 사라졌다. 그 중에는 그녀의 생활을 이와 같이 단번에 바꿔버린 3년 전의 사건이 뒤섞여 생각났다.
　남편이 부상당해 본국으로 송환된다는 소식을 받았을 때는 그나마 전사가 아니어서 다행이라고 생각했다. 그 무렵 친하게 지내던 동료의 부인들로부터 당신은 그나마 행운이라며 부러움까지 받았다. 이윽고 신문에 남편의 빛나는 전공이 보도되었다. 동시에 그의 부상이 상당히 심한 것임을 알게 되었으나 물론 이렇게 심할 줄은 상상하지도 못했다.
　그녀는 육군병원으로 남편을 만나러 갔을 때 일을 적어도 죽을 때까지 잊지 못할 것이다. 새하얀 시트 속에 무참히 부상당한 남편의 얼굴이 멍하니 그녀 쪽을 보고 있었다. 의사가 어려운 의학용어가 섞인 말로, 부상 때문에 귀가 먹게 되었고 발성기능에 이상한 장애가 생겨 말조차 할 수 없게 되었다고 말했을 때 그녀는 이미 눈이 빨개져 연신 코를 훌쩍이고 있었다. 그 뒤 얼마나 무서운 것이 기다리고 있는지도 몰랐다.
　의사는 엄숙한 표정에 제법 불쌍하다는 얼굴로 "놀라지 말아요" 하고 말하면서 조용히 하얀 시트를 벗겨 보였다. 거기에는 악몽 속의 괴물처럼 팔이 있을 곳에 팔이, 다리가 있을 곳에 다리가 전혀 보이지 않고 붕대 때문에 둥그래진 몸통만이 기분 나쁘게 누워 있었다. 그것은 마치 생명 없는 석고 흉상을 침대에 눕혀놓은 느낌이었다.

그녀는 아찔한 현기증 같은 것을 느끼며 침대 다리 옆에 주저앉았다.

진짜로 슬퍼져 남의 눈도 아랑곳 않고 소리 내어 엉엉 울기 시작한 것은 의사나 간호사에게 별실로 안내되어 온 뒤였다. 그녀는 그곳의 더러워진 테이블 위에 오래도록 엎드려 울었다.

"정말 기적입니다. 양팔 양다리를 잃은 부상병은 스나가 중위뿐이 아니지만 모두 생명을 유지할 수 없었습니다. 정말 기적입니다. 이것은 마사도노 군의관과 기타무라 박사의 놀라운 기술의 결과입니다. 아마도 어느 나라 육군병원에서도 이런 예는 없을 겁니다."

의사는 엎드려 우는 도키코의 귓가에서 위로하듯이 그런 말을 했다. 기뻐해야 할지 슬퍼해야 좋을지 모를 '기적'이라는 말이 몇 번이고 몇 번이고 되풀이되었다.

신문이 스나가 오니 중위의 혁혁한 무훈은 말할 것도 없고 이 외과 의술계의 기적같은 사실을 대서특필했던 것이다.

꿈같이 반년이 지나가 버렸다. 상관이나 동료 군인들의 도움을 받아 스나가의 산 몸뚱이가 집으로 운반되자 그의 잃어버린 사지에 대한 보상으로 5급 공로훈장이 수여되었다. 도키코가 불구자의 병구완으로 눈물을 흘리고 있을 때 세상은 개선가라도 부르는 듯 축하하며 크게 떠들고 있었다. 그녀에게도 친척——아는 사람——동네 사람들로부터 명예, 명예 하는 소리가 소나기처럼 쏟아졌다.

이윽고 얼마 안 되는 연금으로는 살림이 어려운 그녀는 전쟁터에서 상관이었던 와시오 소장의 호의를 입어 그의 저택의 별채를 집세 없이 빌려쓰게 되었다. 시골로 이사 간 탓도 있겠지만 그 무렵부터 그

배추벌레

녀의 생활은 완전히 쓸쓸히 변해버렸다. 개선 당시의 떠들썩한 열기도 식어버리고 세상은 쓸쓸해졌다. 이젠 누구도 전처럼 그녀의 남편 병문안을 오지 않게 되었다. 세월이 지남에 따라 승전의 흥분도 가라앉고 그에 따라 전쟁 공로자들에 대한 감사의 정도 희미해졌다. 스나가 중위에 대한 일은 아무도 입에 담지 않았다.

남편의 친척들도 불구자를 꺼려했는지, 물질적으로 도와주는 일이 귀찮아졌는지 거의 그녀의 집에 드나들지 않게 되었다. 그녀 쪽에도 양친이 없었고 오빠나 여동생들은 모두 인색한 사람들이었다. 가엾은 불구자와 그의 정숙한 아내는 세상에서 격리된 것처럼 시골의 별채에서 외롭게 살고 있었다. 그곳 2층의 세 칸 방은 두 사람에게는 유일한 세계였다. 게다가 그 한 사람은 귀도 들리지 않고 말도 할 수 없고 동작도 전혀 할 수 없는 흙인형 같은 사람이었다.

폐인은 별세계의 인류가 갑자기 이 세상에 내동댕이쳐진 것처럼 아주 달라진 생활 방식이 당황스러웠던 모양인지 건강을 회복한 뒤에도 얼마 동안은 멍하니 몸도 움직이지 않고 누워 있었다. 그리고 때를 가리지 않고 졸고 있었다.

도키코의 제안으로 연필로 대화를 나누게 되었을 때 맨 처음 폐인이 거기에 쓴 글은 '신문' '훈장' 두 가지였다. '신문'이란 그의 무훈을 크게 특필한 전쟁 당시의 신문기사의 발췌문이고, '훈장'이란 말할 것도 없이 그 무공훈장이었다. 그가 의식을 되찾았을 때 와시오 소장이 맨 먼저 그의 눈앞에 보여준 것이 그 두 가지 물건이었다. 폐인은 그것을 잘 기억하고 있다.

폐인은 종종 같은 글을 써서 그 두 가지 물건을 요구했으며 도키코가 그것들을 그의 앞에 갖고 가면 언제까지나 언제까지나 바라보고 있었다. 그가 신문기사를 되풀이해서 읽을 때면 도키코는 손이 저려오는 것을 참으면서 어쩐지 바보스러운 기분으로 남편의 몹시 만족한 듯한 눈빛을 보고 있었다.

그러나 그녀가 '명예'를 경멸하기 시작한 것은 꽤 나중의 일이었는데 폐인도 역시 '명예'에 싫증을 낸 것 같이 보였다. 그는 이제 전처럼 그 두 가지 물건을 요구하지 않게 되었다. 그리고 그 뒤에 남은 것은 불구자여서 그런지 오히려 병적으로 강해진 육체의 욕망뿐이었다. 그는 회복기의 위장병 환자처럼 탐욕스럽게 먹을 것을 요구하고 때를 가리지 않고 그녀의 육체를 요구했다. 도키코가 그것에 응하지 않을 때에는 거대한 살덩어리 팽이가 되어 미친 것처럼 방바닥 위를 뒹굴며 다녔다.

도키코는 처음 얼마 동안은 그것이 어쩐지 무서웠고 싫었으나 이윽고 세월이 지나면서 그녀도 역시 서서히 육욕의 아귀가 되어갔다. 벌판의 집 한 채에 갇혀 미래에 아무 희망도 없이 거의 무지라고 할 두 남녀에게는 그것이 생활의 모든 것이었다. 동물원 쇠창살 속에서 일생을 보내는 두 마리의 짐승과 같았다.

그런 처지였으니 도키코가 그녀의 남편을 자기 마음대로 다룰 수 있는 하나의 커다란 장난감으로 여기게 된 것도 당연한 일이었다. 또한 불구자의 수치를 모르는 행위에 감화된 그녀가 정상인에 비해 훨씬 체력이 넘쳐나던 그녀가, 지금 불구자를 괴롭히는 것을 싫어하지 않게끔 된 것도 지극히 당연한 일이었다.

말도 할 수 없고 이쪽의 말도 들을 수 없고, 자기 스스로 자유롭게 움직일 수도 없는 이 괴기하고 가엾은 하나의 도구가 결코 나무나 흙으로 만들어진 것이 아니라 희노애락을 가진 생물이라는 점이 한없는 매력이 되었다. 게다가 오직 그것으로만 표정을 나타낼 수 있는 동그랗고 귀여운 두 눈이 그녀의 싫증 모르는 요구에 대해 어떤 때는 제법 슬프게, 어떤 때는 제법 화난 듯이 표현한다. 그리고 아무리 슬프더라도 그 몸뚱이는 눈물을 흘리는 것 외에는 어쩔 도리 없다. 아무리 화가 나더라도 그녀를 위협할 힘도 없고 마침내는 그녀의 압도적인 유혹에 못 견뎌 그도 역시 이상한 병적 흥분에 떨어진다. 이 무력한 생물을 상대로 괴로움을 주는 일이 그녀에게는 더 이상 없는 쾌감이 되고 있었다.

도키코의 감은 눈꺼풀 속에는 두겹 또는 세겹으로 겹쳐지며 그 3년간의 사건만이 단편적으로 차례차례 나타났다가는 사라졌다. 이들 단편적인 기억들이 매우 선명하게 눈꺼풀 속에 영화처럼 나타났다가 사라지는 것은 그녀의 몸에 이상이 있을 때만 반드시 일어나는 현상이었다. 그리고 이 현상이 일어날 때는 반드시 그녀의 야성이 더욱 거칠어지고 불쌍한 불구자를 괴롭히는 일이 더욱 심해지는 것이었다. 그녀 자신은 그것을 의식하고 있었지만 몸 안에서 솟구치는 흉포한 힘은 그녀의 의지로선 어쩔 수 없었다.

얼핏 깨닫고 보니 방안이 마치 그녀의 환영처럼 연무에 덮인 듯 어두워져 가는 느낌이 들었다. 환영 외에 또 하나의 환영이 있어서 그 바깥쪽 환영이 사라져 가는 기분이 들었다. 그것이 신경이 흥분된 그녀를 무섭게 했고 갑자기 가슴의 고동소리가 심해졌다. 그러나 잘 생각해보니 아무것도 아닌 일이었다. 그녀는 이불 밖으로 나와 베개맡의 호롱불의 심지를 돋우었다. 가늘게 해 두었던 심지가 다 타서 불이 거의 꺼져가고 있었기 때문이다.

방안이 갑자기 밝아졌다. 그런데 역시 등빛으로 흐려 보이는 것이 어쩐지 조금 이상한 느낌이었다. 도키코는 그 불빛으로 생각난 듯이 남편의 자는 얼굴을 들여다보았다. 그는 여전히 조금도 모양을 바꾸지 않고 천장의 같은 곳을 바라보고 있었다.

'어머, 저렇게 언제까지나 생각만 하고 있는 것일까'

그녀는 다소 기분이 나빴지만 그것보다는 형편도 없는 불구자이면서도 혼자 곰곰이 생각에 잠겨 있는 모습이 몹시 미워보였다. 그리고 또다시 슬금슬금 그 잔학한 마음이 그녀의 몸 안에서 솟아오르는 것이었다.

그녀는 아주 갑작스럽게 남편의 이불 위를 덮쳤다. 그리고 느닷없이 남편의 어깨를 안고 세게 흔들었다.

그 행동이 너무 당돌했기 때문에 페인은 몸 전체로 벌떡 놀랐다. 그리고는 심하게 질책하는 듯한 눈으로 그녀를 노려보았다.

"화났어요? 뭐예요, 그 눈은?"

도키코는 그런 말을 외치면서 남편에게 집적거리기 시작했다. 일부러 상대편 눈을 보지 않도록 하고 여느 때같이 장난질을 했다.

'화내도 소용없어요. 당신은 내 마음대로예요.'

그런데 그녀가 어떤 수단을 써도 페인은 여느 때처럼 자기편에서 타협해 오질 않았다. 아까부터 더 물끄러미 천장을 보고 생각하는 것은 타협을 않겠다는 그 표시같았고, 어쨌든 아내가 제멋대로 하는 행동이 신경을 건드렸는지 언제까지나 언제까지나 커다란 눈을 크게 부릅뜨고 도키코의 얼굴을 쏘아보고 있었다.

"뭐예요, 그 눈은?"

그녀는 외치면서 양손으로 남편의 눈을 덮었다. 그리고 "뭐예요? 뭐예요?" 하고 미친 듯이 계속 외쳤다. 병적인 흥분이 그녀를 무감각으로 만들었다. 양손가락에 어느 정도의 힘이 가해졌는지조차 거의 의식하지 못했다.

벌떡 꿈에서 깨어난 듯이 정신이 들자 그녀 밑에서 페인이 미친 것처럼 버둥거리고 있었다. 몸통뿐이라고는 하지만 굉장한 힘이 필사적으로 꿈틀대자 무겁게 짓누르고 있던 그녀가 튕겨나갈 정도였다. 이상하게도 페인의 두 눈에서는 새빨간 피가 솟아나오고 께맨 얼굴 전체가 데친 문어처럼 상기돼 있었다.

배추벌레 331

도키코는 그때 모든 것을 뚜렷이 알아차렸다. 그녀는 무참하게도 그녀 남편의 단지 하나 남은 바깥 세계를 향해 난 창문을 정신없이 상처 내 버렸던 것이다.

그러나 그것은 결코 정신없이 한 과실이라 할 수는 없었다. 그녀 자신도 그것을 알고 있었다. 분명한 것은 그녀가 말을 하는 것 같은 남편의 두 눈이 그들이 편안한 짐승이 되기 위해서는 몹시 성가신 방해물로 느껴졌기 때문이다. 때때로 그 눈에 떠오르는 정의의 관념을 가증스럽게 느꼈기 때문이다. 두 눈은 보기 싫은 방해물일 뿐만 아니라 그 속에는 더 다른 것, 더 기분 나쁜 무서운 그 무엇이 느껴지기조차 했다.

그러나 그것은 거짓이다. 그녀의 마음속 더 깊은 곳에는 더 다른, 더 무서운 생각이 존재하지 않았을까. 완전히 고깃덩어리 팽이가 되어버렸기 때문이 아닐까. 몸통뿐인 촉각 이외에는 오관을 아주 상실한 하나의 생물체로 만들어 버리고 싶었던 것은 아닐까. 그리고 그녀의 끝없는 잔인성을 철저히 만족시키고 싶었기 때문이 아닐까. 그 불구자의 몸뚱이 중에서 눈만이 그나마 인간의 면모를 남기고 있었다. 그것이 남아 있어서는 어쩐지 완전하지 않다는 느낌이 들었다. 그녀의 진짜 고깃덩어리 팽이는 아니라는 생각이 들었다.

그런 생각이 1초 사이에 도키코의 머릿속을 지나갔다. "으악!" 하는 외침소리를 지르는가 싶더니 버둥거리고 있는 고깃덩어리를 그대로 둔 채 구르듯이 계단을 뛰어내려 맨발로 캄캄한 어두운 바깥으로 달려 나갔다. 그녀는 악몽 속에서 무서운 것에 쫓기 듯 정신없이 뛰었다. 뒷문을 빠져 마을길을 오른쪽으로, 그러면서도 앞쪽 300미터 가량 떨어진 곳이 의사의 집이라는 것은 의식하고 있었다.

겨우 부탁해서 의사를 데리고 왔을 때는 그 고깃덩어리가 전과 마찬가지로 미친 듯이 꿈틀거리고 있었다. 마을 의사는 소문으로는 들었지만 아직 실물을 본 적이 없었기 때문에 불구자의 기분 나쁜 모양에 넋을 잃은 듯, 도키코가 자칫 실수해서 이런 참사가 생겼다는 사연을 장황하게 변명해도 귀에는 잘 들리지 않는 모양이었다. 그는 진통제와 상처 치료만을 끝내고 급히 돌아가 버렸다.

부상자가 겨우 버둥거리는 것을 그만 두었을 때 희부연히 날이 새었다.

도키코는 부상자의 가슴을 쓰다듬으며 뚝뚝 눈물을 흘리고 '미안해요, 미안해요'를 되풀이했다. 고깃덩어리는 부상 때문에 열이 난 모양으로 얼굴이 벌겋게 부었고 가슴은 심하게 고동치고 있었다.

도키코는 종일 병자 옆을 떠날 수 없었다. 식사도 하지 않았다. 그리고 병자의 머리와 가슴에 젖은 타월을 계속 짜서 갈아주면서 미친 듯이 사죄의 말을 계속 중얼거리기도 하고, 병자의 가슴에 손가락으로 '용서해줘요'라고 몇 번이고 써 보이며 슬픔과 죄의식에 시간이 가는 것도 잊어버린 것 같았다.

저녁때가 되자 병자는 다소 열도 내리고 숨소리도 편해졌다. 도키코는 병자의 의식이 이젠 정상으로 돌아온 것임에 틀림없다고 생각했으므로 새삼 그의 가슴 살갗 위에 한 자 한 자 똑똑하게 '용서하세요'라고 쓰고 반응을 살폈다. 그러나 고깃덩어리는 아무 대꾸도 없었다. 눈으로 보지 못한다고는 하나 고개를 흔들거나 미소를 짓는다거나 무슨 방법으로 그녀의 글에 대답하지 못할 것도 없는데 고깃덩어리는 몸을 움직이지도 않고 표정도 바꾸지 않았다. 숨쉬는 모양으로 보아서는 잠든 것도 아니었다. 살갗에 쓴 글자를 이해할 힘조차 잃었는지, 아니면 분노 때문에 침묵을 계속하고 있는 것인지 전혀 알 수 없었다. 그것은 포동포동한 따뜻한 물질에 지나지 않았다.

도키코는 그 뭐라고 형용할 수 없는 꼼짝달싹 않는 고깃덩어리를 바라보고 있는 동안 태어난 뒤로 경험한 적이 없는 진짜 무서움에 벌벌 떨지 않을 수 없었다.
 거기 누워 있는 것은 하나의 생물임에 틀림없었다. 그는 폐도 위도 갖고 있다. 그런데 그는 물건을 볼 수 없다. 소리를 들을 수 없다. 한마디 말도 들을 수 없다. 뭔가를 잡을 손도 없고 일어설 다리도 없다. 그에게는 이 세계가 영원한 정지이고 부단한 침묵이며 끝없는 어둠이다. 전에 그 누가 그런 공포의 세계를 상상할 수 있었겠는가. 거기서 사는 사람의 마음을 무엇에 비할 수 있겠는가. 그는 아마도 '살려 줘' 하고 목청껏 외치고 싶을 테지. 어떤 희미한 빛이라도 상관없다. 물건 모양을 보고 싶을 테지. 아무리 희미한 소리도 상관없다. 물건이 울리는 소리를 듣고 싶을 테지. 무엇인가에 매달려 무언가를 잡고 싶을 테지. 그러나 그에게는 그 어느 것도 전혀 할 수 없다.
 도키코는 별안간 엉하고 소리 내어 울기 시작했다. 그리고 되돌릴 수 없는 죄와 구원할 수 없는 슬픔에 어린애처럼 훌쩍거리면서 오로지 사람이 보고 싶어서, 세상의 정상적인 모습을 갖춘 사람을 보고 싶어서 가엾은 남편을 둔 채 본채인 와시오 댁으로 뛰어갔다.
 심한 울음 때문에 알아듣기 힘든 길다란 그녀의 참회의 말을 묵묵히 다 들은 와시오 소장은 너무나 놀라운 일에 잠시 동안 말도 나오지 않았다.
 "아무튼 스나가 중위의 병이 어떤지 보러 가자구."
 이윽고 그는 아연실색한 듯이 말했다.
 벌써 밤이 되었기 때문에 제등이 준비되었다. 두 사람은 어두운 풀밭을 저마다 생각에 잠겨 말없이 별채 쪽으로 더듬어 갔다.
 "아무도 없어. 어떻게 된 거지?"
 먼저 2층에 올라갔던 노인이 놀라서 말했다.
 "아뇨, 그 잠자리 안에 있을 거예요."

도키코는 노인을 따라 아까까지 남편이 누워 있던 이불 있는 데까지 가보았다. 그러나 정말 이상한 일이 일어났다. 그곳은 덩그렇게 이불만 남아 있었다.

"어머……."

하고 말했을 뿐 망연히 서 있기만 했다.

"그 불편한 몸으로 설마 이 집에서 나갈 순 없어. 집 안을 찾아봐야겠어."

이윽고 늙은 소장이 재촉하듯이 말했다. 두 사람은 2층과 아래층을 샅샅이 찾아보았다. 그러나 불구자의 그림자는 어디에도 보이지 않았을 뿐만 아니라 도리어 그 대신 어떤 무서운 것이 발견되었다.

"어머, 이건가 봐요."

도키코는 아까까지 불구자가 누워 있던 베개 옆 기둥을 보며 말했다.

거기에는 연필로 어지간히 생각해보지 않고선 읽을 수 없는, 어린애의 장난 같은 글씨로 희미한 글이 적혀 있었다.

"용서하마."

도키코가 간신히 용서한다는 뜻으로 받아들였을 때, 퍼뜩 모든 사정을 깨달은 것만 같았다. 불구자는 움직일 수 없는 몸을 이끌고 책상 위의 연필을 찾아서 그로서는 대단히 고생스럽게 겨우 가타카나 석 자를 써 남긴 것이다.

"자살했는지도 몰라요."

그녀는 겁을 먹은 듯이 노인의 얼굴을 보고 빛이 사그라진 입술을 떨며 말했다.

와시오 댁에 위급함이 알려지자 하인들이 손에 손에 제등을 들고 본채와 별채 사이의 잡초가 우거진 정원에 모였다.

그리하여 정원 여기저기를 각기 맡아서 어둠 밤의 수색을 시작하였다.

　도키코는 와시오 노인의 뒤를 좇아서 그가 비추는 제등의 희미한 빛을 의지하며 심한 불안을 느끼면서 걸어가고 있었다. 그 기둥에는 '용서하마'라고 써 있었다. 그것은 그녀가 먼저 불구자의 가슴에 '용서해줘요'라고 썼던 말의 대답임에 틀림없다. 그는 '나는 죽는다. 그러나 네 행동에 화를 내고 있지는 않다. 안심하여라'라고 말하고 있는 것이다.

　이 관대함이 더욱 그녀의 가슴을 아프게 했다. 그녀는 그 팔다리 없는 불구자가 정상적으로는 내려갈 수가 없어서 한 단 한 단 굴러 떨어질 수밖에 없었을 것을 생각하니 슬픔과 무서움으로 소름이 끼쳤다.

　잠시 걸어가는 동안에 그녀는 얼핏 어떤 일을 생각해 냈다. 그래서 조용히 노인에게 속삭였다.

　"요 조금 앞에 낡은 우물이 있었어요."

　"응."

　늙은 장군도 고개만 끄덕이고 그쪽으로 나아갔다.

　제등 빛은 빈 어둠 속의 사방 한 칸 정도만 희미하게 밝혀줄 뿐이었다.

　"낡은 우물은 이 근방에 있었는데?"

　와시오 노인은 혼잣말을 하면서 제등을 들어올리고 되도록 멀리까지 비추어 보려고 했다.

　그때 도키코는 문득 무슨 예감에 사로잡혀 멈추어 섰다. 귀를 기울이자 어딘가에서 뱀이 풀을 헤치며 기어가는 듯한 희미한 소리가 났다.

　그녀도 노인도 거의 동시에 그것을 보았다. 그리고 그녀는 물론 늙은 장군까지도 너무나 큰 무서움에 못 박힌 듯 그곳에 주춤 함께 섰다.
 제등 빛이 닿을까 말까 하는 어스름 속에 무성한 잡초 사이를 새까만 물체 하나가 느릿느릿 움직이고 있었다. 그 물건은 기분 나쁜 파충류 모양으로 고개를 쳐들고 물끄러미 앞을 노려보다가 묵묵히 동체를 물결처럼 꿈틀거려 몸통의 네 귀퉁이에 혹처럼 붙은 돌기물로 버둥거려 땅바닥을 긁으면서, 몹시 초조한 기분으로 몸이 말을 듣지 않는다는 듯이 엉금엉금 전진하고 있었다.
 이윽고 들어올렸던 머리가 별안간 덜렁 아래로 떨어지더니 눈앞에서 사라졌다. 방금보다 더 거칠게 풀잎들이 스치는 소리가 나는가 했더니 몸 전체가 거꾸로 곤두서 주르륵 땅 속으로 끌려 들어가듯 보이지 않게 되었다. 그리하여 먼 땅 속에서 첨벙하고 둔중한 물소리가 들려왔다.
 그곳에 잡초로 덮인 낡은 우물의 입구가 열려 있었던 것이다.
 두 사람은 그것을 보았지만 급히 거기로 뛰어갈 힘도 없었고 방심한 듯이 언제까지나 우두커니 서 있었다.
 참으로 이상한 일이지만 그 황급한 순간에 도키코는 어둔 밤에 한 마리 배추벌레가 무슨 나무의 마른 가지를 기어가다가 가지 끝까지 오자 부자연스런 제 몸의 무게 때문에 뚝 떨어져 아래의 껌껌한 공간으로 밑도 모르고 떨어져가는 광경을 얼핏 환영처럼 그려보고 있었다.

에도가와 란포의 순정적 마력

　오늘날 미스터리 문학은 장르가 다양해지면서 쉽게 정리하기조차 어려울 만큼 범위가 넓어졌지만, 이 책에 담긴 여러 작품들만으로도 미스터리문학 고유의 재미와 매력은 충분히 맛볼 수 있을 것이다. 독자들은 아마 페이지를 넘길 때마다 흐르는 붉은 피와, 비밀에 싸인 어둠과, 역겨운 범인의 숨소리와, 불쾌한 작은 동물의 낌새를 알아차릴 것이다.
　에도가와 란포(江戶川亂步)는 일본을 대표하는 추리작가로, 1894년 미에현(三重縣)에서 태어났다. 부친의 직업이 일정치 않아 나고야(名古屋)에서 중학을 졸업할 무렵에 집안이 파산하여 한국으로 이주했다. 란포는 단신 고학을 결심, 본국으로 건너가 1921년에 와세다(早稻田) 대학을 졸업하고 여러 직업을 전전하다 추리작가가 된 이색적인 경력의 소유자이다. 그의 본명은 히라이 타로(平井太郞)인데, 에도가와 란포라는 필명은 미국의 시인이자 소설가인 에드거 앨런 포의 이름을 일본식으로 흉내낸 것이다.
　그는 심리학과 범죄를 연결시켜 범인을 자백토록 만드는 천재탐정 고고로의 이야기를 다룬 《심리시험》이나, 암호를 주제로 다룬 《2전 동화(二錢銅貨)》와 같은 교묘한 트릭을 이용한 본격 미스터리소설로 등장하여 일본 미스터리문학의 기반을 다졌고, 오랜 세월 1인자로 군림하였다. 어려서부터 책읽기를 좋아하던 란포는 러시아문학에서 큰 감동을 받았다. 그 영향으로 그의 작품에서는 치밀한 작품 속 심리묘사가 강한 인상으로 남게 된다. 그리고 겉보기와는 달리, 예상 외로 겁먹기 쉬운 영혼에서 비롯된 소년처럼 순수한 수줍음과 고독과 몽상을 담은 란포의 대표작들을 엄선 수록했다.

1920년대 발표된 《2전 동화》에서 《거울지옥》에 이르는 란포의 초기 대표작들은 대부분 이지적인 기지를 바탕으로 구성되었는데, 《천장 위의 산책자》와 《인간의자》는 변태 심리를 묘사하는 것처럼 보이면서 실은 뜻밖의 결말로 끌고가는 그 솜씨가 볼만하다. 특히 천장 위를 돌아다니면서 구멍으로 다른 사람들의 삶을 들여다보는 기이한 버릇을 다룬 《천장 위의 산책자》에서 팬티의 끈을 둘러싼 해프닝이라든지, 인간이 들어갈 수도 있을 듯한 큰의자에서 란포가 상상력을 자극받아 쓰게 된 《인간의자》에 등장하는 육감성 짙은 심리적 실험의 의도는 조금 논리에 맞지 않는 듯한 느낌을 줄지도 모르겠지만, 인간 심리를 이용한 교묘한 전개가 돋보이는 기억에 남을 작품이다.

어떻든 란포의 등장으로 일본의 창작 미스터리소설의 기초는 다져졌고, 그즈음의 독자들은 이 새로운 형식의 소설을 즐기면서 란포를 비롯한 신예작가의 등장에 자부심을 느꼈을 것이다.

란포는 작품을 통하여 오로지 가슴속에서 만들어지는 칠흑 같은 꿈을 평생토록 이야기해 왔다. 그 꿈의 원천은 두려움이었으며, 예리한 수치심이었고, 더없는 부끄러움이었다. 어려서부터 고독했던 란포는 스스로 자신은 사람이 아니다, 사람이 아닌 뭔가 슬픈 생물이라는 생각에 빠져들었고, 란포의 우울이 심하면 심할수록 그러한 감정은 생생한 빛을 띠고 작품으로 독자의 마음에 스며들었다. 때로는 독자가 자기야말로 란포의 마음을 받아들일 수 있는 선택된 소수의 인간이라고 착각할 정도였다.

물론 그것도 다 기법이 뛰어나야 전해질 수 있음은 두말할 필요도 없다. 그런 의미에서 여기 수록한 단편들은 한마디로 모두 명작이다. 이것을 세계대전 후의 란포가 트릭에 너무 열중한 나머지《그림자 사나이》를 제외하고는 작품 속에서 자유롭게 움직일 수 없게 되었다고 탄식하는 이도 더러 있지만, 생애를 통하여 란포가 보아 온 꿈은 너무 화려했고, 그것을 실현하기 위한 트릭에 대한 집착도 매우 다채로웠다. 1인 2역, 또는 2인 1역, 변신소망, 움직이는 인형, 렌즈에 대한 편애, 작은 동물에 대한 집착, 광기, 동성애, 몽유병, 그림자의 세계, 거울과 미궁……. 온갖 이단과 신비로 채색된, 그야말로 기상천외한 아이디어의 세계라고 불러야 할 것이다.

되풀이했듯이 소년 시절 란포는 수치심과 자기혐오로 상처받으면서 부끄러움과 고독만 키웠다. 즉, 이 세상 것이 아닌 아름다움에 대한 강한 동경을 키웠다. 그러나 그것을 현실에서 얻을 수단은 하나도 없었다. 이 보기 드문 몽상가는 1931년까지 생활을 위해 부업으로 하숙집을 겸해야 했을 정도였으니까. 그러므로 에드거 앨런 포나 다니자키 준이치로와 함께 '밤의 꿈이야말로 진실'이라고 중얼거릴 수밖에 없었던 고독은 아마도 뼈를 깎는 아픔이었으리라. 때문에 1962년까지 계속 집필했던《스무 가지 괴물의 얼굴》시리즈는 소년들로부터 압도적인 환영을 받았다. 란포의 소년 시절에 소년 독자들은 깊은 공감대를 형성하였고, 그들은 자연스럽게 '벗'의 출현을 알게 되었다.

'란포야말로 너무 고독했기 때문에 계속 분장을 바꾸어 소년들 앞에 나타났다. 그야말로 '존재 자체의 수치심'이 만들어낸《스무

가지 괴물의 얼굴》이었던 것이다.'

수록된 중편 《음울한 짐승》은 그의 전환기의 역작이다. 당시에는 수수께끼와 트릭 위주의 '본격'과 괴기와 이상 심리와 같은 일반 문학과 가까운 분야를 추구한 '변격'의 두 유파로 분류되었다. 그런 견지에서 보면 이 《음울한 짐승》은 두 유파를 교묘히 배합시킨 걸작이다. 1인 3역이라는 기상천외한 트릭을 적용한 기발한 발상과 구성이 부자연스럽게 보이면서도 그렇지 않다. 이 점이 이 작품의 최대 장점이다. 뿐만 아니라 미스터리 작가 오에(大江)에 관한 란포 자신의 희화적(戱化的)인 묘사는 전무후무한 예이고, 또한 이것이 묘한 트릭 역할을 하고 있다. 사건의 추이에서 오는 강렬한 서스펜스, 그리고 새드 매저키스틱한 변태 성욕의 분위기에 부각되는 여주인공의 이상한 매력은 작가의 뛰어난 역량을 보여 준다. 《음울한 짐승》은 '고양이 같은 마성의 짐승'이라는 뜻이라고 스스로 주석을 달고 있다.

이듬해부터 《외딴섬의 귀신》을 비롯한 장편이나 단편 명작들을 차례차례 발표하게 되었으니 《음울한 짐승》은 우선 큰 전환기를 가져온 기념할 만한 역작이었다. 영화화된 것은 1977년으로, 시사회에는 요코미조 세이시도 참석했다.

란포는 평소 다음과 같은 한 영국 시인의 말을 좋아했다.

"나의 소망은 이른바 리얼리즘의 세계에서 벗어나는 것이다. 공상적인 경험은 현실의 경험에 비하여 한층 더 리얼하다."

란포의 문학 세계는 이 공상적 경험의 현란한 꿈을 향한 성향이 주로 현실과 이성에 바탕을 둔 본격 미스터리에의 성향보다 늘 우세했던 것이다.